Ligação Mortal

J. D. ROBB
SÉRIE MORTAL

Nudez Mortal
Glória Mortal
Eternidade Mortal
Êxtase Mortal
Cerimônia Mortal
Vingança Mortal
Natal Mortal
Conspiração Mortal
Lealdade Mortal
Testemunha Mortal
Julgamento Mortal
Traição Mortal
Sedução Mortal
Reencontro Mortal
Pureza Mortal
Retrato Mortal
Imitação Mortal
Dilema Mortal
Visão Mortal
Sobrevivência Mortal
Origem Mortal
Recordação Mortal
Nascimento Mortal
Inocência Mortal
Criação Mortal
Estranheza Mortal
Salvação Mortal
Promessa Mortal
Ligação Mortal

Nora Roberts
escrevendo como
J. D. ROBB

Ligação Mortal

Tradução
Renato Motta

1ª edição

BERTRAND BRASIL
Rio de Janeiro | 2018

Copyright © 2009 by Nora Roberts
Proibida a exportação para Portugal, Angola e Moçambique.

Título original: *Kindred in Death*

Capa: Leonardo Carvalho

Texto revisado segundo o novo
Acordo Ortográfico da Língua Portuguesa

2018
Impresso no Brasil
Printed in Brazil

	CIP-BRASIL. CATALOGAÇÃO NA PUBLICAÇÃO SINDICATO NACIONAL DOS EDITORES DE LIVROS,RJ
R545L	Robb, J. D., 1950 Ligação mortal / Nora Roberts escrevendo como J. D. Robb; tradução Renato Motta. – 1ª ed. – Rio de Janeiro: Bertrand Brasil, 2018. (Mortal; 29)
	Tradução de: Kindred in death ISBN 978-85-286-2327-7
	1. Ficção americana. I. Roberts, Nora. II. Motta, Renato. III. Série.
18-49637	CDD: 813 CDU: 82-3(73)
Leandra Felixda Cruz – Bibliotecária – CRB-7/6135	

Todos os direitos reservados. Não é permitida a reprodução total ou parcial desta obra, por quaisquer meios, sem a prévia autorização por escrito da Editora.

Direitos exclusivos de publicação em língua portuguesa somente para o Brasil adquiridos pela:
EDITORA BERTRAND BRASIL LTDA.
Rua Argentina, 171 – 2º andar – São Cristóvão
20921-380 – Rio de Janeiro – RJ
Tel.: (21) 2585-2000 – Fax: (21) 2585-2084

Atendimento e venda direta ao leitor:
mdireto@record.com.br ou (21) 2585-2002

Bem-vindas, aparentadas trevas!
Horrores inatos, eu vos saúdo!
— JAMES THOMSON

Uma mentira que é meia verdade
é a pior das mentiras.
— TENNYSON

Capítulo Um

Ela tinha morrido e ido direto para o céu. Ou melhor que isso, porque quem sabe se existe sexo bom e preguiçosas manhãs de férias no céu? Ela se sentia viva e energizada.

Bem, pelo menos viva. Meio sonolenta, muito satisfeita e feliz da vida porque o fim das Guerras Urbanas, há quase quarenta anos, tinha resultado no feriado do Dia Internacional da Paz.

Pode ser que o domingo de junho tivesse sido escolhido de forma arbitrária e certamente simbólica — e talvez as lembranças desse período terrível ainda estivessem espalhadas pela paisagem de todo o planeta, mesmo em 2060 —, mas ela achava que as pessoas tinham direito a suas paradas comemorativas, piqueniques, discursos prolixos e longos fins de semana de embriaguez.

Pessoalmente, ela sempre se sentia feliz por ter dois dias de folga, qualquer que fosse o motivo. Especialmente quando um belo domingo começava como aquele.

Eve Dallas, tenente da Divisão de Homicídios e policial linha-dura, estava esparramada e nua sobre o marido, que tinha acabado de lhe oferecer um belo vislumbre do paraíso. Ela percebeu que ele também tivera algo semelhante, pois estava largado debaixo dela, uma das mãos lhe acariciando o traseiro de um jeito preguiçoso, enquanto seu coração martelava com a força de um bate-estacas.

Ela sentiu um peso pular sobre a cama. Era Galahad, o seu gato gordo, que resolvera se juntar ao casal, já que o show tinha acabado.

Eve pensou: nossa pequena família feliz em uma manhã de domingo, sem nada para fazer. Isso não era incrível? Ela realmente tinha uma pequena família, uma casa, um homem absurdamente lindo e fascinante que a amava e — o mais importante — sexo de muito boa qualidade.

Sem falar no dia de folga.

Ela ronronou, quase tão entusiasmada quanto o gato, e enfiou o nariz na curva do pescoço de Roarke.

— Isso foi bom — disse ela.

— Para dizer o mínimo. — Os braços dele... aqueles braços poderosos... a envolveram em um abraço descontraído. — O que você quer fazer mais tarde?

Ela sorriu, apreciando o momento, o leve sotaque irlandês na voz dele, sentindo a carícia dos pelos do gato contra o próprio braço, um indicativo de que o animal buscava um pouco de atenção.

Ou, o que era o mais provável, o café da manhã.

— Para ser franca, nada.

— Isso nós podemos providenciar.

Ela sentiu Roarke se mover e ouviu o ronronar ficar mais alto quando as mãos que há pouco lhe proporcionaram tanto prazer fizeram carinho no felino.

Ela se ergueu de leve para apreciar o rosto de Roarke e os olhos dele se abriram.

Por Deus, aqueles olhos sempre a *matavam* com o seu azul ousado e brilhante, cílios espessos e escuros, um sorriso nos cantos que era para ela. Só para ela.

Inclinando-se de leve, ela assaltou aquela boca mágica com seus lábios ávidos, em um beijo longo e sonhador.

— Ora, mas isso está muito longe de *nada*.

— Eu amo você. — Ela beijou as bochechas dele, um pouco ásperas por causa da barba por fazer. — Talvez por você ser bonito demais.

Ele era lindo mesmo, pensou, quando o gato cortou o clima ao forçar a passagem e se enfiar entre os dois. Aqueles lábios esculpidos, os olhos de feiticeiro, os ossos fortes e bem definidos, tudo isso emoldurado pela seda preta do seu cabelo. Com o acréscimo do corpo esguio e musculoso, o pacote ficava completo e perfeito.

Ele conseguiu se livrar do gato e a puxou para outro beijo, mas logo sibilou de dor.

— Por que ele não dá um tempo e vai encher o saco do Summerset e pedir o café da manhã? — reclamou Roarke, empurrando o gato para longe depois de ele flexionar as patas e garras, dolorosamente, sobre o peito do dono.

— Eu preparo tudo — ofereceu Eve. — Estou querendo café mesmo.

Ela rolou para fora da cama e caminhou elegante, magra e nua pelo quarto, até o AutoChef.

— Você estragou meu segundo round — murmurou Roarke, olhando para o gato.

Os olhos bicolores de Galahad brilharam, talvez com ar divertido, antes de ele pular para fora da cama.

Eve programou uma ração e, como era feriado, uma porção pequena de atum. Quando o gato se lançou sobre a comida com voracidade, ela programou duas canecas de café forte e sem açúcar.

— Pensei em descer para me exercitar um pouco, mas acho que já fiz isso aqui mesmo. — Ela tomou o primeiro gole de vida enquanto atravessava o quarto, de volta até a plataforma sobre a qual ficava a cama, que era quase do tamanho do lago Michigan. — Vou tomar uma ducha.

— Vou também, para tomar você. — Ele sorriu quando ela lhe entregou o café. — Uma segunda rodada de exercícios, por assim dizer. É muito saudável. Depois podemos curtir um irlandês completo.

— Você já é um irlandês completo.

— Eu estava falando de café em estilo irlandês, mas você pode ter a mim e ao café ao mesmo tempo.

Ela parecia feliz, ele percebeu; descansada também... e perfeitamente deliciosa. Seu cabelo curto, desalinhado, estava espalhado pelo rosto; seus olhos castanho-escuros exibiam um ar de diversão; a covinha no queixo que ele tanto adorava parecia se acentuar mais quando ela sorria.

Havia algo especial naquele momento, ele refletiu. Momentos como aquele, em que ambos estavam em sintonia tão perfeita, lhe pareciam milagres.

A policial e o criminoso... o ex-criminoso, corrigiu a si mesmo. Tudo tão normal quanto comer salada de batata no Dia Internacional da Paz.

Ele a analisou sobre a borda da xícara, em meio ao vapor aromático.

— Estou aqui pensando... — anunciou ele. — Você deveria usar esse look com mais frequência. É um dos meus favoritos.

Ela inclinou a cabeça e tomou mais um gole de café.

— E eu estou aqui pensando que quero um banho bem longo.

— Que conveniente! Acho que eu quero a mesma coisa.

Ela tomou um último gole.

— Então é melhor começarmos logo.

Mais tarde, com preguiça demais para colocar uma roupa, ela vestiu um robe enquanto Roarke programava mais café e o tal desjejum irlandês completo para dois. Aquilo tudo era tão... doméstico, pensou. O sol da manhã fluía nas janelas do quarto que era maior do que o apartamento onde ela morava até dois anos atrás. Eles iam completar dois anos de casamento no mês que vem, calculou. Ele tinha entrado na sua vida e tudo mudara. Ele a encontrara; ela o encontrara — e então todos aqueles lugares escuros escondidos dentro de ambos tinham ficado um pouco menores, e bem mais iluminados.

— O que você quer fazer depois? — perguntou ela.

Ele olhou para trás enquanto carregava os pratos e o café em uma bandeja, levando tudo para a saleta de estar da suíte.

— Eu pensei que a programação para hoje fosse ficar aqui sem fazer nada.

— Pode ser, ou podemos fazer alguma coisa. Eu escolhi o programa de ontem e ficamos aqui sem fazer nada. Provavelmente há alguma regra no casamento determinando que hoje é a sua vez de escolher.

— Ah, sim, as regras. — Ele pousou a bandeja sobre a mesinha de centro. — Uma vez policial, sempre policial.

Galahad surgiu mansamente e observou os pratos como se não comesse há dias. Roarke ergueu um dedo de advertência para ele; o gato virou a cabeça com ar de desgosto e começou a se lamber.

— Minha escolha, então, certo? — Ele partiu os ovos e refletiu sobre as possibilidades. — Bem, vamos pensar. Hoje é um belo dia de junho.

— Merda!

A sobrancelha dele se ergueu.

— Você tem algum problema com junho, ou com dias bonitos?

— Não. Merda. Junho. Charles e Louise. — Franzindo a testa, ela mastigou um pouco de bacon. — O casamento. Vai ser aqui.

— Sim, no próximo sábado à noite. E até onde eu sei, está tudo sob controle.

— Peabody me explicou que, pelo fato de eu ser o apoio de Louise... madrinha de honra ou sei lá o nome, eu tenho de ligar para ela todos os dias desta semana para ter certeza de que não precisa da minha ajuda em alguma coisa. — A expressão de Eve se tornou ainda mais sombria quando pensou em Peabody, a sua parceira. — Isso não pode ser sério, pode? Todos os dias? Puta merda! Além do mais, para que Louise poderia precisar de mim?

— Incumbências?

Ela parou de comer e estreitou os olhos para ele.

— Incumbências? O que você quer dizer com isso?

— Bom, eu estou em desvantagem, pois nunca fui noiva, mas quer alguns palpites? Confirmar os detalhes com os floristas ou com o bufê, por exemplo. Sair com ela para comprar os sapatos do casamento, as roupas para a lua de mel ou...

— Por que você faz isso comigo? — Sua voz ficou tão aflita quanto o seu rosto. — Por que me diz essas coisas depois de eu ter sacudido o seu mundo duas vezes só agora de manhã? Isso é crueldade.

— Mas o que eu disse provavelmente seria verdade em outras circunstâncias. Porém, conhecendo Louise como eu conheço, eu diria que ela já tem tudo organizado e sob controle. E conhecendo você como eu conheço, diria que se Louise quisesse alguém para comprar sapatos com ela certamente teria pedido a outra pessoa para ser sua madrinha.

— Eu organizei o chá de panela — declarou Eve. Ao ouvir a risada mal disfarçada de Roarke, segurou o braço dele com força. — A festa foi aqui, e eu estava no local, então é o mesmo que organizar. Além disso, eu vou comprar um vestido novo e tudo o mais.

Ele sorriu, divertido com a perplexidade, e o leve pavor que ela demonstrava quando o assunto eram os ritos sociais.

— E como vai ser esse vestido?

Ela enfiou o garfo nos ovos estrelados.

— Não sou obrigada a conhecer todos os detalhes, exatamente. É uma cor, tipo assim, meio amarelo. Foi Louise quem escolheu; aliás, ela e Leonardo se dedicaram muito a esse detalhe. Veja só, a médica e o estilista. Mavis diz que isso foi mais que demais ao quadrado.

Eve refletiu sobre o estilo tão especial de sua amiga Mavis Freestone ao falar nela, e completou:

— Isso é muito assustador, agora que estou pensando no caso. Aliás, por que estou pensando em tudo isso agora?

— Não faço ideia. Só posso dizer que, embora o gosto de Mavis para moda seja exclusivo... diria único... na condição de sua amiga mais próxima ela entende perfeitamente o que você gosta. E Leonardo sabe exatamente o que lhe convém. Você estava muito elegante no dia do nosso casamento.

— Mas estava com um olho roxo por baixo da maquiagem.

— Sim, um toque sofisticado e absolutamente a sua cara. Quanto à questão que Peabody levantou sobre a etiqueta, acho que entrar em contato com Louise não iria fazer mal. Simplesmente ligue para ela e avise que você está disposta a ajudá-la em qualquer coisa, caso ela precise.

— E se ela precisar? Ela deveria ter chamado Peabody para fazer isso, em vez de tê-la escolhido como a segunda no comando, na fila, sei lá!

— Acho que o nome é cerimonialista.

— Tanto faz. — Com um ar de impaciência, Eve dispensou o termo abanando a mão no ar. — Elas são muito amigas e Peabody realmente adora esses troços... femininos.

Pura insanidade, na visão de Eve. A agitação, as firulas, o frenesi.

— Talvez seja um pouco estranho, já que Peabody namorou Charles... quero dizer, mais ou menos... antes de se envolver com McNab. E voltou a sair com ele depois também. — Sua testa franziu quando ela tentou entender as reviravoltas daquela dinâmica. — Mas eles nunca transaram, nem física, nem profissionalmente.

— Quem nunca transou? Charles e McNab?

— Pare com isso! — A piada fez Eve dar uma risada, antes de tornar a lembrar da tal ajuda para incumbências e compras. — Peabody e Charles, o noivo, nunca dançaram o tango nus na horizontal... no tempo em que Charles era um profissional do sexo. O que também é estranho, porque ele ainda era um acompanhante licenciado quando conheceu Louise e ficaram juntos; durante todo o tempo que eles namoraram... *e ficaram pelados* no tango horizontal... não a incomodava o lance de ele ficar nu com outras pessoas, profissionalmente. Até o dia em que ele desistiu desse trabalho sem contar a ela, fez um treinamento para ser terapeuta sexual, comprou uma casa e a pediu em casamento.

Compreensivo, Roarke deixou que ela recontasse a história com palavras rápidas e sua lógica confusa, enquanto remexia ovos, batatas e bacon.

— Certo, e o que incomoda você, afinal? — quis saber ele.

Ela deu mais uma garfada nos ovos, mas logo colocou o garfo de lado e pegou o café.

— Eu não quero estragar as coisas para Louise. Ela está tão feliz, *eles dois* estão muito felizes... e tudo isso tem uma importância muito grande para ela. Eu sei, já entendi. Já saquei tudo e reconheço que fiz um péssimo trabalho na preparação do nosso lance... o lance do casamento.

— Só eu é que posso julgar isso.

— Mas eu sei que fiz. Despejei tudo nas suas costas.

— Pelo que eu me lembro, você tinha alguns assassinatos para investigar.

— Pois é, eu tinha. E é claro que você nunca tem nada para fazer, a não ser se sentar nas suas gigantescas pilhas de dinheiro.

Ele sacudiu a cabeça e espalhou um pouco de geleia em uma torrada triangular.

— Todos nós somos o que somos, minha querida Eve. E acho que desempenhamos muito bem os nossos papéis.

— Eu te deixei chateado e puto na véspera do casamento.

— Isso deu um pouco de emoção.

— Depois eu acabei drogada e meio zureta em minha própria despedida de solteira em um clube de strip, antes de prender o assassino. Isso parece divertido agora, contado desse jeito. A questão principal é que eu não planejei nada para a minha própria cerimônia de casamento, e agora não sei como preparar as coisas importantes.

Ele deu um tapinha amigável no joelho dela. Para uma mulher que exibia uma coragem que às vezes o deixava aterrorizado, Eve temia as coisas mais estranhas.

— Se existe algo de que ela precisa, você descobrirá como fazê-lo. Só posso dizer que quando você veio caminhando na minha direção naquele dia, no *nosso* dia, sob a luz do sol, você parecia uma chama viva. Brilhante, linda, e me tirou o fôlego. Havia apenas você ali.

— E mais uns quinhentos dos seus amigos íntimos.

— Havia apenas você. — Ele pegou a mão dela e a beijou. — Garanto que acontecerá a mesma coisa com eles.

— Eu só quero que ela tenha o que sonhou. É isso que me deixa nervosa.

— Isso se chama amizade. Você vai usar um vestido que talvez seja amarelo e vai estar ao lado dela. Isso será suficiente.

— Tomara que sim, porque eu não vou ligar para ela todos os dias. Isso eu garanto! — Ela olhou para o prato. — Como é que alguém consegue comer um café da manhã irlandês completo?

— Devagar e com muita determinação. Acho que você não está suficientemente determinada.

— Nem perto.

— Bem, então, se com isso damos o café por terminado, pensei em uma coisa.

— No quê?

— Sobre o que podemos fazer em seguida. Deveríamos ir até uma praia, para caminhar um pouco pela areia e tomar banho de mar.

— Isso eu topo. Ir à praia em Nova Jersey ou nos Hamptons?

— Eu estava pensando em algum lugar mais tropical.

— Você não pode querer ir até a ilha por um dia inteiro, ou parte de um dia. — A ilha particular de Roarke era um lugar privilegiado, mas ficava praticamente do outro lado do mundo. Mesmo em seu jato de última geração, seriam pelo menos três horas só de ida.

— Sim, fica um pouco longe para uma viagem impulsiva, mas há lugares mais próximos. Existe um lugar nas Ilhas Cayman que pode ser muito adequado, e há uma pequena *villa* por lá que está disponível para hoje.

— E como é que você sabe disso?

— Porque estou pensando em comprá-la — ele respondeu, com naturalidade. — Nós poderíamos voar para o sul, chegar lá em menos de uma hora, analisar o local, aproveitar o sol e talvez surfar e beber coquetéis divertidos. Depois, terminamos o dia com uma bela caminhada junto ao mar, sob a luz da lua.

Ela não conseguiu deixar de sorrir.

— Qual o tamanho dessa *villa*?

— Pequena o suficiente para servir como um bom local para nossas viagens impulsivas e espaçosa o bastante para nos permitir levar alguns amigos, se quisermos.

— Você já tinha decidido tudo.

— Tinha, sim, mas deixei a ideia no departamento do "talvez, quem sabe?". Se você quiser, este pode ser o momento certo.

— Eu consigo me vestir e jogar numa mala tudo de que preciso para um dia em menos de dez minutos.

Ela saltou da poltrona e seguiu em direção à cômoda.

— A mala já está pronta — ele avisou. — Para nós dois. Só por garantia.

Ela olhou para ele.

— Você não perde tempo!

— É tão raro ter um domingo de folga com a minha esposa que eu gosto de aproveitar ao máximo.

Ela tirou o robe, vestiu uma camiseta regata branca simples e, logo em seguida, pegou um short cáqui.

— Nosso dia começou bem e vamos aproveitar ao máximo. Isso aqui deve bastar.

Assim que ela vestiu o short, o comunicador sobre a sua cômoda tocou.

— Porra! Droga! *Merda!* — Seu estômago pareceu afundar quando ela olhou o display do aparelho. Olhou para Roarke cheia de pesar e justificativas. — É Whitney.

Ele observou quando a policial, até então oculta, assumiu o controle de tudo, e mudou de expressão e de postura quando pegou o comunicador para responder ao seu comandante. E pensou... *Que pena.*

— Sim, senhor.

— Tenente, sinto muito por interromper sua folga. — O rosto largo de Whitney encheu a tela pequena, e seu estresse era tão grande que a tensão podia ser notada em sua nuca.

— Sem problema, comandante.

— Sei que você não está em horário de trabalho, mas surgiu uma situação de emergência. Preciso que você se apresente na Central Park South, número 541. Já estou na cena do crime.

— O *senhor* está na cena? — Devia ser algo muito ruim, ela pensou. Algo importante e terrível o bastante para o próprio comandante estar na cena do crime.

— Afirmativo. A vítima é Deena MacMasters, de dezesseis anos. Seu corpo foi descoberto esta madrugada por seus pais quando voltaram para casa depois do fim de semana. Dallas, o pai da vítima é o capitão Jonah MacMasters.

Levou um momento para Eve ligar o nome à pessoa.

— Divisão de Drogas Ilegais. Eu conheço o tenente MacMasters. Ele foi promovido?

— Sim, há duas semanas. MacMasters solicitou você, especificamente, como investigadora principal. Eu gostaria de atender ao pedido dele.

— Vou ligar para a detetive Peabody agora mesmo.

— Deixe que eu cuido disso. Gostaria que você viesse para cá o mais rápido possível.

— Então já estou a caminho.

— Obrigado.

Ela desligou e se virou para Roarke.

— Sinto muito.

— Nada disso, não sinta. — Ele cruzou o quarto até onde ela estava e bateu com a ponta do dedo na covinha do queixo dela. — Um homem acaba de perder a filha, isso é muito mais importante do que irmos à praia. Você o conhece?

— Não muito. Ele me procurou depois que eu prendi Casto. — Eve se lembrou do policial corrupto que a seguira até a festa no dia de sua despedida de solteira. — MacMasters não era tenente do acusado, mas quis me parabenizar por eu encerrar aquele caso e tirar um mau policial das ruas. Eu agradeci. Ele tem uma bela reputação — continuou, enquanto trocava o short de praia pela calça de trabalho. — Uma fama boa e sólida. Eu não soube da sua promoção, mas não estou surpresa com ela.

Ela ajeitou o cabelo picotado simplesmente passando os dedos por entre os fios.

— Ele está há uns vinte anos na força policial. Talvez vinte e cinco. Sei que ele é rígido, costuma manter sua postura e exige que todos os seus auxiliares façam o mesmo. Sempre resolve os casos.

— Parece até alguém que eu conheço.

Ela pegou uma blusa no armário.

— Talvez.

— Whitney não lhe contou como a menina foi morta?

— Ele quer e precisa que eu chegue lá sem ideias preconcebidas. E não disse que foi homicídio. Isso cabe ao médico legista determinar.

Ela pegou o coldre e o prendeu. Em seguida guardou o comunicador, o *tele-link* e prendeu as algemas no cinto. Não se deu ao trabalho de fazer cara de estranheza quando Roarke lhe entregou a jaqueta leve que ele já tinha escolhido no closet e que servia para esconder o coldre.

— O fato de Whitney estar lá só pode significar uma coisa — declarou ela. — Ou há algo de estranho na cena do crime ou ele e os pais da vítima são amigos pessoais. Talvez as duas coisas.

— Se ele já está no local...

— Exato. — Ela se sentou para calçar as botas que preferia usar para trabalhar. — A filha de um policial foi morta. Não sei quando vou voltar para casa.

— Não tem problema.

Ela parou, olhou para ele, pensou nas malas prontas "só por garantia" e nas belas caminhadas ao luar.

— Você poderia ir dar uma olhada nessa tal *villa*.

— Tenho muito trabalho aqui para me manter ocupado. — Ele tocou-lhe os ombros quando ela se levantou, e pousou os lábios sobre os dela. — Avise-me assim que você tiver uma avaliação mais precisa sobre a situação.

— Certo. Vejo você depois.

— Tome cuidado, tenente.

Ela desceu a escada correndo e não perdeu o ritmo nem mesmo quando Summerset, "faz-tudo" de Roarke e também a pedra no sapato de Eve, se materializou no saguão.

— Pensei que a senhora estivesse de folga até amanhã — declarou ele.

— Apareceu um cadáver, que infelizmente não é o seu. — Ela parou ao chegar à porta e se virou. — Diga a ele que se divirta com algo que não seja trabalho. Só porque eu tenho que trabalhar não significa que ele também precise... — Deu de ombros e saiu para ir ao encontro da morte.

Poucos policiais podiam se dar ao luxo de viver em uma residência particular às margens verdejantes do Central Park. Por outro lado, poucos policiais — na verdade Eve pensou em si mesma — moravam em uma propriedade que mais parecia um castelo em plena Manhattan. Curiosa para saber como MacMasters conseguira tanto dinheiro, ela fez uma rápida busca pelo nome dele enquanto circulava pelo tráfego leve da manhã do feriado.

O computador do painel informou:

O capitão Jonah MacMasters nasceu no dia 22 de março de 2009 em Providence, Rhode Island. Seus pais se chamam Walter e Marybeth — sobrenome de solteira da mãe: Hastings. Frequentou a Academia Stonebridge e se formou pela Universidade de Yale em 2030. Casou-se com Carol Franklin em 2040. O casal tem uma única filha, Deena, nascida a 23 de novembro de 2043.

O capitão entrou para o Departamento de Polícia e Segurança Pública de Nova York em 15 de setembro de 2037. Recebeu vários elogios e condecorações nas seguintes...

— Pule essa parte. Finanças. De onde vem o dinheiro dele?

Processando... Seu patrimônio soma aproximadamente oito milhões e seiscentos mil dólares. Ele herdou vários imóveis do avô, Jonah MacMasters, que faleceu de causas naturais a 6 de junho de 2032; foi o fundador da Mac Kitchen and Bath, empresa de equipamentos para cozinha e banheiro, com sede em Providence. O valor atual da empresa é de...

— Já chega, estou satisfeita com as respostas.

Fortuna familiar, pensou. Estudou em Yale, mas acabou trabalhando como policial na Divisão de Drogas Ilegais na Polícia de Nova York. Interessante. Uma única esposa em um casamento de vinte anos, recebeu elogios e condecorações no trabalho. Foi promovido a capitão. Tudo isso dizia o que ela já imaginava sobre ele.

Um profissional consistente.

Agora, esse sério policial, que Eve mal conhecia, solicitara a atuação dela, especificamente, para investigar a morte da sua única filha. *Por quê?*, especulou consigo.

Ela perguntaria isso a ele.

Quando chegou ao endereço, parou atrás de uma patrulha que já estava estacionada. Depois de ligar a luz de "viatura em serviço", avaliou a casa com atenção. Um lugar esplêndido, decidiu, e saltou do carro para pegar o kit de serviço. Embora corresse o risco de abusar da palavra, Eve pensou na casa como uma residência "consistente".

Construída antes das Guerras Urbanas, a mansão fora reformada e tinha mantido suas características originais, apesar de algumas cicatrizes. Um lugar digno, revestido de tijolinhos rosados, quinas em tom de creme, janelas altas — todas com as telas de privacidade acionadas, naquele momento.

Vasos grandes com flores coloridas guardavam os dois lados da pequena escada de pedra, e isso lhe pareceu um lindo detalhe. Só que Eve estava mais interessada no sistema de segurança enquanto atravessava a calçada e chegava à porta.

Câmeras sofisticadas, painel com tela acionado por impressão digital; ela apostava que também havia bloqueios ativados por voz e certamente uma senha codificada. Sendo um policial experiente, ele certamente fazia de tudo para proteger sua casa e todos os que moravam nela.

Ainda assim, sua filha adolescente estava morta lá dentro.

Segurança perfeita não existia.

Ela tirou o distintivo do bolso, exibiu-o para o guarda parado na porta e em seguida o prendeu no cinto.

— Eles estão esperando pela senhora lá dentro, tenente.

— Você foi o primeiro a chegar ao local do crime?

— Não, senhora. O primeiro a chegar está lá dentro, junto com o comandante, o capitão e sua esposa. O meu parceiro de ronda e eu fomos convocados pelo comandante. Esse meu colega está nos fundos da casa, no momento.

— Ok. Minha parceira também está vindo, chegará em breve. Detetive Peabody.

— Sim, já fui informado, tenente. Vou deixá-la entrar.

Aquele policial não era um novato, reparou Eve, enquanto aguardava a liberação. Parecia durão e experiente. Quem o teria chamado, o comandante Whitney ou o capitão?

Ela olhou para a esquerda e para a direita. Imaginou os vizinhos que estavam acordados, em suas casas, observando tudo. Eram muito educados ou estavam intimidados demais para sair à rua e acompanhar tudo de perto.

Ela entrou em um saguão imenso e bonito, no qual havia uma escada central. Notou flores na mesa, e eram frescas. Colhidas há um dia, no máximo dois. Uma tigela oferecia balas de hortelã coloridas. Tudo em cores suaves e aconchegantes. Nenhum sinal de bagunça, mas havia um par de sandálias roxas brilhosas — um pé debaixo de uma cadeira de espaldar alto e outro largado ao lado.

Whitney surgiu de uma porta à esquerda. Preencheu o espaço, Eve observou, com seu corpo forte e seu ar altivo. O rosto escuro do comandante tinha vincos de preocupação, e ela percebeu uma centelha de tristeza em seus olhos.

Mesmo assim a sua voz foi neutra quando ele falou. Os muitos anos na polícia garantiram que ele permanecesse firme.

— Tenente, estamos aqui dentro. Você poderia nos dedicar um momento, antes de seguir para a cena do crime?

— Claro, senhor.

— Antes de qualquer coisa, agradeço por aceitar este caso. — Quando ela hesitou, ele quase sorriu. — Se eu não lhe disse que a escolha era sua, deveria tê-lo feito.

— Está tudo certo, comandante. O capitão quer que eu investigue o caso, e aqui estou eu.

Com um aceno de cabeça, ele recuou um passo para deixá-la passar.

Eve sentiu um leve sobressalto ao perceber a presença da sra. Whitney na sala. A esposa do comandante costumava deixá-la intimidada, devido ao seu comportamento rígido e formal, maneiras polidas e sangue azul. Naquele momento, porém, ela parecia totalmente concentrada em confortar a mulher ao seu lado. Ambas estavam sentadas em um pequeno sofá em uma linda sala de estar.

Carol MacMasters, Eve observou, era uma mulher de corpo miúdo e cabelo escuro cuja beleza contrastava com a elegância loura de Anna Whitney. Em seus olhos negros encharcados de lágrimas, Eve viu muito desespero e algum assombro. Seus ombros magros tremiam como se ela estivesse sentada nua sobre uma pedra de gelo.

O capitão MacMasters se levantou assim que viu Eve entrar. Ela calculou sua altura em um metro e noventa e cinco, tão alto que quase parecia um bambu desengonçado. Sua roupa casual, jeans e camiseta, combinava com a volta de férias curtas. Seu cabelo, escuro como o da esposa, tinha uma forte ondulação e permanecia cheio e espesso em torno de um rosto magro com profundos vincos nas bochechas — que poderiam ter sido covinhas na juventude. Seus olhos, de um verde pálido e quase nebuloso, fixaram-se longamente nos de Eve. Neles a tenente viu sofrimento, choque e raiva.

Ele foi até ela e lhe estendeu a mão.

— Obrigado. Tenente, eu... — Ele pareceu ficar sem palavras.

— Capitão. Eu sinto muito, muitíssimo, pela sua perda.

— É ela? — Carol se esforçou para se manter firme, mesmo quando as lágrimas lhe escorreram pelas bochechas. — Você é a tenente Dallas?

— Sim, senhora. Sra. MacMasters...

— Jonah disse que tinha de ser você. Disse que você é a melhor que existe. Você descobrirá quem... como... Mas mesmo assim ela terá partido. Minha bebê terá ido embora. Ela está no andar de cima. Ficou lá em cima e eu não posso estar com ela. — Sua voz se embargou de pura tristeza, quase em direção à histeria. — Eles não me deixaram ficar lá. Ela está morta. A nossa Deena está morta.

— Acalme-se, Carol, você precisa deixar a tenente fazer o que ela puder. — A sra. Whitney se levantou e envolveu Carol com os braços.

— Não posso pelo menos ficar sentada ao lado dela? — perguntou a mãe. — Não posso...

— Logo poderá — sussurrou a sra. Whitney. — Em breve. Vou ficar com você agora. A tenente vai cuidar muito bem de Deena. Ela cuidará de tudo muito bem.

— Levarei você até lá em cima, Dallas — anunciou Whitney.

— Anna.

A sra. Whitney assentiu.

Ela era rígida e tinha um ar intimidante, pensou Eve, mas saberia cuidar de uma mãe triste e de um pai arrasado.

— Você precisa ficar aqui embaixo, Jonah — avisou o comandante. — Voltarei logo. Vamos, tenente.

— O senhor é amigo dos pais da vítima fora do trabalho? — quis saber Eve.

— Sou, sim. Anna e Carol trabalham juntas em alguns comitês de caridade e passam muito tempo em companhia uma da outra. Nós sempre nos vemos em ocasiões sociais. Eu trouxe minha esposa até aqui na condição de amiga da mãe da vítima.

— É claro, senhor. Acredito que ela será de grande ajuda nessa área.

— Este é um momento difícil, Dallas. — Com a voz grave, ele começou a subir os degraus. — Nós conhecemos Deena desde que ela era uma garotinha. Posso afirmar que ela era a luz do coração dos pais. Uma jovem brilhante e adorável.

— A casa tem um excelente sistema de segurança, pelo que eu pude avaliar. O senhor sabe me dizer se ele estava ativado quando os MacMasters voltaram, agora de manhã?

— As fechaduras estavam, sim. Mas Jonah descobriu que as câmeras foram desativadas e os discos dos últimos dois dias foram removidos. Ele não tocou em nada — acrescentou Whitney, virando à esquerda no topo da escada. — Nem permitiu que Carol tocasse em nada, com exceção da menina. Mas ele impediu sua esposa de movimentar o corpo ou contaminar a cena do crime. Tenho certeza de que todos nós podemos compreender que esses foram momentos de grande choque.

— Claro, senhor. — Era estranho, pensou Eve, e um pouco desconfortável estar naquela posição, como se ela estivesse interrogando o seu comandante. — O senhor sabe dizer a que horas eles voltaram para casa esta manhã?

— Às oito e trinta e dois, precisamente. Eu tomei a liberdade de verificar o registro de entrada na casa, e ele confirmou a declaração de Jonah para mim. Vou lhe repassar uma cópia da declaração inicial do pai nessa manhã, gravada no meu *tele-link* de casa. Ele entrou em contato comigo imediatamente, solicitou você para investigar o caso e solicitou também a minha presença, se possível. Eu ainda não isolei a cena do crime... o quarto da menina. Mas ele está seguro.

Ele fez um gesto com a mão e recuou.

— Acho melhor eu descer e deixar você trabalhar à vontade. Quando a sua parceira chegar eu a enviarei diretamente aqui para cima.

— Certo, senhor.

Ele assentiu novamente e então suspirou enquanto olhava para a porta aberta do quarto.

— Dallas... Tudo isso é muito difícil.

Ela aguardou até que ele se afastasse e começasse a descer a escada. Sozinha, passou pela porta e olhou para o corpo da jovem, Deena MacMasters.

Capítulo Dois

— Ligar gravador! Tenente Eve Dallas, na cena do assassinato. Nome da vítima: Deena MacMasters.

Ela analisou o quarto com atenção enquanto pegava Seal-It, o spray selante, no kit de trabalho e se preparava para proteger as mãos e as botas. O espaço grande, claro e arejado, com janelas triplas e tela de privacidade acionada na parede com vista direta para o parque. Um banco acolchoado e com almofadas coloridas estava sob as janelas curvas. Pôsteres de músicos populares, atores e celebridades diversas cobriam as paredes pintadas em um tom onírico de violeta. Eve sentiu uma fisgada na boca do estômago ao ver a foto de uma de suas amigas, Mavis Freestone, com cabelos azuis cacheados e os braços erguidos em sinal de triunfo. A legenda dizia: *A maternidade é irada!*

Na foto, reparou a extravagante caligrafia de Mavis.

Yo, Deena,
Você também é irada!
Mavis Freestone

Será que Deena entregara o pôster para Mavis em algum show ou evento, e Mavis, rindo e empolgada, o assinara com a caneta roxa de Deena? Um momento de som, luzes, cor, Eve imaginou. E vida. Uma lembrança emocionante para uma menina de dezesseis anos que não sabia que lhe restava tão pouco tempo para aproveitar.

Uma parte do quarto tinha sido projetada para estudo e trabalhos escolares; havia uma mesa brilhosa, laqueada de branco, prateleiras, um computador de última geração, um centro de comunicações, discos com arquivos, tudo muito arrumado e organizado. Um segundo ambiente, projetado para funcionar como saleta de estar e talvez para conversar com amigas, ficava um pouco além; estava igualmente arrumado e aparentemente intocado, com almofadas imensas, mantas espessas e diversos bichos de pelúcia provavelmente colecionados pela menina desde a infância.

Uma escova de cabelo e um espelho de mão, alguns frascos coloridos, uma tigela cheia de conchas e um trio de fotos emolduradas estavam expostos sobre uma cômoda no mesmo tom de branco lustroso da mesa.

Tapetes espessos em cores vibrantes cintilavam sobre o piso de madeira reluzente. O mais próximo da cama, observou Eve, estava torto. Ele o desarrumara com o pé, escorregara nele, ou talvez tivesse sido ela.

Calcinhas simples brancas e sem adornos estavam largadas sobre o tapete.

— Ele arrancou a calcinha dela — declarou Eve, em voz alta — e a atirou longe.

As mesinhas de cabeceira ao lado da cama exibiam lindos abajures com cúpulas franjadas. Um deles também estava torto em relação à base. Uma cotovelada ou golpe com o braço, talvez. Todo o resto em torno da cama mostrava ordem e precisão admiráveis, testemunhando o cuidado da menina com coisas bonitas e femininas.

Típico de uma menina de dezesseis anos, refletiu Eve, mas talvez ela estivesse projetando seu passado. Aos dezesseis anos, ela contava os dias que faltavam para alcançar a maioridade e escapar do sistema de pais adotivos em rodízio. Em seu mundo, não havia nada cor-de-rosa; nem babadinhos rendados, nem ursos de pelúcia fofinhos e amados desde a infância.

E assim, Eve percebeu que aquele era o quarto de uma menina ainda presa à infância, mas que quase se aproximava da mulher que ela poderia ter sido. Uma menina que tinha morrido vivendo o pior pesadelo de uma mulher.

No centro do quarto bonito e alegre, a cama era um palco de violência e crueldade. O emaranhado de lençóis cor-de-rosa e brancos arruinados com manchas de sangue já escuras envolviam as pernas do corpo como se fossem cordas. Ele usara os lençóis para amarrar as pernas da menina aos pés da cama e mantê-las abertas para ele.

Ela lutou muito, como provavam as contusões e as marcas em carne viva nos tornozelos, além das coxas, onde a saia roxa arruinada mostrava que ele a estuprara com violência. Ao lado da cama, Eve se inclinou de leve e viu as pesadas algemas que prendiam as mãos da vítima atrás das costas.

— Algemas da polícia. A vítima era filha de um policial. Havia evidências de luta, contusões e lacerações nos pulsos. Ela não tinha cedido com facilidade. Não havia sinais de mutilação. Algumas contusões no rosto indicavam socos violentos, e as marcas no pescoço indicavam estrangulamento manual.

Ela abriu a boca da vítima e usou a lanterna e a lupa.

— Há fios e restos de tecido entre os dentes e língua; há sangue em seus lábios e dentes. Ela mordeu os lábios com força. Há um pouco de sangue e possivelmente saliva sobre a fronha. Parece que ele usou a fronha para sufocá-la. As roupas estão tortas, mas não foram removidas; há alguns rasgos nos ombros da blusa e faltam vários botões. Ele os arrancou — continuou Eve, analisando o corpo de cima a baixo. — Quis tirá-los do caminho, mas não estava muito interessado nas preliminares de um estuprador.

Com cuidado e ponderação, apesar de sentir que sua boca ficava seca e a nuca começava a latejar, Eve examinou os danos causados pelo ataque violento.

— Tortura por asfixia, sufocamento, estupro; mais asfixia, mais sufocamento, um novo ataque. Ela foi estuprada por via vaginal e anal. Repetidas vezes, a julgar pela quantidade de hematomas e arranhões. — Eve sentiu a respiração se agitar; seus pulmões tentaram se fechar e ela forçou o ar para fora, soprando forte... Expirar... Inspirar... De novo! — O sangue na área vaginal indica que a vítima talvez ainda fosse virgem. O médico legista poderá confirmar isso.

Ela teve que endireitar o corpo e precisou de mais algumas respirações profundas e tranquilizantes. Não podia se dar ao luxo de desligar o gravador para se acalmar; não podia permitir que a gravação mostrasse o quanto suas mãos tremiam, nem o quanto seu estômago queria colocar tudo para fora.

Eve sabia exatamente o que era estar indefesa como aquela menina; o que era sofrer abusos e ser aterrorizada dessa maneira.

— No momento, parece que o sistema de segurança estava ligado. As câmeras foram desligadas posteriormente e todos os discos foram retirados do local. Não há sinal visível de arrombamento na cena do crime, mas os peritos ainda deverão confirmar isso. Foi ela quem abriu a porta; foi ela quem o deixou entrar. A filha do capitão. Ela provavelmente o conhecia e confiava nele. Violação frontal e direta, seguida de assassinato. Ele a conhecia, queria ver o rosto dela. Foi um ato pessoal, muito pessoal.

Mais calma, ela pegou seus medidores para determinar o momento exato da morte.

— Hora da morte: três e vinte e seis da madrugada. A investigadora principal determina que o homicídio por violação e sufocamento ainda deve ser confirmado por um médico legista. E solicita a atuação do dr. Morris, se ele estiver disponível.

— Dallas.

A prova de que Eve tinha se envolvido profundamente naquele momento, e no seu passado, foi que ela não ouviu a aproximação da sua parceira. Fez de tudo para assumir uma expressão neutra e se virou em direção à Peabody, à porta do quarto.

— A garota morreu de forma terrível — anunciou Eve. — Lutou muito, morreu lutando. Não há pele alguma sob as unhas dela, pelo que eu pude observar, mas vi muitos vestígios nos lençóis. Parece que ele colocou o travesseiro sobre o rosto da vítima, e ela mordeu o próprio lábio. Como é provável que ele a tenha estuprado várias vezes, pode ser que tenha ejaculado durante a luta. Ele também a sufocou. Talvez seja possível descobrir o tamanho da mão dele pelas marcas roxas.

— Eu meio que a conhecia.

Instintivamente, Eve se aproximou de Peabody, bloqueou-lhe a visão do corpo e forçou sua parceira a olhar para ela.

— Conhecia como?

Um ar de tristeza simples e sincero brilhou nos olhos castanho-escuros de Peabody.

— Quando eu era recruta nós fazíamos uma espécie de trabalho nas escolas. — Peabody pigarreou e apertou os lábios. — Ela era minha orientanda, eu fui sua monitora. Era uma garota muito doce e inteligente. Acho que tinha uns onze ou doze anos, na época. Eu era recém-chegada a Nova York e ela me deu algumas dicas sobre onde fazer compras e coisas desse tipo. Depois... ahn... no ano passado ela fez um trabalho sobre o Movimento da Família Livre, para a escola. — Peabody fez uma pausa e ocupou esse tempo selando as mãos e as botas. — Ela entrou em contato comigo e eu a ajudei na pesquisa, explicando-lhe alguns princípios e contando vários casos pessoais curiosos.

— Isso vai ser um problema para você?

— Não. — Respirando fundo, Peabody afastou os cabelos escuros do rosto e passou os dedos de leve pela franja ousada que usava. — Não. Ela era uma garota legal e eu gostava dela. Muito.

Quero descobrir quem fez isso. Quero entrar no caso e ajudar a pegar esse filho da puta.

— Comece verificando a segurança e os equipamentos eletrônicos da casa. Procure por quaisquer sinais de invasão. — É uma casa grande, pensou Eve. Aquilo levaria algum tempo, o bastante para ligar Peabody no modo policial. — Precisamos que todos os *tele-links* sejam verificados e todos os registros copiados. Vou esperar pelos peritos, mas quero que este caso receba um Código Amarelo. Não vamos conseguir esconder nada da imprensa, mas não podemos divulgar que há um policial envolvido, e não quero fofocas. Preciso de Morris no caso, a menos que não seja possível.

— Ele já voltou?

— A licença termina amanhã. Se ele estiver na cidade e disposto a pegar este caso, eu o quero na equipe.

Peabody assentiu e pegou o comunicador.

— Considerando que ela é filha de um policial, suponho que também precisemos do Feeney, certo?

— Suposição certa. Aproveite e chame também aquele cara de bunda magra que mora com você. Feeney irá precisar do McNab no caso, de qualquer modo, então vamos convocar a equipe da Divisão de Detecção Eletrônica para entrarmos em ação logo.

— Ele já está de sobreaviso. Quando Whitney me ligou, eu pedi a McNab que esperasse o meu sinal antes de vir para cá. Se você estiver pronta para rolar o corpo, posso lhe dar uma mãozinha.

Eve percebeu a mensagem oculta sob as palavras de Peabody. *Eu tenho que fazer isso. Preciso provar que consigo.*

Ela deu um passo para trás e se virou para o corpo.

— Ele não removeu as roupas dela. Rasgou o tecido e afastou tudo do caminho. Esse é mais um indício de que não foi um ato de motivação sexual; também não foi apenas uma questão de humilhação, e sim de punição, violência e dor. Ele não se preocupou em despi-la, não se interessou em expô-la. Quando eu disser "três" — avisou, e contou devagar, preparando-se para colocar o corpo de bruços.

— Meu Deus! — Peabody respirou fundo e expirou devagar. — Todo esse sangue não pode ser só do estupro. Acho... acho que ela era virgem. E essas são algemas usadas pela polícia. Usar esse material e colocar as mãos dela presas atrás das costas? Para mim, ele quis deixar um recado com as algemas e causar mais dor pela forma como as prendeu. Veja como estão enterradas em seus pulsos, ainda mais fundos pelo peso do corpo. Ele poderia tê-la algemado à cabeceira da cama. Isso já seria doloroso o bastante.

— O objetivo foi lhe provocar dor — disse Eve, quase engolindo as palavras. — A dor proporciona muito mais controle sobre a vítima. Você sabe alguma coisa sobre os amigos dela? Namorados, homens?

— Não, não sei. Quando eu a ajudei com a pesquisa, perguntei sobre namorados, como todo mundo faz.

Enquanto falava, Peabody começou a analisar e estudar a sala. Ligava aos poucos, notou Eve, seu modo policial.

— Ela ficou vermelha e disse que não tinha muito tempo para essas coisas, pois estava concentrada nos estudos. Ahn... Ela gostava muito de música e teatro, mas queria estudar filosofia e culturas alternativas. Conversamos bastante sobre ela ingressar na agência americana Corpo da Paz, ou então no programa Educação para Todos, depois que se formasse.

Tímida, pensou Eve, usando as impressões que Peabody lhe transmitia para ajudar a formar uma imagem da vítima. Idealista, levava a educação muito a sério.

— Lembro-me também — continuou Peabody — que, quando nos encontramos em um cibercafé para continuar a pesquisa, McNab foi se encontrar comigo, no fim. Ela me pareceu muito envergonhada perto dele, e enrubesceu novamente. Acho que ela ainda estava na fase de ficar tímida perto dos homens. Algumas meninas são assim.

— Ok. Continue o trabalho. Vou terminar aqui.

Tímida perto dos homens, pensou Eve. Os pais tinham ido passar o fim de semana fora. Os idealistas quase sempre são ingênuos, especialmente na juventude.

Mas talvez ela tenha ousado e deixado o rapaz ou o homem entrar aqui. Estudou as roupas arruinadas mais uma vez.

Bonita saia, belo top. Pode ser que a vítima tenha se vestido com tanto cuidado para si mesma, mas também era possível que tivesse se dado a todo esse trabalho para um encontro, certo? Brincos, pulseiras — isso tudo deve ter adicionado mais dor, quando ela esfregou os punhos contra as algemas. As unhas das mãos e dos pés estavam pintadas. Ela estava de maquiagem, notou Eve, depois de colocar um micro-óculos e analisar o rosto de perto. A pintura estava manchada por causa das lágrimas, da luta e da pressão do travesseiro.

Será que as jovens se pintavam e se arrumavam para passar a noite sozinhas em casa?

No caso de ela ter saído, será que trouxe alguém para cá ou foi ver alguém e o encontro acabou mal?

— Ela o deixou entrar ou chegou em sua companhia — disse para o gravador. — Não há sinais de movimentos românticos na sala principal, mas a coisa talvez tivesse rolado em outro lugar. E você não teve tempo de arrumar tudo, depois, certo? Entrou em casa e descalçou suas sandálias roxas em algum momento do dia ou da noite. Ele pode ter arrumado a bagunça lá embaixo. Você o trouxe até aqui, Deena? Até o seu quarto? Esse comportamento não combina muito com o de uma adolescente sexualmente inexperiente, mas para tudo existe a primeira vez. Também não há sinais de luta aqui, com exceção da cama — e até isso condiz com após você estar imobilizada. Será que ele também arrumou as coisas por aqui? Por que faria isso? Não, foi ele quem trouxe você aqui para cima. Não... — continuou, falando baixinho e devagar. — Não, você não tirou suas sandálias e as atirou longe. É uma pessoa organizada por natureza. Elas caíram, ou saíram dos seus pés quando você foi forçada a subir, ou ele a carregou pela escada. É preciso pedir um exame toxicológico, e com rapidez.

Ela respirou fundo. Era mais fácil agora, pensou, depois de lidar com Peabody e de encontrar um nicho dentro de si mesma onde poderia enterrar o passado mais uma vez.

Ela se afastou do corpo e começou a vistoriar o quarto.

Roupas de qualidade, observou. Bons tecidos e a habitual e espantosa, na visão de Eve, coleção de sapatos. Uma coleção ainda maior de livros digitais, tanto de ficção quanto de não ficção. Uma enorme coleção de discos de música, e uma rápida pesquisa pelo menu de um Tunes roxo revelou muitos downloads de música.

Nenhum diário secreto escondido dos olhos dos pais, nenhum computador pessoal. Nem *tele-link* privado.

Ela reproduziu a última gravação no *tele-link* da mesa e ouviu uma conversa entre a vítima e uma garota chamada Jo. Os assuntos: compras, música e o irritante irmão mais novo de Jo. Nem uma palavra sobre garotos. As adolescentes não viviam obcecadas por garotos?

E nenhuma discussão sobre os planos para a noite de sábado.

O banheiro exibia os mesmos tons branco e violeta, bem como a mesma arrumação e organização. Ela encontrou a maquiagem, muitos e muitos batons parcialmente usados. Nenhum preservativo escondido, nem qualquer dispositivo para controle de natalidade. Não havia sinais de que a vítima planejasse se envolver em algo sexual.

Mesmo assim, pensou Eve, ela deixou seu assassino entrar... ou o trouxe para esta casa.

Ela se preparou para sair, mas ficou mais algum tempo parada ao lado da cama.

— A vítima já pode ser recolhida, etiquetada e transportada para o necrotério. — Depois de sair do quarto, mandou que um dos guardas ficasse na porta até que os peritos e o transporte chegassem.

Levou mais algum tempo analisando os outros aposentos do segundo andar. A suíte principal tinha cores suaves e tranquilizantes, uma cama grande com cabeceira acolchoada. Duas malas estavam tombadas ao lado de uma poltrona funda e confortável, como se tivessem sido deixadas caídas ali ou derrubadas num momento de pressa.

MacMasters provavelmente as levara para o quarto enquanto a esposa seguia em direção ao quarto da menina para vê-la. Houve gritos, desespero, MacMasters largou as malas e correu para o quarto da filha.

Nenhum dos outros cômodos parecia ter sido perturbado: dois escritórios, uma sala de som e vídeo, mais dois banheiros, e o que Eve imaginou ser um quarto de hóspedes.

No andar de baixo, ela posicionou um marcador junto das sandálias e foi procurar Peabody.

— Pelo que eu pude deduzir — disse Peabody —, a segurança e os bloqueios foram desligados daqui de dentro. Não há sinal de invasão no sistema. A DDE pode descobrir algo diferente, mas me parece que depois eles foram religados daqui de dentro também, e as câmeras foram desligadas pelo painel central. O último arquivo que há no sistema é de sábado. Eu o reproduzi no meu tablet. Ele mostra a vítima voltando para casa sozinha, pouco depois das seis da tarde. Trazia duas sacolas de compras, ambas da grife Girlfriends, uma marca chique voltada para adolescentes e universitários. Fica na Quinta Avenida, esquina com a Rua 58.

— Vamos verificar tudo, ver o que ela adquiriu lá e se foi à loja sozinha. Ela planejava ir às compras com uma amiga no sábado. Eu não encontrei seu *tele-link* pessoal, nem o tablet, e não havia nenhuma ligação especial no aparelho fixo a não ser a de uma amiga, e duas outras dos seus pais, todas feitas nas últimas quarenta e oito horas. Também encontrei oito sacolas de compras vazias.

— Ela estava usando uma pochete francesa de palha branca com fivela de prata, pelo que eu vi na gravação.

— Eu não vi essa pochete no quarto. Verifique os armários do corredor e outros locais. Eles são pessoas cuidadosas e organizadas, talvez tenham um lugar para pendurar bolsas e esse tipo de coisa. Ela estava usando sandálias roxas no vídeo?

— Aquelas que estão no saguão? Não, estava de tênis azuis.
— Certo.
— Dallas, mais uma coisa. Sabe a sala de controle? É protegida por senha. Não há sinais de adulteração, pelo que eu pude ver. Ou ela mesma desligou e religou o sistema, ou deu a senha para ele. Ou pode ser que ele seja muito bom e saiba hackear um sistema desses.
— Ela teria dado a senha ou qualquer outra coisa se ele dissesse que iria parar de machucá-la. Mas temos de esperar que os especialistas verifiquem para saber se houve invasão.
— Havia um copo sobre a bancada da cozinha. Eu o coloquei num saco de evidências. Todo o resto está organizado, então o copo ali me pareceu estranho. Também verifiquei os registros do AutoChef. Ela preparou duas pizzas brotinho às seis e meia da tarde de ontem. Uma vegetariana, a outra, não. Ela teve companhia, Dallas.
— Sim. Vou conversar com MacMasters e a esposa. Os peritos devem chegar a qualquer momento. Acompanhe-os, sim?
Eve voltou à sala de estar. Anna Whitney continuava sentada ao lado de Carol, como um elegante cão de guarda. MacMasters estava sentado do outro lado e mantinha a mão da esposa presa entre as dele. Whitney estava em pé, olhando pela janela da frente.
A sra. Whitney olhou para trás, e Eve viu, por um breve segundo, o cão de guarda com ar perdido. O extremo sofrimento era visível em seus olhos, e havia também um pedido de socorro que Eve percebeu com clareza.

Ajude-nos.

MacMasters endireitou as costas com firmeza quando Eve entrou.
— Desculpem-me incomodar. Sei o quanto este é um momento difícil — disse Eve.
— Você tem filhos? — Carol perguntou, com a voz carregada.
— Não, senhora.
— Então você não pode saber, pode?
— Carol... — MacMasters murmurou.

— A senhora está certa — disse Eve, sentando-se diante do trio no sofá. — Eu não tenho como saber. Mas sei de uma coisa e posso garantir isso, sra. MacMasters: farei tudo o que estiver ao meu alcance para encontrar o responsável pelo que aconteceu a sua filha. Vou garantir que seja feito todo o possível. E vou cuidar dela, isso eu lhe prometo.

— Nós a deixamos sozinha, entende? Nós a abandonamos.

— Vocês ligaram para ela duas vezes. Vocês se certificaram de que ela estava tão segura quanto seria possível — disse Eve, quando Anna respirou fundo para falar. — Meu trabalho é observar e analisar; e com relação às minhas observações nesse ponto da investigação, vocês são pais bons e amorosos. Vocês não foram os responsáveis por isso. Vou descobrir quem foi. E vocês podem me ajudar agora, respondendo a algumas perguntas.

— Nós voltamos para casa mais cedo. Íamos surpreendê-la, e depois todos sairíamos para um grande *brunch* de feriado; mais tarde iríamos a uma matinê. Ela adorava ir ao teatro. Nós planejávamos lhe fazer uma surpresa.

— Quando vocês estavam sendo esperados de volta?

— Tínhamos planejado chegar em casa no fim desta tarde — respondeu o capitão MacMasters. — Nós viajamos na tarde de sexta-feira; pegamos um jatinho para a Interlude, uma pousada que fica nas Smoky Mountains, no Tennessee. Carol e eu resolvemos aproveitar um fim de semana tranquilo para comemorar a minha promoção. — Ele pigarreou. — Fiz as reservas há dez dias. Nós já tínhamos estado nessa pousada antes, em uma viagem de família. Mas...

— Deena queria que fizéssemos a viagem sozinhos, dessa vez. — Carol conseguiu falar novamente. — Geralmente viajamos os três, mas dessa vez... Nós deveríamos ter insistido para que ela ficasse na casa dos Jennings. Mas Deena está com quase dezessete anos e é muito responsável. Ela vai para a faculdade no ano que vem, então nós pensamos... imaginamos que...

— Os Jennings são amigos da família?

— São, sim. Arthur e Melissa. A filha deles, Jo, é a melhor amiga de Deena. — Ao responder, os lábios de Carol tremeram. — Deena quis ficar sozinha, e nós achamos que... pensamos que deveríamos respeitar isso, confiar nela e lhe permitir um momento de independência. Caso...

— A senhora pode me informar o nome dos outros amigos dela?

Carol respirou fundo.

— Jo, e Hilly Rowe e Libby Grogh da escola. Elas são as amigas mais próximas. E Jamie, Jamie Lingstrom.

Eve ficou em estado de alerta.

— O neto do falecido sargento Frank Wojinksi?

— Ele mesmo — assentiu MacMasters. — Eu era amigo de Frank; Jamie e Deena também eram amigos há vários anos.

— Namorados?

— Deena não estava interessada em rapazes, não desse jeito, por enquanto.

Quando MacMasters falou, Eve percebeu o olhar significativo da esposa.

— Senhora?

— Ela era tímida quando se tratava de garotos, mas estava interessada, sim. Acho que havia um rapaz em particular de quem ela gostava.

— Quem?

— Ela nunca me disse o nome dele, não diretamente. Mas nos últimos dois meses ela se mostrou mais interessada na própria aparência e... Não sei se vou conseguir explicar, mas eu sabia que havia um rapaz que tinha atraído a atenção dela e despertado o seu interesse. Tanto que achei necessário ter uma nova conversa sobre sexo com ela.

O capitão MacMasters franziu a testa para a esposa, um olhar mais de desconfiança do que de irritação.

— Você não me contou isso — reclamou ele.

Ela olhou para o marido e seus lábios trêmulos tentaram abrir um sorriso.

— Algumas coisas são particulares, Jonah, assunto só entre garotas. Ela nunca esteve com um rapaz, eu saberia. E ela teria me contado. Conversamos sobre controle de natalidade e sexo seguro. Ela sabia que eu estava disposta a levá-la à clínica, caso ela resolvesse escolher um método contraceptivo.

— A senhora sabe se ela mantinha algum diário?

— Era mais um caderno de anotações. Ela registrava pensamentos, observações, queixas, eu imagino; às vezes versos de alguma poesia ou letra de música. — Quando seus olhos voltaram a verter lágrimas, Carol pegou mais um lenço de papel. — Ela adora música. Sempre tem um player na bolsa.

— E ela tem um tablet ou um *tele-link* particular?

— Tem, sim. Eles também ficam na bolsa dela.

— Ela tem uma bolsa de palha branca, com fivela de prata?

— Sim, é a sua nova bolsa de verão. Nós a compramos no mês passado. É o novo acessório favorito dela.

— Onde ela a deixa, quando não está usando?

— No quarto, no gancho interior da porta do armário.

O gancho vazio, pensou Eve. O assassino havia levado a bolsa com tudo dentro.

— Preciso lhes perguntar uma coisa: Deena consumia drogas ilícitas?

— Não — respondeu o capitão. — Não afirmo isso com certeza só porque ela era minha filha, ou devido à minha posição. — MacMasters manteve o olhar firme em Eve. — Eu conheço todos os sinais, tenente. E estou muito ciente de o quanto os jovens na idade de Deena são suscetíveis à pressão dos amigos ou à curiosidade de experimentar. Só que ela se opunha às drogas com muita firmeza, não apenas porque são contra a lei, mas porque ela alimentava um profundo respeito pelo seu corpo e pela sua saúde.

— Ela é muito consciente em questões de nutrição — acrescentou Carol. — Na verdade, muitas vezes eu me senti culpada por beber café ou me render ao junk food. Ela malha seis dias por semana; faz ioga, corrida e treinamento de resistência.

— Qual academia ela frequentava?

— Ela não gosta de academias. Temos uma pequena academia doméstica no subsolo. E quando ela quer correr ao ar livre usa o parque. Há trilhas seguras. Ela sempre carrega um dispositivo de alarme e conhece golpes de legítima defesa. Jonah fez questão que fosse assim. Ela tem usado o parque com mais frequência ultimamente, graças ao tempo bom que tem feito. Drogas nunca seriam uma escolha para ela. Deena respeita muito a si mesma e ao seu pai.

Verbos no tempo presente, observou Eve, sempre no tempo presente. Para ela, Deena ainda estava viva. Seria outro pesadelo quando a realidade finalmente a atingisse?

Ela hesitou, tentando encontrar o tom certo para se dirigir ao pai sem piorar a dor da mãe. Aquela hesitação se traduziu automaticamente para os outros policiais na sala.

— Carol. — MacMasters apertou a mão da esposa com mais força por alguns instantes. — Você e Anna poderiam nos preparar um pouco de café? Acho que todos nós estamos precisando disso.

— Eu agradeceria muito — disse Whitney.

— Claro que podemos. — Obviamente compreendendo o estratagema, Anna se levantou e estendeu uma das mãos para Carol. — Eu adoraria um pouco de café.

— Sim, claro. Eu mesma deveria ter oferecido...

— Vamos cuidar disso. — Anna afastou Carol da sala com firmeza.

— Você quer saber se houve alguma ameaça contra mim ou minha família — começou MacMasters. — Qualquer coisa do trabalho que poderia ter levado a isso. Sempre há um viciado maluco que reclama ou ameaça, um traficante que tenta pressionar os ajudantes para livrar a sua cara ou salvar as aparências. Tenho um arquivo grande do que considero as ameaças mais graves. Realizamos uma operação muito importante há dois meses. Um empresário, Juan Garcia, conseguiu sair da prisão sob fiança. — Seu rosto se transformou com um olhar de repugnância. — Ele é advogado de agiotas, tem pilhas de dinheiro. Usa uma tornozeleira eletrônica, mas isso não o impediria.

— Vamos investigá-lo, então.

— Sim, sim. Só que... esse não é o estilo dele. — MacMasters esfregou o rosto. — Ele viria atrás de mim ou dos outros policiais da operação. Seria capaz de cortar a minha garganta, ou mandaria alguém cortá-la, sem pensar duas vezes se achasse que poderia escapar impune, mas não o vejo fazendo isso, nem ordenando que alguém fizesse. Além disso, se ele tivesse vindo atrás da minha família, certamente iria querer que eu soubesse quem foi.

— Vamos verificar tudo de qualquer modo e analisar o resto do seu arquivo. Preciso de uma cópia dele.

— Você a terá, tenente. Sei que nunca podemos ter certeza... — Ele se interrompeu por um momento, parecia lutar com as palavras. — Nunca podemos ter certeza sobre "se" ou "quando" alguma coisa pode voltar e atacar nossa família por causa do trabalho, mas tenho certeza de que não fui rastreado. Este é um bom bairro, e mantivemos tudo no nome de Carol nos registros públicos. As notícias se espalham, eu sei, mas a casa é segura, e ensinamos tudo sobre segurança pessoal e cuidados a Deena, desde que ela era pequena.

— Pode ter sido algo mais perto de casa? — sugeriu Eve. — Um desentendimento ou uma briga com algum vizinho?

— Não. Não houve nada. — MacMasters estendeu as mãos. — Todos por aqui se dão bem. Deena, especialmente Deena, era muito querida. Ela... ela fez pequenos favores para a sra. Cohen, do outro quarteirão, quando ela ficou presa em casa com o tornozelo quebrado. Também alimentou o gato dos Riley quando eles saíram de férias. Ela costumava...

— Você não percebeu alguém estranho circulando pela rua, perto da casa?

— Não. Não. De qualquer modo, ela jamais abriria a porta para um estranho, especialmente estando sozinha em casa. Eu examinei tudo enquanto esperava pelos guardas da emergência. Não consegui encontrar nenhum sinal de invasão. Não há nada faltando ou fora do lugar. Certamente não foi um assalto residencial que acabou mal. Foi algo direto e deliberado contra a minha filhinha. E foi alguém que ela conhecia.

— Neste ponto da investigação eu concordo com você, capitão. Ainda vamos cobrir todas as possibilidades. Vou falar com os amigos dela. Se havia um garoto que tinha despertado o interesse dela — Eve continuou, usando a frase de Carol —, ela pode ter sido mais receptiva a ele.

— Não foi... um encontro que acabou mal. Não foi um crime por impulso.

— Não, capitão, não acredito que tenha sido.

— Então me diga no que você acredita, tenente.

Eve olhou para Whitney, que lhe fez um aceno com a cabeça.

— Nesta fase muito precoce da investigação, acredito que ela pode ter marcado um encontro; pode ter combinado de receber um conhecido... alguém a quem ela pode ter sido apresentada fora do seu círculo de amizades. Alguém que pode ter feito dela um alvo específico. Acredito que ele a tenha incapacitado. Encontramos um copo, o único item que está fora do lugar na cozinha. Vamos examiná-lo.

— Ele a drogou. — A emoção tornou aquelas palavras mais ásperas.

— Possivelmente. Capitão, ainda não consegui tirar conclusões, e não estou inteiramente à vontade para esboçar especulações. Mas prometo mantê-lo a par de tudo. Prometo que minha parceira, eu e toda a equipe que já comecei a montar trabalharão de forma dedicada e diligente para encontrar as respostas.

— Eu solicitei você especificamente, tenente, porque não tenho dúvidas sobre isso. — Ele pressionou os olhos com os dedos. — Para ficar registrado, e repetindo a declaração que eu já dei ao comandante: minha esposa e eu voltamos cedo de um feriado de dois dias. As fechaduras estavam protegidas. As câmeras, descobri mais tarde, estavam desligadas. Não percebi isso de imediato. Nós fomos diretamente para o andar de cima. Fui colocar as malas no nosso quarto enquanto Carol foi ao quarto de Deena para ver se nossa filha já estava acordada. Ela gritou. Minha esposa gritou muito e eu corri direto para ela. Encontrei-a tentando levantar Deena da cama. Eu pude ver logo de cara que...

— Não há necessidade de continuar, capitão. Eu posso me guiar pela declaração que você já deu ao comandante.

— Não, todos sabemos que os passos e lembranças precisam ser repetidos. Eu pude ver logo de cara que tínhamos perdido Deena. Percebi as evidências de abuso sexual e físico... o sangue, as contusões, as algemas. Afastei minha esposa da nossa filhinha porque... porque eu sabia que precisava fazer isso. Ela lutou contra mim, mas eu consegui levá-la para fora do quarto e fui para os nossos aposentos, onde usei de força e intimidação para mantê-la lá enquanto entrava em contato com o comandante. Sei perfeitamente que esse não é o procedimento padrão. Eu deveria ter ligado para a emergência, mas...

— Eu teria feito o mesmo.

— Obrigado. — Seu peito estremeceu quando ele lutou para recuperar o controle. — Relatei toda a situação ao comandante. Pedi sua ajuda. Os guardas que ele despachou para cá chegaram logo. Não, isso não é exato. Voltei para o quarto de Deena antes disso. Eu tinha que ver... precisava ter certeza. Convenci Carol a descer as escadas, e nesse momento eu verifiquei a segurança e procurei sinais de invasão no sistema. Foi então que os guardas chegaram. O comandante e a sra. Whitney chegaram logo depois. Foi nesse momento que o comandante e eu voltamos para... a cena do crime. E aí eu solicitei a sua participação como investigadora principal.

— Obrigada, capitão. Já determinei que dois guardas comecem a interrogar os vizinhos. Com a permissão do comandante, mandarei para o senhor cópias de todos os relatórios.

— Permissão concedida. A equipe de legistas acaba de chegar — acrescentou Whitney, ao ver, pela janela, a van estacionar junto à calçada. — Seria melhor se mantivéssemos Carol na cozinha.

— Ficarei com ela — MacMasters se levantou —, caso já tenha terminado comigo por ora, tenente.

— Já terminei. Os peritos estarão espalhados por toda a casa em breve. Existe algum lugar para onde você e sua esposa possam ir por enquanto?

— Vocês irão para a nossa casa com a gente — determinou Whitney.

MacMasters assentiu com a cabeça. Eve pensou que o policial estava começando a desmoronar. Suas mãos tremiam, e quando ela o observou com atenção viu que as linhas nos cantos dos olhos estavam muito mais pronunciadas.

— Manterei contato, capitão. Mais uma vez, lamento profundamente a sua perda.

Quando ele saiu, um homem atordoado e claramente desorientado, Whitney se virou para Eve.

— Conclusões?

— Apenas especulações. Ela o deixou entrar, já tinha planejado fazê-lo. Impossível dizer neste momento se ela o trouxe para casa de algum encontro externo ou se ele apareceu aqui por conta própria. Ela preparou comida para ele no AutoChef. Provavelmente eles comeram. Se ele a drogou nesse momento e deixou o copo no balcão, foi um ato deliberado.

— Ele queria que soubéssemos disso — concluiu Whitney.

— Exatamente, senhor. Foi tudo pessoal, planejado e deliberado. As violações foram muito brutais, as contusões faciais parecem ter sido um ato posterior, uma ideia tardia, só para exibição. Acredito que ele a tenha sufocado. Ele a sufocou e estrangulou em vários momentos, talvez para lhe tirar a consciência e trazê-la de volta, a fim de prolongar o evento, a dor e o medo. Ele queria esses sentimentos. O momento exato da morte foi determinado como depois das três da manhã. Tudo que eu descobri até agora indica que a vítima não teria deixado ninguém entrar aqui no meio da noite, mesmo que fosse um jovem com o qual ela já estivesse habituada.

— Não. Não, eu não acredito que ela tenha feito isso. A menos que... E se ela acreditasse que alguém estava precisando de ajuda? Alguém que ela conhecia?

— É uma possibilidade. O mais provável é que ele já estivesse aqui há algum tempo, uma quantidade considerável de tempo. A menos que os peritos encontrem evidências do contrário, acredito que toda a violência ocorreu no quarto dela, e depois de ela já estar contida. Ele não se arriscou. Veio até aqui para realizar uma coisa específica e fez isso.

— Verifique crimes similares — aconselhou Whitney, mas logo se deteve. — Estou lhe dizendo como fazer o seu trabalho. Em vez disso, eu deveria deixar você fazê-lo.

— Vou começar com os amigos. Podemos ter sorte nisso, quem sabe obter um nome, uma descrição. Vou enviar o copo vazio que Peabody recolheu diretamente para o laboratório. Solicitei que Morris trabalhe como legista principal deste caso. Feeney, McNab e quem mais Feeney escolher da DDE irão lidar com a parte dos eletrônicos. Também faremos uma investigação no parque em que ela corria. Se ela conheceu o seu assassino lá, alguém pode tê-los visto juntos. E também vamos investigar Juan Garcia, embora eu tenda a concordar com o capitão sobre ele.

— Mantenha-me informado — pediu Whitney, então olhou para trás de Eve quando sua esposa voltou.

— Quis dar a eles alguns momentos em particular. E também vim entregar isso a você, tenente. — Anna colocou na mão de Eve uma agenda eletrônica. — Os nomes e os contatos das amigas que Carol citou estão todos aí.

— Obrigada.

— Sei que você precisa dar continuidade aos próximos passos da investigação, mas antes eu gostaria de lhe dizer algo, tenente. Carol e Jonah são amigos muito queridos e Deena era... uma menina encantadora em todos os sentidos. Eu nem sempre aprecio o seu estilo, tenente. Jack... — reagiu ela, com um olhar impaciente quando o comandante fez menção de interrompê-la. — Por favor! Muitas vezes, acho que você é uma pessoa áspera e difícil de entender. Mas, se Jonah não tivesse pedido que você liderasse essa investigação, eu teria usado toda a influência que tenho sobre o seu comandante para que você fosse designada para esta missão. Pegue esse desgraçado, tenente. Vá lá e pegue esse desgraçado.

Ela desmoronou, lançando-se diretamente nos braços do marido, e chorou.

Capítulo Três

Eve deu o fora dali. Caminhou pela calçada da casa, onde conseguiu respirar sem extrair tristeza e luto. E onde pôde restabelecer os bloqueios das suas próprias lembranças e emoções.

Identificou a dupla de guardas que tinha enviado para fazer perguntas atravessando a rua e caminhando na direção da casa da vítima.

— Olá, policiais. Relatório?

— Sim, senhora. Cobrimos o quarteirão e conseguimos falar com todos, à exceção de quatro moradores. Outros confirmaram que a família que mora duas casas à direita ficará fora da cidade durante três dias. Dois estão participando de uma marcha pelo Dia da Paz agora de manhã e o paradeiro do quarto morador não encontrado é desconhecido no momento.

— Quero o nome do que não foi encontrado. Vamos localizá-lo e interrogá-lo. Faremos o mesmo com os que foram à marcha pela paz. Todos os moradores deste quarteirão que estavam em casa nas últimas vinte e quatro horas deverão fazer uma declaração.

— Sim, senhora. Aqueles com quem conversamos não notaram nada fora do comum ontem, nem na noite passada. Todos declararam não ter visto ninguém entrando ou saindo da casa, com exceção da vítima. — A policial assumiu a liderança e pegou seu livro de anotações. — Uma moradora chamada Hester Privet viu e falou com a vítima ontem às dez e quinze da manhã. A vítima regava as plantas na entrada da casa. Conversaram rapidamente. A vítima contou que ainda tinha algumas tarefas a cumprir naquele dia, pois seus pais iriam voltar na tarde do dia seguinte. Privet nos disse que perguntou, em tom de brincadeira, se a vítima tinha organizado alguma grande festa para a noite. A vítima ficou envergonhada, mas sorriu e declarou que tinha planejado apenas uma noite tranquila. Privet então continuou seu caminho para casa, a pé.

Atrás da policial, Eve notou que um grande cão de pelo alaranjado parecia levar seus donos, um jovem casal, para passear no parque, e também viu um corredor com short vermelho saindo de casa.

— A testemunha tornou a passar diante da casa depois disso, em torno de três horas da tarde, quando levou os filhos para o parque, e tornou a passar mais ou menos às cinco horas, quando voltaram para casa. Ela disse que tem certeza de que o sistema de segurança estava acionado nessas ocasiões, ela quis confirmar isso, pois sabia que os pais estavam fora da cidade. No entanto, não viu mais a vítima em nenhum momento.

— Ótimo. Quero ser informada assim que vocês localizarem os outros moradores e conseguirem suas declarações.

Depois de dispensar os dois policiais, Eve ficou em pé ali onde estava, e observou quando os funcionários do necrotério levaram Deena para o lado de fora, dentro do incógnito saco preto. Então se moveu para interceptar uma mulher de cabelos louros soltos que vinha correndo em direção à porta da casa.

— Por favor, esta é uma cena de crime, você não pode entrar nesse momento.

— É Deena, não é? Eles não querem me contar o que aconteceu, os policiais. Só que houve um incidente. Eu não consigo acreditar... É Deena? O que aconteceu?

— Não posso lhe fornecer informações nesse momento. Você é amiga da família?

— Sim. Sou uma vizinha, Hester Privet. Conversei com dois policiais mais cedo, hoje de manhã, mas...

— Sei. Sou a tenente Dallas. Você falou com Deena, ontem?

— Falei, aqui mesmo, na frente da casa. Ela está... meu Deus, ela está naquele saco preto?

Não havia por que negar. Tudo seria divulgado em breve.

— Deena MacMasters foi morta na noite passada.

A mulher recuou um passo e quase caiu. Depois envolveu o próprio corpo com os dois braços.

— Mas... como? Como? — Lágrimas se acumularam nos olhos arregalados pelo choque. — Houve alguma invasão na casa? Ela é muito cuidadosa com os alarmes e as trancas. Ela cuida dos meus gêmeos, os meus meninos. Geralmente *é ela* quem me ensina a verificar se a minha casa está segura. Oh Deus, meu Deus. Meus meninos a adoram. O que eu vou dizer a eles? Posso fazer algo, qualquer coisa? Jonah e Carol. Eles estão viajando. Tenho as informações de contato, eu posso...

— Eles voltaram para casa esta manhã. Já estão lá dentro.

Hester fechou os olhos por um momento e respirou várias vezes.

— Eu... Eu quase vim verificar se... Quase vim para ter certeza de que ela não queria passar algum tempo lá em casa e ficar para jantar. Mas eu me convenci a não fazer isso. Eu gostaria de poder... Posso fazer alguma coisa? Qualquer coisa?

— Deena já levou alguém com ela quando foi tomar conta dos seus filhos? Algum conhecido?

— Às vezes Jo vem com ela. Jo Jennings, sua melhor amiga.

— Algum garoto?

— Não. Por Deus! — Ela usou as costas das mãos para limpar as bochechas molhadas de lágrimas. — Isso é contra as regras, e na verdade Deena nunca namorou ninguém.

— Ela sempre seguiu as regras?

— Sim, até onde eu sei. Muitas vezes eu desejava que ela quebrasse uma delas. — Hester passou a mão no rosto para enxugar outra lágrima. — Ela me parecia tão jovem e inocente para a sua idade, e por outro lado era muito madura. Responsável. Eu confiava nela de forma absoluta para cuidar dos meus filhos. Eu deveria ter verificado mais vezes como ela estava enquanto os pais estavam fora, deveria ter ficado de olho. Deveria ter insistido para que ela viesse jantar conosco. Mas eram só alguns dias, e eu nunca imaginei que... Simplesmente não pensei nisso.

— Ela já conversou com você sobre algum rapaz?

— Ninguém específico. Nós conversamos sobre garotos de vez em quando, em termos genéricos. Ela tem um relacionamento muito bom com a mãe, mas às vezes uma garota não pode contar certas coisas à própria mãe. E estávamos mais próximas uma da outra, em idade. Além disso, eu bisbilhotava — admitiu Hester, com um sorriso torto. — Acho que Deena tinha uma paixonite por alguém, porque percebi que ela andava cuidando mais da sua roupa e dos seus cabelos. Além do mais... Bem, havia um brilho especial nos olhos dela, entende?

— Entendo.

— Comentei com ela sobre isso, mas ela simplesmente me disse que estava tentando fazer algumas coisas novas. Mas havia esse brilho diferente em seus olhos. Um olhar de "tenho um segredo". Algum garoto a machucou? Alguém... — A percepção do que acontecera e o horror atingiram o seu rosto. — Oh Deus!

— Não posso lhe contar detalhes agora, mas vou lhe dar o meu cartão. Se você se lembrar de qualquer coisa que tenha visto, qualquer coisa que ela possa ter dito a você, quero que entre em contato comigo imediatamente. Eu não me importo se a lembrança for pequena ou possa parecer algo sem importância, quero que você me ligue. — Eve lhe entregou um cartão. — Mais uma coisa: você percebeu, quando a viu na manhã de ontem, se ela estava com as unhas feitas? Das mãos e dos pés?

— Não, ela não estava. Eu teria percebido, pois ela raramente fazia as unhas. E estava descalça. Ficou regando as plantas ali, descalça, então eu teria notado.

— Certo, obrigada.

— Eu tenho que contar ao meu marido e aos nossos meninos. Eles têm só quatro anos, não sei como lhes dizer.

Peabody saiu da casa quando Hester se afastou.

— A DDE está a caminho e os peritos já estão trabalhando. A senhora Whitney está colocando algumas coisas na mala para a senhora MacMasters. Eles vão ficar na casa dos Whitney por um dia ou dois, dependendo da situação.

— Vamos deixá-los em paz, então. Precisamos interrogar os amigos. Já está muito tarde para vasculhar o parque e perguntar coisas às pessoas que estão nas trilhas de corrida. O hábito dela era correr entre oito e nove horas da manhã nos fins de semana ou mesmo nos dias úteis, quando não tinha aula. Faremos isso amanhã. Vamos falar com Jamie primeiro.

— Jamie? O nosso Jamie?

— Lingstrom. Ele era um amigo.

— O mundo é sempre pequeno para coisas ruins.

Eve não tinha como argumentar contra isso.

Ela sabia que Jamie estava em casa para as férias de verão, hospedado na casa da mãe. Eve mantinha contato com ele, indiretamente. Ele era neto de um policial morto. Um policial muito bom e um menino que tinha perdido a irmã assassinada quando tinha apenas dezesseis anos.

A morte não era novidade para ele.

Além disso, também aos dezesseis anos, ele tinha deixado o marido de Eve estupefato quando usou um misturador de sinais caseiro para passar pelo sistema de segurança doméstica de Roarke, e foi tão bem-sucedido que conseguiu entrar na propriedade.

Eve sabia que Jamie trabalhava em um dos departamentos de pesquisa e desenvolvimento de Roarke durante o verão. Do mesmo modo como sabia que Roarke tinha certa frustração por saber que os planos do menino eram os de entrar para uma equipe da Divisão de Detecção Eletrônica e ficar na polícia, em vez de ir trabalhar no setor privado.

— Como eles eram amigos e eu conheço Jamie muito bem, sei que ele vai querer entrar no caso — declarou Peabody.

Eve escolheu o caminho pelo trânsito do feriado. Havia multidões nas ruas, e também quiosques de lembrancinhas e lanches, todos preparados para a parada que iria acontecer à tarde.

— Isso vai depender de Feeney. — Havia uma conexão ali também, pois o avô de Jamie e Feeney tinham sido muito próximos no passado. — O certo é que ele tem de entrar no caso. Está na curta lista de amigos da vítima, e é o único homem nela.

— Você acha que eles estavam envolvidos romanticamente?

— Os pais não acreditam nisso. Porém, de acordo com a mãe e uma das vizinhas, havia alguém, sim. Alguém bastante recente em sua vida, uma figura masculina cujo nome a vítima mantinha em segredo.

Peabody refletiu por um momento.

— Se ela tivesse uma atração qualquer por Jamie... e ele por ela... não creio que ela teria guardado isso para si mesma. Ele é exatamente o tipo de rapaz que os pais dela aprovariam. É inteligente, responsável, e tem uma antiga ligação com a polícia. Ganhou uma bolsa de estudos na Universidade Columbia e recebeu muitas outras ofertas de faculdades de alto nível. Ele acabou escolhendo a Columbia para poder ficar perto de casa e não deixar a mãe muito sozinha.

Eve lançou um olhar desconfiado, depois a fitou longamente e Peabody encolheu os ombros.

— Ele conversa com McNab, e é por isso que eu também sei que Jamie tem namorado apenas a faculdade nos últimos meses. Nenhuma garota, nada sério. Acho que ele nunca mencionou o nome de Deena. Eu me lembraria disso, pois a conhecia. Além do mais, a maioria dos universitários não curte meninas do ensino médio, pelo menos não para lances duradouros.

— E o que as meninas do ensino médio curtem?
— Rapazes. Um universitário seria uma grande subida no status. Só que... Deena não era desse tipo. Era simpática, séria e tímida.
— Vulnerável. Um cara que presta atenção a essas coisas saberia como agir. Ela fez as unhas.
— Há?
— Em algum momento, no sábado, ela fez as unhas ou foi fazê-las em algum lugar. Ela se arrumou toda... uma bela saia, uma boa blusa, joias e maquiagem. Se você fosse ficar em casa sozinha à noite, o que iria vestir?
— Um pijama ou calça larga e camiseta, provavelmente o que estivesse mais detonado.
— Ela não apenas o deixou entrar, como estava esperando por ele. — Eve parou diante de uma modesta casa geminada.

Ela já tinha feito aquele caminho antes, quando fora informar Brenda Lingstrom que sua filha estava morta.

Dessa vez foi Jamie quem abriu a porta.

Quando foi que ele tinha ficado mais alto? Eve precisou erguer o olhar para encontrar o dele, e isso foi estranho. Ele deixara o cabelo crescer um pouco mais, fazendo com que caísse ao redor do rosto em uma desordem loura. Seu jeans estava cheio de buracos e a camiseta larga exibia rostos desbotados com olhar de desprezo, e ela reconheceu os integrantes de uma famosa banda de *trash metal*.

Seu rosto tinha afinado um pouco desde que ela o vira pela última vez, e Eve o achou bonito. Outro leve choque. Ela não olhava mais para um garoto, percebeu, mas sim para um homem.

Seus olhos sonolentos se iluminaram com um prazer amigável, mas logo depois ficaram vazios e ele exclamou:
— Ah, merda!
— É um prazer rever você também.
— Quem morreu? Você não está na minha porta só porque estava de passagem aqui na rua. Quem foi? Minha mãe...

O pânico surgiu em seus olhos, a mão dele disparou e agarrou o braço de Eve com força suficiente para machucar.

— Não. Ela não está aqui com você? — quis saber Eve.

— Ela e a minha avó viajaram na sexta-feira para se encontrarem com amigas e curtir uma semana só de garotas, para aproveitar o feriado. Elas estão bem?

— Até onde eu sei. Nós precisamos entrar, Jamie.

— Quem foi? Diga-me quem foi.

Não havia motivo para tentar suavizar o golpe.

— Deena MacMasters.

— O quê? Não. Não! Deena? Ai, Deus. Ah, *porra*!

Ele recuou e entrou na sala de estar que havia mudado pouco desde que Eve tinha trazido a morte até ali, quase dois anos antes. Ele caminhou pela sala como um animal enjaulado, circulando as mesas e cadeiras do aposento.

— Por favor, me dê um minuto, ok? Apenas um minuto.

Eve apontou uma poltrona para Peabody e permaneceu em pé enquanto aguardava Jamie se recuperar do choque.

Ele parou e se virou com um ar de resignação cansada que não combinava com a juventude do seu rosto.

— Quando?

— Na madrugada de hoje.

— Como foi?

— Vamos falar sobre isso. Quando foi a última vez que você a viu?

— Ahn... — Ele esfregou o espaço entre as sobrancelhas. O gesto pareceu estabilizá-lo um pouco. — Há algumas semanas. Espere! — Ele se sentou sobre o braço de uma poltrona e olhou fixamente para um ponto indefinido por alguns minutos.

Eve o observou enquanto ele readquiria o controle e recuperava a compostura. Se ele decidisse seguir a carreira de alguém que aplicava a lei, certamente já tinha desenvolvido a força para se tornar um bom policial, refletiu.

— Foi numa terça-feira, duas semanas atrás. Um grupo de amigos foi assistir ao show desse novo grupo, o Crusher, no Club

Zero. Eu convidei Deena para vir junto porque não nos víamos fazia algum tempo, e ela adora música. De todos os tipos, mesmo as coisas antigas. O Club Zero é um local liberado para menores, então ela entrou sem problemas. Como o show estava uma bosta, eu e ela caímos fora após o intervalo e fomos comer pizza para colocar o papo em dia. Eu a levei até em casa e a deixei lá antes da meia-noite. Ela tem toque de recolher.

— Sobre o que conversaram?

— Todo tipo de coisa. Escola, música, vídeos, e-bits. Ela não curte muito a cena eletrônica, mas gostou de me ouvir falar sobre isso. Nós nos conhecemos desde sempre. O vovô conhecia o pai dela, e Deena estava de olho na Columbia, para o ano que vem. Conversamos sobre isso, já que eu estudo lá há dois semestres.

— Ela falou sobre o namorado dela?

— Que namorado? — Seus olhos ficaram em estado de alerta.

— Ela não estava envolvida com ninguém, que eu saiba. Não estava rolando nada. Ela quase tinha ataques quando a gente perguntava sobre esse assunto e raramente entrava numa de cara a cara.

— Cara a cara?

— Encontros, namoro, entende? Ela não se achava bonita, mas era. E dizia que não saberia o que dizer ou como dizer em um encontro. Minha mãe comentava que ela era apenas muito inibida e tímida, mas que iria superar isso com o tempo. Agora não vai mais. — A amargura tomou suas palavras. — O que aconteceu com ela, Dallas?

— Os pais dela estiveram fora neste fim de semana. — Eve manteve o tom rápido, porém neutro. — Em algum momento, ontem, ela deixou alguém entrar na casa. Parece que ela já esperava a visita e, pelo que descobrimos até o momento, concluímos que ela o conhecia e confiava nele.

Ele iria descobrir os detalhes em breve, Eve sabia disso. Era melhor ouvi-los agora, e por ela.

— Ele a algemou, a estuprou. E a matou.

Seu olhar não desviou do dela. Uma onda de fúria pareceu tomar conta Jamie quando ele se levantou, mas logo seus olhos se tornaram frios. Sim, ele seria um bom policial, ela decidiu.

— Ela não fazia mal a ninguém. Ela era o tipo de pessoa que muda de planos para não magoar ninguém. Mas era forte, ágil e inteligente. Conhecia golpes de legítima defesa. Ela me derrubou algumas vezes, quando treinamos juntos. Ele não teria sido capaz de algemá-la sem que houvesse uma luta. Deve haver algum vestígio disso no local.

— Ele pode ter lhe aplicado alguma droga para contê-la; isso conseguiu impedi-la de reagir ou feri-lo. Ela lutou, Jamie, lutou com valentia, mas já era tarde demais.

— Se ela deixou alguém entrar em casa, certamente o conhecia. Nisso você tem razão. Nós não estávamos mais tão ligados desde que eu comecei a faculdade, então não conheço todos os caras que ela possa ter...

— O quê...?

— Quando nos afastamos do grupo e fomos comer pizza ela me perguntou o que os garotos da faculdade procuravam em uma garota. Eu zoei com ela e disse que era o mesmo que todos os homens procuram. Mas ela queria saber, tipo, se a aparência pesava mais, ou coisas em comum... e se todos realmente esperavam sexo. Podíamos conversar abertamente assim porque não tínhamos esse tipo de bloqueio.

Ele se recostou um pouco, ainda sentado no braço da poltrona.

— Acho que eu lhe disse que sexo não era uma imposição, era uma expectativa. Quase sempre, pelo menos. E contei que eu não transei com todas as garotas com as quais saí. Depois, disse que ela não deveria se preocupar com a galera da faculdade já que ainda estava na escola. Ela simplesmente sorriu. Não dei importância àquilo, nem à forma como ela mudou de assunto. Só que ela não estava apenas falando sobre caras em geral. Havia um em particular. Filho da puta!

— A quem ela teria contado sobre ele?
— Jo. Jo Jennings. Se contou para alguém, foi para ela. BFF.
— BFF?
— *Best Friends Forever*. Tipo "melhores amigas para sempre". Elas sempre foram muito próximas, desde o ensino fundamental. Mas Deena sabia guardar as coisas e esconder o jogo quando queria ou precisava. Além disso, preferia escutar em vez de falar. Não gostava de aparecer e ficava nervosa quando as pessoas prestavam muita atenção nela.
— Certo, vamos conversar com Jo Jennings.
— E a segurança? — quis saber Jamie. — Ela não teria desligado as câmeras, nem mesmo para receber alguém que conhecesse. Regra da casa firme e imutável: câmeras ativadas 24 horas por dia, sete dias por semana.
— Parece que o assassino as desativou e removeu os discos de gravação.
— Então ele teria que acessar a sala de controle, que é protegida por senha. Ele tinha que saber a senha. Precisava saber a senha para... — Ele já estava pálido, mas ficou completamente branco ao refletir sobre o que acontecera. — Ele planejou tudo, desde o início. Armou para pegá-la. Ele misturou os sinais antes de entrar?
— Não chegamos tão longe na investigação.
— Mesmo que ele soubesse como invadir o disco rígido e pegar as gravações, ainda teria que ter algumas habilidades de hacker para apagar os dados. Alguns vestígios ainda podem estar lá, talvez em sombras ou ecos. Você já chamou o capitão para averiguar isso? Feeney está dentro?
— Ele já deve estar lá com a equipe.
— Eu quero entrar nessa investigação. Dallas, você tem que me deixar entrar.
— Eu não *tenho* que deixar nada — disse ela, com frieza. — O capitão Feeney tem autonomia na área dos eletrônicos.
Ele voltou a ficar de pé e cada músculo do seu corpo ficou tenso.

— Você não pode me impedir.

— Isso é uma pergunta ou uma afirmação?

Ele lembrou a si mesmo... e a ela.

— Um pedido.

— Como eu disse, a ação eletrônica é território de Feeney. O trabalho é mais difícil quando a vítima é alguém de quem o investigador gostava. Você já sabe disso.

Ele engoliu em seco quando assentiu.

— Quando Alice foi assassinada, Deena foi uma tábua de salvação para mim. Eu não queria falar com ninguém, mas ela continuou ao meu lado até conseguir que eu me abrisse. Vou estar lá por ela, agora. Consigo lidar com isso. Daqui a três anos, quando eu terminar a faculdade, pretendo me juntar à força policial de Nova York. Primeiro a faculdade, esse foi o acordo que eu fiz, mas depois vou correr atrás do meu distintivo. Eu consigo lidar com isso.

— Que acordo?

— O que fiz com Roarke, já que ele está bancando todas as despesas que a bolsa de estudos não cobre. Ah, você não sabia disso. — Um leve sorriso cintilou nos seus olhos. — Acho que ele também sabe como esconder o jogo.

— Pelo visto, sim. Se Feeney lhe der sinal verde, não tenho problema com isso. Sinto muito pela perda da sua amiga, Jamie.

— Os pais dela já sabem?

— Foram eles que a encontraram hoje de manhã.

Ele suspirou.

— Eu gostaria de passar lá. Não apenas pelo trabalho, mas talvez eu possa ajudá-los.

— Eles estão na casa dos Whitney.

Ele assentiu.

— Vou até lá, então, para falar com o capitão. Peça a ele que me deixe entrar.

— Recomponha-se primeiro. Até mesmo os e-geeks devem seguir alguns padrões.

— McNab está na equipe. — Peabody falou pela primeira vez, e se levantou. Foi até Jamie e o abraçou. — Você pode jogar algumas roupas numa sacola e passar um tempo no nosso apartamento, caso não queira ficar sozinho aqui.

— Pode ser. Obrigado. — Ele suspirou de novo. — É, pode ser.

Quando ele colocou a cabeça no ombro de Peabody, Eve viu que ainda havia um menino ali.

— Eu fui a uma festa ontem à noite. Talvez se eu a tivesse convidado para ir comigo. Talvez...

— Você não mudaria nada. — Peabody o abraçou novamente. — Vamos seguir a partir daqui.

Ele assentiu.

— A partir daqui.

— Ele também vai pensar na própria irmã — comentou Peabody quando elas voltaram à viatura. — Não conseguirá evitar isso. A maioria das pessoas passa pela vida sem encarar uma morte violenta. Ele só tem dezoito anos e teve de enfrentar isso três vezes.

— Trabalhar com a DDE poderá ajudá-lo a lidar com o trauma. Se você tivesse um namorado secreto, manteria-o escondido?

— Eu tive tanto azar com os homens durante tanto tempo que um namorado seria motivo para anúncio em um dirigível. Mas Jamie tem razão... pelo menos bate com o que eu sinto... ela pode ter mantido as cartas escondidas.

Eve estacionou a viatura diante do endereço seguinte: um edifício multifamiliar bem conservado.

— Ela tinha apenas dezesseis anos e, pela nossa teoria atual, provavelmente estava encantada por um garoto mais velho. Jaime contou que ela perguntou sobre colegas da faculdade. Deve ter desabafado com alguém. Eu voto na BFF.

O apartamento da família Jennings era de esquina e ocupava o terceiro e o quarto andar do prédio. A mulher que atendeu à porta parecia estar desorientada. O motivo devia ser, Eve concluiu, a briga que rolava dentro do apartamento. O som das vozes furiosas de uma menina e de um menino explodia no andar de cima.

— Pois não? O que deseja?

— Sra. Jennings?

— Sim, sou eu.

— Sou a tenente Dallas, do Departamento de Polícia de Nova York. Esta é a detetive Peabody.

— Meu Deus, os vizinhos estão reclamando? — Ela estendeu as mãos, com os pulsos unidos. — Você vai me prender se eu subir lá agora mesmo e bater a cabeça de um contra a do outro? Por favor, faça isso. Eu bem que preciso de um pouco de paz.

— Podemos entrar?

A mulher olhou rapidamente para os distintivos.

— Sim, claro. Eu nem sei por que eles estão brigando agora. Passaram a maior parte da manhã perturbando um ao outro por nada. Dia da paz uma ova! — exclamou, com amargura e cansaço. — O pai foi jogar golfe. Canalha! — acrescentou, com um sorriso brincalhão. — Talvez a senhora possa simplesmente subir e prendê-los. Assim eu conseguiria cinco minutos de *paz*!

Ela gritou a última palavra, se virando na direção da escada. O barulho não diminuiu.

— Sra. Jennings, não viemos aqui por causa de uma queixa. — Por que será que ela não mandava os filhos calarem a boca?, pensou Eve. — Nós somos da Divisão de Homicídios.

— Eu não matei ninguém. Ainda. Houve algum incidente aqui no prédio?

— Não, senhora. Viemos aqui falar sobre Deena MacMasters.

— Deena? Mas por que vocês... *Deena*?

Eve observou enquanto ela compreendia, mas continuou a pressionar.

— Ela foi assassinada na madrugada de hoje. Sabemos que ela e sua filha, Jo, eram amigas.

— Deena? — Repetiu, como um eco. — Mas como? — Ela colocou as mãos na cabeça como se fosse prender os cabelos. Só que eles já estavam presos em um rabo de cavalo, e seus dedos simplesmente ficaram encostados nas têmporas. — A senhora tem certeza?
— Tenho, sim.
— Sabemos que isso é um choque, sra. Jennings — acudiu Peabody. — Se pudéssemos falar por alguns minutos com Jo, isso poderia nos ajudar.
— Jo? Jo não sabe de nada. Jo ficou em casa a manhã toda brigando com o irmão. Ela não saberá informar nada.
— Ela não está em apuros — assegurou-lhe Peabody. — Estamos conversando com todas as amigas de Deena. É apenas rotina. A senhora conhecia Deena há muito tempo?
— Sim, conhecia. As meninas são melhores amigas desde que tinham oito anos. Desde que elas... elas... Oh Deus, meu Deus! O que aconteceu?
— Se pudermos falar com Jo... — interrompeu Eve. — A senhora pode permanecer na sala.
— Certo. Sim. Tudo bem. — Ela caminhou até a base da escada, agarrou o corrimão até que os nós dos seus dedos ficaram brancos. — Jo! Jo! Eu preciso de você aqui embaixo. Agora mesmo! Devo dizer a ela? Eu preciso...
— Nós contaremos. — Eve ouviu os passos firmes de crianças emburradas, e então uma menina com uma explosão de cachos e olhos castanhos violentamente irritados apareceu. Ela usava uma bermuda preta e, em uma expressão de moda que deixou Eve atônita, vestia três camisetas regatas, uma vermelha, uma azul um pouco mais cavada, seguida de uma preta, ainda mais justa, formando uma sobreposição com as três cores.
— Por que sempre eu? — reclamou Jo. — Foi ele quem começou. Ele não... — Ela parou e ficou muito vermelha de vergonha quando viu Eve e Peabody. — Eu não sabia que tínhamos visitas.

— Jo, querida...

— Eu sou a tenente Dallas. Esta é a minha parceira, detetive Peabody.

— Polícia? Vocês vieram prender o *anormal*?

— Você é que uma anormal! — rosnou um garoto que descia a escada, cabelos castanhos encaracolados completamente em desalinho, como estava na moda, e olhos tão violentos quanto os da irmã.

— Parem! Vocês dois! Agora mesmo!

Finalmente, festejou Eve consigo mesma. Obviamente atordoados pela rispidez do tom e pela ordem, ambos os filhos pararam e olharam para a mãe com cara de quem via um extraterrestre de duas cabeças.

Eve deu um passo para a frente e apontou para uma poltrona.

— Sente-se.

— Estou em apuros? Eu não fiz nada, juro.

— Anormal! — murmurou o menino em voz baixa, então se encolheu sob o olhar gélido de Eve.

Eve se virou para Jo.

— Lamento informar que Deena MacMasters foi morta esta manhã.

— Há? — Foi uma reação espontânea. — O quê? — As lágrimas brotaram e escorreram de forma abundante. — Mamãe? Mamãe! O que ela está falando?

Embora Eve sempre preferisse deixar os que choramingavam com Peabody, sentou-se em frente à Jo e manteve o rosto ao nível do dela, ao mesmo tempo que a mãe se espremia ao lado da filha na poltrona e envolvia em seus braços.

— Alguém a matou. Alguém que ela conhecia. Um garoto que ela andava vendo em segredo. Qual é o nome dele?

— Ela não está *morta*, não. Fomos às compras ontem mesmo, com Hilly. Por que a senhora está dizendo isso?

O irmão se colocou ao lado da poltrona, toda a raiva esquecida.

— Ela deixou alguém entrar na casa enquanto os pais estavam ausentes. Quem ela estava namorando?

— Ninguém.
— Mentir não vai ajudá-la agora.
— Tenente, por favor. A senhora não vê como ela está abalada? Todos nós estamos.
— Os pais dela também estão muito abalados. Eles chegaram em casa e encontraram a filha morta. Com quem ela estava saindo, Jo? Qual é o nome dele?
— Eu *não sei*. Mamãe. Mamãe!... Faça com que ela vá embora.
— A menina virou o rosto e o pressionou contra o seio da mãe. — Faça com que ela vá logo embora.
— Isso não vai fazer o problema sumir — disse Eve, com frieza, antes que a sra. Jennings tivesse chance de falar — Já aconteceu. Você era amiga dela?
— Sim. Sim.
— Eu vou lhe trazer um pouco d'água — murmurou Peabody, e se virou para procurar a cozinha.
— Conte-me tudo que sabe. É a única maneira de ajudá-la agora. Se você é amiga dela, vai querer ajudá-la.
— Mas eu não sei. Estou falando sério! Nunca o conheci, nem o vi. Ela só o chamava de David. Ela me contou que o nome era David, e disse que ele era maravilhoso. Eles se conheceram no parque algumas semanas atrás. Ela corre lá duas vezes por semana. Talvez mais.
— Tudo bem. Como foi que eles se conheceram?
— Ela gostava de correr, e um dia ele estava na mesma pista que ela e tropeçou. Ele caiu com muita força no chão e ela parou para ver se ele estava bem. Ele ficou muito envergonhado porque tinha batido o joelho com força e também torceu o tornozelo, sabe? Ele disse a Deena que estava bem, que ela não precisava parar, mas quando tentou se levantar viu que sua garrafa de água estava quebrada e tinha encharcado tudo em volta; ficou *ainda mais* envergonhado por ter molhado os sapatos dela. Eles saíram da pista, foram se sentar na grama e começaram a conversar um pouco, para que ela o fizesse se sentir melhor. Ele era muito fofo.

— Como ele era?

— Na verdade eu não sei, sério. Ela só me disse que ele era muito fofo. Todo certinho, de um jeito adorável. Ele é do estado da Geórgia e tem um sotaque que acabou por deixá-la toda derretida. Era meio desajeitado, muito doce e gentil. Um pouco antiquado. Ela gostou muito de tudo isso.

Peabody trouxe um copo de água que Jo observou longamente, antes de dizer:

— Obrigada. Eu não entendo. Eu não entendo!

— Por que ela o manteve em segredo? — perguntou Peabody, com sua voz suave.

— Era algo romântico. Ela não contou *nem para mim* até o mês passado, e só abriu a boca porque sentiu que iria explodir se não pudesse falar sobre ele com ninguém. E também porque... Bem, ela sabia que seus pais iriam fazer mil perguntas, e ele contou a ela que tinha se envolvido em alguns problemas na sua terra, na Geórgia, quando entrou no ensino médio. Problemas com drogas. O pai dela não iria gostar disso nem um pouco, apesar de ele ter contado isso a ela logo de cara, e garantir que tinha passado por um programa de reabilitação, com serviços comunitários e tudo o mais. Ela queria mais tempo antes de contar a alguém sobre ele.

— Mas você nunca o conheceu, então? — salientou Eve.

— Ele era tímido, e acho que ele disse que gostaria que fossem só eles dois durante algum tempo. Eles *não fizeram* nada. Juro, mamãe, eles não *fizeram* aquilo... você sabe.

— Certo, querida. Está tudo bem, Jo.

— Eles apenas se encontravam no parque às vezes, davam caminhadas ou passeios. Foram ao cinema algumas vezes e conversavam muito pelo *tele-link*. Já se conheciam havia várias semanas quando ele a beijou pela primeira vez. Ele tinha dezenove anos. Deena estava com medo de seus pais não gostarem, por ele ser mais velho.

— Eles tiveram um encontro ontem à noite?

Jo fez que sim com a cabeça, arrasada.

— Ela ia recebê-lo em casa, só para comer alguma coisa e esperar anoitecer, porque ele ia levá-la a um musical. Ela gostava de ir ao teatro e ele conseguiu ingressos para *Coast to Coast*. Foi por isso que nós fomos às compras ontem. Ela queria uma roupa nova. Comprou uma saia roxa *supermag*... roxo é a cor preferida dela. Também comprou sandálias novas para combinar. Estava muito empolgada.

Eve pensou nas sandálias perto da mesa junto à escada, e na saia roxa erguida sobre as coxas feridas.

— À tarde ela foi fazer as unhas das mãos e dos pés no salão. — Com os olhos cheios de lágrimas, ela tornou a enfiar o rosto no colo da mãe. — Ela me ligou para saber se eu podia me encontrar com ela lá, mas nós tínhamos que jantar na casa da vovó e do vovô. Ela queria que fosse uma noite especial. Estava muito feliz. Ele não a teria machucado, era um cara legal. Deve haver algum engano.

— A quem mais ela contou a respeito dele?

— A ninguém. Ela não deveria ter contado nem para mim, pois eles tinham prometido um ao outro manter tudo apenas entre os dois, pelo menos durante algum tempo. Mas ela não conseguiu, estava tão feliz que quis compartilhar comigo. Mas eu tive que jurar não contar a ninguém, nem mesmo para Hilly ou Libby. E eu cumpri a promessa. Não contei. Ele era tão *mag* que ela precisava contar a alguém. E nós somos melhores amigas. Só pode ser tudo um engano — insistiu Jo. — Por favor, deve haver algum erro.

Houve um engano sim, pensou Eve quando elas voltaram para a viatura. E foi a jovem Deena que o cometera. David da Geórgia... que papo furado era esse? Ele a tinha manipulado desde o primeiro encontro no parque. Tímido, desajeitado, doce, com uma pequena sombra no passado. Irresistível para uma menina como Deena.

Ele tinha inventado o garoto dos sonhos dela.

Mas por quê?

Capítulo Quatro

— Ela já era um alvo quando ele a viu correndo no parque e encenou o tombo — especulou Peabody em voz alta —, ou já era antes disso? Quero dizer, o alvo era Deena MacMasters, especificamente, ou qualquer outra adolescente com as mesmas características físicas?

— Boa pergunta.

— Acho que se fosse um lance de acaso ele teria tirado o time de campo assim que descobriu que o pai dela era policial. Há presas mais fáceis por aí.

— Ou isso pode ter sido um atrativo para ele — disse Eve. — Ela seria um belo desafio. Acho que ele já sabia o suficiente sobre ela no encontro em que deu início a tudo. Já havia pesquisado ou pelo menos começado uma pesquisa sobre ela. Já sabia que seu pai era policial quando encenou o encontro fofo. Sabia do que ela gostava. Bancou o garoto tímido, desajeitado, gentil.

— Era especificamente ela, então. — Peabody franziu a testa. — Se é assim, por que você achou uma boa pergunta?

— Porque não podemos descartar a outra opção. Vou te deixar na casa da próxima amiga, e essa ficará por sua conta. Acho que Jo estava falando a verdade quando disse que ninguém mais sabia sobre esse cara, mas é melhor colocar os pingos nos is para termos certeza. Quando terminar de interrogar as amigas, vá para a Central. Vou reservar uma sala de conferência. Quero que a DDE participe e nos dê um relatório preliminar o mais rápido possível.

— Eles saíam para caminhar — murmurou Eve, pensando no que Jo tinha dito. — Pode apostar que ele não a levava para caminhar ali mesmo, pelo bairro. Em nenhum lugar onde houvesse a chance de eles encontrarem alguém que a conhecia. Ele a levava ao cinema, que é escuro. Mantinha tudo em segredo. "Assim é mais romântico, e eu tenho vergonha da minha leve transgressão. Sou tímido." "Isso já acontecia havia algumas semanas", foi o que Jo disse. Houve muito tempo para ele preparar o bote. É um desgraçado paciente.

— E é jovem, se é que realmente tem dezenove anos.

— Pode ser que tenha, ou talvez saiba fingir ter. — Ela estacionou junto à calçada. — Temos de investigar crimes semelhantes. Vou dar início a isso depois de passar pelo necrotério.

— Diga a Morris que... Bem, simplesmente lhe dê as boas-vindas de volta. — Peabody saltou do carro.

Belas boas-vindas, pensou Eve, mas voltou ao trânsito. As barreiras nas ruas, o enxame de pedestres que rumava em direção à Quinta Avenida para ver o desfile, o mar de vendedores com suas carrocinhas de comida e bancas sobre rodinhas carregadas de lembranças do dia lotavam as ruas e as calçadas.

Alguns quarteirões adiante teve de desacelerar. Ela estreitou os olhos para a multidão de turistas e moradores locais que formavam paredes impenetráveis e pensou que, se mais uma pessoa aparecesse na frente dela fazendo o sinal da paz ou desfraldando alguma bandeira com flores, ela simplesmente puxaria sua arma de choque e daria uma boa rajada.

Tenho a paz que vocês procuram bem aqui, pensou.

Olhou para o relógio, bufou com força e ligou o *tele-link* do painel para entrar em contato com Roarke.

— Olá, tenente. Acho que você não me ligou para avisar que está a caminho de casa.

— Não. Estou em guerra contra o caos do Dia da Paz. Se essas pessoas querem paz, por que não ficam em casa?

— Será que é porque querem compartilhar sua boa vontade com os seus semelhantes?

— Porra nenhuma. Querem apenas ficar bêbadas, qualquer policial sente isso na multidão.

— Isso é verdade, claro. Para onde você vai?

— Para o necrotério. É um caso pesado.

— Sinto muito. Você pode me contar alguma coisa?

— A vítima é a filha de dezesseis anos de um policial condecorado que recentemente foi promovido a capitão. Foi violentada e assassinada em casa. Os pais encontraram o corpo esta manhã quando voltaram do feriadão.

— Sinto muito, de verdade. — Aqueles olhos azuis intensos examinaram o seu rosto em busca, ela sabia, de algum sinal de fraqueza.

— Eu estou numa boa.

— Ótimo. Há algo que eu possa fazer?

Você já fez, ao perguntar, pensou Eve, mas disse:

— Estou tentando encaixar as peças. Uma delas é Jamie.

— Jamie? Como assim?

— Eles eram amigos.

— Certamente você não suspeita que...

— Não, eu não suspeito. Vou confirmar o álibi só para não deixar nenhuma lacuna, mas ele não é suspeito. A garota tinha um namorado secreto que parece ter armado tudo e preparou o terreno para o bote. Estou a caminho do necrotério para ver se algumas das peças que estão na minha cabeça se encaixam com as evidências. Depois disso vou passar no laboratório.

Ela reparou em uma pequena brecha no trânsito; lançou o carro na direção dela, colocou-o no modo vertical e sobrevoou a rua — ela *adorava* a sua nova viatura. Em seguida foi para oeste.

— Pedi a Whitney que Morris atue neste caso. Depois vou convocar uma reunião com a equipe na Central. Precisamos pesquisar crimes semelhantes, investigar os eletrônicos e começar a vasculhar as áreas de interesse da vítima. É por isso que...

— Acho que vou até o centro da cidade só para observar você trabalhar.

— Olha...

— Posso ficar fora do seu caminho, se é isso o que quer. Mas você não pode deixar Jamie de fora. Talvez eu também possa ajudar nessa área. Você disse que os pais da menina... o pai que é capitão da polícia... voltaram para casa e a encontraram morta. Mas você não mencionou os discos de segurança nem o sistema. É de supor que um policial veterano tomaria todos os cuidados necessários, incluindo um forte esquema de segurança, para proteger sua família. Há muito trabalho eletrônico aí.

— Isso é com o Feeney.

— Vou entrar em contato com ele, então.

Eu sabia!

— Você não gostaria de curtir um domingo tranquilo em casa?

— Claro, desde que tivesse minha esposa aqui. Mas ela está tendo um dia diferente.

— Fique à vontade. Uma pergunta: por que você não me contou que estava complementando a bolsa de estudos do Jamie?

— Culpado! — Ele pareceu levemente desconcertado.

— Isso não é crime.

— Bem, agora já não tenho certeza, pois sei que você encararia como um suborno atraí-lo para uma das minhas empresas, certo?

— E não é?

— Certamente, e um suborno muito bom. Mas o garoto está determinado a virar policial. Se ele ainda estiver com essa ideia na cabeça quando terminar a faculdade, será um ganho seu e uma perda minha. Ele é muito bom.

— Tão bom quanto você?

Os olhos azuis selvagens brilharam.

— Não, mas é muito mais honesto. Vejo você na Central.

— Não venha pela Quinta Avenida. Merda, você precisa ver como está isto aqui! Tem um babaca fantasiado de símbolo da paz. Ele é um grande círculo amarelo, com braços e pernas de fora. As pessoas são muito estranhas. Vejo você mais tarde.

Ela sabia que ele viria, e tinha consciência do quanto era útil ter um ex-ladrão analisando os caminhos usados para desbloquear o sistema e hackear as senhas.

Deena poderia ter dado ao seu assassino a senha de acesso à sala de controle, se soubesse essa informação. Mas se ele desligou as câmeras, apagou o disco rígido e acessou os arquivos, certamente precisou de mais do que a senha para isso. Devia ter excelentes habilidades eletrônicas.

E nesse ponto o seu ex-ladrão era insuperável.

— Terrivelmente brilhante — murmurou, usando uma das expressões favoritas de Roarke.

Um grupo reduzido de funcionários estava de plantão no necrotério, por causa do feriadão, e os que estavam ali para lidar com os mortos usavam shorts coloridos por baixo do jaleco. Música alta circulava alegremente pelos laboratórios e salas de dissecção.

Eve duvidava muito que os clientes se importassem com a qualidade da música.

Ela parou e fez careta diante da máquina de vendas automática. Queria uma lata de Pepsi, mas não estava disposta a aturar desaforos da maldita máquina.

— Ei, você! — Cutucou um técnico que passava, e o gesto deixou o rosto dele tão pálido quanto suas pernas magras. — Pegue duas latas de Pepsi. — Ela colocou as fichas de crédito na mão dele.

— Certo, tudo bem. — Muito obediente, ele enfiou as fichas na máquina e fez o pedido. Quando as latas caíram no receptáculo e a máquina começou a tocar o jingle do refrigerante, Eve as pegou.

— Obrigada. — E se afastou.

O primeiro gole lhe pareceu chocantemente gelado, exatamente o que ela queria. Continuou pelo túnel branco, perseguida pelo eco das próprias botas e os constantes lembretes da morte que permaneciam no ar, apesar dos constantes jatos de desinfetante e aromatizador cítrico que saíam pelas aberturas do teto.

Ela parou diante das portas duplas da sala de autópsia para se preparar... não para enfrentar a visão da morte, mas o homem que trabalhava ali.

Respirou fundo e passou pelas portas.

Lá estava ele, parecendo o mesmo de sempre.

Vestia um jaleco protetor transparente sobre o terno escuro, cor de céu sem estrelas. Usava uma camisa em rico tom de ouro e uma gravata fina como uma agulha, preta e dourada. Ela franziu a testa ao ver o símbolo da paz em prata que ele trazia preso à lapela, mas teve que admitir que aquele visual funcionava bem com Morris.

Seu cabelo negro estava preso, exibindo o rosto exótico em uma única trança brilhosa.

Estava debruçado sobre a garota morta que ele já havia aberto com seu muito preciso e quase artístico corte em Y.

Quando seus olhos escuros se ergueram para Eve, ela sentiu sua barriga se apertar.

Ele parecia o mesmo de sempre, mas será que era mesmo?

— Acho isso uma péssima recepção de boas-vindas. — Ela atravessou a sala e lhe ofereceu a segunda lata. — Desculpe ter de convocar você mais cedo e em pleno feriado.

— Obrigado. — Ele pegou a lata, mas não a abriu.

A barriga de Eve se apertou ainda mais.

— Morris...

— Tenho algumas coisas para lhe dizer, Dallas.

— Ok. Tudo bem.

— Obrigado por encontrar justiça para Amaryllis.

— Não precisa...

Ele ergueu a mão livre.

— Tenho de lhe dizer algumas coisas antes de voltar para o nosso trabalho e para as nossas vidas. E você precisa me deixar dizê-las.

Sentindo-se indefesa, ela enfiou as mãos nos bolsos e ficou calada.

— Nós lidamos com a morte, você e eu, e com as pessoas que a morte deixa enlutadas. Acreditamos... ou esperamos... que encontrar as respostas e a justiça ajude os mortos e os que ficaram para trás, de luto. O nosso trabalho faz isso. De alguma forma ele faz, sim. Eu não acredito em mais nada, nem espero, mas reconheço esse fato. Eu a amei, e a dor que senti com a sua perda é...

Ele parou, abriu a lata e tomou um gole.

— Avassaladora — completou. — Mas você esteve ao meu lado, sempre ao meu lado. Como policial e como amiga. Você segurou a minha mão durante aquelas primeiras etapas horríveis da dor, ajudou-me a recobrar o equilíbrio e a estabilidade. Ao encontrar as respostas você me deu, e a ela também, um pouco de paz. Hoje é o dia para celebrarmos essa paz, eu suponho, mas o trabalho que você e eu fazemos é feio e ingrato. Mesmo assim eu preciso lhe agradecer.

— Ok.

— Mais que isso, Eve. — Ele raramente usava o primeiro nome dela e, naquele momento, fechou a mão sobre o seu braço para mantê-la imóvel. — E embora isso a incomode... — Ele sorriu de leve, apenas o suficiente para afrouxar os nós mais apertados na barriga dela. — Muito obrigado por sugerir que eu falasse com o padre López.

— Você foi vê-lo?

— Fui. Pensei em fugir daqui por algum tempo e ficar longe até... Até. Mas não havia nenhum lugar onde eu gostaria de estar.

E, para ser franco, me sentia mais perto dela aqui. Então fiquei e fui ver o seu padre.

Ela teve que lutar para não se contorcer.

— Não é o *meu* padre.

— Ele me proporcionou conforto — Morris continuou, apesar da agitação de Eve. — É um homem de fé inabalável, com uma mente aberta e compaixão ilimitada. Ele me ajudou com os primeiros passos, os mais difíceis, e me ajudou a aceitar que outros momentos difíceis ainda virão.

— Ele é... bom, mas não é um chato. Mais ou menos.

Dessa vez o sorriso alcançou os olhos escuros de Morris e aliviou um pouco mais a tensão.

— Uma excelente descrição. E obrigado pela sua confiança quando eu mesmo não soube confiar em mim.

— Não sei do que você está falando.

— Antes do seu pedido hoje de manhã eu estava inventando motivos e desculpas para não voltar ao trabalho tão cedo. Mais uma semana, talvez duas. Eu não tinha certeza se estava pronto para vir até aqui, enfrentar este lugar e lidar com o trabalho. Mas você me convocou. Confiou em mim e então... que escolha eu teria senão confiar em mim mesmo?

— Ela precisa de você. — Com relação a isso, Eve tinha a mesma fé inabalável de López. — Deena MacMasters precisa do seu trabalho. Você tem uma boa equipe aqui, boas pessoas. Mas ela precisa de *você*. Ela precisa de nós.

— Pois é. Então... — Ele a deixou atônita quando roçou os lábios, muito de leve, sobre os dela. — É bom ver você.

— Ahn... Digo o mesmo.

Ele apertou rapidamente o braço dela, mas logo o soltou.

— E onde está a inestimável Peabody?

— Trabalho de campo. Temos muito terreno para cobrir.

— Então vamos começar logo. Conheço o capitão MacMasters, é claro. Ele é um policial firme. Isso vai lhe deixar um buraco na alma.

— Ele está aguentando.
— O que temos aqui? O nome dela é Deena. — Ele olhou para Eve, que confirmou. — Sexo feminino, dezesseis anos, saúde perfeita antes da morte. Ela se cuidava e era bem saudável. Os exames não mostraram ferimentos prévios de qualquer tipo e confirmam a sua excelente nutrição. Sua última refeição foi consumida aproximadamente às seis e meia da tarde. Pizza de pimentões, cogumelos, azeitonas pretas e cerca de cento e oitenta mililitros de refrigerante de cereja. Como você pediu exames toxicológicos, eu descobri sinais do barbitúrico que ela ingeriu com a refeição, certamente misturado com a bebida.
— Ele a drogou.
— Não posso afirmar que foi ele, apenas que ela ingeriu o barbitúrico, e não encontrei sinais de uso regular dessa substância em seus tecidos. Pelo contrário. Considerando o seu peso e supondo que ela não estivesse acostumada a usar drogas, essa dose teria sido suficiente para deixá-la inconsciente por até uma hora.
— Tempo suficiente para ele levá-la para o andar de cima, algemá-la, depois desligar as câmeras e pegar os discos. Se é que ele seguiu essa ordem. Houve muito tempo. Ela devia estar grogue e desorientada quando voltou a si.
— Exato. Ela ingeriu outra dose, menor, por volta da meia-noite.
— Uma segunda dose?
— Isso mesmo. Suas mãos estavam algemadas atrás das costas, presas pelos pulsos. Há marcas roxas e lacerações na região que indicam que ela lutou com muita violência para se livrar das algemas. As marcas nos tornozelos indicam um material diferente. Provavelmente tecido.
— Lençóis.
— Isso é consistente com o que eu vi. Ela também lutou contra eles. E se você olhar bem — ele fez uma pausa para pegar um segundo par de micro-óculos e os entregou a Eve — ... bem aqui.
— Eles se inclinaram ao mesmo tempo. — Os lençóis estavam apertados demais e deixaram muitas marcas na pele. Aqui, aqui e aqui.

— Ela foi amarrada, libertada, amarrada mais uma vez. — Eve visualizou a cena mentalmente. — Amarrada, estuprada, libertada, virada, *amarrada*, sodomizada. Desamarrada, virada, estuprada novamente?

— Essa seria a minha conclusão. Violações repetidas, múltiplas sodomias, todas extremamente violentas. Como você pode ver...

Ele foi apontando pelo corpo. Uma linha de suor frio, gélido, desceu deslizando pela espinha de Eve. Mas ela o acompanhou, lutando com as suas lembranças e analisando os danos.

— Houve lágrimas, houve trauma. Seu hímen estava intacto antes da violação. Tão jovem — murmurou ele —, e tão implacavelmente usada. Não encontrei nenhum vestígio de sêmen. Ele usou preservativo e foi cauteloso o suficiente para trocá-lo todas as vezes em que a violou. Não temos nenhum vestígio dele dentro ou sobre o corpo dela. Eu diria que ele removeu seus próprios pelos genitais, e possivelmente todos os pelos do corpo antes do ato. Caso contrário, mesmo selado e com múltiplas violações agressivas, nós teríamos encontrado algum pelo perdido. Há algumas contusões nas pernas e nos seios dela, provocadas pelas mãos dele. Encontrei escoriações mais profundas em seus ombros, onde parece que ele a apertou com mais força. Em sua garganta...

— Ele a esganou repetidamente — completou Eve. — Olhou para o rosto dela enquanto fazia isso. Observou-a com atenção a cada vez, até ela desmaiar. Isso foi feito entre uma violação e outra. Aconteceu no intervalo entre elas porque ele não queria se arriscar a ir muito longe, fazendo com que ela morresse mais cedo, pois isso estragaria a sua diversão.

Ela conseguia visualizar tudo no quarto com paredes pintadas num suave tom de violeta e decorado com móveis brancos laqueados e lustrosos. Conseguia ver o terror, reconhecer o horror. E sentir a dor.

— Ele a esganou enquanto ela lutava, buscando por mais ar, para em seguida desfalecer — continuou Eve. — Então ele desamarrava suas pernas, virava-a de bruços, tornava a prendê-la. E esperava que ela tornasse a voltar a si para poder sentir quando ele a sodomizasse. Não seria bom ela estar apagada. Ele quer machucá-la. *Precisa* machucá-la. Talvez ele se excite com isso. Com a dor dela, com os seus esforços, os seus apelos.

— Você ficou pálida. — Morris tocou o braço dela. — Venha cá, sente-se um pouco.

Ela sacudiu a cabeça e afastou a mão dele. *Conseguiria* superar aquilo. Vislumbrando o próprio passado tanto quanto o de Deena, Eve passou a lata de Pepsi sobre a própria testa.

— Em seguida o que ele faz? Quando termina cada sessão e sempre que lhe dá na telha, quando a vê deitada ali tremendo, ou quando sua mente a leva para algum outro lugar para fugir da dor, ele empurra o rosto dela sobre o travesseiro e o mantém ali, sufocando-a até ela desmaiar novamente. Então ele pode virá-la e prendê-la mais uma vez. Ele a violentou durante oito horas... um dia inteiro de trabalho. Depois de cada etapa ele a deixava deitada ali por alguns instantes até conseguir se excitar novamente.

"Talvez tenha prometido deixá-la em paz se ela lhe contasse qual era a senha da sala de controle. Mas acho que ele já tinha cuidado disso, a essa altura. De qualquer forma a coisa rolou durante muito tempo. Ela certamente perguntou o porquê de tudo... por que ele estava fazendo aquilo. E ele certamente contou a ela, disse-lhe toda a verdade. Porque iria matá-la no fim, e adoraria contar o porquê."

— E por quê? — perguntou Morris, com suavidade, observando o rosto de Eve.

— Não sei. *Ainda* não sei. Mas ele se certificaria de que ela soubesse que *não era* porque a desejava. Nem porque gostasse dela. Se ele esperou tanto tempo e se deu a todo esse trabalho para machucá-la fisicamente, é porque também queria machucá-la mental e emocionalmente, certo? Queria deixá-la à beira do colapso. Além da violação e de tudo o que fez com o seu corpo, sua mente e sua alma, ele quis que ela soubesse, com certeza, que não significava nada para ele. Que ele tinha armado tudo desde o início. Levando-a para sair, segurando a sua mão, bancando o cara tímido. Fazer com que ela se sentisse uma idiota foi um bônus especial para ele.

Eve conseguiu manter a respiração calma e apesar de não impedir a pulsação acelerada que martelava em sua cabeça.

— A máscara caiu. Não precisaria mais dela a partir dali. Ele quis que ela visse quem ele era. Quis que ela soubesse o que estava dentro dela quando ele a estuprou, o que a rasgava e destruía por dentro. Era uma menina jovem e saudável, forte, então ele conseguiu estender o terror durante várias horas, até a última vez em que colocou as mãos em sua garganta; a última vez em que ela olhou nos olhos dele quando ele começou a sufocá-la com mais força. Até o fim.

Ela recuou. Não tremia, embora tivesse vontade. Mesmo assim, tomou um gole longo e lento da Pepsi já quase morna.

— Ele deixou as algemas. Algemas da polícia. Material padrão. Soltou as pernas dela, mas deixou as mãos algemadas. Porque isso foi um recado para o pai dela. Um golpe extra na boca do estômago. O alvo não era ela, aquilo não tinha coisa alguma a ver com ela. Ela tinha sido apenas um instrumento. Um meio. Ele poderia tê-la matado umas dez vezes antes daquele dia, de dezenas de maneiras diferentes. Mas quis que tudo acontecesse naquela casa... dentro do lar onde o policial acreditava que sua garotinha estaria a salvo.

Ela estudou o rosto da vítima.

— A segunda dose também foi um recado para MacMasters. Ele queria ter certeza de que encontraríamos a droga em seu sistema. Até onde ele sabia no momento do assassinato, os pais só voltariam no meio da tarde do dia seguinte. Nós não teríamos descoberto vestígios da droga tão depressa. Só teríamos chegado a um resultado positivo à noite, mesmo que trabalhássemos rápido. Ele quis deixar só mais um rastro para garantir que encontraríamos a droga. Foi por isso que abandonou o copo.

— Copo?

— Deve ser o copo dela que ele deixou sobre a bancada da cozinha, e haverá vestígios do barbitúrico lá, para o laboratório encontrar. É como se ele estivesse o provocando. Um insulto final. "Veja o que consigo fazer na santidade do seu próprio lar, com a sua preciosa filha, usando aquilo que você combate diariamente." Ela não foi a causa, o objetivo não era Deena. Desse jeito foi muito pior, não é?

Ela olhou novamente para Morris, já recomposta.

— É pior para MacMasters saber que não foi por causa da filha. Ela foi apenas o instrumento.

— Sim, certamente seria pior. — *E o que você foi?*, pensou Morris. *O que você foi para a pessoa que a utilizou dessa forma?*

Mas ele não perguntou em voz alta. Ele conhecia Eve muito bem... ele a compreendia bem demais para perguntar.

Mais tarde, ela ficou do lado de fora durante algum tempo, inalando Nova York, inspirando o calor pegajoso de um dia que decidiu se vestir de verão. Ela conseguira superar, disse a si mesma; conseguira enfrentar o pior, conseguira ultrapassar o pior momento até agora. Voltou para o carro e dirigiu até o laboratório.

Esperava um confronto com o chefe do laboratório, Dick Berenski. De fato, ansiava por descontar a tensão no homem conhecido pelo apelido pouco carinhoso de Dick Cabeção. "Ele é um merda, mas é o melhor", costumava dizer sobre ele.

Encontrou o lugar vazio, com exceção de alguns nerds de laboratório escondidos em seus cubículos de vidro ou cochilando sobre a papelada. E viu a cabeça do chefe — em forma de ovo, com finos fios de cabelo preto colados no crânio — inclinada sobre um monitor, enquanto seus dedos espertos e assustadores percorriam a tela e o teclado.

— Status! — Ela exigiu a resposta com tom de desafio.

Ele lhe lançou um olhar ressentido.

— Eu tinha ingressos para um jogo hoje à noite. Camarote. Conseguido por meio de suborno, sem dúvida.

— O capitão MacMasters tinha uma filha. Agora me pergunte se eu não estou pouco me lixando para o seu camarote.

— Ela não estaria menos morta se eu estivesse, neste momento, mastigando um cachorro-quente, tomando uma cerveja e assistindo aos Yankees na porra do Dia da Paz.

— Puxa, você tem toda razão. É um absurdo ela ter sido estuprada, sodomizada, estuprada de novo, aterrorizada e sufocada até a morte em pleno Dia da Paz só para lhe provocar um inconveniente desses.

— Nossa, Dallas, fica fria! — O brilho assassino no olhar de Eve dissolveu a ira de Berenski e ele acenou no ar com seus dedos de aranha. — Estou aqui, não estou? E já examinei o copo. Encontrei vestígios de refrigerante de cereja e barbitúrico. A substância é slider em forma líquida, misturada com um pouco de zoner em pó.

— Zoner?

— Sim, só um toque. Não era necessário, ainda mais com o slider, mas esse combo provoca sonhos assustadores no usuário. Normalmente ele acorda com a mãe de todas as enxaquecas. Eu não vejo vantagem em usar esse coquetel em particular, mas existe gente de todo tipo.

— Então ela sofreu mesmo quando estava inconsciente. E acordava com muita dor.

— Se ele queria simplesmente derrubá-la, o slider faria isso sozinho. Você deve imaginar que ele queria levar uma vantagem qualquer. Consegui DNA e impressões digitais, ambos da vítima. Eu já ia lhe enviar o resultado, você poderia ter poupado a viagem.

— E quanto aos lençóis e às roupas dela?

— Eu não sou uma máquina, cacete! Tenho o material reservado e vou examinar tudo. Os peritos já descobriram algo na cena do crime, como eu imagino que você também tenha feito: não há sêmen. Ele deve ter se protegido, é o mais provável. Mesmo assim vamos fazer um exame detalhado e completo. Se o revestimento tinha algum furo, mesmo que seja do tamanho da ponta de um alfinete, ou ele babou em algum momento, vamos descobrir. Antes que você me pergunte, as algemas são comuns, material padronizado. Eu diria que são novas, ou não foram muito usadas antes do crime. O sangue e os fragmentos de pele são da vítima. Não há impressões. Há fibras, mas provavelmente são dos lençóis. Minha assistente Harpo poderá lhe entregar o laudo amanhã de manhã.

Ela não podia reclamar. Ele tinha feito o trabalho.

— Envie o relatório sobre o copo e o outro também, assim que você terminar de examinar os lençóis e as roupas dela.

Ela deixou as coisas assim e rumou para a Central com o zumbido baixo de uma dor de cabeça na base do crânio.

Mesmo no Dia da Paz, e já à tarde, a Central de Polícia fervilhava. Proteger e servir significava trabalhar vinte e quatro horas por dia, sete dias por semana, e dane-se a paz. Os vilões, em suas várias formas e níveis, não tiravam folga. Ela imaginou que haveria delegacias em toda a ilha de Manhattan cheias de sujeitos não tão malvados que tinham bebido muito no feriadão, ou enfrentado algum empurra-empurra, ou tinham tido suas carteiras furtadas durante a agitação do desfile.

Ela pegou as passarelas aéreas em vez de os rápidos elevadores, a fim de ter mais algum tempo para se acalmar.

Queria ter alguma coisa para socar. Sentiu vontade de se atrasar mais vinte minutos, desviar até uma das academias do prédio e enfrentar um oponente androide. Em vez disso, oito horas depois da ligação de Whitney, ela entrou na sala de ocorrências da Divisão de Homicídios e foi direto para a sua sala.

Café, ela pensou — café de verdade — substituiria o alívio que ela teria com os socos e os nós dos dedos doloridos.

Ele estava sentado na cadeira de visitas — a cadeira que era terrivelmente desconfortável porque Eve não queria que ninguém se instalasse no seu espaço pessoal durante muito tempo.

Mas ele parecia à vontade, trabalhando no tablet com as mangas arregaçadas e o cabelo preso, como costumava ficar quando se preparava para mergulhar em uma tarefa espinhosa — ou quando já estava mergulhado.

Ela fechou a porta.

— Achei que você estava com Feeney.

— Eu ia para lá. — Roarke continuou sentado e analisou o rosto dela. — Só que eles ainda não voltaram da cena do crime. Já estão preparando a sala de conferência que você reservou.

Ela assentiu, caminhou direto para o AutoChef e programou café.

— Eu só quero um minuto, preciso organizar os pensamentos para a reunião da equipe. Pode ir até lá dizer a eles que estou a caminho.

Ela queria refletir junto de sua minúscula janela enquanto tomava café, mas esse minuto de reflexão exigia um pouco de solidão. Em vez disso, ela se virou e foi até a mesa.

Ele se levantou da cadeira e se colocou atrás dela. Fez menos barulho que um gato e tirou a caneca de café da mão dela para colocá-la de lado.

— Ei! Quero uma dose disso.

— Você a terá em um minuto. — Tudo que ele fez com aqueles densos olhos azuis pregados em Eve foi roçar as pontas dos seus dedos ao longo das bochechas dela.

— Tudo bem. — Deixando-se lançar num momento de completo abandono, ela permitiu se aconchegar nos braços dele. Poderia fechar os olhos e ser envolvida, abraçada, amada e compreendida.

— Ótimo. — Ele virou a cabeça e pressionou os lábios sobre os cabelos dela. — Pronto.

— Estou bem.

— Não muito. Nem vou perguntar se você vai repassar o caso para alguém. Você não faria isso, mesmo que não fosse um colega a pedir sua ajuda. — Quando ela fez que não com a cabeça, ele beijou seus cabelos mais uma vez e a libertou um pouco do abraço para que seus olhos se encontrassem. — Você precisa provar que conseguirá superar isso.

— Estou superando.

— Está, sim. Mas acho que se esqueceu de que não precisa passar por nada sozinha.

— Ela era mais velha que eu quando passei por isso. Tinha o dobro da minha idade. Mesmo assim...

Ele a acariciou quando a sentiu estremecer, apenas um tremor súbito e forte.

— Mesmo assim era jovem, indefesa, inocente — completou ele.

— Eu já tinha deixado de ser inocente. Eu já era... Quando estava no necrotério eu olhei para ela e pensei que poderia ter sido eu ali. Se eu não tivesse acabado com ele antes, poderia ter sido eu. Ele teria me matado mais cedo ou mais tarde, ou, pior, me transformado em uma coisa. Acabar com ele primeiro era algo que tinha de ser feito, apenas isso. Ela não teve essa chance; não teve nem mesmo a oportunidade que eu tive. Um bom lar, pais que a amaram e ficarão destruídos... uma parte deles ficará assim para sempre. Mas ela não teve a chance que eu tive de escapar. Eu nunca poderia passar esse caso adiante.

— Não, você não conseguiria.

Eles se abraçaram por mais um minuto, mas logo ela recuou.

— Eu queria algum tempo extra para espancar a porcaria de um lutador androide.

— Ah. — Ele teve que sorrir. — Isso sempre funciona para você.

— Pois é. Mas isso foi melhor.

Ele pegou a caneca e lhe entregou o café.

— Tomar um analgésico para essa dor de cabeça seria ainda melhor.

— Não está tão ruim, pelo menos agora. Vou aguentar até passar.

— A pizza que eu pedi vai ajudar.

— Você pediu pizza? — A parte dela que queria pizza entrou em guerra com a necessidade de manter a disciplina. — Eu já lhe disse para não continuar comprando comida para os policiais da minha equipe. Você vai mimá-los e corrompê-los.

— Há apenas uma policial que estou interessado em mimar e corromper, e a pizza é uma das fraquezas dela.

Ela bebeu o café e se esforçou para fazer uma careta para ele sobre a borda da caneca.

— Você pediu de pepperoni?

Capítulo Cinco

Feeney mastigava ruidosamente uma fatia de pizza muito bem recheada. Estava de pé junto à mesa montada na sala de conferência, muito concentrado no que comia, enquanto Jamie e McNab atacavam uma segunda pizza. O antigo parceiro de Eve, agora capitão da Divisão de Detecção Eletrônica (DDE), conseguiu equilibrar o que restava da fatia e o que parecia ser uma lata de refrigerante de baunilha enquanto estudava as fotos da cena do crime que Peabody ainda não tinha pregado no quadro do assassinato.

O capitão tinha cortado o cabelo recentemente, observou Eve, mas isso pouco ajudara a combater a profusão de cabelos ruivos salpicados de fios brancos espetados. Seu rosto maltratado e com ar de cansado continuava caído como o de um cão bassê. Eve observou que a jaqueta marrom, que ele combinara com uma calça enrugada, era tão velha que provavelmente fora comprada quando o seu ajudante, McNab, ainda choramingava para mamar no peito da mãe.

Em contraste com o capitão, o detetive McNab, um jovem astro da DDE que morava com Peabody, parecia cintilar dentro de uma calça cargo em tom vermelho vibrante, e uma camiseta amarelo-gema-radioativa estampada com relâmpagos. Seu rosto magro e bonito ganhava destaque graças ao cabelo comprido louro, preso em uma trança bem apertada que lhe descia pelas costas.

Já que a pizza estava ali, Eve pegou uma fatia.

— Você concorda que Jamie trabalhe neste caso? — perguntou a Feeney.

— Ele vai forçar a barra de qualquer modo. É melhor que faça isso onde eu possa ficar de olho nele. — Tomou um gole do refrigerante de baunilha. — Ele ficará abalado no início, mas depois irá entrar no ritmo. Eu também conhecia Deena. Uma boa menina.

— Ele manteve os olhos na foto do crime. — Que doente desgraçado. Isso vai se espalhar como fogo pelo departamento. Você terá mais policiais querendo trabalhar no caso do que conseguirá usar.

— Você conhece bem o capitão MacMasters?

— Trabalhamos juntos em vários casos e já tomei algumas cervejas com ele. É um bom policial.

Esse, Eve sabia, era um grande elogio vindo de Feeney.

— Você olha para isso, Dallas, e reflete... como policial, como pai, você pode fazer tudo certo, cumprir bem suas funções e se manter limpo. Ainda assim você não pode proteger a própria filha. A gente acha que consegue; apesar de saber o que há lá fora, a gente precisa acreditar que consegue. Até que uma coisa como esta traz a dor para dentro de sua casa e bem pela porta da frente. Então você descobre que não consegue evitar.

Ele sacudiu a cabeça, mas não deixou que a raiva lhe saísse do rosto.

— Queremos acreditar que somos capazes de proteger os nossos entes queridos. — Fez uma pausa e tomou outro gole lento da bebida. — Eu ia com a minha mulher até Nova Jersey hoje à tarde, um churrasco na casa do nosso filho. Ele mora em Nova Jersey, pelo amor de Deus! — acrescentou, com o desdém típico de um nova-iorquino nativo.

— Bem, pense por esse lado: o trânsito está uma porcaria.

— Com certeza! De qualquer modo a minha esposa me trará uma marmitinha. — Olhou para Deena novamente. — Esta menina perdeu muito mais que um churrasco no feriado.

— Ele agiu de forma calculada, Feeney, sabia como chegar nela. Tem de haver uma razão. Vamos trabalhar a partir desse ponto.

— Vingança. — Feeney assentiu com a cabeça. — Pode ser. O pai dela é policial há muito tempo; foi tenente na Divisão de Drogas Ilegais durante quase dez anos, eu acho. É capitão agora. Resolve os casos sem levar desaforos nem ameaças para casa. É um bom policial — repetiu. — Os bons policiais fazem inimigos, porém...

— Pois é, eu tenho trabalhado com "poréns". Vamos começar daqui, e depois partimos para outras possibilidades. Ligar telão! — ordenou ela.

O comando foi um sinal para os outros na sala e a reunião começou.

— A vítima é Deena MacMasters, sexo feminino, dezesseis anos. O IML confirmou homicídio por estrangulamento manual. A vítima foi estuprada e sodomizada várias vezes ao longo de um período entre seis e oito horas. Traços de um barbitúrico, mais conhecido como slider, misturado com uma pequena quantidade de zoner em pó, encontrado durante o exame toxicológico, indicam que ela foi drogada.

— Isso se chama wig.

Eve fez uma pausa e olhou na direção de Jamie.

— Desculpe, tenente. Eu queria informá-la que os malucos das ruas chamam esse coquetel de wig. A pessoa fica fora de controle e descabelada. Se alguém tomar o suficiente para apagar, vivencia pesadelos estranhos. Eles parecem muito reais e o usuário fica com uma puta dor de cabeça depois.

Feeney cutucou Jamie.

— Como é que você sabe tanta coisa sobre isso? Se estiver brincando com essa merda na faculdade eu vou...

— Ei, nem vem com essa, eu estou limpo. Se eu der uma mancada dessas perco minha bolsa de estudos. Além do mais, se eu quiser pesadelos, prefiro comer um burrito e assistir a um filme de terror à meia-noite.

— Exato!

— Jamie confirma o que eu soube por Dick Cabeção, no laboratório. Como não há feridas defensivas e nenhum sinal de luta anterior, acreditamos que ela tenha sido drogada com essa combinação e levada para o quarto, onde teve as mãos algemadas. Lençóis foram usados como cordas para os tornozelos.

— Ele queria que o pesadelo da menina começasse antes mesmo de ela recobrar a consciência — murmurou Peabody.

— E enquanto ela estava inconsciente, ele teve todo o tempo do mundo para lavar os pratos e o seu copo na lava-louças; depois, foi até a sala de controle. Ainda teve tempo de voltar para o quarto antes de ela acordar.

"Com exceção da calcinha dela, as roupas não foram removidas, apenas afastadas durante os ataques. Há lágrimas na blusa, mas não há indícios do uso de muita força. Isso sinaliza falta de raiva e de pressa, muita ponderação."

Eve lançou o olhar para Jamie quando ele fez menção de falar. Isso foi o suficiente para fazê-lo desistir.

— Pequenas marcas roxas no rosto e nos seios indicam que ela foi apertada, mas sem muita força. O roxo nos bíceps e nos ombros indica que ela estava presa. As contusões e lacerações nos pulsos e tornozelos provam que ela lutou, e lutou com valentia.

"O assassino não teve pressa — continuou Eve. — Ele a deixou incapacitada por asfixia, estrangulando-a até que ela desmaiasse, quando acreditamos que ele tenha desamarrado os lençóis dos tornozelos dela, a virado de bruços e a prendido novamente. Provavelmente esperou que ela recuperasse a consciência, antes de estuprá-la outra vez. Parece que repetiu esse padrão mais de uma vez."

Ela voltou a olhar para Jamie. Seu rosto estava muito pálido e seu olhar extremamente sombrio, mas ele não se manifestou.

— Isso nos diz muita coisa — disse Eve, e esperou.

— Ahn... Que ele não desperdiçou tempo nem energia espancando-a — palpitou Peabody. — Não estava interessado em machucá-la desse jeito. Não se deu ao trabalho de despi-la porque não se importava com isso. Não fazia questão desse tipo de humilhação.

Eve assentiu com a cabeça.

— O insulto é maior se ele a deixa vestida. Isso torna o ato mais básico do que já é. Penetração. Dominação. Dor.

O coração de Eve acelerou, como uma batida rápida de asas. Ela olhou longamente para Roarke e tornou a se acalmar.

— O laboratório confirmou que o copo deixado sobre a bancada da cozinha continha os mesmos elementos encontrados em seu organismo. Também foi confirmado que as algemas em seus pulsos eram material da polícia. Somente sangue e tecidos dela foram encontrados no objeto. Até agora a equipe de peritos da cena do crime não encontrou vestígio algum do assassino no local. Não há DNA dele sobre o corpo da vítima, nem dentro dela. Ele protegeu todo o corpo com spray selante. Peabody, declarações das testemunhas.

— A tenente e eu conversamos com duas amigas da vítima e com Jamie. Também falei com outras duas amigas da lista que os pais dela nos deram. Destas, só Jo Jennings declarou ter conhecimento de um homem com quem a vítima estava envolvida. Ele disse à vítima que tinha dezenove anos e, segundo as informações que temos, contou que estudava na Universidade Columbia, mas tinha vindo do estado da Geórgia. Eles se conheceram semanas atrás no parque, onde Deena sempre corria, e começaram a se encontrar em segredo. Todas as pessoas interrogadas declararam que a vítima tinha um tablet e um *tele-link* de bolso, mas nenhum dos dois aparelhos foi encontrado na cena do crime, nem na casa. Concluímos que o assassino os levou, pois eles devem ter se comunicado muito por esses meios. Nenhum dos amigos ou familiares de Deena conhece, nem conseguiu identificar esse homem, de acordo com suas declarações.

— De acordo com a declaração de Jo — disse Eve, reassumindo a apresentação —, a vítima contou ao criminoso ainda desconhecido que seu pai era um policial da Divisão de Drogas Ilegais. Ele então confessou à vítima que já tinha sido preso por envolvimento com drogas, e parece ter usado isso para convencê-la a esconder o relacionamento dos amigos e familiares dela.

— Ela teria acreditado. — Jamie olhou para Eve, que assentiu para ele completar a ideia. — Se ele contou que estava envergonhado ou se sentia constrangido por isso, ela teria concordado em manter segredo para ele não se sentir desconfortável. Deena não gostava de expor ninguém, entendem?

— Além do mais... — contribuiu McNab. — Namorado secreto? Isso é uma emoção irresistível para uma garota dessa idade.

— Pelas evidências que temos, a vítima não só o deixou entrar em sua casa na noite do assassinato como já esperava por ele. Mais uma vez, usando a declaração de Jo, a vítima acreditava que o assassino iria comer alguma coisa em sua casa, antes de levá-la ao teatro. A memória do AutoChef registra duas pizzas individuais, uma delas de carne e outra vegetariana, para a vítima. Isso aconteceu às dezoito e trinta. Ela ingeriu a primeira dose de drogas ao tomar o refrigerante.

— Primeira dose? — quis saber Feeney.

— Ela ingeriu uma segunda dose por volta de meia-noite. Suponho que o assassino sabia a hora em que os pais dela voltariam para casa, na tarde de hoje. Acredito que esta segunda dose tenha sido dada como forma de ele se certificar de que tudo apareceria com clareza no exame toxicológico. Ele não tinha como saber que os pais tinham decidido voltar mais cedo do que o planejado. Deixou o copo no balcão para ter certeza de que iríamos periciar o objeto e encontrar as drogas.

— Uma bofetada no capitão MacMasters. — Feeney franziu a testa para o relatório toxicológico que apareceu no telão. — Isso faz sentido, só que... quando alguém vai atrás de um policial, ele o ataca diretamente, certo? Se ele tentou atingi-lo por meio de alguém da família, onde está a assinatura do crime? Ele quer que o capitão saiba, sem dúvida alguma, que isso foi um retorno, uma vingança. Além do mais, só Deus sabe por que esse animal não podia ter tirado a vida dela em outro dia, sem ser hoje. Convencer Deena a entrar no jogo dele foi arriscado. Uma garota dessa idade fala demais. Ela contou a uma amiga um pouco sobre o que rolava.

— Foi mais divertido desse jeito. — Eve trocou a imagem na tela e exibiu a foto da carteira de identidade de Deena, uma jovem pura e sorridente. — Foi mais pessoal. Não só na casa, mas dentro do lindo quarto da menina. E ela abriu a porta para ele. Isso já foi confirmado?

Feeney assentiu.

— Não há sinal algum de interferência eletrônica ou ação de hacker em qualquer porta ou janela do lugar. Nossa linha do tempo preliminar bate com a sua, Dallas. As portas foram abertas por dentro, com o uso das senhas certas, às dezoito e vinte e três, e o sistema foi imediatamente religado, mais uma vez com os procedimentos adequados. Ela o deixou entrar e tornou a trancar tudo. Às vinte e três horas e dezoito minutos a porta da sala de controle foi aberta com senha e as câmeras de segurança foram desligadas, mais uma vez seguindo os procedimentos apropriados.

— Ele já estava com ela há quase quatro horas, a essa altura. — Eve fez uma pausa; não conseguia parar de pensar sobre como era ser estuprada e violada durante horas. — Ela lhe deu a senha. Ele não precisou descobrir por conta própria. Em vez disso, se esforçou para consegui-la por meio *dela*.

— Deena era filha de um policial — objetou Jamie. — E era inteligente. Eu não entendo como ela poderia tornar as coisas tão fáceis para ele.

Ele não conseguiria entender, Eve concluiu. Como poderia, sem nunca ter passado por isso?

— Quatro horas sendo estuprada, aterrorizada, esganada e asfixiada. Ela contou tudo a ele, sim, mas ainda foi preciso desligar as câmeras e pegar os discos de gravação. Talvez ela tenha negado na primeira vez, ou nas primeiras vezes. Então ele tornou a machucá-la, e fez isso repetidas vezes. "Dê-me as senhas, Deena, e tudo isso acaba agora mesmo."

— Ela não deu a senha certa para ele, pelo menos não logo de cara — especulou McNab. — Talvez ela nem sequer soubesse a senha. Não haveria razão para isso. Ele hackeou o sistema rapidamente, em dez minutos talvez. Portanto, ele é habilidoso nessa área, ou possui um bom equipamento. Os discos foram removidos, de acordo com os registros, às vinte e três horas e trinta e um minutos. Eles foram apagados e corrompidos, mas nós descobrimos o momento em que isso aconteceu. E talvez possamos reconstituir os dados, inclusive as imagens. Não será nada fácil, mas há uma possibilidade. O sistema é de última geração. Quanto mais avançado um sistema, mais à prova de falhas ele é e maior é a nossa chance de reconstruir os dados e restaurar tudo.

— Essa é uma prioridade — disse Eve. — Depois de pegar os discos, apagar e desligar tudo, ele voltou e continuou a atacá-la por mais duas horas.

— Ele saiu pela porta da frente — afirmou Feeney. — Desfez os bloqueios pelo lado de dentro e reiniciou o sistema às quatro e três da manhã.

— Teve muito tempo depois da hora da morte para se limpar, arrumar tudo para os peritos e deixar o copo. Sem pressa, sem pânico, um passo de cada vez. Aposto que tinha uma lista de tarefas — murmurou Eve. — Saiu cedo o bastante para não ser notado ou visto. No entanto, ainda saiu à luz do dia, e nós não temos ninguém que o tenha visto. Ele se mistura bem na multidão e tem facilidade para se deslocar. Há duas estações de metrô a três quarteirões da casa. Já solicitei cópias de todos os vídeos de segurança, mas...

Ela não gostava das probabilidades.

— Se ele é esperto o suficiente para armar tudo isso, também é inteligente demais para ser gravado por uma câmera de segurança em uma estação de metrô perto da cena do crime. Foi a pé, provavelmente. Mas não importa a distância entre o seu esconderijo e o local do crime. Talvez ele tenha caminhado ou entrado em um táxi num raio de dez quarteirões, em qualquer direção. Pode ter pegado a porra de um ônibus. Ou pode ter o seu próprio transporte.

— Ir a pé seria a melhor opção — comentou Roarke. — Sábado à tardinha, a cidade estava cheia, o tempo agradável. Quem notaria um menino ou um jovem caminhando pela rua? Bem vestido, suponho, mas não a ponto de chamar a atenção. O dia estava ensolarado, então ele devia estar de óculos escuros, talvez um boné ou um capuz. Pode ser que estivesse com um fone de ouvido, então parecia ouvir música, ou talvez estivesse usando o seu *tele-link* para fingir que falava com alguém ou digitava uma mensagem. Se a oportunidade surgiu, ele pode ter se misturado com um grupo de pessoas... caso tenha encontrado alguém da sua idade. Será ainda menos notado se estiver no meio dos outros. O melhor, se você pretende cometer um crime num local específico e precisa se expor de antemão, é se misturar entre as pessoas e desaparecer na multidão. O que eu faria, no lugar dele, seria pegar o *tele-link* alguns quarteirões antes de chegar ao meu destino, para me comunicar com o alvo.

Eve estreitou os olhos.

— Para avisá-la de que ele estava quase lá. "Mal posso esperar para te ver. Estou a um quarteirão. Você já está pronta?"... Esse tipo de coisa.

— Exato. Ela estaria lá, esperando-o chegar enquanto conversavam um pouco mais. Abriria a porta antes mesmo de ele subir as escadas. Ele entra em questão de segundos. — Roarke encolheu os ombros. — Bem, pelo menos isso é o que eu faria.

— E ela já vai estar com o *tele-link* à mão — acrescentou Eve.

— Ele vai precisar levar o aparelho, mas desse jeito não terá de procurá-lo pela casa, caso ela não o guarde de volta na bolsa. Essa seria uma jogada esperta e eficiente. Combina com ele.

Eve tamborilou com os dedos na coxa enquanto circulava pela sala, de um lado para outro.

— Ainda falta investigar o resto do bairro. E o parque. O parque é a nossa melhor aposta. Peabody, essa é a sua missão para amanhã. Feeney, sua equipe está nos eletrônicos. Concentrem-se no sistema de segurança. Vou pesquisar crimes correlatos e pedir para Mira montar um perfil do assassino. Tenho policiais investigando todos os lugares que ela costumava frequentar, e dois deles estão levantando dados sobre Juan Garcia, um traficante de drogas.

Feeney apontou com o queixo para as fotos da cena do crime.

— Esse Juan Garcia não age desse jeito.

— Concordo, mas vamos eliminar essa possibilidade e quaisquer outras que apareçam nos arquivos ou lembranças de MacMasters. A probabilidade de ele ter circulado com a vítima nos locais onde ela era conhecida é pequena. Após o contato inicial, ele teve de direcioná-la. Caminhadas longe dos lugares habituais e cinemas, mas não nos lugares que ela costumava frequentar... O parque? Provavelmente ele escolheu uma área diferente para se encontrar com ela depois de já estarem juntos.

— Se foi vingança...

Ela assentiu com a cabeça para Feeney.

— Nós vamos rever os casos de MacMasters e vou falar com ele mais uma vez, analisar tudo. Jamie, ela reconheceria um sujeito ligado a alguma gangue?

— Acho que sim, claro. Ela era inteligente, como eu já disse. Tinha muita consciência dos perigos da rua, mas não era... obcecada, entendem? Ela tomaria cuidado e saberia quais figuras evitar.

— Que tipo de jovem poderia atraí-la?

— Bem... ele teria que ser limpo. Não só no sentido estético. Ele teria de parecer correto e agir corretamente. Jo disse que ele contou que frequentava a Columbia? Isso poderia atrair o interesse dela, já que eu também estudo lá e ela pretendia entrar nessa universidade no ano que vem. É um assunto em comum, entende? E, ahn... ele também deveria ter boas maneiras. Tipo, ser um cara muito educado. Se ele desse em cima dela com muita insistência iria assustá-la.

Havia muitas outras faculdades em Nova York, pensou Eve, mas ele escolheu citar aquela onde um de seus amigos mais próximos estudava, e onde ela planejava entrar. Para Eve isso não era coincidência.

— Ele a analisou, espreitou, pesquisou tudo. E não teve pressa.
— Não, não é um traficante, nem um de seus capangas. — MacMasters fez reservas para esta viagem há dez dias. Este canalha estava pronto. Essa foi a oportunidade dele. Ela deve ter lhe contado sobre a promoção do pai.

— Ela me enviou uma mensagem na mesma noite em que soube da promoção — disse Jamie. — Acho que ela contou a todo mundo que conhecia. Estava muito orgulhosa. Fiquei surpreso por ela não ter viajado com eles, numa espécie de comemoração familiar.

— Uma garota nas primeiras semanas de um romance — disse Peabody. — Ela não quis viajar no fim de semana com os pais porque poderia ficar em casa e ver o cara. Mesmo que ela estivesse insegura sobre o que fazer, bastou um papo sobre como ele sentiria saudades para ela ficar.

— Trabalhamos com as informações que temos. Peabody, entre em contato com alguém na Columbia, para investigar a chance remota de ele ter dito a verdade. Quero uma lista de todos os estudantes do sexo masculino e todos os funcionários que tenham vindo da Geórgia, ou que tenham sido alunos ou empregados vindos da Geórgia nos últimos cinco anos. Faixa etária entre dezoito e trinta anos. Enquanto isso, vou chamar Baxter para colocar ele e o seu garoto na equipe. Eles vão investigar Garcia, depois quero que refaçam todas as conversas com os vizinhos e ampliem as buscas para os outros vizinhos em um raio de três quarteirões da cena.

Em sua sala ela investigou crimes semelhantes e fez uma pesquisa completa no sistema que era a menina dos olhos de Feeney: o CPIAC — Centro de Pesquisa Internacional de Atividades Criminais. Resolveu estender a pesquisa para todo o planeta e para fora dele também.

Enquanto seu computador trabalhava, Eve montou um segundo quadro do assassinato em sua sala. As imagens de Deena viva e morta ficariam com ela enquanto trabalhava.

— Garota inteligente — murmurou, enquanto prendia imagens, relatórios e organizava linhas do tempo. — Filha de um policial. Todo mundo fala isso. Mas no fundo você é apenas uma garota. Um jovem atraente lhe dedica atenção, diz as coisas certas, olha para você de um determinado jeito e pronto! Você não é mais inteligente.

Ela própria também não tinha sido, refletiu Eve. Não era filha de um policial, e sim uma policial experiente, cética e truculenta. Mas Roarke lhe dedicara atenção, disse as coisas certas, olhou para ela de um determinado jeito e pronto! Ela não podia afirmar que tinha sido inteligente. Tinha se desviado de suas próprias regras e correra riscos ao se interessar por um homem que ela sabia muito bem que era perigoso. Alguém que era o principal suspeito de um homicídio.

Não, ela não tinha sido inteligente. Simplesmente ficara deslumbrada. Por que alguém imaginaria que poderia ser diferente com Deena?

— Eu sei o que você sentiu, ou pensou ter sentido — murmurou Eve. — Sei como ele chegou até você, quebrou sua resistência, baixou suas defesas e enganou sua capacidade de julgamento. Eu tive sorte. Você não. Mas sei como ele fez para baixar a sua guarda.

Agora, em vez de pensar como a menina, ela precisava pensar como o perseguidor.

Ela se virou para o AutoChef e parou.

Café, lembrou. O primeiro presente de Roarke para ela tinha sido um saco de café. E era café de verdade. Irresistível... algo que, para ela, valia mais que um punhado de diamantes.

Encantador e atencioso. Tinha acertado em cheio.

Será que ele lhe ofereceu algo especial?, especulou consigo mesma. Algo pequeno que também tenha acertado na mosca?

Voltou para a mesa e estudou a foto de Deena. Música e teatro, lembrou. Esses eram os seus maiores interesses. E livros. Todos aqueles discos com arquivos de música, pensou. Talvez ele tivesse gravado um mix de músicas especialmente para ela. Ou poemas. Que mulher não curte poesia, especialmente se for presente de um homem?

Ela queria se juntar ao Corpo da Paz ou ao Educação para Todos, mas Eve não conseguiu pensar em um presente que tivesse ligação com isso.

Seu computador bipou, avisando que a primeira pesquisa estava completa. Deixando essa possibilidade em espera, Eve se sentou para estudar outros casos de assassinato com estupro.

Nada chamou sua atenção, embora ela tenha lido, analisado e comparado probabilidades durante mais de uma hora. A busca no CPIAC lhe ofereceu os mesmos resultados. Ela ainda tinha alguns palpites para rastrear, mas seu instinto lhe dizia que toda aquela busca era meramente *pro forma*, algo que precisava ser feito.

Já tinha eliminado metade dos palpites quando Peabody entrou.

— Trouxe a lista parcial de Columbia, a dos alunos e funcionários atuais. Só amanhã vamos conseguir os nomes dos ex-alunos e ex--funcionários. Neste momento há sessenta e três estudantes do grande estado da Geórgia, quatro professores, um guarda de segurança e mais dois funcionários. O guarda tem quase trinta anos, um jardineiro tem vinte e quatro e um técnico de manutenção tem vinte e seis.

— Vamos analisar o histórico de todos eles.

— Só que eu não acho que ele tenha dado a ela tantas informações verdadeiras.

— Acho que ele lhe forneceu verdades suficientes. Se ela decidisse bancar a filha do policial, e fosse checar algum dado pessoal, ele estaria seguro. Ele é muito cuidadoso para deixar pontas soltas.

Peabody apontou para o AutoChef e Eve assentiu.

— Você acha que ele estuda lá? — quis saber, enquanto programava o café.

— Acho que pode ter armado de modo que, se ela verificasse, ele apareceria como estudante. A essa altura ele pode já ter apagado o registro. Vou lhe dizer o que ele pode ter feito, se quis ser cuidadoso. Encontrou um estudante, clonou sua identificação, assumiu sua identidade ou a modificou, tanto faz. Pode apostar que ele tinha algo semelhante a uma carteira de estudante. Estudantes obtêm descontos no cinema, em teatros e shows. Ele sempre a levava para sair e teria de exibir um documento... e esse documento teria de passar pela segurança.

— Eu não pensei nisso. É por isso que o seu salário é menos merda que o meu. — Ela entregou o café fresco para Eve. — Então, talvez, ele tenha clonado um desses sessenta e três alunos... ou talvez tenha um cúmplice.

— Ele trabalha sozinho. Um cúmplice é alguém em quem você precisa confiar. Em quem ele poderia confiar tanto? Não há pontas soltas quando você trabalha sozinho. Aposto que um desses alunos perdeu ou teve a sua identidade roubada nos últimos seis meses. Ele a clonou, substituiu a foto por uma dele mesmo e ajustou os dados básicos, caso tenha sido necessário. Se Deena desconfiou de algo e foi verificar, viu que ele estava matriculado como aluno. Por enquanto, vamos checar todos eles. Quero colocar pingos em todos os is. Amanhã verificamos se algum desses alunos substituiu sua carteira de estudante. Pegue os primeiros trinta, e eu fico com o resto — ordenou. — Trabalhe aqui ou de casa, e se apresente no escritório da minha casa amanhã às sete em ponto.

— Aonde você vai?

— Quero voltar à cena e analisar tudo mais uma vez, depois estudo os arquivos em casa. Mande uma cópia dos dados da Columbia para o meu computador pessoal.

— Ok. Se eu encontrar alguma coisa, aviso.

Eve tomou o resto do café e ligou para Roarke.

— Algum progresso?

— Isso não vai ser rápido nem fácil.

— Eu já acabei por aqui. Vou voltar à cena do crime. Quero rever tudo, e depois vou para casa.

— Encontro você na garagem.

— Não vai ser rápido nem fácil, lembra?

— O capitão me deu permissão para levar alguns dos aparelhos para o meu laboratório. Tenho equipamentos melhores. Cinco minutos.

Ele desligou.

Ela pegou o que precisava, enviou cópias de todos os relatórios, anotações e arquivos para seu computador. No caminho para a garagem, foi se informar com um dos guardas que estavam encarregados de interrogar a vizinhança mais uma vez. Todos os moradores do quarteirão da vítima tinham sido localizados e entrevistados. Nenhum deles vira alguém entrar ou sair da casa dos MacMasters durante o fim de semana, com exceção da própria Deena.

Talvez Baxter e seu fiel ajudante Trueheart tivessem mais sorte, pensou. Ela e Peabody poderiam ir ao parque para conversar com os frequentadores matutinos. Mas quando um homem não deixava vestígio de si em um assassinato com estupro, quando levava horas para completar sua tarefa sem deixar rastros, a probabilidade de ser descuidado o suficiente para ser visto com sua vítima era baixa.

Mesmo assim, alguém em algum lugar os tinha visto. Lembrar disso era outra questão.

Eles tinham caminhado pelas ruas, conversado, comido e circulado pela cidade ao longo de várias semanas. Ela só precisava encontrar um local, uma pessoa, uma rachadura nesse bloco rígido para abri-lo.

Caminhou até a viatura, encostou-se no porta-malas e pegou sua agenda eletrônica para fazer mais anotações.

Columbia. Carteira de estudante.

Geórgia. Sotaque sulista.

Verdade ou mentira? Por que seria verdade, por que seria mentira?

Tele-link de bolso desaparecido, e também o tablet... Provavelmente um diário. Bolsa. Será que ele levou outras coisas da bolsa que seriam importantes? Para sua proteção ou como troféu?

Ergueu os olhos quando viu Roarke caminhando pela garagem.

— Alguma vez, ao abordar um alvo, você fingiu ter sotaque?

— Uma central de polícia não é um lugar adequado para discutir contravenções, pelo meu ponto de vista. Como você está trabalhando, eu dirijo.

Ele esperou até estar dentro da viatura para responder à pergunta.

— Sim, de vez em quando eu fingia, me adaptava ao objetivo. O sotaque irlandês frequentemente se adequava bem. Eu conseguia forçar o ritmo mais rude de West County, ou usar gírias de escola pública.

— Mas se fosse um golpe de longo prazo, um trabalho que demorasse várias semanas e exigisse muita comunicação com o alvo, seria mais fácil e seguro se manter perto do seu sotaque natural — sugeriu Eve. — Poderia torná-lo mais rude ou sofisticado, mas nunca afastá-lo do básico.

— Verdade — ele concordou, dirigindo para o norte da cidade.

— Um deslize e tudo desmorona.

— Um cara diz a ela que vem da Geórgia. Ela gosta do sotaque, conta esse detalhe para a amiga. Ele é inteligente, então o mais esperto a fazer é usar o que tem naturalmente, o que o deixa confortável. Talvez ele tenha morado no sul, pelo menos por algum tempo. Disse que estuda na Columbia, então talvez seja verdade, ou talvez conheça o local bem o bastante para poder bancar o esperto quando ela comenta "ei, tenho um amigo que estuda lá". Não vale a pena se entregar por um detalhe. É difícil acreditar que ele tenha dezenove anos e exiba esse tipo de paciência, controle e foco.

Ela olhou para Roarke e completou:

— Embora alguns dessa idade consigam.

Ele trocou de pista para aproveitar um espaço vazio em meio ao tráfego.

— Aos dezenove anos eu já carregava uma vida inteira nas costas. Tinha sido rato das ruas, já havia aplicado diversos golpes, roubava e já tinha planos de fugir para longe. Portanto, nessa idade já tinha aperfeiçoado algumas habilidades e aprendido sobre a necessidade de ter paciência e controle.

— Assassinato é diferente de roubo.

— Sim, completamente diferente. E mais ainda quando se trata do assassinato deliberado de uma menina inocente. Tudo é uma questão de motivação, certo? Para planejar, armar e executar tudo desse jeito é preciso uma motivação forte. No entanto, para alguns, o motivo está concentrado na emoção, não é verdade?

— Não me parece ter sido uma morte motivada por emoções fortes. Ele foi muito preciso em todos os momentos. E muito frio.

Roarke não disse nada por alguns instantes enquanto ultrapassava um táxi da Cooperativa Rápido e atravessava um sinal de trânsito segundos antes de ele ficar vermelho.

— Quando fui atrás dos homens que torturaram e mataram Marlena eu agi com frieza... Sangue-frio, mente fria. Alguns analisaram os resultados e acharam o contrário, mas não houve emoção envolvida. Nem um pouco.

Eve pensou na jovem filha de Summerset — Roarke considerava a garota como uma irmã e ela tinha sido assassinada como um aviso para ele.

— Deena não foi executada, se é que existe alguma semelhança entre ela e Marlena. Vingança. Esse alarme continua soando na minha cabeça. Por outro lado, ele poderia tê-la matado de outras maneiras, em outros momentos. Sequestrá-la e fazer MacMasters passar por essa agonia antes de matá-la.

— Ele gostava de bancar o namorado, é nisso que você está pensando. Quis estender aqueles momentos, fazer com que ela se importasse com ele. Talvez ele goste desse jogo. Se houve emoção, foi nessa fase. Sangue-frio e mente fria. É preciso as duas coisas para seduzir uma menina com o propósito específico de lhe tirar a vida.

Quando ele parou na frente da casa dos MacMasters, Eve saltou e ficou de pé na calçada.

— Já é mais tarde do que quando ele veio caminhando até aqui. Ele teve de vir a pé, nada mais faz sentido. Pode ter vindo de qualquer direção, até mesmo pelo parque. Até encontrarmos alguém que o tenha visto naquela noite, não há como saber. Ele carregava as algemas e a droga. Era uma noite quente, mas ele poderia estar vestindo uma jaqueta. Muitos jovens usam isso mais por estilo do que por necessidade. Algemas no bolso, talvez a droga também. Mas ele precisaria de ferramentas, certo? Para mexer no sistema de segurança. Talvez elas estivessem em uma mochila, uma bolsa ou sacola de academia. Ou simplesmente ele colocou as ferramentas em algum outro bolso. McNab usa calças imensas com um milhão de bolsos.

— Com uma jaqueta ele poderia pendurar as algemas na parte de trás da calça e cobri-las, como os policiais costumam fazer.

— Acho que ele caminhou com determinação, como um jovem que sabe exatamente aonde está indo. Um adolescente ou estudante universitário como outro qualquer, com boa aparência, limpo e vestindo roupas de qualidade. Ninguém presta atenção. Acho que ele ligou para ela pelo *tele-link* um ou dois quarteirões antes de chegar, como você disse. Talvez só para avisar: "Estou chegando." Pode ter dito que não sabia ao certo onde ficava a casa. Isso seria inteligente. Ela o guiaria até aqui, ficaria atenta à sua chegada e abriria a porta para recebê-lo assim que ele chegasse à escada.

— Ela também iria preferir que ele entrasse logo, certo? Não ia querer os vizinhos comentando com os pais que tinham visto um rapaz chegando para visitá-la enquanto eles estavam fora.

— Bem lembrado. — Eve estreitou os olhos. — Sim, eles podem até ter combinado isso antes, quando ele a convenceu de recebê-lo em casa. "Vou te ligar quando estiver perto, para você me ver chegando." O pequeno segredo deles.

    Ela viu a cena se desenrolando em sua cabeça quando subiu os degraus, rompeu o lacre da polícia e usou a chave mestra para abrir a porta.

    — Mesmo assim, alguém pode tê-lo visto. Ele não está preocupado com a possibilidade de alguém contar. Ela está morta, fim de jogo. Só que ele teria de tomar precauções sobre *o que* eles poderiam ver. Então eu aposto na jaqueta, provavelmente um boné e óculos escuros. Manteve a cabeça baixa, as mãos nos bolsos, usou fones de ouvido. Talvez alguém possa identificar as roupas, mas elas seriam descartadas mais tarde. Talvez possam oferecer uma ideia geral da sua altura e tipo físico... e a cor da pele. E daí? Nem mesmo testemunhas oculares conseguem guardar tudo com precisão. Ele é apenas um rapaz que vai se encontrar com uma garota.

    Ela parou no saguão e imaginou a cena mentalmente.

    — Ela está animada. Ele a beija. Ainda é o cara tímido e romântico. Precisa se manter no personagem para poder derrubá-la sem esforço, para que ela não tente lutar, fugir ou arranhá-lo. Ela está com o som ligado, gosta de música. *Eles* gostam de música. Talvez ela mostre a ele um pouco da casa, e certamente o leva até a cozinha para pegar a comida e as bebidas.

    Ela fez o caminho de volta, com Roarke ao seu lado.

    — É divertido, é empolgante jantar, um momento só deles dois. Ele tem cuidado para não tocar em nada, e quando precisa tocar em alguma coisa, anota mentalmente para poder limpar depois. Coloca as mãos nos bolsos novamente. É um cara tímido. Eles são jovens, então comem aqui mesmo, na cozinha. Logo ali.

    Ela caminhou até uma mesa azul lustrosa cercada por bancos acolchoados que ofereciam a vista de um pequeno pátio que acabava num muro alto.

    — Sentam-se um de frente para o outro, à mesa, para baterem papo. Para olharem nos olhos um do outro enquanto conversam. Eles comem, riem, brincam, flertam. "Ei, você quer mais um refrigerante?" Claro que ele quer, e quando ela vai buscá-lo ele pega a droga do bolso e a despeja na bebida dela. Muito fácil. Ela se sente tonta por um minuto, fica meio estranha, mas com o zoner fazendo efeito também sente o corpo um pouco relaxado, numa boa. Sai do ar lentamente, apaga. E ele a leva para o andar de cima.

"Ela pesava cinquenta e um quilos. Desacordada parecia pesar mais, mas não muito para um homem jovem e saudável — continuou Eve, enquanto seguia para a escada que saía da cozinha. — Faz mais sentido levá-la pela escada dos fundos. Para que desperdiçar energia? Se ele estudou a casa, e certamente o fez, sabia qual era o quarto dela. Ele a teria visto pela janela sempre que a tela de privacidade estivesse desligada. E ainda que não tivesse certeza, é fácil descobrir qual é o quarto certo. As cores, os pôsteres. Tudo ali é a cara dela."

Roarke não disse nada durante todo esse processo de reconstituição. Sabia o que Eve estava fazendo, circulando pela cena do crime nos papéis da vítima e do assassino.

— Ele quer contê-la logo, para não se arriscar. Prende as algemas e os lençóis. Aperta o tecido com muita força, quer que ela sinta dor, quer deixar marcas. Espera que ela lute. E ela vai lutar, ele sabe que sim. Então ele desce e lava tudo. Os pratos vão para a lavadora, exceto o copo dela. Liga o sistema no modo esterilizar e elimina todos os vestígios. Confere a porta do sistema de segurança. Não adianta tentar abri-la agora, porque ela vai lhe dar a senha mais tarde. Ele vai se assegurar de que ela o faça. Ele se despe e passa spray selante em todo o corpo.

Ela deu uma volta ao redor e sacudiu a cabeça, insatisfeita.

— Não, não, as coisas estão fora de ordem. Ele faria tudo isso lá embaixo, antes mesmo de subir com ela. Não deve haver vestígio algum seu aqui em cima. Ele guarda todos os seus pertences e roupas em uma pilha arrumada, cuidadosa, muito organizada. Depois de terminar com a vítima, basta pegar a bolsa dela, verificar o conteúdo, levá-la para baixo e guardá-la junto com as coisas dele. Sobe novamente, vasculha o quarto e se certifica com cuidado de que não há nada ali que pertença a ele; nada no computador, nada no *tele-link* do quarto. Nada em parte alguma...

Ela parou, vagando pelo cômodo, abrindo gavetas que já havia investigado.

— Será que ele tomou alguma coisa para garantir a ereção? Violações múltiplas exigem muita energia, muita excitação. É uma possibilidade, mais uma para a pilha de especulações. Talvez ele não precise disso. Pode ser que vê-la presa no pesadelo que ele lhe proporcionou... desamparada, assustada, até inconsciente, tenha sido o bastante para deixá-lo excitado. Então ela começa a recobrar a consciência e a diversão começa.

— Não se obrigue a vivenciar isso — pediu Roarke. Aquilo lhe partia o coração. — Nós já sabemos o que aconteceu, então não reviva tudo.

— É parte do trabalho. Tem de ser. Ela está... perplexa. A droga faz sua mente ficar enevoada a princípio, e depois vem a dor de cabeça, como uma punhalada.

Ela olhou para a cama, agora sem lençóis, só o colchão.

— Acaba de me ocorrer que ele poderia ter tornado as coisas mais fáceis. Poderia ter dado a ela uma dose de whore ou de coelho louco. Essa foi uma escolha pessoal. Ele não queria que ela participasse, mesmo que fosse sob o efeito de uma droga usada em estupros. Ele a queria aterrorizada e com dor. Será que ele contou a ela o que ia fazer ou partiu direto para a ação? Ainda não consigo vê-lo. Ainda não consigo entendê-lo. Ela chora. Tem só dezesseis anos, uma parte dela grita, pergunta por que e não quer acreditar... o garoto doce é um monstro. Mas a filha do policial sabe. A filha do policial o vê agora. Ele quer que seja assim.

"Ela luta... isso deve ser gratificante para ele. Mesmo durante o estupro ela luta. Ela luta ao mesmo tempo que grita, chora e implora. Ela é virgem; um bônus agradável. Ela sangra onde ele a desvirginou, sangra nos pulsos, sangra nos tornozelos. Ela é forte e luta com valentia."

Roarke ficou ao lado de Eve com fisgadas na barriga, enquanto ela analisava o que acontecera passo a passo, horror por horror. Ela foi até o outro lado do quarto, circulando a cama onde ocorrera aquela obscenidade. E mesmo quando descreveu os últimos momentos de vida de uma jovem indefesa, sua voz se manteve firme.

Roarke permaneceu calado até ela terminar a descrição e se lançar em uma nova busca pelo quarto.

— Mesmo depois de tanto tempo ao seu lado, não sei como você consegue fazer isso, como você se coloca nesses lugares e se força a enxergar as coisas do jeito que você faz.

— É necessário.

— Porra nenhuma! É mais do que uma questão de observar ou ser objetiva. Você faz o que faz e do jeito que faz pelo bem deles. Você faz isso por Deena e por todos os outros que tiveram suas vidas roubadas. É mais do que ficar ao lado dos mortos, o que já seria terrivelmente cruel de suportar. Você atravessa o inferno ao lado deles. Apesar de tudo o que vi e passei na vida, não sei se eu teria estômago para fazer o que você faz diariamente.

Ela se obrigou a parar por um momento e pressionou os olhos.

— Não consigo evitar. Não sei se algum dia isso foi uma escolha, mas sei que agora não é mais. O problema é que não estou conseguindo enxergá-lo. E não é por não termos encontrado alguém vivo que o tenha visto. A questão é quem ele é, o motivo de ser assim, por que ele fez isso, e desse jeito. Não consigo enxergá-lo. Ele está nebuloso. Reviver cada passo me ajuda a dissipar um pouco da névoa.

Ela esfregou os olhos mais uma vez e tornou a focar o ponto principal.

— Quanto tempo demora para alguém recolher os arquivos de um sistema como este aqui e apagar o disco rígido?

— Há dois bloqueios e é necessário um código para a recuperação dos discos. Mas eu conheço o sistema.

— Sim, é um dos que você fabrica, eu verifiquei. Mas ele saberia disso, pode apostar.

— Bem, então eu demoraria cerca de trinta segundos para recuperá-lo e mais um minuto ou dois para apagar tudo. Mas ele infectou o sistema para poder corrompê-lo. Descobrimos isso pela avaliação que fizemos hoje. Usou um vírus complicado para corromper o disco, eliminar os dados e as imagens, o que levaria algum tempo, além de habilidades específicas ou dinheiro para obtê-las.

— Ele não é tão bom quanto você; não estou dizendo isso para te agradar, mas a verdade é que ele não tem a sua experiência. Se ele consegue se passar por alguém de dezenove anos, duvido que já tenha chegado aos trinta. Então, vamos calcular duas ou três vezes mais para a recuperação dos arquivos e talvez o dobro do tempo para a limpeza, já que ele usou um vírus.

— O que você está procurando, Eve? Se eu tivesse uma ideia, talvez pudesse fazer mais do que simplesmente ficar parado aqui.

— Não sei. Alguma coisa. Você me deu café.

— Como assim?

— Um agrado, ele deu algo para encantá-la. Um pequeno presente, nada muito importante. Você me enviou um pacote de café logo depois de nos conhecermos.

— E você me interrogou na condição de suspeito de um homicídio.

— Funcionou. Estou falando do café. Você acertou. Então, o que foi que ele deu a ela? O que foi que... eu sabia... *Eu sabia!* — Ela pegou um disco de música tirado de uma estante onde havia mais de cem. — Happy Mix 4 Deena, diz o rótulo deste aqui. E olhe, ela colou um adesivo... um coração imenso, vermelho, com iniciais.

— DM para ela, DP para ele.

— É o nome que ele deu a ela, pelo menos — Eve confirmou.

— David, foi o que Jo disse. Eles nunca são tão inteligentes quanto imaginam. Ele deveria ter procurado e recolhido isso logo de cara. É uma ligação sólida, a única até agora.

Ela colocou a evidência dentro de um saco plástico.

— Devo lembrar que as chances de você rastrear a origem desse disco, um objeto tão comum, são minúsculas.

— Mas ele o gravou. Uma ligação é uma ligação. — Ela olhou em volta mais uma vez, satisfeita por alguns instantes. — Tudo bem, a cena não tem mais nada para me contar. Pelo menos por enquanto. Preciso trabalhar.

Capítulo Seis

Como Summerset não surgiu no saguão quando eles entraram em casa, como costumava fazer, Eve ergueu as sobrancelhas em sinal de estranheza.

— Onde está o sr. Terror?

O olhar que Roarke lhe lançou foi resignado e suave.

— Summerset tirou a noite de folga.

— Quer dizer que a casa está livre de Summerset? É uma pena desperdiçar esse momento de paz trabalhando.

Ele acariciou as costas de Eve com uma das mãos, descendo lentamente até a parte abaixo da cintura e concordou.

— Até que um intervalo não cairia mal.

— Nada disso, tenho mais de trinta nomes para pesquisar. Além do mais, adiei o envio do relatório para Whitney, na esperança de encontrarmos algo, por algum milagre. — Ela começou a subir a escada, mas parou subitamente ao ver o gato sentado junto ao último degrau, fitando-a com um indisfarçável ar de irritação.

— Deus, esse gato é quase tão horrível quanto o sr. Assustador.

— Ele não gosta de ficar sozinho em casa.

— Não posso levá-lo para passear nas cenas de crime. Aceite isso, amiguinho — disse ao gato, mas se agachou e o acariciou quando chegou ao topo da escada. — Alguns de nós têm de trabalhar para poder viver. Bem, pelo menos um de nós tem. O outro basicamente faz isso por diversão.

— Acontece que eu realmente preciso me divertir um pouco — afirmou Roarke. — Depois disso, vou passar algum tempo no laboratório.

— Teremos trabalho no Dia da Paz e também na Noite da Paz, pelo que estou vendo.

— Vou dar continuidade a algo que comecei esta manhã, quando minha esposa me deixou por conta própria.

Eles seguiram pelo corredor com o gato entre eles.

— Você pode me fazer uma cópia deste disco? — perguntou ela. — Preciso manter o original intacto.

— É claro. — Ele pegou o saco de evidências. — Vamos comer daqui a duas horas — decretou Roarke, enquanto passava pelo escritório dela e seguia direto para o seu. — Enquanto isso você pode alimentar o gato.

Eve nem se deu ao trabalho de fazer uma careta, pois isso seria um desperdício de energia. Passou pelo seu espaço de trabalho e parou de repente, mais uma vez, ao ver o gato de pelúcia que Roarke tinha lhe dado — uma réplica perfeita de Galahad — esticado sobre a sua poltrona de relaxamento.

Ela olhou para a réplica, depois para o original e de volta para o falso.

— Sabe de uma coisa? Eu nem quero saber o que você anda fazendo com o seu gêmeo.

Na cozinha, ela alimentou o gato e programou um bule de café.

Em sua mesa, ligou o computador e se sentou para organizar as anotações e os relatórios, e começar as dez primeiras buscas da lista da Universidade Columbia. Enquanto o computador funcionava, deu mais uma olhada no rascunho do relatório para Whitney.

Ela o editou e tornou a lê-lo. Torcendo para que ele ficasse satisfeito com o texto, pelo menos por enquanto, enviou cópias para os computadores dele, tanto o de casa quanto o do gabinete.

Em seguida, ordenou ao computador que exibisse as buscas na tela, pela ordem. Tornou a sentar-se com o café na mão e estudou os dados e as imagens.

Jovens, reparou, todos eram muito jovens. Nenhum dos rapazes da sua lista inicial tinha jeito de criminoso, nenhum deles cometera infrações quando menores, nem tinha ligação com drogas; não havia registro nem mesmo de uma briga com algum colega de faculdade.

Percorreu o resto da lista e recomeçou por outro ângulo.

— Computador, executar a lista atual considerando pais e irmãos com antecedentes criminais ou ligação com o capitão Jonah MacMasters em casos em que ele tenha atuado como investigador ou chefe de equipe.

Entendido. Processando...

Vingança. Se esse era o caso ali, era motivada por diferentes fontes, pensou. Enquanto a busca progredia, ela se levantou para montar mais um quadro do assassinato.

Dados processados...

— Exibir na tela!

Ora, ora... Ali havia vários registros, contravenções e algumas pistas. Onze das pessoas da nova lista tinham registros de contato com drogas ilegais, até mais de uma. No entanto, ela notou, nenhum desses nomes tinha ligação com o capitão MacMasters.

Refletindo sobre isso, ordenou uma busca nos investigadores e nas equipes. Talvez a ligação com MacMasters fosse mais nebulosa.

Mais uma vez, nenhum resultado. Ela se ergueu e caminhou pela sala.

Ela perguntaria isso diretamente a MacMasters. Talvez um dos investigadores fosse um velho amigo de infância ou um primo de terceiro grau.

Uma perda de tempo, esse não era o caminho certo, mas pelo menos ela eliminaria a possibilidade.

Circulou o quadro do assassinato várias vezes e o analisou de vários ângulos, mas não viu nada de novo. Sacudia a cabeça quando Roarke entrou.

— A filha dele — disse ela. — A vingança, se seguirmos essa linha, era matar a filha de MacMasters. Um reflexo do passado? Será que MacMasters foi o responsável, na mente do assassino, pelo estupro ou a morte de sua própria filha? Vamos supor isso, já que MacMasters só teve uma filha.

— Se o assassino estiver perto da idade que fingiu ter, seria um pai muito jovem. E se ele for o filho e MacMasters, em sua mente, for o responsável pela violação ou assassinato de um dos seus pais? Ou dele mesmo? Pode ser que ele se enxergue como vítima — propôs Roarke.

— Sim, também estou trabalhando com essa possibilidade. — Ela passou as duas mãos pelo cabelo. — Basicamente não estou chegando a lugar algum. Talvez seja uma boa ideia fazer uma pausa e clarear as ideias durante uma hora.

— Copiei o disco com os arquivos de música.

Algo em seu tom fez com que ela afastasse os olhos do quadro e os fixasse nele.

— O que descobriu?

— Rodei uma busca automática enquanto trabalhava em outra pesquisa. O disco tem áudio e vídeo, o que é incomum. Arte performática geralmente é comum em discos como esse. Mas houve um acréscimo feito na madrugada passada, às duas e meia, e outro logo depois das três.

— Ele acrescentou algo ao disco? Filho da puta! Você reproduziu a mensagem?

— Não, pois imaginei que você não iria aprovar isso.

Ela estendeu a mão para pegar o disco e o colocou no computador.

— Reproduzir arquivos gravados a partir das duas e meia, data de hoje. Exibir o vídeo no telão um.

Roarke não disse nada, mas foi até ela e se colocou ao seu lado.

A música veio primeiro, algo leve e alegre de forma quase insana. O tipo de coisa, pensou, que algumas lojas usam como fundo musical. Aquilo sempre a fazia ter vontade de socar alguém.

Então a imagem pareceu desfocada, depois mais nítida e mais nítida, até que cada hematoma, cada lágrima e cada mancha de sangue em Deena MacMasters aparecesse com clareza.

Ela estava apoiada nos travesseiros, meio deitada e meio sentada, de frente para a câmera. Provavelmente a gravação fora feita pelo seu próprio tablet ou *tele-link*, pensou Eve. Seus olhos estavam sombrios, arrasados, derrotados. Sua voz, quando ela falou, parecia arrastada devido ao cansaço e ao choque.

— Por favor. Não me obrigue a fazer isso — pediu a menina.

A imagem desapareceu e voltou a surgir em seguida.

— Ok. Ok. Papai, tudo isso é culpa sua. É tudo culpa sua. E... e... oh Deus! Oh Deus! Ok. Eu nunca vou te perdoar. Odeio você. Pai... papai. Por favor! Ok. Você nunca saberá o porquê disso. Você não saberá, e eu também não. Só que... eu tenho que pagar pelo que você fez. Papai, me ajude. Por que ninguém aparece para me ajudar?

A imagem sumiu por mais um segundo e a música mudou. Eve ouviu uma marcha fúnebre quando a câmera voltou e avançou lentamente a partir dos pés de Deena, suas pernas, seu tronco, até o rosto. E parou nos olhos vazios.

O foco se manteve no rosto quando o texto começou a rolar.

Poderá levar algum tempo até alguém achar isso e reproduzir a mensagem. Sua filha morta certamente gostava de música! Eu toquei música para ela enquanto a estuprava até acabar com ela.

Ah, sim, ela era uma idiota, mas tinha um traseiro maravilhoso. Espero que o nosso pequeno vídeo faça com que você enfie a sua arma na boca e estoure os seus miolos.

Ela não recitou o texto muito bem, mas isso não diminui a verdade de tudo. A culpa foi sua, seu babaca. Se não fosse por você, a sua filha idiota ainda estaria viva.

Por quanto tempo você conseguirá conviver com isso?

Vingança é uma coisa foda pra caralho!

Quando o crescendo da marcha fúnebre se intensificou, o áudio explodiu com os gritos de Deena.

— Computador, repetir tudo desde o início.

— Pelo amor de Deus, Eve!

— Preciso ver de novo — retrucou ela. — Preciso disso muito bem analisado. Talvez ele tenha dito algo que possamos destacar, talvez alguma superfície tenha o seu reflexo. — Ela se aproximou da tela quando o vídeo foi reproduzido mais uma vez.

Roarke foi até um painel de parede e o abriu. Pegou uma garrafa de vinho e tirou a rolha.

— Não há espelho, nenhuma superfície reflexiva. Os olhos dela? Do jeito que ele a colocou sentada, talvez consigamos um reflexo nos olhos dela.

— Viva ou morta? Desculpe — pediu Roarke, na mesma hora. — Desculpe. De verdade.

— Tudo bem.

— Não está nada bem. Ela ali, tão jovem, tão assustada... e tão indefesa.

— Ela não sou eu — garantiu Eve.

— Não. Não é você, nem Marlena. Mas... — Ele lhe entregou uma taça de vinho e deu um gole demorado na sua. — Vou ver se eu consigo algo a partir daí. Vou ter uma chance melhor de conseguir se trabalhar com o original, em vez da cópia.

— Preciso registrar isso na Central e apresentar a prova a Feeney. — Tempo, ela pensou, tudo aquilo ia levar tempo, mas... — Não posso pegar um atalho para essas coisas.

— Tudo bem, então. — Roarke apontou para a tela. — Você não vai mostrar isso ao pai, certo?

— Não. — Ela tomou um gole porque sua garganta estava seca. — Ele não precisa ver isso.

Porque precisava do contato, Roarke pegou a mão dela e a colocou entre as suas, enquanto analisavam a tela juntos.

— Parece vingança, como a que você supunha, e vale como motivo.

— Só pode ser, eu não consigo enxergar o que aconteceu de outra maneira. — Ela leu o texto novamente, e depois uma terceira vez... a medonha mensagem do assassino.

— Ele está se vangloriando — disse, com a voz calma. — Ele não resistiu à tentação de enfiar a faca no coração do pai e girá-la para machucar ainda mais. Deixar o disco de música não foi um erro. Mas acrescentar esse fim foi, sim, e dos grandes. Ele não se importa com isso, mas foi um erro.

— Não bastasse torturar aquela menina e forçá-la a dizer aquelas palavras, suas últimas palavras, para o pai. Ele teve que acrescentar a sua própria mensagem.

— Exato. Isso mostra uma rachadura no controle, na lógica, até mesmo na paciência.

— Matar — sugeriu Roarke. — Para alguns isso é empolgante, uma necessidade.

— Isso mesmo. Ele parece muito satisfeito consigo. Todas as semanas e meses de preparação chegando ao ponto culminante, no que ele enxerga como o seu triunfo. Então ele tem que executar a sua pequena dança da vitória. Foi um erro, uma fraqueza — disse ela, confirmando com a cabeça. — Ele colocou muito de si nisso e não conseguiu resistir à glória de reivindicar essa responsabilidade. É o tipo de coisa que nos dá base para mais buscas.

Foi algo pessoal, pensou. Profundamente pessoal.

— Ele precisava que MacMasters soubesse disso e sofresse por saber. Isso nos dá um foco. Vamos nos concentrar em MacMasters, os arquivos de seus casos, sua carreira. Quem ele prendeu ou derrotou, que policiais ele censurou oficialmente ao longo dos anos. Tudo que o assassino fez foi frio, controlado. Quanto a essa parte final? Pura arrogância, e mesmo que ele pareça presunçoso, na verdade está cheio de raiva. Isso ajuda.

Por ter visto o suficiente, talvez até demais, Roarke se afastou da tela.

— Espero que ajude mesmo.

— Vamos fazer uma pausa.

— Uma pausa que você resolveu fazer só por minha causa.

— Mais ou menos. — Ela ordenou que o telão se apagasse e pediu uma cópia do disco. — Você tem razão, isso me atinge de forma direta. Preciso me desconectar por algum tempo.

Ele se voltou para ela e perguntou a si mesmo por que não tinha reparado no quanto ela estava pálida, e no quanto seus olhos estavam sombrios.

— Vamos jantar. Não aqui. Vamos nos afastar de tudo isso e fazer uma refeição lá fora, ao ar livre.

— Ok. Tudo bem. — Ela soltou o ar com força, aliviando um pouco a pressão que sentia no peito. — Seria ótimo. Preciso informar Whitney e a equipe, imediatamente.

— Resolva isso que eu cuido da comida.

Quando ela desceu e apareceu no terraço, ele estava de pé com sua taça de vinho na beirada do piso de pedra, junto ao gramado. Tinha ligado as luzes que iluminavam as árvores, os arbustos, os jardins, e tudo tremeluzia à luz da lua. A mesa estava posta. Ele era bom naquilo. Velas cintilando e pratos de louça sob cloches de prata.

Dois mundos, ela refletiu. O que eles haviam deixado lá dentro por instantes e o que estava ali, brilhando na noite.

— Quando construí esta casa, este lugar — começou ele, ainda olhando para o escuro que parecia cintilar —, eu queria ter um lar, queria algo importante. E seguro, é claro. Mas acho que só depois de você chegar foi que eu coloquei a segurança e a proteção no mesmo nível. A proteção não era uma prioridade para mim. Gostei da vantagem. Quando você ama, a proteção se torna primordial. E apesar do que somos e do que fazemos, ainda existem brechas. Nós sabemos que sim. Talvez precisemos disso.

Ele se virou para ela e tudo pareceu um jogo de sombra e luz.

— Há pouco eu disse que não sabia como você conseguia suportar fazer o que faz e ver o que vê. Acho que ainda farei essa pergunta milhares de vezes, de mil maneiras, ao longo da nossa vida juntos. Mas esta noite eu sei. Não tenho as palavras certas, nem frases inteligentes, nem filosofia elevada para explicar. Simplesmente sei.

— Quando trazer tudo isso para dentro de casa for demais, você tem de me dizer.

— Querida Eve. — Ele foi até onde ela estava e roçou as pontas dos dedos sobre seu cabelo bagunçado. — Eu queria um lar e queria algo importante. Consegui isso, não foi? Consegui o pacote completo e impressionante. Mas você? O que você é, o que traz para esse lugar... até mesmo isso, ou talvez por isso, torna tudo ainda mais importante. E quanto a mim, o que eu posso acrescentar ao pacote? Bem, isso equilibra um pouco as coisas.

— Você procura equilíbrio?

— Pode ser que sim — murmurou ele. — E agora... — Ele se inclinou e roçou os lábios sobre a sobrancelha dela. — Vamos jantar.

Ela levantou uma cloche e estudou o prato que viu. Uma posta de peixe levemente grelhada sobre uma mistura colorida de vegetais e lindos cachos de massa.

— Parece... saudável.

Ele riu e tornou a beijá-la.

— Aposto que tudo isso vai descer com bastante facilidade. Depois você compensa o saudável com muito café e alguns daqueles cookies que você escondeu no seu escritório.

Ela se sentou com um olhar firme.

— Escondido significa apenas fora de vista. Eles estão bem guardados para que pessoas cujos nomes rimam com Treebody e McBlab não possam achá-los e devorá-los. — Ela espetou alguns pedaços de peixe com o garfo e comeu. — Está bom.

— É uma alternativa à pizza.

— Não existe alternativa para pizza. Ela reina absoluta.

— Você se lembra da sua primeira fatia?

— Eu me lembro da minha primeira pizza em Nova York... a primeira de verdade. Eu terminara a escola e já era maior de idade. Saí do sistema, vim para Nova York e me matriculei na Academia de Polícia. Já estava aqui havia algumas semanas e caminhava pelas ruas, tentando me encontrar. Entrei em um pequeno lugar no centro da cidade, em West Side: Polumbi's. Pedi uma fatia. Eles tinham uma bancada que se estendia ao longo de toda a vitrine, de frente para a rua, e eu me sentei ali. Dei a primeira mordida e aquilo foi como... não sei. O meu pequeno milagre. Pensei: "Estou livre, finalmente livre. Estou aqui, onde quero estar, comendo esta puta pizza e observando Nova York." Esse foi o melhor dia da minha vida.

Ela encolheu os ombros e deu mais uma garfada no peixe delicadamente grelhado.

— A pizza era muito boa, aliás — completou.

Isso o comoveu e animou.

Por algum tempo, eles conversaram sobre coisas inconsequentes e abençoadamente comuns. Mas ele conhecia muito bem o astral dela e a sua mente.

— Conte-me o que Whitney disse. Sei que isso está te perturbando.

— Pode esperar.

— Não precisa.

Ela brincou com os vegetais.

— Ele concordou que não é preciso mostrar a gravação a MacMasters nem, por enquanto, informar a ele sobre o que vimos. Vamos nos concentrar nos casos atuais e antigos do capitão para tentar ligar um deles ao arquivo ameaçador que encontramos. Só que...

— Você acha que ele é muito inteligente para ter feito ameaças logo de cara.

— Ele cometeu um erro, logo deve ter cometido outros. Mas não creio que isso será suficiente para que possamos encontrá-lo. Baxter e Trueheart investigaram o nome que MacMasters nos deu, de um traficante que ele ajudou a prender. Não houve resultado — disse ela, balançando a cabeça. — Não se encaixa. Quando você...

Ele inclinou a cabeça quando ela parou para dar mais uma garfada no peixe.

— Continue.

Ela o fitou longamente, já lamentando por tê-lo levado para longe da noite cintilante e tê-lo largado em meio ao sangue e à dor do passado.

— Certo. Os homens que mataram Marlena, que a brutalizaram e a mataram para atacar você...

— Você quer saber se eu deixei que eles soubessem que eu pretendia caçá-los e matá-los? — concluiu ele. — Isso é algo que a deixa... qual é a palavra mais diplomática? *Desconfortável?* Você receia me perguntar ou insistir em saber se eu os cacei e matei? Todos aqueles que a torturaram, estupraram, espancaram e destruíram?

Ela pegou o cálice de vinho e a percepção da raiva fortemente controlada de Roarke pareceu apunhalá-la. Mas ela manteve os olhos fixos nos dele.

— Estar confortável nem sempre é parte disso, do que eu faço, do que nós somos.

— Tudo que foi feito com aquela garota, e que nós assistimos no monitor do andar de cima, foi feito também com outra menina, que era até mais nova. Por mais de um homem. Sem parar, repetidas vezes. E pelo mesmo motivo, ao que parece: para atingir outra pessoa. No caso de Marlena, essa pessoa era eu. Ela era parte da família para mim, e eles a destroçaram em mil pedaços.

— Eu pedi que você me avisasse quando o caso se tornasse pessoal demais. Por que você não fez isso?

Ele se recostou na cadeira e deixou transparecer seu esforço para se controlar, o que raramente acontecia.

— A nossa ligação é muito forte para isso, Eve, e eu não mudaria nada. Só que, por Deus, há momentos em que enfrentar o passado é como engolir vidro quebrado.

Ela caiu em si de repente e isso a fez ter vontade de se levantar e socá-lo.

— Droga, eu não estou comparando a forma como você agiu com o que este canalha fez. Você não matou um inocente para punir o culpado. Você não agiu motivado por vingança cega, e sim por... não importa se eu concordo com isso ou não... por um senso de justiça. Eu simplesmente lhe perguntei isso, seu idiota, porque você era jovem quando tudo aconteceu, e a juventude muitas vezes é imprecisa e impaciente. Só que você compensou tudo *com paciência e foco* até conseguir o que... o que se propusera a fazer. O que não era, pelo amor de Deus, estuprar e assassinar uma garota só porque sentiu vontade.

Ele não disse nada por um momento, e então encolheu os ombros.

— Bem, eu certamente acredito nisso. — Quando ela franziu o cenho para ele e a luz das velas cintilou entre eles, Roarke sorriu. — O fato, o simples fato de que você sabe que me transformou e aceita tudo isso é a minha grande sorte.

— Porra nenhuma! — murmurou ela, e ele riu ao vê-la usar um dos seus xingamentos favoritos.

— Eu adoro você, todos os dias — rebateu ele. — Percebi que eu precisava de mais do que uma refeição e uma pausa. Eu precisava colocar isso para fora. Então, voltando à sua pergunta, tenente...

— Qual foi mesmo a pergunta, afinal?

— Se eu ameacei, me gabei ou transmiti aos homens que haviam matado Marlena que eu pretendia fazê-los pagar caro? Não, eu não fiz nada disso. E também não deixei nenhum rastro. Portanto, nenhum dos envolvidos soube o porquê daquilo.

— Foi o que eu imaginei. — Mais calma, ela assentiu com a cabeça. — Nesse caso, a motivação foi outra. Não foi vingança. Isso é parte da diferença, e parte da necessidade do que vimos aqui. O motivo do vídeo, da mensagem.

— Sim. Eu concordo. Esse tipo de vingança é uma espécie de sede insaciável.

— Sede — murmurou ela, e repassou a mensagem mentalmente — Sim. Essa é uma boa palavra para descrever isso.

— Geralmente você deixaria pistas o bastante para que o alvo da vingança soubesse de onde veio a flecha que o atingiu. Caso contrário, não haveria sentido nessa dança da vitória.

— Sim, mas precisamos verificar isso. Temos de passar um pente fino na universidade, porque esse é um bom ângulo. E analisaremos o disco. Feeney precisa cuidar do vídeo.

— Estou sendo rebaixado? — quis saber Roarke, com um tom leve.

Ela arqueou as sobrancelhas.

— A nossa ligação é muito forte para isso — disse ela. — Só que a vítima é filha de um policial. Precisamos ter cuidado. Quero que o chefe da DDE seja o responsável por essa evidência. Nosso orçamento é ilimitado, assim como a mão de obra, mas haverá algumas figuras da imprensa e até mesmo do departamento que irão questionar certas coisas.

Uma leve ruga de irritação surgiu entre os olhos de Eve.

— Por que esse caso merece tanta dedicação e esforço? — continuou ela. — Por que o cidadão comum não recebe o mesmo tratamento? As respostas são simples. Quando alguém ataca um policial ou sua família nós vamos atrás dele. A situação é ainda mais complexa. Quando alguém ataca um policial ou sua família coloca toda a sociedade no centro das atenções e torna ainda mais difícil trabalhar em prol do cidadão comum. Convivemos com o perigo o tempo todo, mas em casos como esse a coisa se intensifica. MacMasters teve parceiros ao longo dos anos, e também homens sob o seu comando quando se tornou chefe. Quantos deles podem estar vulneráveis? E tem mais: quando conseguirmos agarrar esse desgraçado, cada evidência que levarmos para o tribunal, cada passo dos procedimentos terá de estar perfeito, acima da reprovação. Não podemos ter nada que seja questionável dentro de um tribunal, nada que um advogado de defesa possa usar contra nós.

Ela engoliu mais uma garfada.

— Dito isso, se você tiver tempo e disposição para trabalhar com a cópia, ninguém o impedirá. Mas na condição de consultor civil designado para a DDE você deverá se reportar a Feeney.

— O que não é tão divertido quanto me reportar a você. Mas entendi a mensagem.

— Uma das coisas mais importantes que você faz por mim é permitir que eu despeje as minhas ideias sobre você. Você me ouve e opina. Só de ouvi-lo falar, vejo o assunto através de novos ângulos. Foi por isso que eu fiz a pergunta.

— Entendo. Agora você tem outro ângulo para analisar, pode ir em frente.

— Ok, preciso trabalhar com todas as possibilidades. Uma das que não me sai da cabeça é a Universidade Columbia. Talvez seja tudo mentira, mas me parece que ele teria preferido usar algum fundo de verdade. Como o que você me contou sobre o sotaque. Portanto, ele é de lá, trabalhou naquele lugar ou conhece alguém que o fez. Talvez, ao mesmo tempo, tenha sondado ou assistido a algumas aulas. Como é mesmo? Como ouvinte. Tenho a sensação de que eles podem ter conversado sobre isso. Talvez ele tenha usado um nome falso, mas provavelmente escolheu algo que lhe soasse natural ou remetesse a algum acontecimento do seu passado. Ele não ofereceu a verdade completa, mas há alguns pontos verdadeiros.

— Em uma universidade daquele tamanho, mesmo com a segurança pesada, não seria difícil entrar no campus, analisar o espaço, reunir detalhes — contrapôs Roarke. — Os nomes dos professores, os horários das aulas. Ele pode ter conseguido a maior parte dessas informações on-line ou simplesmente solicitando.

Era mais do que isso, pensou Eve. Havia algo mais.

— Ele a estudou e sabia que um dos amigos dela estudava lá. Esse foi um dos seus pontos de abordagem, tenho certeza. Uma das formas pelas quais ele a fez conversar com ele. Nesses primeiros estágios ela ainda não tinha motivos para manter tudo em segredo. E poderia comentar com Jamie sobre um cara que era colega dele.

— Exato. — Seguindo o raciocínio de Eve, Roarke assentiu. — E se ele a estivesse analisando, certamente conhecia o interesse de Jamie por investigações eletrônicas e o trabalho da polícia. Certamente iria querer se resguardar, para o caso de Jamie decidir investigar aquele garoto que fazia brilhar os olhos da sua velha amiga, certo?

— Se tivesse neurônios, certamente agiria assim. Talvez, apesar de eles já estarem ligados e ela ter sido fisgada, ele não conhecesse garotas adolescentes bem o bastante para saber que era *quase esperado* que ela contasse alguma coisa a alguém. Uma colega, uma amiga. Portanto, ele não estava preocupado com o que poderíamos descobrir. Mas tinha que se preocupar com uma possível investigação feita pelo Jamie ou pela própria Deena, nem que fosse para satisfazer sua própria curiosidade. Ele tinha que exibir sua carteira de estudante nos cinemas e nos shows para obter o desconto, senão ela questionaria o porquê de ele não usar a carteira, ou se ele sequer tinha uma.

— A carteira foi roubada ou falsificada.

— Talvez as duas coisas, porque se alguém verificasse, e ele precisou pensar nessa possibilidade, ele teria de aparecer na lista de alunos.

— Nós sabemos que ele tem algumas habilidades eletrônicas. Não seria difícil fazer isso. Só que... — acrescentou Roarke — se ele for inteligente, já terá deletado o nome da lista a essa altura.

— Isso é bastante provável. Amanhã eu vou pedir a alguém da faculdade a lista de alunos que relataram roubo da carteira, e depois vou navegar por essas águas.

— Por que amanhã?

— Porque hoje é um Dia da Paz cada vez mais irritante, e de qualquer modo já está tarde. Não há ninguém na administração, secretaria, sei lá.

— Posso cuidar disso.

Estreitando os olhos, ela ergueu um dedo de advertência para ele.

— Acabei de explicar que precisamos tomar cuidado. Não posso deixar você invadir as fichas dos alunos da Columbia.

— Uma pena, pois eu gostaria de fazer isso. Mas posso resolver tudo com uma simples ligação.

— Para quem?

— Por que não começamos pelo topo, com a reitoria da universidade?

Ela estreitou os olhos.

— Você conhece o reitor da Universidade Columbia?

— Conheço, sim. Reitora. As Indústrias Roarke patrocinam um programa de bolsa de estudos, e eu faço doações de equipamentos de laboratório para a universidade, de vez em quando. Além do mais, eu já conversei muito com ela a respeito do Jamie.

— Então, você pode simplesmente pegar o *tele-link* e pedir isso a ela, sem problemas?

— Bem, não dá para saber sem tentar, certo?

Ele pegou o *tele-link* no bolso e batucou com os dedos na tela do monitor para fazer uma busca.

— Ela é uma mulher interessante, com um radar quase assustador para conversa fiada. Você iria gostar dela. — Ele sorriu quando a ligação foi atendida. — Olá, Peach. Lamento interromper a sua noite.

Do outro lado da mesa, Eve ouviu um murmúrio de resposta, embora não as palavras que foram ditas. Mas Roarke sorriu.

— Ora, eu é que fico honrado de poder ajudar. E por acaso estou precisando da sua ajuda. Você sabe que a minha esposa é policial, não sabe? Ah, você acha? Sim, na verdade, ela fica muito bem na TV. Ela está dirigindo uma investigação que pode ter ligação com um aluno ou ex-aluno da Columbia.

Ele fez uma pausa, ouviu com atenção e lançou um olhar para Eve.

— Sim, essa é a parceira dela. Sei que o Departamento de Polícia de Nova York vai agradecer muito a sua cooperação. Só que eles precisam pedir mais. Acho que é melhor a tenente lhe explicar diretamente o que ela precisa. Você pode aguardar um momento?

Ele apertou o botão de "pausa" e estendeu o *tele-link* para Eve.

— Peach? — perguntou Eve.

— Doutora Lapkoff.

— Certo. — Eve pegou o *tele-link*, reconectando a comunicação. Sua primeira impressão foram os olhos azuis gelados, tão afiados que pareciam capazes de perfurar aço. Eles sobressaíam no rosto simpático e atraente, emoldurado por um cabelo castanho curto de corte reto.

— Olá, tenente Dallas. — O tom era rápido, direto ao ponto. — Em que posso ajudá-la?

Em poucos minutos as engrenagens burocráticas estavam rodando e Eve devolveu o *tele-link* para Roarke.

— Ela prometeu me remeter os dados em uma hora.

— Ela costuma cumprir o que promete.

— Então, acho melhor voltar a trabalhar e me preparar para isso.

De volta ao escritório, Eve iniciou uma busca de nomes que eram comuns entre a lista de alunos da Columbia e os arquivos com possíveis ameaças a MacMasters. Em seguida abriu outra pesquisa comparando os nomes com os de pessoas ligadas a casos em que ele tinha trabalhado nos últimos cinco anos. Isso levaria algum tempo.

Ela usou esse tempo para analisar o vídeo mais uma vez.

Ela percebeu que ele tinha editado as imagens e remontado algumas cenas. Cada vez que Deena hesitava ou saía do roteiro havia um corte na edição. Ele demonstrava paciência, foco. Tinha uma mensagem e queria que ela fosse entregue da forma adequada.

Culpe o pai, mesmo que fique perfeitamente claro que a vítima fora coagida a falar. Ele precisava daquelas palavras ditas por ela. Da filha para o pai. Por que isso era importante? Palavras ditas diretamente da filha para o pai? Seria um detalhe importante ou apenas acaso?

Não, nada era casual ali. Tudo representava uma escolha deliberada. Dirija-se a MacMasters, sem mencionar a sua mãe. Pai, papai, nada de mamãe.

Sem perdão. Só ódio. Ela não sabe por que, mas deve pagar.

Os pecados do pai, especulou consigo mesma. Olho por olho?

Ela se recostou na cadeira, colocou as botas sobre a mesa de trabalho e fechou os olhos.

O assassino era alguns anos mais velho do que a vítima — talvez muitos anos. O alvo foi escolhido para punir MacMasters. Uma ligação de sangue.

Parente? Filho?

Uma criança com paternidade não reconhecida?

Era possível.

A crueldade do ato, o planejamento, a mensagem enviada — tudo isso apontava em direção a uma ofensa grave. Contra o assassino? Contra um parente ou alguém ligado ao assassino?

Anotação: procurar os casos de MacMasters em que houve execuções ou prisões de testemunhas ou de vítimas... ou que tenham resultado em ferimentos letais ou muito graves. Adicionar à pesquisa sentenças de prisão perpétua dentro e fora do planeta.

Foi algo pessoal, extremamente pessoal. O motivo não tinha nada a ver com negócios.

Ela abriu os olhos quando o computador avisou sobre a chegada de um arquivo. Endireitando-se, colocou os dados na tela. Peach Lapkoff era uma mulher de palavra.

Essa era a parte boa, observou Eve. A parte má era a quantidade absurda de universitários que perdiam suas carteiras de estudante.

Ela precisava de mais café.

Com mais combustível, começou o laborioso processo de peneirar as possibilidades. Apesar de o computador não relatar ligação alguma em sua busca inicial, ela sentiu algo se encaixar.

— Darian Powders, dezenove anos. Estudante de letras do segundo ano. Sua carteira de estudante foi trocada e uma nova foi recebida no dia 5 de janeiro de 2060. — Ela comparou o nome com os da sua lista anterior e seus olhos se estreitaram. — Aqui está você mais uma vez, Darian, vindo de Savannah, Geórgia. Exibir todos os dados deste indivíduo. — Ela girou na cadeira e estudou a carteira de estudante que apareceu. — Um cara bonito, sorriso grande e encantador. Você é perfeito para este papel.

Eve continuou a analisar as informações e se perguntou se poderia estar olhando para um assassino ou para um ludibriado.

— Só existe um jeito de descobrir.

Ela se levantou, pegou a jaqueta que tinha pendurado nas costas da cadeira e ligou para Roarke.

— Escute, apareceu uma pista que eu tenho de verificar. Não demoro.

— Verificar como? Você vai sair?

— Vou, tenho um possível suspeito e quero investigar isso agora mesmo.

— Então nos encontramos lá embaixo.

— Você não precisa...

— Desperdiçar tempo, e você também não. Eu dirijo.

Quando ele desligou, ela bufou com força.

Não havia como argumentar com Roarke. E ela poderia fazer uma pesquisa secundária sobre Powders enquanto ele bancasse o seu motorista.

Ele chegou antes dela ao primeiro andar da casa e abriu a porta sob o olhar ressentido de Galahad no instante em que o veículo autônomo que ele tinha manobrado remotamente chegava à porta da casa.

— Para onde vamos e por quê? — quis saber ele.

— Columbia, direto ao alojamento dos alunos para interrogar um possível suspeito. O mais provável é que ele tenha sido enganado. De qualquer modo, essa aí não é a minha viatura.

Roarke olhou para o espetacular conversível de dois lugares, todo em cinza e prata.

— Esse carro é um dos meus. Como eu vou dirigir e a noite está muito agradável, quero uma máquina apropriada.

Ela franziu a testa enquanto entrava e se sentava no banco do carona.

— Eu tenho uma máquina muito apropriada, que por sinal foi você que me deu.

— Uma viatura segura, bem equipada e deliberadamente pouco atraente. Digite o endereço — sugeriu ele, e lançou o carro pela alameda.

Ela odiava admitir isso, mas tudo estava ótimo... a noite, o ar, a velocidade. Recordando-se de que não se tratava de um passeio de lazer, começou uma pesquisa mais profunda sobre Darian Powders.

— Esse garoto vem da Geórgia e solicitou uma nova carteira de estudante em janeiro. Tem a idade certa e um lindo rosto.

— Não estamos nas férias de verão? Por que ele estaria no campus em pleno mês de junho?

— Ele está cursando um semestre intensivo de verão e trabalha na editora Westling. Estuda letras e completou o seu segundo ano na faculdade com uma boa média. Nenhum antecedente criminal, mas o irmão dele, que ainda mora na Geórgia, tem duas passagens pela polícia por porte de drogas, uma contravenção pequena. Tem um tio em Nova York que é editor no lugar onde trabalha. O tio tem um filho um ano mais velho que o sobrinho. Esse foi mais fundo no uso de drogas. Cumpriu seis meses de prisão e passou outros três em uma clínica de reabilitação. Como foi preso no Brooklyn, MacMasters não foi o responsável.

— Dificilmente isso seria motivo para o que fizeram com aquela garota.

— Pelo menos é um começo — disse Eve, e continuou pesquisando outros detalhes enquanto curtia o passeio.

Capítulo Sete

Eve exibiu seu distintivo à recepcionista androide carrancuda que trabalhava na portaria do alojamento. Imaginou que tinham colocado uma androide ali para evitar qualquer possibilidade de suborno ou fraqueza humana relacionada às infrações dos alunos. Mas descobriu que isso seria compensado pelas habilidades de metade dos residentes na área de reprogramação ou formatação de memória.

A androide olhou para o distintivo de Eve com atenção e o escaneou com um feixe de raios vermelhos.

— Qual é o propósito da visita?

— Minha visita se enquadra na categoria "não é da sua conta".

Com o jeito típico dos androides, a máquina — que o crachá identificava como sra. Sloop — olhou para Eve sem demonstrar emoção alguma.

— Sou responsável pelos residentes e pelos visitantes deste prédio.

— Sou responsável pelos residentes e visitantes desta cidade. Ganhei! — Eve deu um tapinha no distintivo. — Isso aqui exige que você responda a uma pergunta simples: Darian Powders está nas instalações, nesse momento?

A androide piscou duas vezes e consultou o monitor do seu computador, embora Eve imaginasse que ela detinha aquela informação em seus próprios circuitos.

Durante o processo, Eve perguntou a si mesma se a aparência daquela máquina robótica, com rosto magro e lábios finos, poderia ser uma tentativa de intimidar os residentes a se comportarem bem.

Uma vez que a fachada severa e desaprovadora a fazia se lembrar de Summerset, não viu como aquele estratagema poderia funcionar.

— O estudante Powders deu entrada neste prédio às três e trinta da última madrugada. Não tornou a sair.

— Muito bem, então. — Eve se encaminhou para o elevador.

— A senhora precisa registrar sua entrada no sistema.

Eve sequer se deu ao trabalho de olhar para trás.

— Você escaneou meu distintivo. Isso vale como registro. — Seguindo em frente, ela ordenou ao elevador que a levasse ao quarto andar. — Por que eles não podem usar seres humanos? — reclamou para Roarke. — Androides não são tão divertidos de intimidar.

— Não sei, não... Eu achei bem divertido. E ela me pareceu muito contrariada.

— Talvez, mas já passou. — Com as mãos nos bolsos, ela balançou para a frente e para trás. — Uma pessoa de verdade provavelmente iria ficar revoltada e soltaria fumaça pelas ventas durante alguns minutos a mais. É muito mais gratificante.

Quando as portas do elevador se abriram, o barulho alto lhe atacou os tímpanos, e fez com que os olhos de Eve tremessem. Estilos de música diferentes, em volumes variados e com letras difusas saíam dos quartos com as portas abertas. Vozes se misturavam a todos esses sons, algumas agitadas, em discussão ou debate, enquanto outras cantavam. Algumas pessoas, possivelmente sob a influência de substâncias químicas e em vários estágios de nudez, vagavam pelos corredores.

Um casal estava envolvido em um beijo profundo e se agarrava com vontade diante de uma porta fechada. Eve se perguntou por que eles simplesmente não entravam e terminavam lá dentro o que se preparavam para fazer.

Parou diante de uma garota que exibia dois piercings no nariz e algo que parecia um ganso grasnando tatuado no ombro esquerdo.

— Darian Powders, onde eu o encontro?

— Dar? — A menina balançou as mãos nas costas enquanto fazia um estudo longo, atento e ardente em Roarke, observando-o de cima a baixo. — Siga reto e entre no último quarto à direita. A porta está aberta. Eu vou ali para trás — anunciou a Roarke —, caso você esteja interessado.

— Obrigado pela oferta — disse Roarke, com um ar simpático —, mas eu vou em frente.

— Que pena!

Com um olhar mais atônito que aborrecido, Eve observou a garota que se afastou.

— Ela te devorou com os olhos!

— Eu sei. Estou me sentindo um objeto.

— Até parece! Você curtiu. Os homens sempre curtem isso.

— É verdade. Por isso somos tão usados.

Ela bufou, mas seguiu em frente pelo corredor, olhando para dentro dos aposentos. Viu uma confusão de coisas e de pessoas, sentiu o cheiro de pizza velha e zoner fresco. Cartazes do Dia da Paz estavam espalhados entre os corpos que roncavam e garrafas de bebidas baratas e provavelmente tão ilegais quanto o zoner.

— Será que alguém realmente estuda por aqui?

— Os que têm as portas fechadas estão estudando, eu suponho. — Roarke encolheu os ombros. — Como estamos no fim de um feriadão, acho que a maioria ainda está se divertindo. — Ele olhou ao mesmo tempo que Eve para um casal enrolado no chão, diante de um telão de vídeo com cenas explosivas. — Ou simplesmente estão inconscientes — completou.

Eve sacudiu a cabeça.

— Aquela androide na entrada é inútil, e eles sabem disso.

Parou diante da porta aberta no fim do corredor. Do lado de dentro havia cerca de dez jovens espalhados por almofadões no chão, muito coloridos, ou largados sobre um pequeno sofá vermelho. Ali, a música vinha de um videogame que explodia em um telão. As duas pessoas restantes pareciam estar em pleno duelo, na tela. Seus avatares, vestidos com os mais recentes acessórios da moda *rock*, empunhavam guitarras enquanto suas contrapartes tocavam versões pessoais de *air guitar* com muito empenho e cantavam a plenos pulmões.

Eve pensou em berrar, mas considerou aquilo um desperdício de ar e de esforço. Em vez disso, entrou e quase esfregou o distintivo na cara de um dos sujeitos esparramados no chão.

Foi um pouco decepcionante ver que ninguém saiu correndo para esconder ou se livrar das drogas ilegais. O garoto a quem ela mostrara o distintivo puxou para o lado uma pesada mecha de cabelo vermelho e preto que lhe caía diante dos olhos e perguntou:

— E aí? Qual é?

— Desligue isso.

— Desligar o quê?

— Desligue o jogo.

Ele exibiu seus olhos estreitos e argumentou:

— Mas essa é a final e a disputa está pegando fogo. Dari poderá perder o seu título.

— Que tristeza. Desligue isso.

— Ei! — Ele pegou novamente o cabelo, jogou-o para o lado e foi até o console para desligá-lo manualmente. Na verdade, ele pausou o jogo, mas isso foi o bastante para Eve. Os jogadores principais, porém, bem como a plateia que não tinha visto o distintivo, ficaram em estado de profunda revolta.

— Que merda é essa? Quem fez isso? — Um dos guitarristas, que Eve reconheceu como *Dari*, ou Darian, girou o corpo enfurecido. Parecia pronto para bater em alguém com a sua guitarra invisível.

— Eu estava prestes a vencer a Luce!

— Até parece! — Luce estalou a língua e sacudiu o seu longo cabelo platinado. — Eu acabei com você!

— Não neste século. Nossa, Coby, o que houve?

— Polícia na área — avisou Coby, e indicou Eve com a cabeça.

Aqueles que estavam largados e espalhados pelos almofadões ficaram alertas na mesma hora. Darian foi até onde Eve estava e arregalou os olhos.

— Qual é? Sério?

— Muito sério. Darian Powders?

— Sim, ahn... Sou eu! — Ele ergueu a mão. — Se estamos fazendo muito barulho, coisa e tal, a galera toda do prédio está.

Eve viu pelo canto do olho que um dos sujeitos largados no chão se arrastava lentamente em direção à porta. Ela o deteve com um único gesto.

— Eu não sou segurança do campus, sou do Departamento de Polícia de Nova York. E tenho algumas perguntas.

Luce se aproximou de Darian e enfiou uma das mãos em um dos bolsos da jaqueta dele, de um jeito que indicou a Eve que os dois não eram apenas rivais de videogame; estavam envolvidos.

— Você precisa de um advogado, Dar — anunciou ela.

— O quê? Por quê? *Por quê?!*

— Quando a polícia faz perguntas, é sempre bom ter um advogado ao seu lado.

— Aposto que você é estudante de Direito.

Luce olhou para Eve com olhos de um azul tão pálido que pareciam cascatas cristalinas.

— Ainda estou no curso preparatório.

— Então por que você não o representa na primeira pergunta? É a mais fácil. Darian, você pode me informar onde esteve entre as seis da tarde de ontem e as quatro da manhã de hoje?

— Ora, claro. Pronto, Luce, essa é *fácil* de responder. Alguns de nós fomos à praia ontem. Mais ou menos às duas da tarde, não foi?

— Sim. — Luce manteve os olhos muito claros em Eve. — Saímos de lá mais ou menos às sete da noite.

— Fomos comer alguma coisa no McGill's, e depois aparecemos em uma festa na casa da Gia. Ela tem um grupo de amigos fora do campus. Não é, Gia? — Ele apontou para uma morena baixinha.

— Hum, eu não sei a que horas eles foram embora, exatamente, mas já era bem tarde. Ou cedo, no caso — declarou Gia. — Nós começamos um torneio de *Rock Your Ass* e ficamos jogando até as três da manhã mais ou menos.

— Voltamos para cá e apagamos — disse Darian a Eve. — Não sei a que horas exatamente, mas é fácil descobrir isso pelo registro da nossa entrada.

— Viu só, foi fácil? — Eve pensou em possíveis ligações e se lembrou da informação de Jamie sobre as festas de sábado à noite.

— Então... eu me saí bem? — Darian exibiu o mesmo sorriso sedutor da sua carteira de estudante.

— Muito bem. Não é necessário advogado algum. — Avisou Eve para Luce. — Vocês conhecem Jamie Lingstrom?

— Claro. Cursamos algumas disciplinas juntos. Ei, ele esteve na festa de ontem à noite durante algumas horas. Você poderia perguntar a ele se... Ei, espere um instante. Ele está em apuros? Ele nunca se mete em problemas, quer ser uma porra de policial. Ahn... Desculpe, eu quis dizer que ele está estudando para ser um detetive eletrônico.

— Ele não está em apuros. Por acaso eu também conheço Jamie. Você também não está em apuros, mas tenho outras perguntas. Todo mundo para fora do quarto!

Todos se ergueram e correram para a porta. Luce permaneceu colada ao lado de Darian, e o menino que se chamava Coby continuou sentado no chão, sobre o puff.

Eve apontou para Coby e depois para a porta.

— Eu moro aqui, sabia? — reclamou ele.

— Vá procurar outro lugar para morar por alguns minutos. E feche a porta ao sair.

Quando ele fez isso, Eve olhou para Luce.

— Eu não vou sair — avisou ela. — Estou dentro dos meus direitos.

— Tudo bem. Sentem-se, vocês dois.

Eve mostrou a eles a foto da carteira de identidade de Deena.

— Vocês conhecem essa garota?

— Não. Espere. Não... Talvez.

— Escolha... "Não" ou "talvez"? — insistiu Eve, olhando para Darian.

— Acho que eu já a vi por aqui. — Ele olhou para Eve como se ela fosse uma das suas professoras. Com ar muito sério. — Talvez eu a tenha visto com Jamie... eu acho. Mas não na festa que rolou ontem, aliás já faz algum tempo. Eu acho, não tenho certeza. Luce?

A jovem franziu a testa ao analisar a foto.

— Sim. Eu a vi algumas vezes com Jamie. Mas não é namorada dele. Sei disso porque perguntei ao Jamie, ela é mais jovem. Ele me contou que eles são amigos desde que eram crianças. Eu nunca conversei com ela, nem nada do tipo, mas já a vi algumas vezes com ele no Perk It... a cafeteria. Por quê?

Eve ignorou o interesse dela.

— Darian, você pediu uma nova carteira de estudante em janeiro?

— Pedi, sim. Tinha perdido a minha.

— Como você a perdeu?

— Sei lá. Se soubesse, provavelmente teria encontrado. — Ele abriu um sorriso leve.

— Vamos tentar de outro modo. Quando foi que você a perdeu?

— Logo depois do recesso de inverno. Sei que estava com ela quando voltei. Tinha ido passar o Natal em casa, mas precisei da carteira para entrar no alojamento ao voltar do recesso. Voltei mais cedo para passar o réveillon aqui porque... puxa, quem é que passa o réveillon com a família? Além do mais, Luce e eu tínhamos começado a...

— Nós estamos juntos.
Eve assentiu com a cabeça para Luce.
— Eu já tinha percebido.
— Começamos a sair no outono e eu queria voltar logo. Estava com saudade dela.
— Oun! — Luce se aconchegou mais junto dele.
— Fizemos uma bela festa de réveillon aqui. Muito boa mesmo. Eu sei que estava com a carteira na véspera do Ano-novo porque precisei mostrá-la para conseguir desconto nas compras que fiz. Sem bebidas nem nada, porque somos menores de idade. — Ele sorriu novamente com um ar muito, muito inocente. — Curtimos a noite toda e só colocamos a cara para fora da porta no dia 3, quando as aulas recomeçaram. Quer dizer, limpamos tudo, despejamos o lixo no lugar certo, coisa e tal, mas basicamente ficamos aqui dentro. Estávamos todos apagados desde a festa, e estava fazendo um frio do cacete lá fora. Quando fui entrar na faculdade para a primeira aula do ano, percebi que estava sem a carteira.

— No dia 3? Por que você só pediu uma carteira nova no dia 5?

— Ahn... Bem, sabe como é, a gente avisa que perdeu a antiga, preenche um requerimento e... droga! Tudo bem, eu entrei de carona no dia 3. Achei que tinha deixado a carteira aqui no quarto, ou algo assim.

— "Carona?"

— Eu, ahn...

Ele olhou para Luce em busca de ajuda, mas ela olhava fixamente para Eve.

— Ela não se importa com isso, Dar. Não vai se preocupar com pequenos delitos.

— Ok. Pois é, eu... Bem, eu pedi a outro aluno que me emprestasse a carteira para eu poder entrar. A gente não deve fazer isso, mas também não é contra a lei, é?

— Não se preocupe com isso.

— Olhei em todos os lugares quando voltei. Nada! Então, tudo bem, entrei de "carona" nas primeiras aulas do dia seguinte, faltei às últimas para poder ir às lojas onde tinha comprado coisas, para o caso de eu a ter deixado lá. Nada de novo. Foi então que eu avisei sobre a perda, requisitei uma carteira nova na tarde do dia 4, e ela foi emitida no dia 5.

— Onde você guarda a carteira?

— Junto com os outros documentos, às vezes solta no bolso porque fica mais fácil. Precisamos mostrá-la o tempo todo, então é mais prático deixá-la no bolso.

— Onde ela estava na noite da festa?

— Não sei. No meu bolso, talvez? Pode ser que eu a tenha largado em algum lugar do quarto, foi por isso que eu virei o cômodo do avesso quando percebi que ela não estava comigo. São setenta e cinco dólares para pedir a emissão de uma carteira nova, sem contar o preenchimento dos formulários. É um saco.

— Vou precisar de uma lista de quem estava na festa.

— Escute, moça...

— Tenente.

— Uau, sério? — Surpresa e respeito o fizeram arregalar os olhos. — Tenente, eu não conseguiria lhe dar essa lista nem que a senhora me levasse preso e algemado daqui. Estava lotado. Pessoas entraram, saíram, e eu não conhecia nem metade delas. Alguém de outra turma traz um amigo, que traz outro, sabe como é? Nós temos uma suíte de fundo de corredor, é a maior do andar. Fica lotado quando rola uma festa. Jamie esteve aqui — ele lembrou. — A senhora pode confirmar com ele. Tinha gente pra caramba... Merda, como eu sou burro! Alguém pegou minha carteira naquela noite. Droga, tem gente que não presta, mesmo.

— Concordo — assentiu Eve.

— Alguém usou a sua carteira para fazer algo ilegal — deduziu Luce, e Darian empalideceu. — E foi alguma coisa que aconteceu na noite passada. Algo entre seis horas da tarde e quatro horas da manhã. Não foi o Darian.

— Não, não foi o Darian — confirmou Eve. — Talvez eu precise conversar com vocês novamente, mas por enquanto agradeço a sua cooperação.

— Não vai nos dizer o que o cara que roubou a minha carteira fez? — quis saber Darian.

Eles iriam descobrir em breve, pensou Eve, mas não havia razão para revelar tudo naquele momento.

— Não estou autorizada.

— Tem alguma coisa a ver com aquela garota — murmurou Darian. — Ela aprontou alguma merda ou algo aconteceu com ela?

Eve fez um sinal para Roarke e se dirigiu para a porta.

— Cuide melhor da sua carteira.

— Tenente? O Jamie está bem? Ele está numa boa?

— Está, sim. — Ela se virou para o jovem de cabelo escuro e a garota pálida e bonita. — Jamie está bem.

Eve refletiu muito sobre tudo aquilo no caminho de volta para casa.

— Quer dizer que esse garoto, Darian, oferece uma festa na véspera de Ano-novo, o assassino entra lá por acaso e rouba uma carteira de estudante? É muita sorte para o meu gosto.

— Concordo, embora não seja impossível que tenha sido um momento de pura oportunidade. O mais provável, porém, é que o seu assassino já estivesse de olho no garoto, ou em outros candidatos de uma lista na qual Darian também estava, e aproveitou a oportunidade de entrar na festa e se misturar com as pessoas. Não seria difícil afanar a carteira, tanto faz se ela estava no bolso de Darian ou largada pelo quarto. Pessoas entrando e saindo, muitos se acotovelando, sem dúvida movidos a álcool e outras drogas.

— Ele conhece o campus e se mistura bem entre os alunos. Deena era o seu alvo, então ele certamente sabia que ela tinha alguma ligação com Jamie, que estuda lá.

— Você acha que Jamie o conhece, ou pelo menos o encontrou em algum momento? Amigo de um amigo de um amigo?

— Isso encaixaria muitas peças, não é? Ele usou alguns nomes com os quais ela estava vagamente familiarizada para fazer com que ela se sentisse mais confortável logo de cara. Esses dois jovens reconheceram Deena e a ligaram a Jamie na mesma hora. Então o assassino menciona seus nomes, fala de outras pessoas. Ela se sente segura. Ele já tinha roubado a carteira meses antes de se aproximar dela. É paciente feito o diabo.

Ela voltou ao trabalho, fez um relatório sobre a conversa com Darian e deu início ao longo processo de analisar os primeiros resultados nos arquivos dos casos em que MacMasters tinha atuado.

Eram quase duas horas da manhã quando Roarke a encontrou praticamente cochilando em cima dos dados.

— Você não pode trabalhar até desmaiar de sono — anunciou ele. — É hora de irmos para a cama.

— Tenho um monte de suspeitos. — Ela pressionou a base da mão sobre os olhos, que pareciam confusos. — Ligações com pessoas que MacMasters enviou para longos períodos na prisão, e alguns que morreram na prisão. Ele não tirou a vida de ninguém nos últimos cinco anos. Talvez eu precise voltar mais no tempo. E tenho de conversar com ele.

— Amanhã.

— Sim, eu sei. — Ela fez um esforço para se levantar. — Por que você ainda está acordado?

— Desenterrar dados apagados com o sistema de organização de MacMasters é como tentar encontrar um fantasma em um quarto escuro com os olhos vendados.

Como ambos estavam cansados demais para subir a escada, tomaram o elevador.

— Estou fazendo a análise pela cópia da gravação. Teria muito mais sucesso se usasse a droga do arquivo original. Mas não há reflexo. Ele não aparece refletido nos olhos dela.

— Isso seria sorte demais. — Ela bocejou até chegar ao quarto. — Marquei uma reunião aqui em casa para as sete da manhã, porque Peabody e eu vamos investigar o parque logo depois. Feeney pode levar o disco, registrar a evidência e dar início à análise.

Ela foi arrancando as roupas enquanto caminhava para a cama.

— Vou me encontrar com Mira, ela já deve ter o perfil do assassino. E vou fazer Jamie puxar pela memória. Esse cara tem estado por aí, comendo pelas beiradas, misturando-se com as pessoas, mas certamente esteve na área. Não é um fantasma. Deve ter deixado rastros. — Ela se lançou na cama. — Sempre existem rastros em algum lugar.

— Você encontrou alguns deles em menos de vinte e quatro horas. — Ele deslizou suavemente ao lado dela, e a abraçou com força. — Amanhã você irá encontrar mais alguns.

— Talvez tenha sido uma vítima. — Sua voz ficou arrastada. — Essa pessoa pode achar que MacMasters não fez o suficiente para encontrar o criminoso... se a culpa é do policial, ele deve ser punido. Pode ser...

No escuro, ele acariciou as costas de Eve quando ela pegou no sono, e de repente Galahad surgiu subitamente sobre os pés da cama. Roarke pensou: *Aqui estamos nós, sãos e salvos esta noite.*

Ela sonhou com quartos escuros e trilhas sulcadas nas duras ruas da sua cidade. Seguiu-as enquanto tudo se misturava nas sombras. Sonhou com uma jovem que a observava com olhos mortos.

Enquanto ela seguia as trilhas, um cartaz animado com vários andares de altura pareceu surgir do nada e se encheu de imagens da garota chorando, indefesa e sangrando. Sua voz preencheu o escuro com dor e medo.

Ele estava ali com ela — Eve o sentiu atrás de si, ao lado dela, na sua frente. Ele respirava, esperando, e observava enquanto a menina implorava, sangrava e morria.

Ele estava lá quando as imagens se transformaram na de outra jovem, uma menina em um quarto banhado pela luz vermelha. Bem ali, onde a menina que Eve tinha sido implorava, sangrava e era morta.

Então ela se arrastou para fora do sonho com o coração tremendo e o ar preso nos pulmões. Obrigou-se a expirar com força.

— Luzes! Acender luzes a dez por cento!

Suas mãos tremeram de leve quando ela as olhou e girou em busca de sangue.

Não havia nada ali, é claro que não havia. Fora só um sonho, e nem tinha sido um dos piores. Ao fechar os olhos, ela desejou que seu coração se acalmasse. Mas não conseguiu afastar o frio, e Roarke não estava ao seu lado para aquecê-la.

Seus dentes tiritavam, e ela os apertou com força quando se levantou e vestiu um roupão. Viu as horas. Ainda eram... cinco e meia da manhã. Foi até o monitor da casa e pigarreou para limpar a garganta.

— Onde está Roarke?

Bom dia, querida Eve. Roarke está em seu escritório principal.

— Que diabos ele está fazendo lá? — perguntou a si mesma, e saiu para descobrir.

Idiotice, pensou, pura idiotice se sentir estranha a ponto de não voltar para a cama e curtir mais meia hora de sono. Mas não conseguiria enfrentar isso, pelo menos sozinha.

Ela o ouviu quando se aproximou do escritório, mas as palavras eram estranhas, confusas, estrangeiras. Ela sentiu uma vontade quase incontrolável de tomar café e imaginou que precisava da cafeína para acordar o cérebro, já que poderia jurar que Roarke estava falando chinês.

Ela seguiu, com os olhos ainda turvos de sono, até a porta aberta do escritório. Talvez ainda estivesse sonhando, pensou, porque Roarke realmente falava chinês. Ou talvez fosse coreano.

No telão, um asiático mantinha o seu lado da conversa em um inglês perfeito. Roarke, de pé, circulava o modelo holográfico que se parecia com um prédio. De vez em quando, a estrutura se modificava ou se abria para exibir a visão interior de uma parte do ambiente, como se ele ou o outro homem tivessem feito algum pequeno ajuste no projeto.

Expansões de vidro aumentavam de tamanho e passagens em ângulo reto se torvavam arqueadas.

Fascinada, ela se apoiou no batente da porta e o viu trabalhar.

Ele já estava vestido para um novo dia de trabalho, mas ainda não se dera ao trabalho de vestir um paletó ou uma gravata. Isso dizia a Eve que o sujeito na tela era um funcionário, e não um parceiro de negócios.

Ele estudou o holograma com atenção e foi pegar a caneca de café que estava em sua mesa. Enquanto bebia, ouviu o interlocutor falar sobre espaço, fluxo de pessoas e luz ambiente.

Roarke o interrompeu com uma nova e incompreensível ladainha em chinês, e apontou para o que lhe pareceu a seção sudeste do prédio.

Momentos depois, o que era sólido se transformou em vidro. O teto desse setor se elevou, os ângulos se alteraram, e as linhas pareceram relaxar em uma curva suave.

Roarke assentiu.

Eve se afastou do portal quando a conversa terminou. A tela ficou em branco e o holograma desapareceu.

— Desde quando você se tornou fluente em chinês? Ou sei lá que língua é essa?

Ele se virou para ela com uma leve surpresa no rosto.

— O que você está fazendo, já acordada? Dormiu pouco mais de três horas.

— Olha quem fala. Isso era chinês?

— Exato. Mandarim, na verdade. Eu não falo mais que o básico. Foi tradução simultânea computadorizada, feita nos dois sentidos.

Eve franziu a testa quando ele foi até o AutoChef.

— Eu nunca vi... ouvi um tradutor eletrônico tão real. A voz parecia a sua, e não gerada por computador.

— Esse é um aplicativo em que estamos trabalhando há algum tempo. Pretendemos vendê-lo para alguns mercados-chave. — Ele entregou a ela o café que tinha programado. — Os negócios rolam com muito mais facilidade quando parece, e os interlocutores sentem, que participam de uma conversa normal, e não de uma tradução.

— Que prédio era aquele do holograma?

— Um complexo que estamos construindo perto de Pequim. — Seus olhos ficaram mais sombrios quando ele analisou o rosto dela. — Você teve um pesadelo.

— Mais ou menos. Não foi tão ruim. Está tudo bem.

Mas ela não protestou quando ele a puxou para junto de si e a segurou com força. O calor finalmente voltou aos seus ossos.

— Sinto muito — desculpou-se ele. — Eu precisei cuidar disso aqui.

— Às cinco e meia da manhã? Antes disso, na verdade, porque você já estava quase acabando quando eu cheguei.

— São doze horas à frente de nós, em Pequim. Eu planejava já ter acabado quando você acordasse. — Ele a afastou um pouco para observá-la melhor. — Nem adianta perguntar se você toparia dormir mais um pouco.

— Olha quem fala — repetiu. — Vou nadar um pouco. Isso e o café devem me despertar.

— Tudo bem, então. Vamos tomar o café da manhã quando você terminar. Ainda tenho algumas coisas para resolver.

— Mas ainda não são nem seis da manhã.
Ele sorriu.
— Não em Londres.
— Ah... Isso sempre me parece esquisito. — Ela recuou. — Quantas vezes você faz isso quando eu estou dormindo?
— Depende.
— É realmente esquisito — repetiu ela, e usou o elevador para descer até o andar da piscina.

Por volta das sete ela estava alimentada, vestida e pronta para a reunião. Não ficou surpresa ao encontrar um bufê completo servido em seu escritório. Roarke, como ela bem sabia, fazia questão de alimentá-la, e também aos policiais da sua equipe. Ela imaginava por que ele era assim, e decidiu perguntar a Mira, quando tivesse chance.

Enfiou a cabeça pela porta entreaberta do escritório de Roarke, adjacente ao seu.

— Vou fechar a porta. Você já está atualizado.

Ele fez um som de concordância enquanto analisava dados no monitor.

— Diga a Feeney que eu devo estar livre às duas da tarde e poderei lhe dar uma mãozinha.

— Tudo bem.

Ela fechou a porta quando ouviu Peabody, McNab e Jamie se aproximando pelo corredor.

— Peguem tudo o que conseguirem comer — ordenou —, mas não demorem muito.

— Sinto cheiro de carne de porco. — McNab disparou para o bufê como uma bala de néon, e Jamie o seguiu.

Peabody suspirou.

— Estou de dieta.

— Que novidade.

— Não, estou de verdade. Vamos tentar ir à praia na nossa próxima folga. Odeio roupas de banho. Na verdade, eu *me odeio* em roupas de banho. E ontem comemos pizza. Acho que as calorias ainda estão estacionadas nas minhas coxas. — Ela suspirou. — Espero que haja frutas, e talvez alguns gravetos com poucas calorias.

Peabody se desviou da mesa das tentações e Feeney entrou.

— Baxter e seu garoto já estão chegando, então achei melhor vir na frente. McNab, pare de atacar o porco.

— Eu não disse que haveria comida? — disse Baxter, apontando para a mesa. — Encha um prato para você e outro para mim — ordenou a Trueheart, o rapaz já quase veterano ao seu lado. Em seguida foi até Eve.

Como era seu hábito, Baxter vestia um terno muito sofisticado. Mas não havia ar de deboche ou gozação em seu belo rosto, naquela manhã.

— Nós nos atualizamos sobre o caso até os últimos dados que você enviou. Eu não conhecia a garota, mas conheço MacMasters. Trabalhamos na mesma equipe quando eu era recruta e ele já era um detetive prestes a se tornar tenente. Ele é tão bom quanto é possível ser. Se você não tivesse nos convocado para trabalhar no caso eu teria dado um jeito de entrar na equipe. Se o orçamento estiver restrito, podemos encarar todas as horas extras sem pagamento.

— Não é um problema, mas agradeço muito a oferta.

— Não há um homem na divisão que não faria o mesmo. Vamos pegar esse filho da puta, Dallas.

— Vamos, sim. Podem se encher de comida — avisou a todos na sala, de forma genérica —, mas cortem o papo furado. Já estamos no caso há quase vinte e quatro horas e não temos tempo a perder.

— Onde está o seu homem? — perguntou Feeney.

— Está ocupado com o próprio trabalho. Depois das duas da tarde, ele será o *seu* homem. Ok, vamos apresentar um resumo. Telão.

— Ela parou quando Whitney entrou na sala. — Bom dia, senhor.

— Lamento interromper, mas gostaria de participar dessa primeira reunião. E também vim avisar que o capitão MacMasters estará disponível a partir das nove da manhã, Dallas. Achei que promover o seu encontro com ele aqui seria menos complicado para ele do que fazer isso na Central.

— Claro, senhor. Ahn... se o senhor quiser se servir de algo que ainda não tenha sido devorado...

— Café está ótimo para mim. Por favor, vá em frente.

— Todos vocês estão a par do caso e dos primeiros passos da investigação. Estão cientes de que a vítima é filha de um policial, e que acreditamos que ela foi um alvo específico. Acreditamos que ela conhecia o assassino e que tudo foi armado, em especial os eventos entre o sábado à noite e a madrugada de domingo. Outros dados e novas linhas de investigação vieram à tona, algo que informarei em breve. Feeney, qual é o status da DDE?

— Lento. Sei que não é isso que todos queremos ouvir, mas o vírus usado para limpar e corromper o disco rígido é muito eficiente. Estamos reconstruindo tudo, *byte* por *byte*, mas metade deles está corrompida. Nenhuma das unidades de dados e comunicações da residência contém algo que nos seja útil. Até onde podemos determinar, ele nunca entrou em contato com a vítima, e nunca entraram em contato a partir de algum dos *tele-links* da casa. Ele nunca enviou ou recebeu nenhum e-mail dela de qualquer um dos computadores da casa, incluindo o computador do quarto da vítima. A unidade do quarto da jovem foi ligada e analisada entre meia-noite e quinze e meia-noite e trinta e três. Nenhum arquivo foi deletado durante esse período.

— Ele foi verificar o sistema em uma de suas pausas — concluiu Eve. — E não encontrou nada com o que se preocupar.

— Não havia nada lá que pudesse incriminá-lo — comentou McNab. — Não há menção de ela ter conhecido alguém, nenhuma alusão a um namorado em qualquer comunicação gerada a partir dessa unidade. Talvez ela tenha usado algum tipo de código de meninas, mas eu não consegui detectar.

— Ela mantinha a comunicação junto de si. Isso tornava tudo mais pessoal, mais íntimo, mais secreto. — Eve assentiu. — Até mesmo as suas mensagens e conversas a respeito dele com a sua melhor amiga aconteceram longe de computadores e *tele-links*. Ele a enrolou direitinho. Mantenham o foco na segurança, por enquanto.

Ela se voltou para Jamie.

— Jamie, preciso que você saia da sala por alguns minutos.

— Por quê? — Ele se inclinou, ainda sentado. — Eu faço parte da equipe.

— A parte *civil* da equipe. Eu aviso quando precisar que você volte.

— Você não pode me deixar de fora. Estou fazendo o meu trabalho. — Ele se virou para Feeney com ar de apelo. — Estou me esforçando.

— Não discuta com a sua tenente. Isso também faz parte do trabalho.

— Quero saber se a tenente tem fé em mim, se acredita que posso me controlar. — Ele se levantou. — Se não tiver, eu não serei uma vantagem para a equipe, apenas um fardo. Isso tem a ver com a Deena. Então quero que você me diga, Dallas, se eu não estou fazendo bem o meu trabalho.

— É Feeney quem deve avaliar isso.

— Ele está se virando — garantiu Feeney.

— E eu não poderei me virar se não tiver acesso a partes da investigação, ou a parte dos dados. Se você acha que vai divulgar algo com que eu não posso lidar, está enganada.

— Não se trata do que eu vou divulgar. — Era errado querer protegê-lo do que estava por vir? Talvez fosse... talvez. Mas ela poderia se arrepender disso. — Localizei um disco de música e vídeo que estava em posse da vítima. Acredito que esse disco tenha sido gravado pelo assassino. Certamente a última parte foi gravada por ele.

Ela lançou um último olhar para Jamie e decidiu.

— Computador, rodar o arquivo de vídeo, evidência com o código H-23901.

Processando...

Capítulo Oito

Policiais conseguiam ver o que outras pessoas não viam. Ou não deveriam ver. Atravessavam o pior dos mundos, mas Eve sabia que a equipe que ela montara conseguiria fazer aquela caminhada sem hesitar.

Mesmo assim, todos permaneceram calados. Parecia que ninguém respirava enquanto o vídeo era exibido no telão.

De onde estava, viu Jamie baixar o olhar, notou quando seu corpo estremeceu. E viu Peabody segurar a mão dele. Os nós dos dedos estavam brancos e os ossos da mão de Peabody pareciam estar sendo esmagados, mas ela não se encolheu.

E com esse apoio o menino ergueu o olhar novamente e assistiu ao resto do pesadelo da sua amiga morta, que continuava a passar na tela.

Ele seria um bom policial, decidiu Eve. Que Deus o ajudasse, mas ele *conseguiria* se tornar um bom policial.

Mesmo quando a tela ficou em branco e a música cruel desapareceu, ninguém falou. Eve foi até a frente de todos.

— Ele vai pagar por isso. — Seu tom era gelado de raiva porque ela precisava disso; todos ali precisavam. — Vou dizer isso logo e quero que todos nesta sala acreditem nas minhas palavras. *Tenham essa certeza* no fundo de vocês. Ele vai pagar pelo que fez a Deena MacMasters.

"Ela só tinha dezesseis anos. Gostava de música. Era tímida, tirava boas notas e tinha um pequeno e confiável círculo de amigos. Tinha ideais e sonhos, queria ajudar a fazer diferença no mundo. Ainda era virgem, e ele roubou isso dela de forma cruel. Roubou sua vida, suas esperanças e seus projetos cruelmente. Antes de fazer isso ele a forçou a dizer ao pai que amava tanto que ele era o culpado de tudo aquilo... e que ela o odiava por isso. No momento, não vejo motivo para o pai dela ouvir isso, ou ver o que acabamos de ver. O conteúdo deste disco não deverá ser discutido com alguém que não faça parte desta equipe, até segunda ordem. Alguma pergunta?"

A sala permaneceu em silêncio total.

— Feeney, você e sua equipe eletrônica irão analisar o sistema e continuarão trabalhando para reconstruir os arquivos do disco rígido. Quero que vocês recuperem arquivos, e-mails, anotações, qualquer coisa que a vítima tenha usado na sua unidade de dados e comunicações desde abril. Todas as pesquisas que ela fez, qualquer coisa que tenha pesquisado desde que conheceu o criminoso. Ela pode ter removido algum arquivo ou depositado os dados relativos aos encontros com ele em algum arquivo criptografado. Sabemos que o assassino não encontrou nada e não deletou nada. Talvez tenhamos mais sorte.

Ela pegou seu café e continuou.

— Baxter, você e Trueheart repetirão os interrogatórios pela vizinhança. É muito provável que o assassino tenha rondado a casa e o bairro antes do que aconteceu no sábado, até mesmo antes do primeiro encontro. Quero que vocês encontrem alguém que tenha visto um garoto bonito, que poderia passar por dezenove anos e tenha circulado por aquele quarteirão, frequentado um cibercafé local ou uma loja de conveniências 24 horas. Tenho uma lista dos locais favoritos da vítima. Investiguem-nos.

— Sim, tenente.

— Estou pesquisando os casos em que MacMasters atuou e tenho algumas possibilidades. Nenhum deles me alertou para algo estranho, mas vamos verificar de qualquer maneira. Quando vocês terminarem a pesquisa inicial, quero que se dediquem a isso também.

Ela pegou os arquivos que colocara em um disco e os entregou para Baxter.

— Vou ajudar vocês nessa etapa.

— Por que você não nos permite começar, tenente? Podemos convocar quem mais esteja com tempo livre.

— Tudo bem, vou deixar isso por conta de vocês. Enquanto isso, Peabody e eu vamos investigar a área do parque onde foi relatado que a vítima teve o primeiro contato com o assassino. Depois disso nos encontraremos com MacMasters aqui e tentaremos refinar a pesquisa referente aos seus casos. Quero ligações. Conexões entre MacMasters e o assassino, o assassino e Deena, o assassino e uma possível testemunha, vítima, condenado, suspeito ou pessoa envolvida de algum modo com os arquivos de MacMasters. Se o assassino não estiver lá, alguém que importa ou já foi importante para ele certamente estará. Vamos procurar por essa conexão.

— Se for o assassino — sugeriu Baxter —, deve ser fácil limitar a busca por idade. Ainda que ele pareça ser novo, deve ter no máximo vinte e seis ou vinte e sete anos para conseguir fingir ter dezenove. Pode ser alguém que tenha cumprido pena por posse de drogas ilegais.

Jamie sacudiu a cabeça.

— Isso não encaixa. Se ele tivesse alguma ligação com drogas ou fosse um usuário, ela teria percebido e pulado fora. Deena saberia reconhecer um cara desse tipo. Ela nunca sairia com um viciado.

— Concordo. — Eve assentiu para Jamie. — Além disso, alguém que tenha cumprido pena não conseguiria se passar por um garoto de dezenove anos para a filha de um policial. Mesmo assim vamos verificar. Não podemos analisar nada de forma superficial.

Ela fez uma pausa e deu o próximo passo.

— Jamie, acho que você já o viu ou conheceu.

— O quê? Por quê? Onde?

— Você conhece Darian Powders?

— Dari? Conheço, claro. — Seu rosto intrigado assumiu um ar de choque. — Você não acha que Darian...

— Não — assegurou Eve, rapidamente. — Mas acredito que seja uma das conexões. A carteira de estudante dele foi roubada, provavelmente durante uma festa em seu quarto no alojamento de estudantes, na véspera de Ano-novo. Você esteve lá.

— Eu... estive, sim. Dari e Coby deram uma festa. Conheço os dois e cursamos algumas disciplinas juntos na faculdade. Eles deram uma tremenda festa de réveillon. — Seu rosto endureceu, e pareceu a Eve que as olheiras sob os seus olhos se intensificaram. — Ele estava lá? Você está me dizendo que o cara que matou a Deena estava nessa festa?

— Se a minha dedução estiver certa, pelo menos durante tempo suficiente para roubar a carteira de estudante de Powders.

— Mas Deena conhecia o Dari... Bem, conhecia mais ou menos, mas o suficiente para reconhecê-lo. Se esse cara usou a carteira de Dari... clonou o documento e Deena viu a foto... — Fez uma pausa, com ar de nojo. — Se ele é bom nisso e tem acesso aos equipamentos e programas certos, ele pode ter clonado a carteira, trocado os dados, colocado sua própria foto e um nome falso.

— Mas os dados básicos precisariam bater. — McNab franziu a testa ao refletir sobre isso. — Para clonar e falsificar, ele precisaria manter intactos alguns dados fundamentais.

— A mesma escola, a mesma datada de nascimento — continuou Eve. — Provavelmente a mesma altura e compleição física, dentro de um limite razoável. Ele certamente conhece o campus, a rotina, talvez tenha sido aluno ou tenha trabalhado lá. A ligação com a

Universidade Columbia seria uma boa estratégia para adquirir a confiança de Deena. Você estuda lá, Jamie; Deena também planejava estudar lá e conhece Darian, pelo menos superficialmente. O nome completo, ao menos. Ele precisaria da carteira para exibi-la quando estava com ela, nos cinemas e clubes. Você precisa pensar, revirar as suas lembranças e reviver a festa. Antes da festa, depois dela. Veja se consegue se lembrar de alguém que tenha se mantido nas sombras, misturado aos outros, mas sem se enturmar muito. Ele não queria ser notado, não queria deixar uma impressão forte.

— Aquilo estava uma loucura. Eu não conhecia metade das pessoas presentes. Acho que nem...

— Ele não deve ter ficado por muito tempo, mas aposto que ficou por tempo suficiente para vigiar você e ver se você tinha levado Deena para a festa. Aquilo era uma missão para ele. Não era uma festa, era um objetivo.

— Vou tentar. Tudo bem, vou tentar.

— Ele deve ter estado em outros lugares onde você esteve. Um clube, a biblioteca, um cibercafé, o refeitório. Você não o notaria. Ele é apenas mais um rosto na multidão. Mas pense nos momentos em que você esteve com a Deena entre janeiro e abril. Deixe a sua cabeça esfriar e me avise se conseguir lembrar de alguma coisa. Não importa o quão pequeno ou vago seja o detalhe.

— Ok.

— Ao trabalho! — Eve ordenou.

Quando a sala ficou vazia, Whitney foi até ela.

— A menos que você tenha objeções, eu gostaria de estar presente quando você conversar com o MacMasters.

— Claro, senhor, sem objeções.

— Voltarei para encontrar vocês às nove. Enquanto isso, dê-me uma tarefa.

— Como assim, senhor?

— Eu ainda sou policial, sei fazer uma pesquisa. — Disse isso de forma energética, mas logo se conteve. Dispensou a tensão com a mão e completou com mais calma. — Posso fazer um bom trabalho de rua, bater de porta em porta, analisar probabilidades, seguir uma pista. Você é a investigadora principal, tenente, dê-me uma tarefa.

— Ahn... — O contraste a desestabilizou. Era Whitney quem sempre dava as ordens. Mas estava bem claro que precisava fazer mais que isso. Tinha necessidade de participar. — Eu tenho uma pequena lista de possíveis suspeitos, retirada dos arquivos de ameaças que MacMasters recebeu. Para ser sincera, senhor, não creio que exista alguma pista ali.

— Mas isso precisa ser investigado. Deixe comigo.

— Nem tudo pode ser feito diante de um monitor. Se algum dos nomes levar a alguma pista o senhor pode...

— Eu me lembro de como a coisa funciona. Vou procurar um lugar por aqui para trabalhar.

Ela hesitou por um breve instante.

— É bem-vindo a usar o meu escritório e minha mesa aqui mesmo, comandante.

Um leve brilho de diversão iluminou os olhos dele.

— Eu também conheço a santidade de um escritório e de uma mesa de trabalho. Talvez haja outro lugar nesta casa onde eu possa me instalar.

— Claro! Vou providenciar para que Summerset cuide disso para o senhor. — Ela pegou os arquivos de disco da mesa. — Aqui está tudo de que o senhor vai precisar. Peabody e eu voltaremos antes das nove.

— Boa caçada — disse ele, e se virou para estudar o quadro do assassinato.

— Vamos nos separar — Eve avisou a Peabody. — Vamos dividir o parque em zonas específicas e exibir a foto da vítima para todos os corredores, passeadores de cães, babás, transeuntes, crianças, idosos e moradores de rua.

— Alguém vai se lembrar da Deena porque ela estava sempre por aqui. Quanto a ele, a história vai ser outra — comentou Peabody.

— Alguém o viu, e os viu juntos no dia em que se conheceram. Ele esperou dois meses para matá-la. As lembranças das pessoas desaparecem, vamos precisar fazê-las lembrar.

Ela parou na base da escada, onde Summerset — o corpo esquelético vestido de preto e o rosto cadavérico impassível — esperava com o gato gorducho aos seus pés.

— O comandante Whitney precisa de um posto de trabalho — avisou Eve. — Ele vai trabalhar daqui de casa nas próximas horas.

— Vou providenciar.

Só isso?, ela pensou. Nada de observações debochadas, nenhum ar de desdém? Ela pensou em reclamar sobre a falta de provocações, mas logo percebeu que ele certamente já sabia no que eles estavam trabalhando. O estupro, a tortura e o assassinato de uma jovem que, assim como a sua filhinha, também tinha sido estuprada, torturada e assassinada.

Não haveria provocações entre eles. Não agora.

— O capitão MacMasters é aguardado às nove da manhã — continuou Eve, no mesmo tom neutro. — Se eu não voltar, você deverá levá-lo até o meu escritório e informar ao comandante.

— Entendido. Sua viatura já está pronta.

Ela assentiu e saiu na manhã linda e amena. Se Deena nunca tivesse conhecido o jovem que se apresentara como David, será que ela iria para o parque em uma suave manhã de verão como aquela? Será que a essa hora já estaria correndo pelas trilhas, os pés acompanhando a batida da música em seus ouvidos?

Respirando e expirando lentamente, imaginou Eve, no início de um dia como outro qualquer.

Ela se instalou atrás do volante e dirigiu pela alameda até os portões.

— Como Jamie está indo? — perguntou a Peabody. — Eu preciso saber se devo pegar mais leve nas tarefas dele.

— Acho que ele está indo bem. É difícil para ele — acrescentou Peabody —, mas está aguentando firme. Ele falou muito sobre ela na noite passada. Isso é bom, e também serviu para me dar mais elementos e completar a imagem que eu tinha dela. Ou pelo menos a imagem que Jamie tinha dela.

— São diferentes? As imagens dele e a sua?

— De certo modo, sim. Ele não a via como uma jovem atraente ou especialmente feminina. Ela era uma amiga, quase uma irmã. Isso me faz pensar se ela sentia o mesmo que ele, ou se isso era frustrante para ela. É um saco ser alguém que um garoto considera apenas uma amiga.

Peabody se virou na direção de Eve.

— Isso me faz pensar se essa situação não seria comum para ela... quero dizer, se ela já estava acostumada a lidar com sujeitos que não a viam como uma possível namorada. Talvez estivesse resignada a se enxergar desse jeito. Não se via como uma garota por quem os rapazes se interessam, ou com quem gostariam de ficar.

— Até surgir esse cara.

— Pois é. Esse cara *olhou* para ela, quis estar com ela... ou a fez acreditar nisso. Acho que ela agiu de forma diferente com ele exatamente por causa disso. É o que acontece quando você é aceita por um garoto, ainda mais na idade dela, e pela primeira vez. Por tudo que ele deve ter dito e feito, acho que essa foi a primeira grande paixão de Deena. Seu primeiro relacionamento sério, então ela se comportaria de um jeito diferente.

— Diferente como?

— Bem, não tão tímida como de costume, pelo menos não com ele. Ele a deixa muito feliz. Uma garota com a idade e o histórico dela e com um universitário que a transforma? É tudo emoção e empolgação. Ela está pronta para fazer o que ele quer, ir aonde ele quer, acreditar... ou pelo menos fingir... que gosta de tudo que ele gosta. Ela vai se transformar no que ela imagina que ele queira. Acho que essa foi uma das formas pelas quais ele conseguiu que ela mantivesse tudo isso em segredo. Tanto que ela praticamente não entrou em detalhes nem com a sua melhor amiga.

— Se você, por natureza, já não é o que ele quer, por que ele consegue exercer tanta influência sobre você?

— Esse é um raciocínio lógico, só que a lógica e a autoconfiança simplesmente não se aplicam a essa primeira experiência arrebatadora e romântica, principalmente aos dezesseis anos. Pense em como você era quando tinha essa idade.

— Eu não me importava com nada disso quando tinha dezesseis anos. Tudo o que eu queria era cair fora do sistema e entrar para a Academia de Polícia.

— Você já sabia que seria uma policial quando tinha dezesseis anos? — Essa possibilidade pareceu quase inconcebível a Peabody. — Pois eu tinha outras obsessões: só pensava em música e em astros de cinema. E em January Olsen.

— January Olsen?

— Era um garoto lindo por quem eu tinha uma paixonite. — Peabody agora conseguia suspirar docemente ao se lembrar disso. — Eu achava que nós moraríamos juntos, teríamos dois filhos lindos e faríamos algum trabalho social importante que iria mudar o mundo. Ao menos se ele olhasse para mim ou perguntasse o meu nome. Você não teve um January Olsen?

— Não. Isso significa que tenho mais dificuldade em entrar na cabeça de Deena do que você parece ter.

— Bem, acho que, em algum nível, Deena e eu temos um tipo de ligação espiritual. Pelo menos com a Peabody que eu era quando tinha dezesseis anos. Um pouco tímida, meio desajeitada quando estava perto dos garotos, mas amiga casual de muitos deles. Eu planejava realizar grandes feitos. Sabe aquele lance sobre a mudança de aparência dela? A mãe e a vizinha perceberam que ela andava se arrumando melhor. Esse é um sinal seguro de que existe um cara.

Peabody começou a enumerar os indícios com os dedos.

— Mudar o penteado e comprar roupas novas. Esse é definitivamente o sinal número um. Número dois: ela já não estava tão ligada a Jamie, coisa que ele não tinha percebido até agora. Estava muito ocupado com os estudos e seus amigos da faculdade, então não se preocupou muito quando ela começou a dar desculpas sempre que ele a chamava para comer uma pizza ou ir ao cinema. Ela tentava prolongar o tempo que passava com o novo cara, e andava se afastando do seu grupo principal de amigos.

"Esse é o número três — acrescentou Peabody, erguendo mais um dedo. — Uma ruptura ou um distanciamento do seu núcleo. Você quer que o seu grupo de amigos conheça o carinha e goste dele, mas uma parte de você se preocupa. E se eles não gostarem? Então, mantê-lo para si mesmo é uma forma de evitar ou adiar essa possibilidade."

— Tudo isso é muito complicado — decidiu Eve.

Com ar sábio, Peabody concordou com a cabeça.

— Ser adolescente é um inferno, uma dor atroz e um prazer selvagem. Graças a Deus é só uma década na vida das pessoas.

A adolescência de Eve não tinha sido tão terrível ou dolorosa quanto os seus primeiros dez anos de vida, mas ela entendeu o conceito.

— Ela se tornou mais furtiva e cheia de segredos.

— De certa forma ela se tornou rebelde. Só que fez essa transição de forma tranquila — acrescentou Peabody. — Estou inclinada a acreditar que Jamie está certo quanto ao cara não estar envolvido com drogas, nem nada mais sério. Ela não aceitaria isso. Esse tipo de rebelião não estava em sua natureza. Acho que ele está certo com relação a isso.

— Todos esses fatores nos mostram o tipo de máscara que ele usava, não o que está por baixo dela. Agora ele tirou a máscara, não há mais necessidade dela.

Ela estacionou em um local proibido e ativou o aviso de "viatura em serviço".

— Isso é pior do que o caso Coltraine.

Eve saiu e não disse nada até Peabody contornar o veículo para se encontrar com ela.

— Nós conhecíamos Coltraine. — Seus olhos escuros e abalados buscaram os de Eve. — Ela era uma de nós. E era namorada de Morris. Nunca pensei que outro caso fosse me abalar tanto quanto aquele. Só que esse... A filha de um policial, uma menina, morta desse jeito? O pior é que eu a conhecia. É muito pior.

— Ele sabe disso — concordou Eve. — Sabe que isso é pior que qualquer coisa. Ele quer que seja assim e se certificou disso com o vídeo. E acha que escapou numa boa; acha que tudo correu muito bem. Vamos provar que ele está errado e prendê-lo.

— Sim. Vamos. — Peabody flexionou os ombros. — Esse papo foi animador.

— Apenas a constatação de um fato. Vá para a parte norte do parque. Vou pegar o sul.

Aquele era um dia perfeito para passear, pensou Eve. Nuvens de algodão pontilhavam um céu de um perfeito e delicado azul. O ar exalava uma fragrância doce e arbustos de flores cujos nomes Eve desconhecia se misturavam em ilhotas pelo gramado. A relva verdinha se desenrolava como um tapete sob árvores altas e majestosas. A muralha que elas formavam e os arbustos que floresciam pareciam emudecer o ruído, o ritmo, a pressa da cidade, e abriam a porta para um mundo tranquilo e viçoso.

O pequeno lago cintilava como uma joia líquida sob uma linda ponte, e nele se via o reflexo das árvores e das nuvens, como um borrão sonhador em sua superfície.

As pessoas se sentavam em bancos, bebiam de copos descartáveis, conversavam umas com as outras por *tele-links* ou consultavam seus tablets. Havia ternos, camisetas, vestidos de verão e trapos de mendigos misturados naquela vitrine eclética que era Nova York, até mesmo no parque verdejante.

Babás e mães profissionais aproveitavam o clima e empurravam crianças e bebês em estranho dispositivos com rodas, ou presos em uma espécie de arreio que lhe parecia ainda mais estranho. Ao longo da ciclovia os corredores passavam com seus fones de ouvido internos e externos, todos ligados a aparelhos minúsculos; vestiam shorts coloridos ou malhas coladas à pele que exibiam corpos já obsessivamente malhados.

Eve imaginou Deena correndo pelo circuito de piso ocre, sua vida diante dela como a grama muito verde e os belos canteiros de flores. Até que ela parou para ajudar um rapaz.

De forma cautelosa, Eve se aproximou de um grupo de adultos com crianças que estava próximo dela.

Mostrou o distintivo ao longe.

— Departamento de Polícia de Nova York. Algum de vocês viu esta garota?

Ela levantou a foto de Deena para que todos vissem.

Observou enquanto a maioria balançava a cabeça de forma automática. Uma das crianças — mais ou menos da idade de Bella, a filha de Mavis — passou a fitá-la atentamente com aqueles olhos vazios de boneca que Eve achava perturbadores, enquanto sugava com força um objeto que alguém colocara em sua boca.

— Seria ótimo se vocês olhassem mais atentamente — disse Eve. — Ela corria aqui de manhã, mais ou menos a essa hora, várias vezes por semana.

Uma das mulheres, com um bebê bem pequeno de cabeça redonda amarrada ao peito, se inclinou um pouco mais. Eve teve que se esforçar para não recuar quando a criança agitou os braços e as pernas como se fosse um metrônomo humano.

— Eu estive aqui em quase todas as segundas e quartas-feiras de manhã desde o mês de maio. Nunca a vi. O que ela fez? — Ela ergueu a cabeça com um olhar ávido e assustado. — Esta parte do parque deveria ser uma zona segura, pelo menos durante o dia.

— Ela não fez nada. Alguém mais? Pode ser que ela tenha vindo caminhar aqui mais cedo que o habitual no início da primavera. Março ou abril?

Quase todos negaram, mas Eve percebeu que uma das mulheres olhava a foto com mais atenção.

— Você a viu?

— Não tenho certeza. Talvez sim. Mas ela não estava no parque. Pelo menos eu acho que não.

— Pode ser que ela estivesse por aqui, na vizinhança. — Eve incentivou-a a se lembrar. — Em uma loja, na rua. Talvez mais de uma vez, se lhe parece familiar. Pode até ser que você tenha conversado com ela. — Eve olhou para os dois filhos instalados em um carrinho duplo. — Ela gosta de crianças. Dê mais uma olhada.

— Acho que... Sim, foi isso mesmo. Foi ela quem me ajudou.

— Ajudou você?

— Eu tinha um monte de coisas para fazer. A mulher para quem trabalho muitas vezes não se lembra de que eu só tenho duas mãos, entende? Eu estava com os dois meninos, Max e Sterling. Sterling sozinho já dá um trabalhão. Eu precisava apanhar um vestido para ela, ir ao mercado, e ela ainda queria flores... Lírios. Então eu estava me arrastando pela rua, sobrecarregada, e então, do nada, Sterling começou a gritar como se alguém estivesse lhe espetando uma agulha no ouvido.

Ela desviou o olhar para uma das outras mulheres e recebeu um sorriso de solidariedade.

— Eu estava tentando acalmá-lo, equilibrando as coisas que não tinha conseguido prender no carrinho, e essa garota... foi ela mesma... me chamou e veio correndo com Mister Boos.

— Quem?

— Mister Boos, o ursinho de Sterling. Aquele ali. — Ela apontou para o menino no lado esquerdo do carrinho, que lançou olhares desconfiados para Eve e agarrou com força um ursinho azul-claro com orelhas destroçadas e uma expressão chocada.

— É meu! — gritou Sterling, exibindo os dentes cerrados em sinal de desafio.

A mulher revirou os olhos.

— Quando ele não está agarrado ao Mister Boos a vida não vale a pena ser vivida. Ele tinha deixado o ursinho cair; talvez o tenha jogado para fora do carrinho sem que eu percebesse. Ela então o pegou do chão e o trouxe para mim, e na hora certa porque Max já estava aos berros para imitar Sterling. Ela perguntou se eu gostaria de uma mãozinha e eu disse que precisava de mais umas seis ou algo assim. Mandei Sterling agradecer a ela por salvar o Mister Boos e lhe informei que só faltava um quarteirão para chegar em casa. Ela me garantiu que também ia naquela direção e levaria as sacolas do mercado, se eu quisesse. Foi muito gentil da parte dela.

— Então ela caminhou com vocês.

— Isso mesmo, ela... — A mulher certamente tinha uma espécie de radar infantil muito bem ajustado, pois girou a cabeça e ergueu um dedo de advertência para Sterling segundos antes de ele conseguir espancar o irmão com o tal Mister Boos.

Ele desistiu da façanha, exibiu um sorriso angelical e um olhar satânico. Eve perguntou a si mesma se ela o estaria caçando pela cidade dali a vinte anos.

— Desculpe, ele está ficando entediado. Onde eu estava mesmo? Ah, sim, aquela garota! Ela me ajudou com as sacolas e caminhou ao meu lado até o prédio. Foi extremamente gentil, muito educada. A maioria dos jovens dessa idade nem repara que nós existimos, entende? Ela conseguiu fazer o Sterling rir, contou que adorava crianças e trabalhava como babá para dois gêmeos. Sim, lembro de ela ter contado isso e sabia que crianças dão muito trabalho.

— Quando foi isso?

— Sei a data exata porque no dia seguinte era o meu aniversário. Cinco de abril.

— Ela estava sozinha?

— Sim, sozinha. Estava voltando para casa, vindo da escola, pelo que me contou. Carregava uma mochila, acho. Não tenho certeza quanto a isso, para ser franca. Tornei a vê-la algumas semanas depois. Talvez um mês, ou seis semanas, não sei ao certo. Chovia muito e eu estava correndo para levar as crianças de volta para casa. Estávamos na Segunda Avenida, mais ou menos entre as ruas 50 e 55. Sei disso porque eu tinha levado os meninos ao Museu da Criança para assistirem a um espetáculo, um show de mágica.

— Você falou com ela?

— Não, eu estava correndo para chegar ao ponto porque o maxiônibus aceita levar carrinhos duplos e chovia canivetes. Eu não queria andar pela cidade na chuva, com as crianças. Foi então que eu a vi, acenei e tentei chamar sua atenção, mas ela e o garoto simplesmente subiram em um skate aéreo e sumiram rapidinho.

— O garoto — repetiu Eve, sentindo uma fisgada.

— Ela estava com um garoto e eles riam muito. Ela parecia feliz. Toda ensopada, mas feliz.

— Você conseguiu dar uma olhada nele, esse garoto?

— Ah... Mais ou menos, foi só por um minuto.

— Características básicas. Altura, peso, cor da pele?

— Bem, puxa, não tenho certeza. — Ela puxou o cabelo para trás da orelha e mordeu o lábio. — Era mais alto que ela. Acho que temos a mesma altura, e ele era mais alto. Ela batia na altura do ombro dele quando os dois subiram no skate aéreo; ela passou os braços ao redor dele e teve de ficar na ponta dos pés para colocar o queixo em seu ombro. Achei aquilo lindo. Não sei a altura dele ao certo, talvez um metro e oitenta, um e oitenta e cinco. Magro. Quer dizer, não era musculoso. Só que estava chovendo e a camisa dele estava colada no corpo. Pele branca. Pelo menos me pareceu branca. Ah, ele tirou o boné e o colocou na cabeça dela. Isso também foi bonitinho. Ele tinha cabelos castanhos. Isso mesmo, castanhos e despenteados, na altura do... não sei. — Ela encostou a mão um pouco abaixo da orelha.

— E quanto à cor dos olhos, algum outro detalhe...?

— Eu só os vi por um minuto. Nem isso. Mais uma coisa: ele usava óculos escuros. Os jovens fazem isso mesmo quando está chovendo, só por estilo. Ele era bonito. Eu pensei... que bom que ela arrumou um namorado, porque me ajudou muito naquele dia.

— Algo mais? As roupas dele, a cor do skate aéreo? Ele usava alguma joia?

— Não sei. Foi tudo muito rápido.

— Você aceita trabalhar com um artista da polícia para fazer um retrato falado? Pode ser que você se lembre de mais algum detalhe.

Um ar de preocupação surgiu em seu rosto e as mulheres ao redor começaram a murmurar.

— Eu não o vi muito bem, e a minha chefe... Escute, não quero arranjar problemas. A garota realmente me ajudou muito, é uma boa menina.

Eve avaliou as opções. A imprensa iria divulgar a história naquela tarde, se já não o tivessem feito. O segredo estava com os minutos contados.

— Você a ajudaria muito. Essa menina foi assassinada na madrugada de domingo.

— Oh, não pode ser, não me diga uma coisa dessas! — Sua voz se tornou mais aguda e as crianças no carrinho começaram a chorar em conjunto. — Meu Deus!

Imediatamente as outras mulheres se aproximaram e tocaram nela para consolá-la, ao mesmo tempo que puxavam os filhos ou crianças aos seus cuidados mais para perto.

— O homem com quem você a viu pode ter informações. É importante encontrá-lo.

— Eu praticamente não o vi, e estava chovendo. Não sei. Ela era um amor de garota. Era apenas uma criança!

— Qual é o seu nome?

— Marta. Marta Delroy.

— Marta, o nome dela é Deena. Deena ajudou você naquele dia. Agora você tem a chance de ajudá-la. Eu acertarei tudo com a sua chefe.

— Ok. — Ela pegou um lenço em um dos seus muitos bolsos. — O que eu preciso fazer?

* * *

Depois que Eve fez os arranjos e pegou as informações sobre a chefe de Marta, uma das outras mulheres se manifestou.

— A senhora disse que ela corria aqui de manhã cedo, nessa época? Talvez você devesse conversar com Lola Merrill. Ela corre aqui no parque quase todos os dias, agora que sua filhinha entrou no maternal. Ela costuma vir direto para cá depois de deixar a filha. É loura, alta, corpo muito bem cuidado. Provavelmente já está correndo por aí desde cedo.

— Obrigada.

Ela se afastou das mulheres, pegou o *tele-link*, reservou uma sala para que seu artista favorito da polícia trabalhasse com Marta, e logo depois ligou para Peabody.

— Eu estava prestes a ligar para você — disse Peabody. — Acho que encontrei algo. Uma mulher que julga ter visto o primeiro encontro.

— Loura, alta, com corpo bem cuidado?

— Deus, você desenvolveu visão remota?

— Não, mas consegui uma confirmação e outra testemunha. Pegue a declaração de Lola, depois eu quero que ela trabalhe com Yancy assim que possível. Eu vou acertar tudo com ele. Segure-a aí por mais alguns minutos, estou a caminho.

Ela entrou em contato com a Central e avisou que haveria uma segunda testemunha para Yancy, enquanto caminhava em direção a Peabody. Avistou a loura de longe e teve que concordar que o corpo dentro da roupa de ginástica preta com listras azuis era excepcional.

— Lola Merrill?

— Sou eu mesma.

— Tenente Dallas, parceira da detetive Peabody. Agradecemos a sua colaboração. Diga-me o que viu e quando.

— Foi há algumas semanas, em meados de abril, eu acho, porque ainda estava meio frio de manhã e os narcisos ainda começavam a florescer. Eu via essa menina algumas vezes por semana. Ela estava em boa forma, tinha uma resistência excelente. Nós acenávamos uma para a outra ou balançávamos a cabeça, como se costuma fazer.

Lola se inclinou e executou um belo alongamento.

— Nunca conversei com ela. Um dia eu a vi com um garoto. Um menino bonito. Estavam fora da pista, sentados na grama. Ele tinha tirado o tênis e massageava o tornozelo. Eu não parei porque parecia que ela já o estava ajudando, e ambos riam.

Ela endireitou as costas e puxou a perna para trás em um novo alongamento.

— Fui em frente e eles já tinham ido embora quando acabei de correr. Essa foi a primeira vez que eu o vi por aqui, e nunca mais tornei a vê-lo desde aquele dia. Aliás, eu estava dizendo à sua parceira que também não tenho visto a menina ultimamente.

— Você deu uma boa olhada nele?

Lola encolheu os ombros.

— Eu não estava prestando muita atenção, na verdade. Estava mais preocupada em trabalhar minhas endorfinas. Cabelo castanho, meio bagunçado. Bela aparência. Tênis de marca. Eu reparei neles, isso é algo que eu costumo fazer.

— Que tipo de tênis?

— Anders Cheetahs... Top de linha. Todo branco com o logotipo azul-marinho.

— Cor dos olhos?

— Ele estava de óculos escuros. Muitos corredores usam óculos especiais ou escuros. E boné. Um boné de beisebol, eu também reparei nisso. Ah, e ele vestia uma camiseta da Universidade Columbia. Eu estudei lá, então a reconheci.

Eve olhou para Peabody e viu o mesmo ar de satisfação que ela sentia.

— A sra. Merrill está disposta a colaborar com o artista da polícia — anunciou Peabody.

— Isso é emocionante, mas não sei se conseguirei ser de grande ajuda. Eu mal olhei para ele.

Já era o bastante, Eve pensou, enquanto terminavam o circuito do parque, ela ter reparado no cabelo, nos tênis, no boné e na camiseta. Yancy conseguiria o resto, qualquer outra coisa que estivesse escondida em seu subconsciente.

— Tivemos sorte — disse Eve, enquanto caminhavam. — Uma tremenda sorte.
— Uma sorte do cacete! Duas testemunhas de uma só vez, e ambas dispostas a trabalhar com Yancy.
— Boné, óculos escuros, vai ser difícil conseguir algo definitivo no seu rosto. Ele foi inteligente nesse ponto, mas não muito, porque se esqueceu dos tênis de marca. Provavelmente tentou impressioná-la. A camiseta da Columbia foi o cartão de visitas, a sua ligação inicial. Ele não poderia imaginar que mais alguém os veria no East Side, como a outra testemunha. E o encontro aconteceu mais de dois meses antes do assassinato. Ele deve achar que seria impossível acharmos duas pessoas.
"Claro que talvez ela conte a alguém que conheceu um cara no parque e o ajudou. Mas depois que ele começou a se envolver com ela tudo se tornou secreto. Ele não sabe nada sobre as garotas da idade dela, nem imagina que ela *teria* de falar sobre isso com uma amiga. Tudo bem... Agora temos uma sombra em vez de um fantasma."
— Um metro e oitenta, magro, cabelo castanho, pele branca, jovem. Ainda não é uma sombra, mas é mais do que tínhamos uma hora atrás.
— Quando Yancy trabalhar com elas, teremos mais.
O carro atravessou os portões da casa.
— Enquanto converso com MacMasters, investigue os tênis. Chame alguém da nossa divisão para ajudar, qualquer pessoa que não esteja envolvida com algum caso em aberto. Aposto que os tênis eram novinhos em folha, comprados especificamente para esse encontro. E vamos começar a investigar a região onde Marta

os viu. Veja se consegue descobrir o dia com tarde chuvosa em que o Museu da Criança do East Side tenha apresentado um show de mágicas. Podemos identificar com precisão o dia em que a testemunha os viu. Coloque alguém para fazer isso, com foco em locais onde haja música, cinemas, lojas de videogames, lugares que os adolescentes costumam frequentar.

— Certo.

— Peça a Summerset que a coloque em alguma sala para trabalhar. — Ela estacionou o carro e saltou. — Esses lugares certamente não serão na vizinhança dele. Ele não iria querer que alguém os visse e parasse para conversar. Pelo menos não quando ele estava com ela. Eram só os dois.

Ela entrou e torceu o polegar para indicar Peabody assim que Summerset apareceu.

— O capitão MacMasters está esperando em sua sala. O comandante Whitney está com ele.

Sem dizer nada, Eve subiu a escada.

— Seu vestido está pronto e será entregue hoje.

— Meu o quê?

— Seu vestido para o casamento da dra. Dimatto. Leonardo gostaria de fazer uma prova, no caso de ser necessário fazer algum ajuste adicional.

Eve abriu a boca, tornou a fechá-la e soltou um grunhido.

— Está bem. Vai ficar tudo bem. Basta guardar o vestido onde quer que você coloque essas coisas, assim que ele chegar.

Vestidos, provas de roupas, casamentos. Pelo amor de Deus! Será que ela teria de ligar para Louise para avisar sobre o vestido?

Pelo amor de Deus, pensou novamente.

Aquilo teria de esperar. Agora ela iria conversar com um pai de luto a respeito da investigação sobre o assassinato da filha dele.

Todo o resto teria de esperar.

Capítulo Nove

Quando Eve chegou à porta do escritório, viu MacMasters de pé junto à janela. Será que ele olhava o verde, as cores, as flores e o azul do céu? Ela duvidava disso.

Ele parecia ter encolhido. Desgastado e diminuído pelo peso do sofrimento. Será que conseguiria ser um policial naquele momento? Pensar como um, aguentar firme como um?

Ela não tinha certeza.

Olhou para o comandante, de pé ao lado dele. A postura era de apoio, amizade, perda compartilhada.

Era necessário que ambos dessem um passo atrás, construíssem um espaço de objetividade, para dar a Eve o que ela precisava.

Ou então se afastassem de vez do caso.

Ela entrou.

— Comandante. Capitão.

Ambos se voltaram. Ela viu uma rápida faísca de esperança no rosto de MacMasters. Sobreviventes, como ela sabia, precisavam de respostas.

— Houve algum progresso, tenente?

— Estamos seguindo algumas pistas — informou ela ao capitão. Foi até a mesa e deu a volta no quadro do assassinato que tinha, deliberadamente, deixado à vista. Ele teria de enfrentar aquilo, e Eve se lembrou do que Roarke tinha dito quando ela permitiu que Morris visse o quadro durante a investigação da morte de Coltraine.

Ele perceberia que sua filha era o centro de tudo. A vítima era o foco.

— Eu atualizei o capitão, com base na reunião desta manhã — avisou Whitney, e o seu olhar se manteve no rosto de Eve. — Isso nos poupará tempo.

— Claro, senhor. Examinaremos tudo com detalhes, mas os senhores devem ser informados de que encontramos duas testemunhas agora pela manhã que acreditam ter visto Deena em companhia do suspeito. Ambas estão dispostas a montar um retrato falado com um artista da polícia. Eu convoquei o detetive Yancy para encontrá-las.

— Duas? — A voz de MacMasters estremeceu. — Duas pessoas o viram?

— Duas testemunhas independentes acreditam ter visto Deena com um rapaz. Ambas nos ofereceram descrições básicas que coincidem uma com a outra. Sente-se, capitão.

— Eu...

— Por favor. — Ele não era um policial agora, definitivamente. Era apenas um pai. Ela teria de encontrar uma forma de se dirigir a ambos, o pai e o policial. — Eu lhe contarei tudo o que sei, e também o que estamos fazendo.

Ela descreveu as conversas com as duas mulheres do parque.

— A declaração de Merrill corresponde ao que acreditamos ter sido o primeiro encontro. A segunda, no caso de Delroy, indica que eles continuaram a se encontrar fora do que tínhamos estabelecido como a zona de conforto dela, com base nas suas declarações, nas da sua esposa e das amigas de Deena. O senhor sabe me informar se ela costumava frequentar a região do East Side?

— Não normalmente. Havia algumas lojas que ela visitava e locais favoritos mais perto de casa. Fora os que eu já informei, perto da Columbia.

— Podemos especular, com base nisso, que eles se encontravam longe desses locais para manter o relacionamento em segredo. Estamos trabalhando para identificar o dia em que Marta Delroy os viu, e já enviei policiais ao local onde ela os avistou. Eles vão mostrar a foto de Deena para comerciantes, balconistas e garçons.

Ela viu o conflito estampado no rosto de MacMasters, uma batalha entre a esperança e o desespero.

— Pode ser que encontremos outras testemunhas que nos ajudarão a identificar o suspeito. Se alguém a reconhecer — continuou Eve —, pode ser que também se lembrem dele. Lola Merrill, que corre sempre nessa área do parque, declarou que não via Deena há algum tempo. O senhor e sua esposa disseram que Deena corria no parque com regularidade.

— Sim. Ela corria... várias vezes por semana, pela manhã. Ela...

— Ela pode ter mudado sua rota para outro ponto do parque, a fim de se encontrar com o suspeito.

— Por que eu não reparei nessa mudança? — murmurou MacMasters. — Carol notou, mas eu nunca... Se ela tivesse nos dito. Se ao menos tivesse...

— Capitão, minha percepção é que esse homem foi muito persuasivo e agiu de forma premeditada. — Será que isso era algum conforto?, perguntava a si mesma. — Ele a estudou, tinha um plano, apostou na juventude dela e na sua confiança. Usou a ligação com a Universidade Columbia para diminuir a distância e fazê-la baixar a guarda. Acho que isso é uma das chaves. Um amigo dela estuda lá. Ela mesma planejava se formar lá. E conhecia vários outros estudantes que também são amigos de Jamie.

— Sim. Usar Jamie, mesmo uma espécie de conexão indireta com ele, certamente teria garantido a confiança dela. E se colocar em uma posição de fragilidade, precisando de ajuda — MacMasters continuou —, fingindo estar machucado ou com problemas... Ela instintivamente iria oferecer ajuda.

— Conseguimos ver o que ele fez, como armou tudo, e vou me encontrar com a dra. Mira mais tarde, para discutir o perfil dele e a sua patologia. Mas ainda não sabemos o motivo. Acreditamos que ela foi um alvo específico por alguma razão. E julgamos que o senhor e o seu trabalho são essa razão.

— Se você tiver provas de que o assassinato de Deena tem ligação com algum dos meus casos...

— Tenho motivos para acreditar que o assassinato de Deena está ligado a isso, sim. Mas não encontrei, até o momento, nenhum caso ou circunstância específica.

— Mas por quê? — A dor vibrou em sua voz e cintilou em seus olhos. — Se isso foi vingança e teve relação com o meu trabalho, como você espera que eu viva com isso? Como pode esperar que eu me conforme com especulações, em vez de respostas?

Ali estava o limite que ela tinha de cruzar, e Eve manteve a voz neutra, mas firme.

— Espero que o senhor confie na investigadora principal que solicitou especificamente para o caso, e na equipe que ela escolheu a dedo para fazer tudo e qualquer coisa que seja necessária para chegarmos às respostas. Em vinte e quatro horas já temos duas testemunhas em potencial que poderão nos ajudar a identificar esse homem. Temos uma conexão sólida com a Universidade Columbia, e pode haver outras testemunhas lá que tenham visto esse homem. Estabelecemos uma linha cronológica dos eventos, e a falta de rastros e de DNA na cena do crime nos dizem que tudo foi muito bem planejado, e não um crime executado por impulso, emoção ou simples oportunidade. Todos os policiais designados para este caso estão em estado de alerta.

— Eu não questiono isso.

Campo minado, pensou Eve. Como aquele homem poderia aguentar mais coisas naquele momento?

— Preciso saber se o senhor é capaz de analisar seus casos, suas lembranças, suas impressões e seus instintos para nos ajudar a encontrar alguma conexão. Fiz um levantamento dos seus casos nos últimos três anos — continuou ela. — Tenho uma lista curta de possibilidades, mas não percebi sinais de alerta em nenhum deles. Talvez o senhor perceba.

— Me dê os nomes.

— Farei isso. Só que ele não estará entre os que lhe fizeram ameaças.

— Como pode ter tanta certeza?

— Vamos investigar todos os nomes da lista, acredite — Eve lhe assegurou. — Mas garanto que não o encontraremos lá. Qualquer pessoa que faça uma ameaça chama atenção. Ele teve todo o cuidado de se manter fora do radar. Quantos homens entre os dezoito e os vinte e seis anos o ameaçaram nos últimos três anos?

— Posso lhe fornecer essa lista com rapidez. Membros de gangues, traficantes, drogados.

— Ele não é nenhum desses. Ela teria reconhecido os sinais.

Ela esperou alguns instantes, para lhe dar tempo de negar ou confirmar essa declaração.

— É verdade. — Ele esfregou a testa. — Isso mesmo, você tem razão. Ela saberia o que procurar. Era muito cuidadosa. Ela era...

— Ele tem ficha limpa — Eve interrompeu o que ele ia dizer, a fim de lhe dar tempo de se recompor. — É inteligente e sabe ser charmoso. As duas testemunhas se referiram a ele como um jovem muito bonito. Um *jovem*, capitão. Ele não está na lista dos que o ameaçaram. Isso tem a ver com alguém ligado a ele, provavelmente. O senhor não prendeu esse garoto. Mas pode ter prendido o pai, irmão, melhor amigo, a mãe ou irmã dele. E pela forma como agiu, nós devemos buscar uma prisão pesada, alguém que foi morto ou condenado a uma longa sentença.

Ele passou as mãos no rosto.

—- Tenente, fui chefe de equipe por alguns anos, mas raramente trabalhei nas ruas. Investiguei poucos casos. Eu os supervisionava.

Isso foi uma escolha deliberada minha. Eu ajudo, aconselho, coordeno as operações. Atuei como investigador principal de um caso não mais do que uma dúzia de vezes nos últimos seis anos.

— Você foi chefe de equipe e, portanto, o responsável. Essa foi a realidade ou a percepção dela, para o criminoso.

— Você está dizendo que isso poderia ter sido motivado por qualquer um dos casos em que meus homens trabalharam?

— Exato. Acredito que o senhor teve alguma participação ativa nesse caso em especial, obteve alguma visibilidade ou ganhou algum crédito. Ele, até onde sabemos, não buscou vingança contra nenhum dos seus homens. Foi algo específico contra o senhor. E ele agiu logo após a sua promoção ser anunciada.

MacMasters exibiu uma expressão de choque.

— Ele a matou porque eu virei capitão?

Eve aproveitou a chance e resolveu abrir o jogo, sem saber se isso iria derrubá-lo de vez ou ajudá-lo.

— Capitão, ele a mataria de qualquer maneira. Desculpe, mas essa é a realidade.

Ele se levantou, foi até a janela e olhou mais uma vez para fora.

— Continue, tenente — ordenou Whitney.

— O momento em que aconteceu pode ser importante. O senhor tinha acabado de ser promovido, capitão, e Deena ficou sozinha em casa por um período específico de tempo. Acredito que ele tenha aproveitado essa oportunidade para agir. Acho que as opiniões e teorias da dra. Mira serão valiosas, mas até eu me encontrar com ela vamos abordar o caso por esse ângulo. Retornaremos dez anos, para começar; vamos avaliar mortes, prisões ou sentenças que tenham resultado em mortes. Em seguida, prisões ou sentenças relacionadas a ferimentos graves. Por último, sentenças de prisão perpétua.

Ela parou e MacMasters ficou onde ele estava, calado. Whitney sinalizou para que ela continuasse.

— Isso não foi um crime casual. Para ele assassinar, planejar e correr riscos, o motivo certamente era muito importante. Vamos buscar alguém relacionado a um preso, morto ou condenado e que tenha a faixa etária do nosso suspeito. Por favor, preciso que você faça uma lista desses nomes — acrescentou ela. — Vou investigar todos a fundo. No momento quero apenas a sua intuição inicial. Quem surge em sua cabeça?

Ainda de costas para ela, MacMasters respirou fundo e estremeceu.

— Leonard e Gia Wentz. Eles dirigiam um restaurante e usavam menores para traficar drogas e vendê-las em escolas e cinemas. Eu tinha quatro detetives atrás deles. Executamos uma grande operação que resultou na prisão deles em janeiro. Leonard reagiu e houve um tiroteio. Dois dos meus homens ficaram feridos. Ele está cumprindo uma pena de vinte e cinco anos, e ela pegou quinze.

— Eu me lembro disso. Meados de janeiro. Muito perto. O que quer que tenha sido não aconteceu neste ano. Ele roubou a carteira de estudante na véspera do Ano-novo. Já estava planejando o crime. Volte mais no tempo.

MacMasters virou-se da janela e começou a caminhar de um lado para outro.

— Meus homens são muito bons. Isso é como remar contra a correnteza, mas fazemos um bom trabalho. Temos uma taxa excelente de prisões e condenações, com baixa porcentagem de mortes.

— Não pense demais, capitão. Não tente justificar nada. Vou pegar um café.

Eve foi até a cozinha. Aquilo não estava funcionando, pensou. Pelo menos por enquanto. Ele não conseguia se afastar da emoção e raciocinar como policial. Por que deveria fazer isso? Como conseguiria?

Mesmo assim ela programou o café e foi servi-lo.

— Nós arruinamos vidas — declarou Eve. — Se analisarmos pelo ângulo de quem está do outro lado da lei veremos um cara que faz o que faz... estupra, mata, rouba, trafica, o que quer que seja. Isso é o que ele faz, ou fez uma única vez por qualquer motivo. Nós entramos em cena e o impedimos permanentemente. Mais que isso: fazemos tudo que está ao nosso alcance para colocá-lo atrás das grades por causa dos seus crimes. Ele perde a sua liberdade, o seu dinheiro. Pode perder a sua casa ou a sua família, se tiver uma. Às vezes, quando as coisas dão muito errado, ele perde a vida.

Ela tomou café, torcendo para conseguir passar a ideia geral.

— Nós arruinamos todos os esquemas ilegais. Somos os responsáveis. O *senhor* é o responsável. Pense sobre as vidas que o senhor já arruinou. Pense nisso, não sobre o trabalho propriamente dito, mas sobre os resultados alcançados. Analise pelo outro ângulo.

— Tudo bem. — Ele tomou o café e a fitou longamente. — Vamos lá... Nattie Simpson. Ela é uma contadora, mora num simpático apartamento no Upper East Side, tem um salário decente, um marido, um filho. Paralelamente a essa vida, Nattie lidava com drogas ilegais e controlava os registros de uma operação de tráfico de nível médio. Quando nós a descobrimos, conseguimos prendê-la. Está em Rikers, agora, terminando de cumprir uma pena de cinco anos. Eles perderam o apartamento no Upper East Side. O marido se divorciou dela há dois anos e ficou com a guarda do filho.

— Quantos anos tem o filho?

— Na época tinha dez ou doze anos.

— Muito jovem. Talvez ela tenha um irmão ou um amante. Vamos investigá-la.

MacMasters passou a mão pelo cabelo. Eve reparou que ele estava quebrando a cabeça, tentando pensar em alguma coisa nova, em novas possibilidades.

— Talvez esse tenha sido um crime encomendado — propôs.

— Não acredito nisso. Dê-me mais um nome, que não esteja no topo da sua lista.

— Cecil Banks. Um cara realmente mau. Traficava zeus, caçava fugitivos e crianças de rua; pegava-os, aliciava-os para trabalharem para ele. Gerenciava um negócio de prostituição de menores. Trabalhamos com a Divisão de Vítimas Especiais nesse caso. Quando atacamos o centro principal da operação ele tentou fugir.

Saiu por uma janela, mas não conseguiu pular para a escada de incêndio e despencou quatro andares. Muitas pessoas perderam dinheiro e acesso a drogas quando o prendemos e desfizemos a sua operação.

— Quando foi isso?

— Fez dois anos em setembro do ano passado.

— Ele tinha família?

— Ah, sim. Tinha duas mulheres, viciadas. Ambas alegaram serem esposa dele. Nenhuma delas era casada legalmente. Ele também tinha um irmão mais novo. Esse irmão fez alguns trabalhos para Cecil, mas se declarou culpado e conseguiu ficar só na reabilitação e serviços comunitários. Risso. Risso Banks é o nome dele. Tinha vinte e dois ou vinte e três anos, na época.

— Eles não estão na sua lista de pessoas que o ameaçaram.

— Eu participei da operação, mas não como investigador principal. As mulheres fizeram muito barulho, mas nada que tenha me preocupado. Quanto ao garoto, o irmão? Ele chorou como um bebê e isso o ajudou a minimizar a pena.

— Bom, vamos verificar. É isso que eu quero que o senhor faça, capitão. Não importa o motivo, anote as datas e as circunstâncias básicas. Assumimos a partir daí.

— Tenente... Estatisticamente, qual é a probabilidade de o assassinato de Deena estar ligado a mim, ao meu trabalho? Você certamente verificou isso pelo programa de probabilidades.

Não havia como enfeitar a resposta. E fazer isso seria um insulto a ele e a sua filha.

— Neste momento, com os dados levantados, essa probabilidade é de noventa e oito vírgula oito por cento.

Ele tornou a se sentar na poltrona e a caneca em sua mão tremeu levemente.

— É melhor saber a verdade. É sempre melhor. Devo contar isso à mãe dela? Vou precisar fazer isso, mas como? De que forma eu posso contar isso a sua mãe? Estamos planejando o funeral. Será na quinta-feira. Parece muito rápido e muito cedo... Quinta-feira. Nós simplesmente não conseguimos... Vou anotar tudo, mas como eu posso aceitar?

Ele desmoronou. Vê-lo ceder ao peso da dor foi um golpe no coração de Eve e uma fisgada em seu estômago. Ela ficou em pé onde estava quando Whitney foi até o capitão, pegou gentilmente a caneca de café da mão dele, colocou-a de lado e o abraçou.

Whitney olhou para Eve e fez sinal para que ela fosse embora.

Ela saiu e desceu a escada. Queria sair de casa nem que fosse por um momento, só para respirar ar fresco. Quando viu Summerset parado ao pé da escada, um pouco da raiva e da dor devem ter transparecido em seu rosto antes que ela pudesse evitar.

— A perda de um filho dói mais fundo que qualquer outra — disse ele. — Não se dissipa como as outras dores. Quando a perda ocorre, o pai olha para dentro de si mesmo. O que eu poderia ter feito? O que eu deixei de fazer? Quando a perda vem de forma violenta, surgem ainda mais perguntas. Toda resposta que você der trará dor e algum conforto, mas não poderá haver conforto sem dor.

— Nenhuma das respostas que eu lhe dei hoje trouxe conforto algum.

— Ainda não.

Como ele continuaria a falar, Eve simplesmente se sentou em um dos primeiros degraus. Ela daria um tempo ali.

Só que, antes de ter chance de aproveitar o seu momento, o *tele-link* tocou.

— Dallas.

— Tenente Dallas, aqui é a dra. Lapkoff da Universidade Columbia. Falei com você e com o seu marido ontem à noite.

— Isso mesmo.

— Agradeceria alguns momentos do seu tempo hoje, para conversar mais sobre o assunto.

— O assunto é uma investigação de homicídios.

— Estou ciente. — O rosto de Lapkoff permaneceu calmo e neutro.

— Já que partes dessa investigação têm a ver com o meu escopo, gostaria de discutir isso. Esta instituição cooperará com você tanto quanto for possível. Esperaria o mesmo de você e do seu departamento.

— Está no campus agora?

— Estou, sim.

— Vinte minutos — disse Eve, e desligou.

Pegou o comunicador para entrar em contato com Peabody.

— Status?

— Esses tênis foram vendidos nos últimos seis meses mais do que você poderia imaginar. Estou me concentrando em lojas de Nova York e sites de vendas.

— Siga essa linha, então. Estou indo me encontrar com a reitora da Columbia, depois vou ver Mira. Mais tarde vamos verificar alguns dos possíveis suspeitos. Volto para pegar você ou aviso onde você deve me encontrar.

Ela desligou e entrou em contato com a assistente de Mira.

— Preciso que a doutora vá se encontrar comigo, em vez de ir para o consultório. Vou estar na rua, em trabalho de campo.

— A dra. Mira é...

— Um membro essencial desta equipe de investigação — completou Eve. — O comandante determinou prioridade máxima para este caso. Preciso que ela me encontre no prédio da reitoria da Universidade Columbia daqui a mais ou menos uma hora.

— Ela não consegue chegar lá em uma hora. Noventa minutos.

— Tudo bem, noventa minutos — aceitou Eve.

Ela dirigiu até Morningside Heights e se viu em meio à beleza, à tradição e à dignidade da Universidade Columbia. Estacionou tão perto do prédio da reitoria quanto conseguiu, e acionou a luz de "viatura em serviço".

Qualquer segurança do campus que tentasse multá-la ou tirar a viatura dali seria desligado das suas funções antes de saber o que havia acontecido.

Estudantes de verão relaxavam sobre os gramados. Alguns estavam sentados perto das fontes ou passeavam pelas trilhas entre os prédios. Suas idades variavam dos vinte e poucos anos até os mais idosos, alguns já quase centenários. Vários dos mais velhos eram funcionários, ela imaginou, mas muitos deveriam ser estudantes também. Estavam dando continuidade à sua formação, tentando alcançar diplomas mais avançados ou estudando apenas para passar o tempo.

As vestimentas também variavam, observou. Iam de ternos de grife a calças cargo, de jeans a microssaias. Muitos bonés de beisebol, muitas camisetas lisas e outras com o emblema da universidade.

O suspeito poderia ter se misturado ali com facilidade, em um campus que se estendia por entre gramados imponentes e prédios muito dignos e antigos. Como o Central Park, Eve pensou, aquele era um mundo particular dentro de outro ainda maior, onde um rosto desconhecido não causaria estranheza. Especialmente se ele parecesse pertencer àquele lugar.

Ele sabia para onde ia e como chegar lá. Devia se sentar na grama ou num daqueles bancos para respirar ar fresco ou estudar ao ar livre.

Observando tudo. Ele tinha observado tudo, do mesmo jeito que ela observava agora. O olhar, o ritmo, as sensações.

Entrou no prédio da administração e exibiu seu distintivo, para que ele fosse escaneado.

— Tenho um horário marcado com a dra. Lapkoff.

O guarda assentiu e passou o scanner.

— Ela colocou a senhora na lista e nos avisou sobre a sua chegada.

Ele se virou e lhe deu instruções rápidas e detalhadas sobre como chegar à sala da reitoria.

Tudo muito refinado, pensou Eve enquanto subia a escada. O ar, a arquitetura. As Guerras Urbanas não tinham conseguido descaracterizar nem destruir a maior parte dos prédios mais antigos dali. Ela sabia que havia toques contemporâneos no lugar — câmeras, sistemas de segurança, alarmes, guias animados. Mas tudo isso tinha sido instalado em locais discretos, fora de vista, então o ambiente era antigo e tradicional.

Antes de ela alcançar a reitoria um homem com cerca de trinta anos, vestindo um terno sofisticado, cruzou o amplo corredor com piso de mármore e a interceptou.

— Tenente Dallas? — Seu sorriso era tão sofisticado quanto o seu terno, e o seu sotaque era leve, mas indiscutivelmente italiano. — Sou o assistente administrativo da dra. Lapkoff. Ela me pediu para vir recebê-la e conduzi-la até a sua sala.

Um sujeito com muito boa aparência, observou Eve, mas ele nunca conseguiria se fazer passar por alguém com dezenove anos. E a sua pele morena não poderia ser confundida com a de alguém branco. Isso era uma pena, porque o assistente da reitoria teria sido uma excelente possibilidade.

— Quantas pessoas trabalham neste prédio, na área administrativa?

— No verão?

— Não. Entre o outono e a primavera.

— Eu certamente posso lhe obter essa informação. A dra. Lapkoff tem um assistente administrativo, um secretário executivo e um assistente pessoal. Cada um de nós também tem um assistente. Depois temos o superintendente e a sua equipe, os vice-presidentes e suas equipes específicas. Venha por aqui, por favor.

Ele a conduziu através de uma área de recepção e entrou diretamente nos domínios da reitoria.

Ela imaginou que ali tudo seria mais sofisticado e intimidante. Em vez disso, apesar da grandiosidade e do ar de dignidade de outrora, a sala parecia apenas o local de trabalho de uma mulher muito ocupada. A janela exibia uma excelente vista do campus e havia uma minúscula área de descanso entulhada de móveis muito usados e estofados meio desbotados pelo tempo e pelo sol.

Mesmo assim a parede coberta de fotografias e diplomas poderia parecer um pouco intimidadora. Tanto quanto a mulher que se levantou de trás de uma mesa grande e desarrumada.

Sua altura e sua compleição pareciam as de uma estátua, e feições fortes dominavam a sua expressão, bem como os penetrantes olhos azuis.

Eve imaginou que aquele olhar penetrante já tinha feito suar frio muitos alunos rebeldes, professores relaxados e doadores relutantes.

— Tenente, obrigada por ter vindo me ver tão rápido. — Ela contornou a mesa com o ritmo de uma mulher que chegara à sua posição sem tomar atalhos e apertou rapidamente a mão de Eve. — Harry, vamos oferecer um café à tenente Dallas?

— Não, obrigada.

— Não mesmo? Pode ir então, Harry. Tenente. — Ela apontou para uma poltrona, circulou a mesa mais uma vez e se colocou atrás dela. Posição de poder. — Soube que você visitou um dos nossos alojamentos na noite passada, tenente.

— Correto.

— Questionei Darian sobre o ocorrido agora de manhã. Ele receia estar em apuros e me pareceu consideravelmente preocupado com as circunstâncias da sua visita.

— Ele não está em apuros, pelo menos não comigo. As circunstâncias, sim, são perturbadoras.

— De fato. Darian é um excelente aluno, com poucas e pequenas infrações. Hoje de manhã eu analisei com cuidado o seu histórico. Estou preocupada com a possibilidade de um de nossos alunos ter sido usado para cometer um crime, especialmente um dessa natureza. Já lhe enviamos os dados que você solicitou.

— Muito obrigada.

Lapkoff se sentou e sorriu de leve. O sorriso suavizou sua expressão, mas os olhos permaneceram ousados e penetrantes.

— Você está irritada por ser convocada até aqui, por assim dizer. Compreendo isso. Somos mulheres de alta posição e autoridade, e ser *convocada* é algo que a incomoda.

— Assassinato é algo que me incomoda, dra. Lapkoff, e muito mais.

— Certo. Não pedi que você viesse apenas para satisfazer a minha curiosidade. Embora confesse que eu queria dar uma olhada na policial de Roarke. E de Jamie Lingstrom. Eu passei a me interessar por Jamie, pois foi ele quem me trouxe Roarke.

Seus penetrantes olhos azuis pareceram se divertir por um momento.

— Mais uma vez, por assim dizer — completou.

— Roarke assumiu um interesse pessoal por Jamie.

— Sim, foi o que eu soube. E também soube, por Darian, que Jamie tem uma ligação com essa garota. — Ela inclinou a cabeça. — Essa é outra coisa que eu imagino que nós compartilhamos: a capacidade de interrogar e obter informações. — Ela fez uma breve pausa. — E manter as informações para nós mesmas. Agradeço muito a sua discrição com relação a esse assunto, tenente, só que...

Ela tornou a se inclinar para a frente.

— Este não é apenas o meu trabalho. Esta universidade e tudo o que a acompanha são de minha responsabilidade. São a minha paixão. A conclusão óbvia é que esta universidade pode estar ligada à morte de Deena MacMasters. Isso me perturba.

Ela ficou em silêncio por alguns instantes e sacudiu a cabeça, com ar de impaciência.

— Não, isso não é tudo. Fico revoltada. Se a pessoa que matou essa garota está associada, de algum modo, à Columbia, pode acreditar em mim quando eu afirmo que quero descobrir a verdade. E pretendo oferecer qualquer ajuda que me for possível.

— Agradeço muito a sua cooperação.

— Meu avô paterno era policial.

Eve ergueu as sobrancelhas.

— Ah, era?

— Em St. Paul. Suas histórias me fascinavam quando eu era criança. Ele se aposentou como detetive-inspetor. Sempre tivemos muito orgulho dele. Tenente... — Peach cruzou as mãos sobre a mesa. — Eu acredito na lei, na ordem... e em dry martini. Também acredito nesta universidade e no que ela representa. Darian e Jamie são o que ela representa. Darian está se consumindo de culpa e preocupação. Jamie, embora eu ainda não tenha conversado com ele, provavelmente está corroído pela tristeza. Você, tenente, tem a fama de resolver tudo com competência, sem medir esforços para isso. Eu também. Este gabinete e qualquer outro espaço ou instalação desta universidade estão à sua disposição.

— Essa é uma grande gentileza.

Peach avançou de leve e seus olhos se tornaram quase foscos.

— Assisti aos noticiários da manhã sobre o assassinato.

— Então já foi divulgado.

— Eles não tinham muito material, mas exibiram o suficiente. E mostraram a foto da menina.

— Espero ter um retrato falado do suspeito até a noite de hoje. Isso poderá nos levar a um nome e a um local, mas, a menos que ele já esteja no sistema, poderá demorar muito tempo. Vocês têm programas de pesquisa por imagem?

— Temos, sim.

— É possível que ele tenha estudado ou trabalhado aqui em algum momento. Se vocês rodarem o retrato falado no seu banco de dados de alunos e funcionários, talvez consigam um resultado positivo antes de nós.

— Vou providenciar isso.

— Essa tarefa não poderá ser executada por ninguém que trabalhe aqui. Ela deve ser feita por um policial. Para isso eu preciso de um mandado judicial, a não ser que a senhora registre a sua concordância e nos dê uma permissão para o trabalho.

— Você terá as duas coisas.

— Isso certamente corta a burocracia e o papo furado.

Dessa vez, Peach exibiu um sorriso brilhante.

— Uma das minhas melhores habilidades e também uma das minhas ocupações favoritas.

— Bem... Então, quando tivermos a imagem vou mandar um detetive da DDE vir executar essa função.

— Vou liberar a sua entrada.

— Acredito que o suspeito tenha hackeado os seus arquivos de dados dos estudantes no mês de abril. Ele adicionou seus dados ou os dados que desejava usar, de modo que qualquer pesquisa o confirmaria como um estudante. Provavelmente deletou esses dados do sistema pouco antes ou no dia do assassinato. Um bom detetive eletrônico poderá encontrar vestígios dessa invasão e rastreá-la.

Peach expirou longamente.

— Certo. Será um trabalho tedioso, imagino.

— Isso descreve boa parte do nosso trabalho: tédio.

— Entendo. Não é muito diferente do que eu faço. Eu achei que o seu trabalho fosse mais rápido e emocionante, tenente.

— Então você não ouviu com atenção as histórias do seu avô.

Ela sorriu novamente.

— Suspeito que ele as tornava mais emocionantes. Mesmo assim deve haver bons momentos. Estou ansiosa para ler o livro de Nadine Furst sobre o caso Icove.

— Humm... — Eve se levantou.

— Tenente. Acredito na lei e na ordem, na educação e naquele dry martini, mas também acredito na juventude... No seu potencial e no quanto ela é efêmera, sem mencionar a sua maravilhosa avidez. Sinto muito por Deena MacMasters, lamento muito que a sua juventude tenha sido roubada, junto com esse potencial.

— Todos nós lamentamos.

Peach entregou um cartão a Eve.

— Aqui está o meu contato, inclusive o meu *tele-link* pessoal. Ligue-me se precisar de mais alguma coisa.

— Obrigada, dra. Lapkoff.

— Por favor, me chame de Peach.

Capítulo Dez

Enquanto atravessava o gramado, Eve pegou o *tele-link* no bolso para confirmar se Mira já tinha chegado ou estava perto, mas logo a avistou. A psiquiatra da polícia, e a melhor formadora de perfis de Nova York, estava sentada sob os raios de sol, na borda larga de uma grande fonte. Usava óculos escuros com uma ousada armação cor-de-rosa. Eve não tinha certeza de já ter visto a elegante Mira com óculos escuros, ainda mais como aquele, tão frivolamente feminino. Com o rosto inclinado para o sol e o cabelo para trás em ondas ao redor da nuca, expondo os brincos multicoloridos em suas orelhas, Mira parecia absolutamente relaxada e perfeitamente à vontade no ritmo casual do verão no campus.

Um leve sorriso suavizava o seu rosto belo e relaxado, enquanto a água despencava musicalmente de uma camada de pedra para outra, bem atrás dela. Suas belíssimas pernas estavam cruzadas, expostas pela saia midi em cor de creme de um terninho que ia até o joelho. Sandálias abertas e sofisticadas no mesmo tom do terninho tinham saltos finos como agulhas. Ao lado dela, uma bolsa cor-de-rosa claro era grande o suficiente para engolir uma criança.

Eve especulou consigo mesma se Mira estava dormindo, se deveria cutucá-la ou simplesmente pigarrear para avisá-la de sua presença. De repente o sorriso da médica se ampliou e ela suspirou longamente.

— Deus, que dia maravilhoso! Eu quase nunca aproveito manhãs espetaculares como essa. — Mira ergueu os ombros e os deixou cair de novo, com ar feliz. — Agradeço por me tirar do consultório.

— Bem, fico feliz que haja alguma vantagem. Não tive tempo de ir à Central e voltar. Estamos trabalhando duro.

— Eu sei. A idade da vítima e a sua ligação com um policial tornam o caso prioritário. Podemos conversar aqui?

— Claro. — Eve se sentou ao lado dela. — Leu os relatórios?

— Li, sim. — Mira colocou a mão suavemente sobre a de Eve, um gesto que ambas sabiam que tinha a ver com as dolorosas lembranças da infância de Eve. — Você teria aceitado este caso se MacMasters não tivesse pedido especificamente *você* como investigadora principal?

— Eu não escolho os casos que me são mais agradáveis. — O tom duro e defensivo pegou a própria Eve de surpresa. Ela sacudiu a cabeça. — Se eu não puder lidar com o que me aparecer pela frente, não mereço o distintivo — disse ela. — É simples assim.

— No seu caso, claro que eu concordo. Não com a filosofia em si, mas com a sua crença nela. Deena tem sorte de ter você no caso, porque você entende o que ela enfrentou nas últimas horas de sua vida.

— Não é a mesma coisa.

— Não, nunca é a mesma coisa. No entanto, inversamente, é exatamente igual. Preciso perguntar, antes de discutir o caso, sobre os seus pesadelos e lembranças. Preciso perguntar... — Mira repetiu, com carinho, quando o rosto de Eve ficou branco. — Se este caso os está intensificando.

— Não. E isso não acontecerá. A coisa não está tão ruim. — Passando a mão pelo cabelo, Eve lutou para deixar de lado as questões pessoais. Admitiu a si mesma que Mira estava certa e era necessário fazer a pergunta. — Eu ainda tenho alguns pesadelos, mas eles não são tão... aterrorizantes — decidiu. — Não são muito frequentes e estão ficando bem menos intensos. Acho que eu cheguei a um ponto em que... não sei... isso aconteceu e nada pode mudar o que ele fez comigo. Mas eu o impedi. Quando eu volto ao passado, nos pesadelos, sempre consigo detê-lo e vou continuar fazendo isso, se precisar. Ele já não tem poder. Quem tem sou eu.

— Isso mesmo. — O sorriso de Mira foi tão brilhante quanto a luz do sol, e ela colocou a mão sobre a de Eve mais uma vez. — Você tem.

— Eu não consigo impedir os pesadelos, mas já consigo lidar melhor com eles. Meus sonhos não são tão agradáveis quanto dançar sobre um gramado, como se costuma dizer... conceito que, de qualquer modo, eu não compreendo. Por que alguém gostaria de dançar na grama com o capim alto escondendo o que rasteja por baixo dele, sem falar nos insetos que voam em torno de sua cabeça? Por que isso é considerado tão divertido?

— Humm... — Foi só o que Mira conseguiu expressar.

— O que eu quero dizer é que não quero ser um fantoche do meu subconsciente, mas ele não me ataca mais todas as noites, como antes.

— Fico satisfeita em ouvir isso. De verdade.

— Em alguns momentos, ao olhar para Deena e para o que foi feito com ela, eu me senti um pouco abalada. Mas consegui superar. Isso não afetará a minha capacidade de liderar a investigação.

— Eu me preocuparia com a sua capacidade de liderar a investigação se você não tivesse ficado abalada, em algum nível, pelo que fizeram àquela menina.

Eve não disse nada por alguns instantes.

— Você tocou nesse assunto e insistiu para eu ter a chance de colocar tudo para fora. Para não precisar ficar remoendo essas cenas na minha mente.

Mira deu um tapinha carinhoso na mão de Eve.
— Funcionou?
— Pelo visto, sim.
— Ótimo, isso é bom para mim. E para você. E para Deena.
— Tudo bem. — Pelo menos por enquanto, pensou Eve. — Assistiu ao vídeo?
— Assisti. Foi muito cruel. Forçar a menina a dizer aquelas coisas, planejar que o pai as ouvisse e lhe mostrar o resultado de forma tão gráfica.
— Não há dúvida de que foi uma mensagem para MacMasters, certo?
— Não, não há dúvida. Tudo ali fez parte da mensagem. A localização, o uso das algemas policiais, o método e até o tempo que o assassino passou dentro da casa... Várias horas.
— Ele curtiu tudo aquilo — comentou Eve. — Gostou de estender ao máximo o tempo que tinha.
— Indubitavelmente. Mais que isso, foi uma forma de ele se exibir. Um gesto do tipo "bem debaixo do seu nariz". Fiz isso com alguém que você amava, em sua própria casa, e não tive pressa.
— Ele a fez sofrer, quis que MacMasters soubesse que tinha sofrido e que ele tinha tido poder total sobre ela.
— Os estupros são mais uma forma cruel de exercer esse poder e enviar tal mensagem. Eu a estuprei, machuquei, humilhei, aterrorizei e arranquei sua inocência antes de lhe tirar a vida. — Mira se virou e se inclinou um pouco para Eve. — E ele fez isso, em primeiro lugar, encantando-a e deslumbrando-a... Fez com que ela sentisse algo por ele e a convenceu a acreditar que ele também sentia algo por ela.
— Dói mais desse jeito. — Eve observou os alunos que passavam ou corriam pelas trilhas. — Foi mais doloroso porque ela entendeu que ele nunca sentiu coisa alguma por ela.
— Isso contribui para ampliar a sensação de poder. Ele a enganou desde o início, desenvolveu um relacionamento com ela, dedicou

esforço e tempo para isso, sem ter pressa. Ele gostou do planejamento, da farsa e do envolvimento romântico entre eles, tanto quanto do próprio assassinato.

— Ele é jovem. Se conseguiu se fazer passar por dezenove anos, não pode ter mais de trinta. — Ela observou as pessoas que passavam e calculou sua idade com base na aparência, tom de pele, movimentos, gestos, vestimentas. — Diria que tem menos de trinta. Vinte e poucos, no máximo. Mas é organizado, controlado, focado. Não tem a mente de um jovem, não cede aos impulsos... pelo menos não nesse assunto. Ele ficou de tocaia, analisou e pesquisou sobre o seu alvo. Sabia exatamente como se aproximar dela.

— Tendências sociopatas, com um objetivo definido — confirmou Mira. — Essa é uma combinação perigosa. Apesar de o vídeo não ter sido feito por impulso, ele foi indulgente consigo mesmo. Precisava que MacMasters entendesse o recado: isto tudo é culpa sua. A crueldade, o estupro, o assassinato, nada disso seria suficiente, a menos que MacMasters entendesse que ele era o culpado por tudo. Ele não queria que o pai da vítima simplesmente se sentisse destruído, queria que ele entendesse que aquilo era resultado de algum ato ou ofensa anterior.

— Estamos revendo todos os casos dele. Já encontrei algumas pistas para seguir.

— Ele não aparecerá nelas. — Mira sacudiu a cabeça. — Não há nada lá, nem alguém que seja óbvio. Embora seja difícil acreditar que este seja o seu primeiro assassinato, pode muito bem ter sido. Havia um objetivo que pode perfeitamente tê-lo conduzido durante algum tempo. Todas as evidências que você recolheu me indicam que ele sabe se aclimatar em novos ambientes, se misturar e se comportar de um jeito que a sociedade considera normal ou aceitável.

— Ele passou algum tempo neste campus e tem habilidades com eletrônica.

— Ele tem boa educação formal. Sua vítima era uma estudante brilhante que esperaria que ele fosse instruído; foi por isso que ele posou de estudante universitário. Ele cumpriria o esperado, pois sabe se adaptar. Tem um emprego, ou alguma fonte de renda. Mas acredito que lide com pessoas. Precisaria lidar para poder observá-las e fingir ser o que se espera dele. Provavelmente mora sozinho e é considerado por seus vizinhos e colegas de trabalho como um rapaz bom e simpático. Amigável, prestativo. Detesta a autoridade, mas tem o cuidado de não demonstrar isso. Faz o que esperam dele e, quando necessário, encontra um jeito de revidar qualquer desfeita ou ofensa leve.

"A polícia é um inimigo — continuou Mira —, mas é improvável que ele seja fichado ou tenha antecedentes criminais. Talvez haja alguma infração leve, antes de ele desenvolver o controle e o foco. Mais do que isso, *este* policial é um inimigo específico, alguém a ser esmagado. Mas não de forma direta. Ele entende que é muito mais doloroso tirar a vida de um ente querido."

— É como se MacMasters tivesse tirado a vida de alguém que ele amava.

— Acredito que é possível. Sim, essa seria a minha conclusão. Se fosse algo que aconteceu entre ele e MacMasters a punição teria sido mais direta. Mas esse castigo do tipo "a culpa foi sua" indica uma vingança mais específica. Você roubou algo meu, eu roubei algo seu.

Mas quem?, Eve se perguntou, frustrada. *Ou o quê?*

— MacMasters trabalha atrás de uma mesa há muito tempo. Ele não cumpre missões nas ruas, doutora. Tem a reputação de alguém que consegue encerrar os casos ou supervisionar com eficiência os policiais que o fazem. Mas é um policial metódico e discreto. É um sujeito íntegro, franco e honesto que não tem máculas em seu histórico de serviço. Nunca tirou a vida de um suspeito em seu trabalho.

— Existem outras maneiras de afastar um ente querido, sem precisar matá-lo.

— Sim, já pensei nisso. Mas será que alguém estupra e mata, se dá a todo esse trabalho só porque um policial teve culpa indireta pelo envio de um irmão, pai, mãe, ou o que quer que fosse, para a cadeia? Esse caso é tipo olho por olho. Morte paga por morte. É uma questão de propósito, como a senhora disse.

— Estou inclinada a concordar, mas as pessoas morrem na prisão, são mortas, se suicidam lá. Ou isso acontece depois de elas saírem. Testemunhas são assassinadas para que não prestem testemunho, e a polícia trabalha para convencê-las a testemunhar. As vítimas nem sempre recebem justiça.

— Sim, também já pensei nisso. Mas como encontrar o ente querido desse desgraçado? A pessoa que morreu, foi morta, presa ou espancada nos arquivos de um policial com mais de vinte anos de atuação?

— Ele vai acreditar ou quer se convencer de que essa pessoa foi ou é inocente. Como Deena era inocente. Você deve considerar que a tal pessoa ligada ao assassino sofreu abusos, foi ferida, estuprada, morta dentro ou fora da prisão. Ou foi alguém que cometeu suicídio após ser solta; ou morreu após um ataque injusto. Eu começaria a procurar por alguém estrangulado ou sufocado. O método foi mais um recado. Ele poderia tê-la espancado até a morte; poderia ter usado uma faca ou fazê-la morrer de overdose. Há várias maneiras de matar uma menina indefesa. Ele escolheu o dele.

— Exatamente. — Eve estreitou os olhos ao se virar. — Cada detalhe foi planejado. Claro que ele planejou o método. Não só porque queria vê-la enquanto a matava, não apenas porque queria usar as mãos. Ele simplesmente *precisava* fazer isso, para destacar a sua mensagem. É um bom ângulo de pesquisa. Podemos restringir os casos aos desse tipo e avançar.

Ela pensou nisso com cuidado e continuou:

— Eles marcaram o funeral da Deena para quinta-feira.

— Não pode haver nada mais doloroso. Como MacMasters está suportando toda a pressão e a dor?

— Muito mal. Já está pronto para se sentir culpado, mesmo sem saber sobre o vídeo. O assassino desperdiçou o seu tempo ao fazer isso. Ele me perguntou como conseguiria suportar tanta dor e eu não tive resposta. Não sei como é ter um filho, mas sei que quando a vítima é uma criança, a coisa é mais difícil. Todos percebem isso. Eu não sei como alguém consegue suportar tudo quando a vítima é seu filho ou filha.

— A maioria das pessoas confia na ordem natural das coisas. Os filhos enterram os pais, e não o contrário. Aqueles que trabalham em nossa área sabem que assassinatos e mortes em geral não respeitam a ordem natural da vida. Esse é um fardo do qual MacMasters e sua esposa nunca conseguirão se livrar. Com o tempo eles continuarão vivendo, trabalhando, tocando a vida; farão amor, vão rir, mas nunca vão esquecer.

— Pois é. — Ela pensou no que Summerset tinha dito a ela. — Foi o que me disseram. De qualquer forma, com relação ao funeral... acho que ele vai tentar comparecer. Acho que ele precisará ver de perto os resultados do seu trabalho. Precisará ver MacMasters de luto, precisará vê-lo sofrendo. Ele tem de ter absoluta certeza de que cumpriu sua missão, certo? Por mais focado que esteja nisso, ele ainda é jovem. De que adianta enfiar a faca em alguém se a pessoa não consegue ver o inimigo se contorcer de dor?

— Concordo. Existe uma probabilidade muito alta de ele tentar participar da cerimônia ou, pelo menos, de observar MacMasters. A menina foi a arma. MacMasters foi o objetivo.

— Isso é o que eu acho. Obrigada por vir se encontrar comigo, doutora.

— Só sinto muito por não conseguir encontrar uma desculpa para trabalhar aqui o resto do dia. É um campus encantador. Eu já dei algumas palestras aqui e assisti a algumas apresentações, mas...

— Espere um pouco... Palestras, apresentações... em um auditório?

— Claro, eles têm um excelente auditório.

— E o público pode participar desses eventos?

— Claro. Todos podem...

— Espere. — Ela falou mais alto dessa vez e pegou o *tele-link*.

— Dra. Lapkoff?

— Ora, seu retorno foi rápido, tenente.

— Preciso de uma lista de todas as apresentações, concertos, palestras, vídeos, eventos ao vivo e reuniões holográficas abertas ao público desde o mês de abril até sábado passado. Envie a lista para este contato. — Ela repassou à reitora os seus dados na Central.

— Vou providenciar.

— Obrigada.

— Você conhece Peach? — perguntou Mira, quando Eve desligou e digitou outro código.

— Hã? Bem, mais ou menos. A senhora a conhece?

— Claro. Dennis e eu somos patronos da universidade. Ele lecionou aqui durante muitos anos.

— Ele... é mesmo? O sr. Mira deu aula aqui?

— Você sabe que ele era professor.

Eve se lembrou de Dennis Mira e de seus casacos leves, confortáveis e abotoados de forma errada; lembrou-se dos seus olhos amáveis e do seu comportamento encantadoramente vago e distraído.

— Sim, eu sabia, mas acho que nunca...

— Ele ainda ministra cursos ocasionais aqui, e muitas vezes faz palestras. Somos muito amigos de Peach e da família dela.

— Que mundo pequeno. Jamie! — Ela voltou a atenção para o *tele-link*. — Você foi a alguma apresentação, show, peça de teatro, palestra, qualquer coisa no auditório da Columbia desde o mês de abril?

— O quê? — Ele estava com a expressão de um nerd, olhos vidrados. — Sim, fui a uma palestra sobre crimes eletrônicos.

— Não. Me refiro a algum evento em que Deena possa ter estado.

— Você quer dizer algo com música, dança, esse tipo de coisa? — Ele lançou um olhar que só poderia vir de um jovem irritado. — Como é que eu vou saber?

— Foi o que eu pensei. — Ela o dispensou e ligou para Peabody.

— Quero que você vá à cena do crime e pegue qualquer ingresso, pôster, lembranças, alguma coisa que tenha ligação com qualquer show, apresentação ou palestra apresentada na Columbia desde o momento em que a vítima conheceu o assassino até o dia em que morreu. Leve tudo para a Central. Leve também todo material desse tipo de qualquer outro lugar ou evento que tenha acontecido no mesmo período.

— Tudo bem. Com relação aos tênis... Pensei no que você disse. O Upper East Side não era a área dele. Provavelmente também não era a área de Deena, já que ele não queria correr o risco de que fossem vistos juntos. Estou me concentrando em lojas no centro da cidade. É só uma intuição.

— Não é má ideia. Vamos analisar isso, então. Pegue as coisas e vá para a Central. Estarei lá em uma hora.

Eve desligou o *tele-link* e se levantou.

— Obrigada. A senhora me deu um bom ângulo para pesquisa. Agora eu preciso ir.

— Se você estiver voltando para a Central, talvez eu possa pegar uma carona.

— Tudo bem, mas antes eu preciso ver um cara e perguntar sobre o seu irmão morto.

Mira pegou sua imensa bolsa cor-de-rosa claro.

— Isso me parece interessante! Posso ir junto?

— Acho que não há problema. Ele é um suspeito em potencial. Não está no topo da lista, mas... Bem, se ele nos causar algum problema, a senhora poderá acertá-lo com essa bolsa. Vai ser nocaute na hora.

Mira acariciou o couro em tom pastel.

— Todos nós temos nossas armas.

Quando chegaram à viatura, Eve fez uma pesquisa sobre Risso Banks, obteve seus endereços residencial e comercial.

— Homem branco, vinte e quatro anos. Está limpo desde a prisão e morte inesperada do irmão, e tem um emprego fixo. Tudo se encaixa no perfil. Solteiro, mora sozinho. Isso também combina com o padrão. Mas algo não encaixa. Seu irmão foi preso e morreu... despencou de quatro andares durante a fuga e se espatifou. MacMasters foi o chefe da operação, mas não era o investigador principal, e a operação foi dividida com a Divisão de Vítimas Especiais. Cecil, o irmão morto, trabalhava com drogas ilegais e também com pedofilia.

— Que charmoso.

— Pelo visto, sim. Só que ele não foi estuprado, nem maltratado, nem seduzido ou estrangulado. Simplesmente caiu da janela quando tentou evitar a prisão. Mesmo assim não está muito longe do padrão esperado.

— Muito do seu trabalho é eliminar dúvidas sobre os suspeitos, não é? Trabalho de campo, conexões, detalhes. — Claramente satisfeita com o momento, Mira se recostou no banco. — Que viatura interessante! Parece absolutamente comum pelo lado de fora, mas é mais bem equipada que o meu consultório inteiro. E é muito confortável... e roda com uma suavidade admirável — acrescentou, conforme Eve costurava pelo tráfego.

— Ela se move como um jato turbo e faz verticais como um jetcóptero. Está bem armada e é à prova de explosões. Isso foi uma espécie de presente disfarçado de mordomia que Roarke me deu.

— Um presente para que você não tenha de brigar o tempo todo com o Setor de Requisições. Eu soube do seu último acidente.

Sem conseguir se conter, Eve encolheu os ombros.

— A culpa não foi minha.

— Não, mas... Esse carro foi um presente para que você não pudesse recusar... e um favor para o próprio Roarke, que garantiu a si mesmo que você terá toda a segurança possível.

— Exatamente. Acho que é por essas e outras que você tem todos os títulos.

— Pode ser, mas eu gosto de pensar que conheço você e o Roarke muito bem. Foi um excelente presente-mordomia. Conte-me uma coisa, pois não temos muito tempo para conversar... Já está tudo pronto para o casamento? Estamos empolgados com a cerimônia.

— Acho que sim. Provavelmente. — A palavra *casamento* tinha um quê de culpa e incômodo que fazia arder o estômago de Eve. — Eu deveria ligar para a Louise, pelo que todos vivem me dizendo, e me oferecer para cuidar dos detalhes que são função da madrinha de honra. Não sei o que significa isso. Nós já oferecemos o chá de panela, e o vestido que eu vou usar será entregue hoje. O que mais está faltando?

— Essa é uma pergunta retórica?

— Merda.

— Eu te aconselharia a entrar em contato com Louise, quando tiver um instante livre, para perguntar se ela precisa de mais alguma coisa. Muito provavelmente ela precisará apenas falar ou desabafar um pouco. É uma mulher eficiente que sabe o que quer e certamente já providenciou tudo. Só que sempre há pequenas falhas e dores de cabeça de última hora. Tudo o que você precisa fazer é simplesmente ouvir.

Eve lançou um olhar cheio de cautelosa esperança para Mira.

— Sério?

— Sim, com uma probabilidade, eu diria, de oitenta e oito vírgula três por cento.

Eve refletiu sobre aquilo, muito aliviada.

— Essa é uma bela probabilidade.

— Fui até a casa deles na semana passada, para dar uma olhada no escritório que Charles montou — comentou a médica. — Ele está nervoso, mas muito entusiasmado; montou uma área excelente para trabalhar com suas consultas em casa. Claro que eu acabei visitando a casa toda. Está tudo lindo, na minha opinião. Estilo urbano, mas com um toque de clássico, e muito eclético. Eles vão construir uma bela vida a dois lá dentro.

— Que bom. Eles são boas pessoas. Está tudo ótimo. Eu só queria me livrar logo dessa história de casamento.

— Não me diga que você está nervosa, Eve.

— Não! Bem, um pouco, sim. — Nervosa por se sentir nervosa, Eve se remexeu no banco. — E se este caso estiver em um momento crucial, ou eu estiver prestes a encerrá-lo, ou as merdas que sempre acontecem no meu trabalho cismarem de acontecer justamente no dia da cerimônia? O que eu faço? Quando acontece com Roarke eu não preciso me preocupar. Ele entende. Quando eu tenho de cancelar alguma coisa ou estou atrasada, seja para o que for, ele sempre entende. É fantástico, com relação a isso. Eu é que ainda me sinto culpada, às vezes. Mas isso é outra história. Eu sei que esse dia é, tipo assim, o Dia D. É importante para Louise e eu não quero estragar tudo.

— Você só pode fazer o que está ao seu alcance, Eve. Louise compreende muito bem as emergências, as prioridades e exigências de uma vocação. Lembre-se de que ela é médica.

Eve franziu a testa por um momento.

— É verdade. Ela é médica. Se estiver com as mãos dentro da cavidade abdominal de alguém não vai largar tudo e sair correndo para vestir uma roupa elegante. Vai terminar a operação primeiro.

— Eu certamente espero que sim.

— Ok. Pensar assim é melhor. Tudo bem.

— O que você vai vestir?

— Um troço amarelo.

Mira sorriu.

— Mantenha a cabeça reta, sem olhar para mim, e descreva o que estou vestindo.

— Esqueceu?

— Obedeça.

— Um terninho com saia na altura do joelho e paletó de três botões cor de creme. Botões quadrados e prateados, top de renda. Sandálias cor-de-rosa claro, abertas na frente e com saltos altíssimos, daqueles de torcer o tornozelo e com espessura de uma agulha. Brincos de pedras multicoloridas, estilo pingente, em prata; cordão de prata com três voltas e pequenas pedras em vários pontos. Bolsa gigantesca também cor-de-rosa e óculos com armação cor-de-rosa... tudo isso no mesmo tom do esmalte das unhas dos pés. Aliança de casamento e um relógio de prata com pulseira cintilante. Como sempre consegue combinar tudo com coisas cintilantes? — quis saber Eve.

— O nome disso é vaidade — disse Mira. — Gosto muito da minha. O interessante é você só lembrar que o seu vestido para o casamento é um "troço amarelo" e conseguir descrever o que estou usando até os mínimos detalhes, como a espessura dos meus saltos altos. Os quais, antes que você pergunte, são terrivelmente desconfortáveis, embora lindos.

Mira girou os tornozelos para admirá-los.

— Depois que eu vi o seu closet por dentro, Eve, confesso que não sei como consegue resistir e manter escondidas aquelas suas roupas espetaculares todos os dias.

— Talvez eu seja como esta viatura — sugeriu Eve. — Eu me mantenho comum por fora para ninguém perceber os equipamentos que existem aqui dentro.

— Excelente. — Mira riu. — Essa foi muito boa.

— É exatamente isso que ele faz — murmurou Eve.

— E estamos de volta ao começo.

— Ele se mantém com um aspecto comum todos os dias, discreto para quem está de fora. Ninguém vê o que está por dentro. Ninguém enxerga o monstro. Quando ele compra uma fatia de pizza ou escolhe um par de tênis, ninguém percebe nada estranho. Ou, se ele quiser que percebam, tudo que as pessoas veem é um garoto legal, um jovem bonito. Não espetacular, pois se lembrariam. Apenas de boa aparência, educado, discreto. Conseguimos duas testemunhas que o viram com Deena, e isso foi tudo que elas conseguiram me descrever, ou quase tudo. Vamos descobrir mais porque Yancy é bom em desenterrar detalhes, mas elas não prestaram atenção nele, não o examinaram dos pés à cabeça.

Provavelmente nem teriam reparado em sua presença se não fosse o fato de ele estar com ela. Elas a conheciam, e foi por isso que repararam nele.

Ela achou uma vaga elevada a meio quarteirão do trabalho de Risso, mas logo olhou para os saltos de Mira.

— É uma caminhada curta. A senhora consegue encarar?

— Sou uma profissional.

No meio do caminho, Eve xingou alto, suspirou e pulou sobre a grade que isolava a calçada.

— Volto logo! — ela gritou, sob o olhar atônito de Mira.

Eve acabara de ver um roubo, e a vítima mereceu ter sua carteira subtraída, pois caminhava devagar e olhava apalermado para as vitrines com o bolso traseiro cheio, pedindo para ser roubado. Pelo menos estava cheio até o ladrão de rua esbarrar nele com um gesto clássico e agarrar a carteira no ar.

O ladrão continuou a caminhar sem pressa, com a carteira já dentro do bolso direito na frente da calça e com o capuz do moletom cobrindo toda a cabeça.

Eve correu boa parte de um quarteirão para encurtar a distância e depois assumiu o ritmo rápido de uma típica nova-iorquina. Bateu no ombro do ladrão e disse:

— Desculpe, você pode me ajudar?

Ele lhe lançou um olhar inocente com seus olhos redondos, um pedestre como outro qualquer.

— Com o quê?

— Sabe o que é? Estou com um monte de coisas para resolver e sem tempo, então você poderia me ajudar e simplesmente me entregar a carteira que acabou de roubar? Ela está bem aqui. — Eve deu uma palmadinha no bolso dele. — Ah, e qualquer outra propriedade alheia que você tenha roubado hoje eu vou querer também. Depois podemos ambos cuidar das nossas vidas.

— Não sei do que você está falando. Cai fora! — Ela pressentiu que ele se preparava para correr e o agarrou pelo ombro.

— Você podia resolver essa parada rapidinho, seria mais simples para nós dois. Eu não quero perder tempo levando você para a... Ei!

Ele se abaixou, girou o corpo, se contorceu como uma cobra que abandona a pele e a deixou segurando um blusão vazio.

Ele era atarracado e tinha pernas curtas. Persegui-lo não seria um desafio. Apesar de Eve ter o cuidado de se esquivar dos pedestres, enquanto o ladrão os empurrava e dava cotoveladas para abrir caminho, ela o alcançou antes de chegar à esquina.

— Socorro, socorro! — esbravejou ele quando ela o empurrou com a cara na parede do prédio mais próximo. — Polícia, socorro!

— Qual é, seu idiota, você sabe que *eu* sou a polícia. — Ela lhe algemou as mãos atrás das costas e lhe chutou os pés para afastar suas pernas uma da outra. — Se me fizer perseguir você novamente, vou te fazer comer o meio-fio.

Ela o revistou e não encontrou armas, mas achou seis carteiras.

— Alguma dessas é a sua, seu idiota?

— Eu encontrei isso na rua. — Olhos furiosos substituíram os olhos arregalados. — Eu ia procurar um policial para devolver tudo, juro por Deus.

— Sei... Eu vi você pegar essa aqui no bolso traseiro daquele cara ali. Tenho certeza de que ele vai ficar muito grato.

— Eu já chamei os guardas dessa área — informou Mira, chegando apressada sobre seus saltos tão finos quanto picadores de gelo.

— Ótimo, isso vai me poupar tempo. — Ela deu um tapa na parte de trás da cabeça do ladrão. — Viu? Viu só? Você não podia simplesmente me ajudar, numa boa? Agora nós dois vamos ter que levar esse lance até o fim. Ei, você! — Ela apontou para a vítima, que era um dos curiosos que acompanhavam toda a cena em volta.

— Eu? Eu não fiz nada!

— Você está com a sua carteira de identidade?

— Estou, claro. Ela está bem aqui... — Ele apalpou o bolso traseiro. — Minha carteira! Minha carteira foi roubada!

— Não é uma coincidência? Estou com ela bem aqui. — Mantendo um cotovelo na base das costas do ladrão, ela pegou a carteira. — Parece até mágica, não é? Só que para recuperá-la você vai ter de esperar aqui pelos guardas e preencher um formulário de queixa.

— Eu estava tendo um bom dia — murmurou o ladrão. — Um dia ótimo.

— Seu dia já era — anunciou Eve, erguendo o distintivo e exibindo-o para os dois policiais que vinham chegando.

Aquilo a fez perder um tempo precioso, mas no fim a justiça foi feita, pensou consigo mesma.

— Você me deu um susto — disse Mira. — Caminhava bem ao meu lado, e um décimo de segundo depois estava saltando a grade e correndo como uma louca.

— Mais um motivo para não usar roupas apertadas e sapatos de salto alto.

— Tem razão.

Elas voltaram e foram até a loja onde Risso trabalhava.

Havia um monte de aparelhos na vitrine, ela notou, todos enfeitados com um cartaz que apregoava: *20% de desconto! Só esta semana!* Aquele cartaz devia estar pendurado ali há vários anos.

Ela reconheceu Risso Banks pela sua foto da identidade e viu que ele percebeu de imediato que ela era policial. Ele deu a volta no balcão, já irritado.

— Vi você perseguir aquele ladrãozinho. Ele era muito lerdo.

— Estava com seis carteiras que não lhe pertenciam.

— Pois é, o crime está em toda parte.

Ele era um sujeito com boa aparência, talvez sorridente demais, com um corte de cabelo curto que parecia recente. Fios escuros, olhos castanhos e ar desconfiado. Tinha a altura e a compleição corretas, mas Eve não sentiu sinal algum de alerta vindo dele.

— Você quer conversar aqui, Risso, ou prefere um lugar mais reservado?

— Se você tem algo a dizer, diga logo. O chefe sabe que tive problemas com a polícia há algum tempo. Não tive mais desde então. Ele também sabe disso. Cumpri minha pena.

— Seu irmão cumpriu uma pena mais dura.

Ele encolheu os ombros e fez um sinal com a cabeça, apontando para o fundo da loja.

— Ele me ferrou, me deu drogas antes de eu completar dez anos e me manteve preso àquela vida. Eu trabalhei para ele, confesso. O que mais poderia fazer? Quando a bomba explodiu, ele correu e me deixou de bandeja para os policiais. Fugiu para salvar a própria pele e não fez nada para me ajudar. Mereceu o fim que teve, até onde eu consigo enxergar. Não vou derramar lágrimas falsas por causa disso. Eu permaneci na linha desde então e consegui um emprego. Se os policiais querem me vigiar o tempo todo, por mim tudo bem. Estou limpo.

— Se você me der a resposta certa para uma pergunta que vou fazer, vou embora imediatamente. Sem problemas, sem complicações.

— Depende da pergunta.

— Você tem atitude, Risso, admiro isso. Onde esteve no sábado entre as seis da tarde e domingo às três da manhã?

— Nós baixamos as portas às seis da tarde no sábado. Eu e o chefe fechamos a loja e saímos quinze minutos depois. Pode perguntar a ele.

— E depois disso?

Ele se moveu de um jeito que ela interpretou como sinal de irritação, não de nervosismo.

— Fui para casa, tomei um banho e arrumei algumas coisas por lá. Às oito da noite eu, o chefe e outras três pessoas jogamos cartas como fazemos um sábado a noite por mês. O jogo estava marcado para acontecer na minha casa, dessa vez. — Ele sorriu de leve. — É um jogo entre amigos, apostamos apenas fichas.

— Não estou preocupada com as apostas. Aquele ali é o seu chefe?

— Ela apontou para um homem barrigudo que tentava vender um novo tablet para um cliente.

— Ele mesmo. E o cara lá no fundo, Carmine, também estava no jogo.

— Espere um minuto.

Ela foi até o homem barrigudo e exibiu o distintivo.

— Responda depressa: quem fechou a loja com você no sábado à noite e a que horas?

— Risso, ele está bem ali. Fechamos por volta de seis da tarde.

— Quando foi que você o viu depois disso?

— Na casa dele, umas duas horas depois. Marcamos um jogo de cartas. Tem algum problema?

— Não, não há problema algum. Obrigada.

— Ele é um bom menino — disse o homem quando Eve começou a se afastar. — Chega na hora, faz o trabalho e não reclama de nada. Eu lhe dei um aumento na semana passada, porque ele mereceu.

Eve assentiu com a cabeça.

— Ele não está em apuros.

Ela voltou para onde Risso estava e lhe entregou um cartão.

— Se algum policial vier vigiar ou perturbar você, me avise.

Ele olhou para o cartão.

— Por quê?

— Porque fiz uma pergunta e você me deu a resposta certa. Porque você não é o seu irmão.

Eve saiu enquanto ele continuava a olhar para o cartão.

— Isso foi muito bom — elogiou Mira.

— Processo de eliminação. Estou apenas descartando as possibilidades.

— Não foi a isso que eu me referi.

Eve encolheu os ombros e caminhou com Mira de volta até o carro.

Capítulo Onze

Karlene Robins digitou sua senha e passou sua identidade de corretora imobiliária pela fenda da entrada. Cantarolou baixinho enquanto o sistema de segurança reconheceu ambos. Um dia perfeito, pensou, sacudindo seu ondulante cabelo preto brilhoso. Ela esperava que o dia se tornasse espetacular depois de fechar a venda do fabuloso loft com seu cliente muito jovem e cheio da grana.

Era exatamente o que ele procurava. Ela mal podia acreditar na própria sorte, e o momento não poderia ter sido melhor. A propriedade tinha caído em seu colo na véspera, quando os compradores anteriores desistiram do negócio.

A perda tinha sido deles e ela esperava transformar aquilo em um ganho para ela.

Entrou no pequeno saguão e digitou outra senha para chamar o elevador.

A comissão seria generosa e não poderia chegar em melhor hora. Ela ia se casar no sábado e, ao pensar nisso, rodopiou feliz dentro da cabine.

Ela conseguiria fechar este acordo e aprontar toda a documentação muito rápido. Quando ela e Tony retornassem da lua de mel, eles voltariam àquele apartamento, presenteariam o novo e feliz dono com uma enorme cesta de petiscos, vinhos elegantes e — o mais importante — iria receber a sua comissão.

Ela examinou a pequena cabine do elevador e aprovou tudo com um aceno de cabeça. Tinha um bom sistema de segurança, a subida era silenciosa, muito suave, e havia privacidade. As portas de ferro em sanfona na cabine se abriram e ela se viu diante do imenso loft, refletiu que tudo aquilo dava um descolado toque retrô ao lugar.

As portas tinham se aberto silenciosamente para um fantástico espaço vazio de teto alto com janelas igualmente altas, largas, e um trio de claraboias duplas.

O piso de madeira original — quanto aquilo era *raro*? — havia envelhecido com muito estilo. As paredes em tons neutros escolhidos para facilitar a venda eram totalmente à prova de som graças ao melhor tratamento acústico disponível. A cozinha, pensou, vagando pelo ambiente, tinha equipamentos muito sofisticados. Aparelhos robustos e brilhosos, bancadas em listras de zebra configuradas para o máximo aproveitamento do espaço.

O cliente provavelmente não cozinharia para si próprio. Tinha muito dinheiro e atualmente tentava se estabelecer como artista. Mas certamente receberia visitantes, e aquele era um bom espaço para isso.

Acrescente a tudo isso dois quartos com mais claraboias, mais janelas e vista para o Sul. Um deles funcionaria muito bem como espaço de trabalho ou estúdio. Também havia o que ela considerava como um banheiro dos sonhos: banheira de hidromassagem, chuveiro a jato, tubo para secagem de corpo e paredes de vidro fumê. Ele certamente não encontraria um lugar melhor.

O lugar transmitia — não, a palavra certa era *gritava* — juventude, diversão, originalidade e prosperidade.

Ela ajeitou o cabelo e se virou para apreciar o próprio rosto em um espelho. A aparência era muito importante no seu trabalho.

Ela sempre se vestia com atenção e se preparava cuidadosamente para agradar ao cliente e combinar com a localização do imóvel.

Ele queria algo no SoHo, um bairro com atmosfera artística, um ponto quente cheio de galerias de arte, restaurantes e boates. E ali havia tudo isso. Karlene achou que a agente imobiliária de um cliente deveria refletir o mesmo que ele, durante a apresentação de um apartamento. Escolhera com muito cuidado uma saia preta curta, sapatos com saltos muito altos em estampa de leopardo, um top vermelho ousado com detalhes em prata, em vez de um terninho comum e tedioso.

Essa roupa transmitia um jeito jovem e descolado — exatamente como ela, pensou com uma risadinha. Para outros clientes, porém, era importante projetar maturidade, estabilidade, sobriedade.

Esse cara, porém, era mais jovem que ela.

Seria muito legal, refletiu, olhando para o relógio de pulso enquanto circulava pelos espaços abertos e afofava as almofadas com estampas selvagens sobre os estofados que enfeitavam a sala de estar. O cliente tinha apenas vinte e dois anos, mas já tinha bala na agulha para comprar um excelente loft no SoHo.

Ela e Tony moravam em um lugar agradável, lembrou. Com o jeito dela para decoração e seus olhos atentos para descobrir boas pechinchas, ela já tinha conseguido decorá-lo lindamente. Só que um dia — e com comissões como aquela — eles também poderiam bancar um loft grande e ensolarado.

Ela pegou na bolsa a embalagem do aromatizador com uma fragrância que ela mesma escolhera. Voltando à cozinha, se agachou para ligá-lo ao sistema de ar. Em poucos instantes o loft foi tomado por um cheiro sutil de biscoitos açucarados. Uma boa escolha para um cliente tão jovem.

Foi até o painel de humor da sala de estar e o colocou em um modo vivaz, em que era exibido uma mistura energética de cores e formas; em seguida ordenou ao sistema de som uma música não muito alta.

— Dê o tom — disse para si mesma, fazendo um círculo completo com o corpo para abranger tudo — e torne o ambiente aconchegante.

Pensou em abrir o painel de parede para exibir os monitores de segurança, mas mudou de ideia. Ele era jovem demais para se preocupar com isso — mas ela faria questão de mostrar o sistema quando eles fizessem o tour pela habitação. Em vez disso, caminhou até as amplas janelas da frente e ficou olhando para a região que ela esperava — por si mesma e pelo cliente — que em breve se tornasse o bairro de Drew Pittering.

Como a cozinha, as pessoas que passavam pela rua eram modernas e sofisticadas. Neobroêmio era o tom e o ritmo do bairro. Artistas exibiam suas obras nas calçadas, pessoas bebiam café e conversavam intensamente do lado de fora de cafés e bistrôs. Lojas espetaculares pareciam espremidas ao lado de pequenas galerias agitadas.

Aquilo certamente combinava muito bem com ele. Sem focar unicamente a comissão, ela tinha trabalhado arduamente para atender ao cliente e descobrir o imóvel certo para ele. Antes de completar trinta anos ela pretendia ter o seu próprio negócio estabelecido. Já tinha até escolhido o nome: Vistas Urbanas.

Faltavam quatro anos para ela alcançar seu objetivo, pensou. E tinha *certeza* de que conseguiria.

Se Drew fechasse o negócio naquela tarde, ela estaria mais perto do seu sonho.

Ele já estava um pouco atrasado, percebeu. Mas o cliente sempre tinha razão. Respirou fundo e pegou o *tele-link*. Resolveu manter o otimismo, pensar de forma positiva; fez reservas para ela e Tony no restaurante favorito dos dois, para celebrar a venda.

Aquilo não era comemorar antes da hora, disse a si mesma. Era antecipar. Ela visualizou o momento. Naquela noite, eles iriam beber champanhe e brindar ao futuro.

Em seguida, correu para a sua agenda e se certificou de que tinha o resto da semana — seus últimos dias de solteira — em ordem.

Faltava a prova final do vestido, um último encontro com o bufê e outro com a cerimonialista; um dia inteiro de tratamentos no spa e no salão, para ela e para as madrinhas.

Tudo certo.

Quando o *tele-link* tocou ela olhou para a tela e sentiu-se inquieta por um momento.

— Por favor, não ligue para cancelar — murmurou, e atendeu com voz alegre. — Olá, Drew! Estou aqui olhando pela janela da frente. É uma vista espetacular!

— Desculpe, me desculpe, estou atrasado. Fiquei preso no trabalho e perdi a hora. Mas estou quase chegando, já entrei no quarteirão.

— Que ótimo! — O alívio lhe deu vontade de dançar, mas ela resistiu. — Vou liberar a porta de entrada para você subir direto. Eu lhe dei o endereço, não dei?

— Está bem aqui. Adoro esse bairro, Karlene. É exatamente o que eu quero.

— Espere só até você ver o espaço. — Ela foi até a porta e liberou o sistema de segurança para ele. — Juro que se você não aproveitar essa oportunidade quem vai comprar este loft sou eu.

— Por favor, só me garanta que não tem mais ninguém de olho nele. Tenho um bom pressentimento.

— Entrei em contato com você antes de qualquer outra pessoa, conforme o prometido. Ninguém virá visitar este imóvel até amanhã. Temos prioridade garantida.

— Perfeito. Já estou subindo. Ei, adorei o elevador! Chego em dez segundos.

Ela riu, desligou o *tele-link* e o cumprimentou com um sorriso deslumbrante.

— Puxa, me desculpe de verdade por deixar você esperando — disse ele, assim que entrou. — Mas eu lhe trouxe um presente para compensar o incômodo. Ele lhe ofereceu um dos dois copos de café que trazia em uma sacola.

— Está perdoado. — Ela ergueu o copo em um brinde. — Por onde devemos começar?

— Deixe-me ficar aqui um minuto, apreciando tudo. — Ele ajeitou a bolsa que trazia no ombro e olhou ao redor da sala de estar. — Isso aqui é... Veja a luz que existe neste lugar!

— Foi isso que me fez pensar em você logo de cara. Toda essa luz natural. Feita sob medida para um artista. Você poderia usar esse espaço para o seu trabalho. Mas, se realmente quiser usá-lo só para curtir e receber amigos, o segundo quarto desfruta da mesma exposição solar e tem até claraboias.

— E quanto às telas de privacidade? Não gosto de imaginar que alguém está me observando enquanto eu trabalho.

— Claro. — Ela ergueu o dedo. — Computador, ativar as telas de privacidade em todas as janelas.

Com um zumbido silencioso, as telas que desviavam a luz baixaram.

— Como você pode ver, eles são de altíssimo nível. Não afetam a qualidade da luz. E você poderá escurecê-las se quiser cortar o sol.

— Perfeito. — Ele sorriu para ela. Jovem, charmoso, atraente. — Absolutamente perfeito! Como está o seu café?

— Perfeito também. — Ela tomou mais um gole. — Sobre a região, você terá de tudo perto. Restaurantes, galerias de arte, boates e coffee shops fantásticos, como você já descobriu.

— É neste lugar que eu quero estar. — Ele se afastou dos elevadores e circulou por trás das janelas com a tela de privacidade acionada.

— A mobília básica está aqui só para lhe dar uma percepção melhor do uso do espaço. Na verdade, Drew, você poderá aproveitar esse espaço como quiser. Trabalho, lazer, um pouco dos dois. Sei que você me disse que não cozinha, mas precisa ver o cômodo. É perfeito, ultramoderno e eficiente. Talvez a sua namorada goste de usá-la.

Ele sorriu e balançou o dedo.

— Eu sei, nada de garotas por enquanto — disse ela, com uma risada. — Arte em primeiro lugar. Mas os artistas podem receber amigos, não podem? E eles precisam comer. Você pode congelar as sobras, trazer comida da rua e abastecer o AutoChef. E há um sistema on-line integrado para verificar o estoque de mantimentos, as entregas e possíveis cardápios.

— Ah, isso vai funcionar muito bem para mim.

— E tem o sistema de segurança. Você pode dar uma olhada nas áreas cobertas pelas câmeras.

Ele acenou, descartando a ideia.

— Vamos ver o resto primeiro.

— Podemos começar pela suíte principal, então. Está com mobília provisória também, então você terá uma ideia de como ela poderá ser usada. E a vantagem de estarmos no último andar: há claraboias lá também.

Ela deu alguns passos e ficou levemente zonza.

— Tudo bem? — quis saber ele.

— Uau. Senti a cabeça meio leve.

O ar de preocupação cintilou nos olhos dele.

— Por que não nos sentamos um pouco?

— Não, estou bem. Está tudo bem. Ando trabalhando muito até tarde, tentando deixar tudo em ordem.

— Ah, sei. Sábado será um grande dia, não é?

— O maior. E como vamos partir para a lua de mel inesquecível logo na segunda-feira bem cedo, quero deixar tudo organizado. Só preciso de mais um golinho de cafeína.

E tomou um longo gole de café.

— Há um banheiro menor no segundo quarto, aquele que eu imagino como o seu estúdio. Ele vai ser muito útil para você, mas a suíte master é incrível.

Ela entrou e sentiu uma tontura tão forte que seus joelhos fraquejaram.

— Ei, ei! — Ele a segurou pelo braço, amparou-a e caminhou com ela até a cama. — Vamos nos sentar.

— Desculpe. Sinto muito. — Ela quase flutuou até a cama. — Estou me sentindo meio... estranha. Estarei bem em um minuto.

— Acho que não. Tome, termine de beber isso aqui. — Ele encostou o café nos lábios dela e o entornou pela sua garganta enquanto seus olhos brilhavam.

— Espere!

— Ah, não se preocupe, eu não estou com pressa nenhuma. Temos o dia todo.

O rosto dele ficou embaçado, mas por um breve instante, o olhar dele, com os dentes expostos em um sorriso horrível, causou-lhe medo. Sentiu medo e então... nada.

Como ele já tinha selado as mãos no elevador, abriu a bolsa que trazia para pegar a corda.

— Segurança antes de qualquer coisa — murmurou, e amarrou as mãos dela atrás das costas.

Como a imobiliária tinha usado lençóis de alta qualidade na cama, ele os aproveitou para amarrar as pernas dela, pelos tornozelos, às esferas prateadas que enfeitavam os pés da cama.

Em seguida, pegou o resto de suas ferramentas antes de se despir, e guardou suas roupas bem dobradas dentro da bolsa.

Estudou Karlene enquanto terminava de tomar o próprio café, e decidiu que ela exibia um ar de tranquilidade. Aquilo não duraria muito.

O loft era todo à prova de som, ele já tinha verificado isso. Também tinha confirmado que os outros dois inquilinos do prédio estavam no trabalho.

Completamente nu, ele caminhou até os controles de som para trocar a música leve que enchia o ar por outra, com uma batida mais dura e dissonante, e aumentou um pouco o volume. Satisfeito, voltou aos principais controles de segurança, verificou as câmeras e confirmou se todas as fechaduras estavam ativadas.

Mais tarde, ele pensou, quando já tivesse conseguido convencê-la, ela lhe informaria a senha dos sistemas, em especial o da segurança. Ela iria implorar para entregar a senha a ele. Depois ele iria apagá-la, desligar as câmeras e fazer o upload do vírus.

Mas antes disso, muito antes disso, ele lhe provocaria dor e medo. Eles conversariam, com muita intimidade, sobre a piranha que era a mãe dela. E por que Jaynie Robins seria a responsável pela terrível morte da própria filha.

Ele pegou o copo com o café que havia drogado, logo depois de comprar a bebida na coffee shop que havia ali perto, e o levou para a bancada da cozinha.

Voltou para o quarto e verificou os itens de sua lista de tarefa, um por um, para se certificar de que não tinha esquecido nada.

Quando ela gemeu baixinho e se mexeu, ele sorriu.

Hora de trabalhar.

Eve irrompeu na sala de ocorrências da Divisão de Homicídios. Tinha um propósito. Várias conversas cessaram no mesmo instante. Baxter se levantou.

— Tenente...

— Dez minutos, sala de conferência, reunião com toda a equipe.

— Ela continuou a andar com determinação e foi direto para a sua sala. Precisava de cinco desses dez minutos para clarear as ideias e organizar os pensamentos. Serviu-se de café e se virou para analisar as chamadas que tinha recebido no computador.

— Imprensa, imprensa, imprensa. Danem-se todos, procurem o relações-públicas da polícia. — Pegou a lista que estava sobre a sua mesa. Peach Lapkoff... ela realmente trabalhava depressa... e passou os olhos pela descrição das apresentações, palestras e respectivas datas.

— Computador, dar início a uma pesquisa. Quero vítimas de estupro e assassinato por sufocamento ou estrangulamento cujos perpetradores estejam registrados no sistema penal. Dentro e fora do planeta, incluindo os que estão cumprindo detenções preventivas e intermediárias, ou prisão domiciliar, em nível local, federal e global. Adicione um fator de conexão entre os presos e o capitão Jonah MacMasters em todos os casos em que ele tenha integrado a equipe investigativa, administrativa ou prisional.

Entendido... Recorte de tempo da pesquisa?

Irmãos, filhos, amantes. Poderia ser qualquer um. E poderia não ser nenhum.
— Vinte e cinco anos.

Advertência... A busca por dados dessa natureza que remontem a vinte anos ou mais atrasarão os resultados.

— Então, é melhor você começar logo. Comando dado.

Entendido... Processando...

— Computador, enviar resultados separados por ano, tanto para a minha sala quanto para o meu computador de casa.

Advertência... A extração dos dados por ano atrasará os resultados.

— Isso não pode ser evitado. O comando foi dado.
Ela terminou o café e partiu para a sala de conferência enquanto o computador trabalhava.
Tinha esperanças de que Peabody já teria voltado, para que pudesse despejar sobre a parceira a tarefa de montar um novo quadro. Em vez disso, atualizou os dados recém-recebidos no computador da sala de conferência.
Em seguida, montou sozinha um segundo quadro e começou a escrever nele.

O crime espelha algum evento anterior?
Ligação entre MacMasters e o assassino... bem como ligação entre o assassino e alguma pessoa desconhecida morta pelo mesmo modus operandi: pesquisa em andamento.
O assassino desconhecido é focado e tem capacidade para se adequar a ambientes diversos.

Ela continuou a escrever, listando em seguida os dados mais importantes do perfil montado por Mira.

As duas testemunhas que possivelmente viram o assassino estão trabalhando neste momento com o detetive Yancy.
Ligação com a Columbia: os arquivos com os nomes de alunos e funcionários já foram enviados.
Os tênis identificados por uma das testemunhas bem como a camiseta com o emblema da Columbia são buscas cegas e sem garantias.
Participação do assassino em apresentações e palestras na Columbia em companhia da vítima: busca cega e sem garantia.

Ela ainda estava escrevendo no quadro quando Baxter e Trueheart entraram.

— Relatório.

— Resultados do interrogatório na vizinhança da vítima: nada. Se conseguirmos um retrato falado, acho que teremos mais sorte. Visitamos todos os lugares que a vítima costumava frequentar: nada. Jovens entram e saem dos lugares o tempo todo, quem presta atenção? Muita gente a reconheceu, mas ninguém a viu com um cara que se encaixe na descrição que temos.

Ele passou a bola para Trueheart.

— Bem, nós não encontramos nada de novo na pesquisa pela área onde sua testemunha declarou tê-los visto. Encontramos algumas pessoas que acham que talvez a tenham visto, mas não quiseram confirmar. Estivemos com um homem que pensou tê-la visto com um jovem de mais ou menos vinte anos. Mas ele não conseguiu nos informar mais que isso. Nem mesmo a cor da pele, compleição física e roupas. Era tudo "talvez". Pegamos o nome e os dados dele, para quando tivermos um retrato falado.

— Começamos a analisar os casos de MacMasters, partindo dos atuais e retrocedendo aos poucos — acrescentou Baxter. — Tudo o que nos deixa com a pulga atrás da orelha está sendo investigado a fundo.

— Dividam o trabalho ao meio, investiguem pelos dois extremos e se encontrem no meio — ordenou a tenente. — Estamos parados nos casos atuais, precisamos examinar os mais antigos e fazer todo o caminho de volta até chegar ao presente.

— Vamos vasculhar casos de um quarto de século atrás? — Baxter coçou o nariz. — Você é a chefe.

— Isso mesmo. — Ela olhou para Peabody, que entrou carregando uma caixa enorme. Trueheart apressou-se a ajudá-la.

— Meu garoto é um verdadeiro cavalheiro — comentou Baxter.

— Muito mais que os policiais que estavam no elevador quando precisei me espremer lá dentro, carregando esse troço. Aqui deve haver mais de cinquenta ingressos para shows e apresentações diversas — continuou Peabody. — Além de programas e cartazes. Eu entendi aonde você queria chegar e vasculhei todas as coisas dela; ainda trouxe camisetas de festivais e de bandas, entre outras recordações.

— Ótimo. Recebi a lista da dra. Lapkoff, detalhando as apresentações e as palestras que aconteceram na universidade desde abril. Há chances de a vítima ter assistido a alguma delas em companhia do assassino. Vamos comparar o material que Peabody trouxe com essa lista.

Ela se virou para o quadro do assassinato, no qual tinha pregado um mapa.

— Os alfinetes vermelhos mostram os três locais onde sabemos que eles estiveram juntos: o parque, o lugar perto da Segunda Avenida e a casa dela. Continuaremos cavando até conseguir mais.

Verificou que horas eram.

— Onde se enfiou o pessoal da DDE?

— Liguei para McNab quando vinha para cá. Ele disse que já estão chegando. — Peabody olhou para a mesa de conferência. — Sem comida e sem bebida? Alguém quer alguma coisa? Pergunta idiota — ela mesma respondeu, antes de alguém se manifestar. — Volto logo.

— Bem, enquanto seus tira-gostos estão sendo providenciados... — começou Eve, mas parou de falar quando Feeney e McNab entraram. — Que bom vocês terem se dado ao trabalho de comparecer.

Feeney lhe apontou um dedo.

— Estou até o pescoço de trabalho. Vou precisar de uma transfusão para compensar o que eu perdi quando meus olhos começaram a sangrar.

Ele se sentou e flexionou o pescoço para todos os lados. Eve ouviu estalos do outro lado da sala.

— O filho da mãe usou algum vírus novo. Nada parecido com o que já vimos até hoje. Tenho vários homens trabalhando para identificá-lo, juntando os elementos.

— Novos vírus aparecem todos os dias — disse Eve. — Os computadores deveriam ser protegidos a qualquer custo. O CompuGuard deveria estar fazendo isso.

— Eles estão muito ocupados tentando regular tudo, investigando hackers e aparelhos não registrados. Surge uma nova merda a cada duas semanas, e uma merda realmente poderosa a cada um ou dois anos. Estamos lidando com uma merda boa, nova e poderosa.

Eve considerou a informação.

— Quanto tempo você levaria para criar um novo vírus como esse?

Ele fez uma cara séria.

— Sou um oficial da lei.

— Eu sei... e então?

Ele encolheu os ombros.

— Depende do tempo que eu tenho para trabalhar e dos danos que pretendo causar.

— Algo dessa magnitude? — interpôs McNab. — Você teria que ter umas cento e cinquenta horas de trabalho dedicadas a isso. Até mais, se for um amador e não tiver um objetivo. Além disso, você precisaria proteger o seu trabalho. O CompuGuard tem observadores. Eles não pegam tudo, claro, mas se agarrarem o infrator no flagra ele vai ficar em sérios apuros.

Eve começou a falar, mas ele se antecipou.

— Começamos a procurar pelas multas e infratores mais conhecidos pelo CompuGuard. O problema é que eles não gostam de compartilhar informações, então nós temos de pedir um mandado toda vez que surge alguma pista.

Ela pensou nas habilidades de Roarke e no seu equipamento não registrado. Talvez ela aceitasse ultrapassar essa linha, se fosse necessário.

Voltou para o quadro e escreveu:

Novo vírus de computador. O assassino tem boa formação na área ou trabalha com isso.

— Sim. — Feeney assentiu. — Esse é um bom ângulo.

— O perfil de Mira, que vou descrever aqui, inclui um possível emprego dele, ou uma fonte de renda. Seu perfil também determina bom nível de instrução, habilidade e foco. Tudo que é necessário para o trabalho na área de informática.

— Pode apostar nisso — McNab concordou, e sorriu quando Peabody veio transportando outra caixa. — Ei, deixe eu lhe dar uma mãozinha.

— Viram só? Meu garoto também é um cavalheiro. — Peabody piscou várias vezes.

— É que ele sentiu cheiro de comida — explicou Baxter.

— Sanduíches, chips de soja, barras de cereais. — Peabody pegou um sanduíche. — Água, energéticos e Pepsi.

— Meu cérebro está derretendo — anunciou Jamie. — Preciso de um energético.

— Atualizações. — Eve pegou uma lata de Pepsi, quebrou o lacre e informou a equipe sobre o progresso daquela manhã e as novas vias de investigação.

— Busca de casos com o mesmo *modus operandi*. — Feeney colocou na boca o último pedaço de uma carne misteriosa com queijo processado. — Boa abordagem. Ele não a matou só porque deu vontade.

— Por outro lado, usar uma lâmina, um taco de beisebol, um cano ou algo desse tipo — especulou McNab —, é um método que faz sujeira e causa um estrago muito maior.

— Ele a drogou. Forçar alguém a morrer de overdose não faria muita sujeira, mas ele não quis isso. Até mesmo um estilete — prosseguiu Baxter — enfiado direto no coração... e ele teve muito tempo para mirar... não iria espirrar sangue. Mas preferiu o estrangulamento com as próprias mãos. Isso leva tempo, esforço e sim... temos um alvo específico, mais uma vez.

— Feri-la era o jogo dele, certo? — Jamie olhou para o energético em sua mão. — Esse foi o objetivo.

— Ele realmente não deixou muita bagunça para trás. — Trueheart pigarreou quando todos os olhos se voltaram para ele. — Estou falando do rosto dela. Se ele estivesse agindo movido por pura raiva teria feito isso. É o que eu acho. Talvez ele não quisesse usar os punhos e machucar as mãos. Mas havia muitas armas na casa. Objetos que ele poderia ter usado, tanto instrumentos grossos quanto afiados. Mas ele a sufocou mais de uma vez, então... era isso que ele queria. Era assim que ele queria matá-la. Isso é o que eu acho.

Baxter sorriu.

— Meu garoto merece um A na avaliação!

— Para seguir esse ângulo eu estou fazendo pesquisas do tipo assassinatos com estupros dentro do sistema penal, com vítimas que tenham ligação com MacMasters e suas investigações, ou com investigações de oficiais sob o seu comando.

— Isso vai demorar bastante — calculou Feeney. — Mas é uma boa abordagem.

— Enquanto isso o detetive Yancy, que não está aqui, continua trabalhando com as testemunhas. Teremos uma resposta dele logo após esta reunião. Baxter e Trueheart não conseguiram nada de importante, até agora, nos interrogatórios feitos pela vizinhança. Terão de refazer esse trabalho depois que tivermos um retrato falado.

"Também estamos investigando pistas na Universidade Columbia. Vamos fazer buscas nos registros de estudantes e funcionários... mais uma vez — acrescentou, antes de alguém ter a chance de comentar. — Depois disso vamos ampliar as buscas para incluir todos os estados do Sul e voltar mais cinco anos. Também faremos várias referências cruzadas com os objetos trazidos do quarto da vítima, que podem ter ligação com shows, peças e palestras que foram apresentadas na universidade desde abril. Caso ele a tenha levado ou acompanhado a um desses eventos, nós teremos mais alguns locais para fazer buscas e procurar possíveis testemunhas. Peabody... e quanto aos tênis?"

— Tênis. Vamos lá. A testemunha do parque reconheceu os tênis do suspeito: são da marca Anders Cheetahs, brancos com azul-marinho. É o modelo mais caro, usado por corredores. Como a testemunha disse que eles pareciam ser novos ou quase novos, fiz uma busca nas vendas desse modelo a partir de janeiro. Antes de prosseguir, devo relatar o meu espanto ao descobrir que um monte de gente gasta uma nota preta para comprar tênis que serão usados para correr. Divide a busca em várias frentes: compras on-line, Skymall, Nova Jersey e Nova York. Com base nos locais onde o suspeito foi visto ou esteve com a vítima, eu me concentrei nas lojas abaixo da Rua 40 e os locais fora de Manhattan.

Ela fez uma pausa e tomou um gole de água antes de continuar.

— Mesmo assim, puxa, são *muitos* tênis. Com base na altura informada, eu foquei nos tamanhos médios para homens de um metro e oitenta e magros, seguindo o programa de probabilidades. Mesmo assim ainda sobraram...

— Já sabemos, Peabody — cortou Eve.

— Desculpe. Deixei a pesquisa rodando no modo automático do meu tablet. Mas tive algum tempo para pensar sobre tudo isso no metrô, enquanto voltava para a Central. As aulas recomeçaram e havia muitos adolescentes e jovens na faixa dos vinte anos no vagão em que eu estava. Observei como eles estavam vestidos e isso me deu o que pensar. Estamos seguindo a teoria de que ele se mistura com as pessoas e se adapta bem a novos ambientes. Concordo com isso. Mas comecei a me questionar sobre aquele primeiro encontro. Ele já tinha tudo planejado. A camiseta com o emblema da Columbia foi uma espécie de fantasia que ele vestiu para o personagem que inventou, alguma coisa com a qual ela pudesse sentir afinidade. E os tênis? Ela gostava de correr, então provavelmente reconheceria os caríssimos tênis de corrida que ele calçava.

— Ele entrou no personagem — concordou Eve.

— Exato. E ele planeja tudo, certo? Pensa com antecedência; por que não planejaria a roupa certa? Quando eu vou comprar algo importante para vestir, digamos, em um evento especial, gosto de ter certeza de que as peças vão combinar. Quando eu não consigo fazer isso, levo uma das peças que tenho, ou mesmo uma foto dela, quando estou procurando pelo resto.

— Uma foto? — perguntou Eve, sinceramente atônita.

— Claro. Ninguém quer uma bolsa que destoe dos sapatos, nem sapatos que não tenham nada a ver com o vestido. A pessoa quer estar bem. E mesmo que você vá ao evento acompanhada... — Lançou um olhar de flerte para McNab. — Ainda assim quer causar uma boa impressão.

McNab enviou um sorriso sentimental a Peabody.

— Você sempre causa uma boa impressão em mim.

— Parem com a melação, senão eu vou vomitar — ordenou Eve.

— Talvez ele tenha comprado os tênis, a calça e a roupa de corrida juntos. Quer dizer, no mesmo lugar — continuou Peabody, mas enfiou a mão entre as cadeiras para enlaçar os dedos com os de McNab. — Uniforme completo. Aquilo foi, de um jeito meio macabro, um primeiro encontro. A roupa do primeiro encontro é muito importante. Ele queria que ela o visse de um jeito específico, para causar certa impressão.

— Entendo — murmurou Eve. — Peabody também merece um A — anunciou.

— Sério? — Peabody quase explodiu de orgulho. — Porque eu comecei outra busca por locais que vendem roupas para universitários, equipamentos de corrida e tênis Anders. São muitos, mas não tantos quanto os lugares que vendem só os tênis.

— E óculos — lembrou Eve. — Ele estava de óculos e boné.

— Vou acrescentar mais esse dado. A outra coisa que me ocorreu é a seguinte: se ele comprou tudo isso em um único lugar, provavelmente não pagou em dinheiro. A não ser que quisesse chamar atenção. Tudo somado daria uns mil dólares, ou mais. Ele usou um cartão de crédito ou de débito. E, se fez isso, deixou um rastro.

— Por que ele se preocuparia em não deixar rastros? — prosseguiu Eve, concordando com Peabody. — Ninguém iria notar isso ou chegar a essa conclusão. Continue nessa linha.

— Estou focada nisso.

— Baxter, Trueheart, continuem trabalhando nos arquivos. Quando e se aparecer algum resultado na minha pesquisa de crimes semelhantes, voltamos a analisar tudo. E eu lhe darei um frasco do meu próprio sangue — prometeu a Feeney —, se você me conseguir algo do disco rígido.

— Seu marido entrou em contato, deve começar a trabalhar ainda hoje, mais tarde. Ele sempre tem alguns truques na manga.

E como tem..., pensou Eve.

— O funeral da vítima foi marcado para quinta-feira. Quero uma equipe... qualquer um de vocês que possa ser poupado, e também quero policiais à paisana e todos os detetives que eu puder reunir na cerimônia. O assassino vai querer estar presente, vai querer saborear os resultados do seu trabalho. Se tivermos um retrato falado dele até lá, cada membro da equipe terá uma cópia. Não podemos deixar essa peteca cair.

Eve esperou, olhou para Peabody e McNab, na porta, e tentou ignorar o beijo ardente que trocavam e as mãos no traseiro um do outro.

— Foi uma bela sacada — elogiou ela para Peabody. — As suas ideias sobre as compras.

— Fazer compras é uma parte vital da minha vida, ao contrário da sua. Mesmo assim, parece que já temos muitas possibilidades para explorar, mas nos falta uma forma. O que temos ainda não passa de um fantasma.

— Vamos torcer para que Yancy consiga trazer esse fantasma à vida.

Capítulo Doze

Eve sabia que era melhor não pressionar Yancy quanto ao resultado de seu trabalho. Mas pensou que, pelo menos, poderia lhe dar um empurrão firme. Como não o encontrou em sua estação de trabalho, fez uma busca rápida nas três salas de conferência daquele andar.

Ela interrompeu o trabalho de dois outros artistas policiais, mas não encontrou Yancy.

Acabou encontrando-o na sala de descanso.

Ele estava de pé, encostado no balcão, comendo frutas secas, com os olhos fechados e fones no ouvido.

Seu cabelo desordenado descia em ondas, de forma atraente, em torno de seu rosto de traços fortes e marcantes. Estava com as mangas arregaçadas, a camisa desabotoada no colarinho, e vestia um jeans bem gasto.

Ocorreu a Eve que ele provavelmente se parecia mais com um estudante universitário do que com um detetive policial.

Ele poderia fingir ter vinte e dois ou vinte e três anos, pensou. Até menos, se quisesse.

Então seus olhos se abriram e ela acrescentou mais cinco anos à especulação. Aqueles olhos já tinham visto muita coisa para apenas duas décadas de vida.

— Quantos anos você tem?

Suas sobrancelhas se ergueram de espanto.

— Vinte e oito. Por quê?

— Estou só imaginando uma coisa.

Ele mastigou um punhado de frutas secas.

— Você está pensando no suspeito. Ele aparenta menos idade, mas pode ser mais velho.

— Algo assim. — Ela olhou para o pacote de frutas secas que ele lhe ofereceu. — Não, obrigada. Por que você come isso?

— Bem que eu gostaria de saber. Acabei o trabalho com Marta.

— Sim, Marta Delroy, a babá do parque. O que conseguiu?

Ele sacudiu a cabeça.

— Ela não o observou em detalhes. Foi muito solícita e se esforçou bastante, mas teve apenas um vislumbre dele no meio da chuva. Tem muita certeza quanto à altura, compleição física, cor da pele e comprimento do cabelo. Eu a ajudei a lembrar, mas ela só o viu de perfil. O que eu consegui parece acertado em termos de roupas, e consegui uma boa ideia do estilo do skate aéreo. Mas para o rosto dele, tudo que ela tem são impressões vagas. É jovem e bonito.

— Que tal me mostrar o esboço?

Ele respirou fundo.

— Você não vai ficar muito feliz.

Mas ele a levou para a sua sala e circundou sua estação de trabalho. Ainda de pé, ordenou ao computador que exibisse o primeiro esboço. Em seguida, pegou o desenho que fizera à mão com base nas informações genéricas da tela.

— Merda. Ele pode ser qualquer pessoa! — exclamou Eve. — Esse poderia ser o rosto de uma mulher!

Yancy levantou o dedo para falar.

— Sei que sim, mas isso pode ser uma vantagem. Era um homem, disso ela tem certeza, mas o tempo todo usou termos como *fofo* e *lindo*. Pode ser que ele tenha características andróginas. As garotas mais jovens se sentem seguras e muitas vezes são atraídas por rapazes com feições meio andróginas. Eles não são tão ameaçadores.

— Então nós podemos ou não ter um garoto bonito que pode ou não ter dezenove anos.

— Sua segunda testemunha está a caminho. Chegará em meia hora. Já fizemos um contato prévio pelo *tele-link*. Ela é mais assertiva do que Marta, mais decidida e, portanto, mais confiante. Talvez eu obtenha melhores resultados com ela. E o que eu conseguir, poderei usar para complementar o que já tenho aqui. Vou mostrar o esboço final para as duas testemunhas e ver se elas concordam.

— Fale-me do skate aéreo.

— Tinha listras de carros de corrida, pretas e prateadas. Prata metálica, ela supõe, porque brilhava muito apesar da chuva e da falta de sol. Isso é bastante simples para um design de skate aéreo, então eu fiz uma pesquisa. Dois fabricantes produzem produtos com esse design básico. A Go-Scoot e a Anders Street Sport.

— Anders.

— Sim, que tal essa informação? Não faz muito tempo que você investigou o assassinato do dono da fábrica.

— Um mundo pequeno até mesmo para os mortos — disse Eve. — Mas é interessante a segunda testemunha ter conseguido identificar os tênis dele como um modelo Anders. Pode ser um caso de fidelidade à marca. Traga-me o que você conseguir assim que o novo esboço estiver pronto.

— Combinado — disse ele, e sorriu.

De volta à sua sala, Eve fez uma pesquisa completa sobre Nattie Simpson, incluindo o marido e o filho. Conforme MacMasters já lhe havia contado, Nattie estava cumprindo pena na penitenciária de Rikers. O marido, tinha se mudado para East Washington com o filho. Por sinal, o agora ex-marido estava com trinta e cinco anos e não conseguiria se fazer passar por um jovem de dezenove. O garoto tinha dez anos, e também não conseguiria fingir ter quase vinte.

Mesmo assim ela prosseguiu com a pesquisa e ligou para a penitenciária de Rikers para obter uma visão geral de Nattie, antes de cortar essa possibilidade da lista.

Sem ligação, nada apareceu, refletiu, ao terminar.

Beco sem saída.

Verificou mais uma vez os resultados da pesquisa por delitos semelhantes e não encontrou nada que pudesse ser conectado a MacMasters nos últimos cinco anos.

Pensou em acrescentar os nomes de todas as vítimas e testemunhas, mas decidiu que o seu computador da Central iria acabar implodindo por excesso de atividade. Ela faria isso em casa.

Deixando o assunto para ser resolvido mais tarde, começou a montar uma lista de referências cruzadas entre a caixa de lembranças de Deena com a lista de Lapkoff.

Foi quando ela encontrou algo, e bem depressa.

— Um musical na última primavera... *Shake It Up*, entre 15 e 18 de maio.

Ela analisou tudo com atenção, vasculhou as fotos, analisou o enredo do musical, os nomes do elenco e da equipe técnica, examinou os anúncios, para o caso de Deena ter feito alguma anotação.

Embora não tenha encontrado nada, colocou o programa do musical em uma sacola de evidências e a guardou.

Continuou a montar pilhas ordenadas: peças, shows, balés, performances de arte. E franziu a testa quando apareceu um segundo programa do musical *Shake It Up* com a mesma data.

— Você guardou o programa dele, também, Deena? Merda, merda! — Ela pegou a lata de Seal-It na mesa dela e protegeu as mãos. Folheou o segundo programa e encontrou uma pequena anotação dentro de um coração acima do resumo.

D & D
16/5/60

— Um desses programas é o dele, só pode ser! — Ela registrou e guardou o segundo programa, então resolveu ligar para Jo Jennings.

Quem atendeu foi a mãe da menina. Não pareceu agitada dessa vez, pensou Eve. Sua aparência era de cansaço.

— Sra. Jennings, preciso falar com Jo.

— Tenente, minha menina está um caco. Simplesmente arrasada. A senhora sabia que ela está se culpando pelo que aconteceu? Acha que é culpada por não ter contado a ninguém que Deena estava saindo com um rapaz. Tudo que ela fez foi manter o segredo de sua melhor amiga, mas está consumida pela culpa por ter feito isso.

— Talvez possa ser útil se ela tiver algo que possa me ajudar. Eu só preciso de uma confirmação, se ela souber me dizer. Pode ser extremamente importante para a investigação.

— Certo, tudo bem. — Jennings esfregou a testa. — Ela está no quarto. Quase não sai desde que a senhora esteve aqui... Talvez esteja dormindo. Não irei acordá-la se ela estiver dormindo.

O *tele-link* entrou em modo de espera e a tela ficou azul. Eve usou seu computador para enviar a Berenski, no laboratório, um e-mail pedindo prioridade máxima no exame de uma possível pista.

Existe a possibilidade de eu ter conseguido impressões digitais no homicídio MacMasters. O material será entregue em suas mãos o mais rápido possível. Isso tem prioridade máxima. Não me venha com desculpas.

— Tenente, Jo está aqui. Vou ficar ao lado dela.

— Tudo bem. Jo, eu preciso saber se Deena e o garoto com quem ela saía secretamente foram assistir à apresentação de um musical na Universidade Columbia. Isso aconteceu no dia 16 de maio.

— Não sei dizer.

— Ela teria contado isso a você? Sei que ela gostava de ir ao teatro e ficava muito empolgada quando tinha a chance de assistir a um espetáculo desse tipo. Ela guardou os programas dessa apresentação. Tinha uma bela coleção deles.

— Ele ia levá-la para sair naquela noite, mas a matou. — Lágrimas brotaram e escorreram pelo seu rosto.

— Mas não foi a primeira vez que eles foram assistir a uma peça juntos, não é?

— Ela me disse que ele também gostava muito de ir ao teatro. Não passava de um mentiroso.

Ela disse isso com raiva e amargura.

— Só um mentiroso! — repetiu.

— Tenente, já basta — acudiu a mãe.

— Espere um pouco. Dezesseis de maio, Jo. Eles já estavam se vendo havia mais de quatro semanas. Foi um musical sobre estudantes universitários, e os atores também eram universitários. Aposto que ela gostou.

— *Shake It Up.*

— Isso mesmo. Ela foi com ele?

— Eles estavam comemorando um mês de namoro. Ela o encontrou para jantar e depois eles foram para a peça. Ele deu a ela um cãozinho de pelúcia.

Eve se lembrou da coleção de animais de pelúcia.

— Que tipo de cãozinho?

— Um marrom e branco. Se você esfrega as orelhas dele, o cãozinho diz *Eu te amo*. Oh, mamãe!

— Tudo bem, querida, tudo bem. Isso é tudo, tenente.

— Jo, você me ajudou muito. E ajudou Deena ao conversar comigo e se lembrar dessas coisas.

— Ajudei?

— Sim, ajudou muito. Obrigada, de verdade.

Jo enterrou o rosto no peito de sua mãe. Jennings assentiu com a cabeça para Eve e desligou.

Eve pegou a sacola de evidências, saiu com pressa e parou junto à mesa de Peabody.

— Pode ser que eu tenha conseguido alguma coisa. Dois programas de um musical que foi apresentado na Columbia. Uma das melhores amigas confirma que Deena assistiu a esse espetáculo em companhia do suspeito no dia 16 de maio.

— Dois? Ela guardou o programa dele!

— Parece lógico. Agora eu vou levá-los ao laboratório. Há mais coisas que eu quero acrescentar às pesquisas, mas o meu computador não vai aguentar o volume da busca. Vou trabalhar de casa depois que sair do laboratório.

— Roarke está na DDE.

— Merda. Bem, vou vê-lo em casa mais tarde. Também preciso voltar à cena do crime. Ele deu a Deena um cãozinho de pelúcia. Pode ser que eu tenha sorte lá. Vou investigar e levar o material para o laboratório logo cedo.

— Se eu encontrar alguma coisa nova nesse meio-tempo, você será a primeira a saber.

— Certo, faça uma busca secundária acrescentando um skate aéreo da marca Anders. Ele é preto com listras prateadas. Modelo Street Sport. Ele pode ter comprado junto com os tênis.

— Entendido.

Eve pegou o *tele-link* enquanto se dirigia para a garagem.

— Olá, tenente — disse Roarke, ao atender.

— Tenho uma tarefa de rua, depois vou trabalhar de casa. Estou de saída. Liguei só para... ahn... informar você.

Ele ergueu a sobrancelha.

— Então eu suponho que vou ter que voltar para casa por conta própria.

— Pois é, desculpe. Conversaremos quando você chegar.

— Você é quem sabe. Eu chegarei... em algum momento. Coma algo e não me espere — ordenou ele, e desligou abruptamente.

Ela franziu a testa para a tela apagada. Conhecia de longe a irritação de Roarke. Ele não devia ter se oferecido para fazer o trabalho da polícia se isso o irritava, e ela não poderia deixar tudo de lado só para lhe dar uma carona até em casa.

Refletiu sobre o assunto ao longo do caminho até o laboratório, e estava disposta a mastigar o coração de Dick Cabeção se ele resolvesse lhe criar algum problema.

— O que foi agora? — ladrou ele, assim que a viu. — Eu já estava no fim do expediente quando você me obrigou a esperar aqui... — Ele empalideceu, recuou um pouco e fugiu para uma distância segura de Eve quando ela rugiu. — Por Deus, Dallas, você acabou de rosnar?

— Vou fazer mais do que rosnar. Vou arrancar seu fígado com minhas próprias mãos e comê-lo. — Ela jogou os dois programas do musical lacrados sobre a mesa. — Um desses livretos tem as impressões digitais do assassino. Quero que elas sejam identificadas agora, e que se foda o seu fim de expediente!

— Ei, ei, ei! Você costumava, pelo menos, me oferecer um suborno decente. Não que eu fosse exigir isso, nessas circunstâncias — acrescentou, apressado. — Estou só comentando.

Curvado para frente, ele pegou um dos programas com uma pinça e o colocou sobre uma placa esterilizada. Passou o scanner pela capa, teclou algo no computador. E soltou um longo suspiro.

— Há manchas e muitas impressões digitais, algumas delas parciais, mas tem uma ou duas que estão decentes, e isso só na capa. Você sabe quantas pessoas manuseiam esse tipo de material? Já imaginou a quantidade de gente que montou esse livreto, o empacotou, o enviou, o desempacotou, o distribuiu e o manuseou?

— Quero todas as impressões, até as incompletas, nos dois livretos; quero todas as páginas analisadas e as digitais identificadas.

— Isso não acontece de uma hora para outra. Vamos fazer isso, tudo bem, mas o resultado não vai surgir num piscar de olhos, já que tantos dedos passaram por aqui.

— Limite-se a conseguir as digitais. Deixe a eliminação por minha conta.

— É bom ficar por sua conta mesmo. — Ele apontou para ela e fez cara de quem defende o próprio território. — Conseguimos o que você precisava hoje de manhã. Trabalhei nisso pessoalmente e coloquei dois dos meus melhores homens para ajudar. Fizemos nosso trabalho e vamos fazer de novo. Portanto, não me pressione.

Como Eve respeitava o seu aborrecimento e o orgulho dele muito mais que suas queixas e papo furado, assentiu.

— O desgraçado que matou Deena MacMasters manuseou um desses programas. Só pode ser! Não tenho um rosto, não tenho um nome. Tenho pistas tênues, vias de investigação e palpites, mas não tenho um único suspeito viável. Vamos completar quarenta e oito horas do crime e eu ainda não tenho um suspeito.

— Conseguiremos o que você precisa.

Ela recuou, colocou as mãos nos bolsos e ofereceu:

— Dois lugares no camarote, em frente à terceira base para o primeiro jogo dos Yankees, em julho.

Ele exibiu os dentes em um sorriso largo.

— Agora eu gostei!

Que merda, pensou Eve, enquanto caminhava lentamente de volta para o carro. Berenski merecia o presente.

Seguiu para o norte da cidade, em direção a sua casa, e logo percebeu que não estava muito longe da nova casa de Louise no West Village. Um rápido desvio e ela poderia cumprir seus deveres de madrinha.

Provavelmente Louise nem devia estava em casa. Provavelmente. E se Charles estivesse ela poderia comentar que tinha passado rapidamente por ali só para ver se havia alguma coisa que ela podia fazer para ajudar no casamento de sábado.

Ela se livraria do problema e não perderia mais de trinta minutos.

Excelente plano. Ela pesquisou o endereço no computador do painel, pois não conseguiu se lembrar, e começou a costurar no trânsito, desviando dos molengas em direção ao bairro mais descolado da cidade.

Árvores frondosas, casas antigas de tijolinho ou pedra e pequenos jardins muito bem cuidados davam àquela área do West Village um ar muito atraente. As flores se multiplicavam em mil cores, os cachorrinhos se erguiam nas pontas das coleiras em que seguiam, junto de pessoas que podiam se dar ao sacrifício de passear em plena tarde de um dia da semana. Os carros estacionados, todos novos e luxuosos, enfeitavam as ruas. Ela conseguiu uma vaga a dois quarteirões da casa e usou o tempo de caminhada para exercitar mentalmente várias probabilidades.

O perfil que Mira montou dizia que ele trabalhava, e como parecia ter habilidades eletrônicas melhores que a da média das pessoas, talvez trabalhasse nessa área. O computador concordou com essa ideia e calculou a probabilidade de isso acontecer em setenta e dois vírgula um por cento.

Seguindo essa linha, ela pensou, se tivesse frequentado a Columbia, talvez ele tivesse feito algum curso na área de informática. Certamente mais que um curso de qualificação em qualquer grau. O mais provável é que tivesse se especializado em informática.

Siga esse caminho, refletiu, e refinou seu pedido de pesquisa para Peach Lapkoff, a fim de incluir estudantes de estados do sul que se especializaram ou tinham mantido o foco na área de informática.

Imersa em pensamentos, ela quase passou direto pela casa de Louise, mas a própria noiva a chamou.

— Dallas! Você deve ser a última pessoa que eu imaginaria ver passeando por aqui.

Distraída, Eve parou e olhou para trás. Lá estava a noiva, com o cabelo louro preso debaixo de um boné cor-de-rosa, vestindo uma camiseta suja de terra e calças de algodão largas. A médica segurava uma espécie de pá pequena, e flores brotavam aos seus pés.

— Eu estava aqui pelas redondezas. Mais ou menos. Você costuma fazer isso de verdade? — Eve apontou para as flores se espalhando e que cresciam atrás de uma linda grade de ferro.

— Costumo, sim. Quem poderia imaginar, não é? — Rindo, Louise tirou as luvas da mesma cor do boné. — Eu ia contratar alguém para fazer isso, mas então pensei: que merda, se eu consigo cavar o abdômen de alguém, devo conseguir remexer em um pouco de terra. É divertido!

— Certo... — Ela não tinha certeza sobre essa parte, mas os resultados eram bastante impressionantes. — O jardim está lindo.

— Eu queria completar tudo antes do casamento. Alguns dos convidados de fora da cidade virão jantar aqui amanhã à noite. Eu devo estar louca por acrescentar um jantar à minha lista da semana, mas não consegui evitar. Entre! Você precisa ver a casa.

— Estou só de passagem — avisou Eve quando Louise abriu o portão. — Vou para casa... trabalhar. Mas pensei em passar aqui para ver se você precisa de alguma coisa, ou algo que eu deveria, isto é, *poderia* fazer para ajudar você antes do grande dia.

— Acho que estou com tudo dentro do cronograma, o que se deve ao fato de eu ser ridiculamente exagerada, a louca da organização. Nem eu fazia ideia que seria tão obsessivamente minuciosa com cada mínimo detalhe. — Ela seguiu pela trilha entre as flores até a porta principal. — Eu tenho listas de listas. E estou curtindo cada minuto.

— Dá para notar. Você está feliz demais. De um jeito bom.

— Estou mesmo, exatamente assim. Nós dois estamos. Charles já está em seu escritório novo, atendendo clientes. Ainda vai trabalhar por mais uma hora, no mínimo.

— Como vão as coisas para ele?

— Muito bem, é tudo que ele quer fazer agora. Isso é tudo o que queremos. — Ela abriu a porta e fez um gesto, convidando Eve para entrar no saguão.

Charmoso, Eve teria descrito, com paredes em cores quentes e sutis, ressaltadas por espelhos elegantes e obras de arte ousadas. Uma mesa elegante exibia garrafas finas e sinuosas em vários tamanhos e cores vibrantes.

A temática se mantinha com essa mistura de ousadia e tranquilidade, mas Louise agarrou sua mão para puxá-la até uma área de estar com mais sofisticação nas linhas dos sofás e um toque de curvas nas formas das poltronas.

O ambiente poderia ser descrito como chique urbano de luxo, com toques pessoais de fotos, flores e enfeites que Eve se lembrava de já ter visto nos apartamentos de solteiro do casal.

— Este lugar estava vazio quando você comprou, não estava?

— Sim, estava. — O prazer brilhou nos olhos de Louise e os fez cintilar. — Nós nos divertimos muito enquanto mobiliamos e decoramos o espaço. Ainda precisamos resolver alguns toques finais, mas...

— Parece estar tudo pronto.

— Ah, ainda não, mas está evoluindo. Deixe que eu lhe mostre o resto.

Como era impossível dizer não, Eve percorreu a casa e tentou fazer comentários ou sons apropriados enquanto Louise explicava em detalhes como tinha se apaixonado por uma luminária ou uma poltrona especial. Resumindo, os ambientes eram estilosos e sofisticados, mas de algum modo transmitiam paz e quietude.

— Charles ainda não tem permissão de entrar neste cômodo — informou Louise, abrindo uma das portas. — Isto aqui é loucura da noiva.

Eve não teria chamado o lugar de uma loucura, mais parecia um caos organizado. No que ela supôs iria servir no futuro como quarto de hóspedes, Louise havia montado o quartel-general do casamento. Duas malas abertas e quase lotadas estavam sobre a cama, enquanto muitas caixas de presentes e caixotes estavam cuidadosamente arrumados num canto. Aqueles eram os presentes de casamento, Eve pensou, que ainda não tinham encontrado o seu lugar definitivo. Em uma mesa, ao lado de um pequeno centro de dados e comunicações, havia uma pilha de discos e um monte de cartões.

No meio do quarto havia um grande quadro com duas partes, montado sobre um cavalete, os dois lados cobertos por amostras de materiais diversos, fotos de arranjos de flores, roupas, penteados e comidas, muitos gráficos e cronogramas.

Seus olhos se estreitaram e Eve circundou o quadro, mostrando-se um pouco surpresa ao ver uma imagem de si mesma, gerada por computador, dentro de um vestido amarelo.

— Isso se parece com um quadro de crimes — murmurou ela, então estremeceu. — Desculpe, foi uma comparação infeliz.

— Não inteiramente. É o mesmo princípio. Tudo que tem a ver com o evento principal está aqui, até o tipo das azeitonas que serão usadas nos petiscos da recepção. Estou obcecada.

Ela riu com descontrole, meio desesperada, e pressionou as mãos sobre o coração.

— Fiz gráficos e planilhas no computador para acompanhar a chegada dos presentes, as respostas aos votos, os lugares de cada convidado, o guarda-roupa, incluindo o da lua de mel. É como tomar uma droga.

— Você não precisa de mim.

— Não para os detalhes, mas, nossa, preciso muito para outras coisas! — Louise agarrou a mão de Eve mais uma vez e tornou a soltá-la para se envolver com os próprios braços. Seus movimentos nervosos, rápidos e espasmódicos não combinavam nem um pouco com o seu jeito normal.

— Talvez você realmente precise de alguma droga — sugeriu Eve.

— Rá-rá! Estou nervosa e nunca imaginei que isso fosse acontecer. Estamos mudando nossas vidas por causa um do outro, para construir uma vida em comum para nós dois. É isso que eu quero, e essa vontade aumenta a cada dia que eu passo ao lado dele.

— Isso é bom.

— Sim, é maravilhoso. Mas estou nervosa porque quero que o casamento, o grande dia, seja tão perfeito e tão bem planejado que estou nervosa por causa de todas as coisas que poderão dar errado. É bobagem minha. Estou presa no conto de fadas do dia perfeito.

— Isso significa que você não está nervosa nem preocupada com os dias que virão depois desse. Vocês dois *já mudaram* suas vidas e construíram outra. Está tudo aqui, nesta casa.

Para a preocupação de Eve, os olhos de Louise ficaram cheios de lágrimas.

— Oh Deus, eu *precisava muito* de você. — Ela jogou os braços em torno de Eve. — Isso mesmo, você está totalmente certa. Nós fizemos isso, construímos uma vida nova. Eu não estou nervosa.

Sentindo-se desnorteada, Eve deu tapinhas nas costas de Louise.

— Ok.

— Eu me preocupo com a possibilidade de a limusine chegar atrasada para me pegar no hotel, ou as flores estarem com a cor errada, e com os tamanhos certos das taças de champanhe, porque o casamento com Charles, em si, não me deixa nem um pouco nervosa. Ele só me deixa feliz, tranquila e satisfeita. *Obrigada*, Dallas.

— De nada.

— Vamos sair daqui. Vamos descer e tomar um café.

— Escute, eu não posso, de verdade. Preciso voltar ao trabalho.

Louise recuou e seus olhos cinzentos ficaram sombrios.

— É aquela garotinha, não é? A que foi estuprada e assassinada em seu próprio quarto. Eu ouvi o noticiário e eles disseram que você era a investigadora principal.

— Sim.

— Espero que você o encontre logo — disse Louise quando elas voltaram para o andar de baixo. — Os pais devem estar arrasados.

— Estamos seguindo algumas pistas.

— Então eu não vou atrasar você, embora fosse bom se você pudesse ficar. Estou muito feliz por você ter vindo. Agora eu posso ficar nervosa sem me sentir nervosa por estar nervosa.

— Se você diz... — Eve parou na porta quando algo a intrigou.

— Que hotel?

— Como?

— Por que você precisa de um carro para buscar você em um hotel?

Louise encolheu os ombros e a expressão dela foi de constrangimento.

— Mais uma obsessão minha. Não quero que Charles me veja antes do casamento por causa do ridículo mito sobre dar azar. Pode ser que não seja um mito, então... por que arriscar? E como eu vou precisar de um dia inteiro para me preparar e lidar com todos os detalhes, decidi dormir em um hotel na véspera do casamento e fazer o dia da noiva lá, com direito a serviços de spa. Já convoquei Trina para fazer minhas unhas, meu cabelo, maquiagem, esse tipo de coisa.

Nesse momento Eve percebeu que havia algo que ela podia e devia fazer, na condição de madrinha de honra.

— Cancele tudo isso. Você não pode passar toda a noite sozinha em um quarto de hotel na véspera do grande dia. Vai ficar na minha casa, que afinal de contas é o local onde tudo vai acontecer. — Eve percebeu que aquilo que ia propor em seguida era o grande sacrifício que ela faria pela amizade de Louise. — Trina pode preparar tudo que precisar lá mesmo. Talvez você queira convidar algumas amigas para aproveitarem o dia com você. Isso é uma espécie de ritual, não é?

Com o rosto radiante de alegria e um pouco atordoada, Louise disparou as mãos para frente e agarrou Eve com força.

— Isso seria absolutamente incrível. Fantástico, perfeito! Significaria muito para mim.

— Então está combinado.

— Obrigada. — Louise abraçou Eve mais uma vez. — Muito obrigada.

— Vá marcar isso no seu quadro de preparação. Vejo você na sexta à noite.

— O ensaio da cerimônia será às cinco da tarde — gritou Louise.

— Claro. — Será que ela já sabia disso, Eve perguntou a si mesma. Ensaio? Por Deus, elas teriam de fazer aquilo tudo duas vezes? Passou a mão pelo cabelo enquanto caminhava de volta para o carro. Eles provavelmente teriam mais gráficos, quadros, cronogramas e...

— Merda. — Ignorando o olhar insultado de duas mulheres com as quais cruzou pela rua, Eve pegou o comunicador. — Feeney, confira novamente a segurança do sistema. Veja se há alguma outra falha, um atraso, qualquer anomalia anterior à noite do assassinato. Não muito perto do dia em que aconteceu — acrescentou. — Ele não ensaiaria os planos para poder cronometrar tudo muito próximo do dia em que planejava executar o plano.

— Você quer que eu pesquise isso nas semanas anteriores?

— Quero. E se ele já tivesse estado na casa antes? E se tivesse ensaiado? Espere! Deixe-me falar com MacMasters primeiro para saber se ele percebeu alguma alteração no sistema.

Ela cortou Feeney e tentou achar MacMasters enquanto acelerava o passo a caminho do carro.

— Capitão, o senhor pode me dizer se notou algum problema com o seu sistema de segurança nos últimos seis meses? Talvez alguma pequena falha?

— Não. — Suas olheiras eram tão profundas que seus olhos pareciam ter sido engolidos pelo crânio. — Eu rodo um sistema de verificação toda semana, por precaução. Algumas atualizações foram acrescentadas há alguns meses. Dizem que isso é desnecessário, mas...

— Que atualizações? — Ela se instalou atrás do volante.

— A empresa de manutenção nos informa automaticamente quando novas atualizações ficam disponíveis.

— Quando aconteceu essa última atualização?

— Não tenho certeza. Acho que... algum dia em março. Eu coordenei o trabalho com a semana da manutenção anual do sistema.

— A empresa faz as atualizações e a manutenção dentro da casa ou remotamente?

— As duas coisas.

— Preciso do nome da sua empresa de manutenção.

— Security Plus. Nós a usamos há vários anos. Eles são muito bem-conceituados e prestam um serviço de altíssima qualidade. Você acha que foi alguém de lá?

— Vou abordar esse ângulo, capitão. Vamos cobrir todas as possibilidades. Já ligo de volta.

Ela abriu caminho por entre as ruas da cidade enquanto tornava a ligar para Feeney.

— Comece a pesquisa a partir de março — disse ela. — MacMasters obteve uma atualização no sistema de segurança nesse período, e a empresa de manutenção esteve na casa para fazer a instalação. Chama-se Security Plus, e eu farei uma pesquisa completa sobre ela.

— Seria preciso muita coragem para entrar diretamente na casa desse jeito... e muita inteligência também. Ele conseguiria olhar de perto o sistema, onde está instalado, como funciona, e tudo isso diretamente no local. Mas já verificamos a empresa, faz parte do meu trabalho. Já pesquisei essa atualização do sistema e descobri quem é o técnico que foi instalá-la. Ele está limpo e é velho demais para a idade do nosso assassino. Trabalha na empresa há quinze anos.

— Droga. Mas talvez o assassino tenha alguma ligação com ele. Talvez use o mesmo sistema e tenha precisado da mesma atualização. Nesse caso, teria recebido o mesmo aviso sobre o upgrade. Talvez ele não tenha ensaiado tudo dentro da casa, mas certamente fez testes e praticou antes. Verifique tudo isso. Vou investigar clientes que têm o mesmo sistema e que tenham precisado da mesma atualização.

— Poupe o seu tempo. Eu convoco um detetive eletrônico para fazer essa pesquisa. Vai ser mais rápido.

— Depois me dê um retorno. Espere, merda, espere um instante! Essa empresa funciona em mais de um local?

— Eles têm uma dúzia de filiais na área metropolitana, contando com Nova Jersey.

— Talvez ele trabalhe para eles. Pode ser um funcionário, um cliente... ou as duas coisas. — Aquilo poderia se encaixar. — Vamos investir nessa hipótese. Estou na rua, mas vou trabalhar de casa. Mande para mim tudo o que você conseguir levantar.

— Deixa comigo — murmurou Feeney, e desligou.

Capítulo Treze

Para ganhar tempo, Eve designou que dois dos seus detetives fossem recolher o bichinho de pelúcia na cena do crime e o entregassem diretamente ao laboratório. Ela queria investigar a possível conexão com a empresa de segurança.

Quando chegou em casa, olhou rápido para Summerset.

— Por que você não veste um androide com um desses ternos de atendente de funerária e o deixa espreitando quem chega? Ele pareceria muito mais vivo.

— Assim eu perderia suas tentativas diárias de me ofender.

— Eu só preciso tentar quando o alvo é minimamente inteligente. — Ela subiu a escada quase saltitando e muito satisfeita. Minimamente inteligente tinha sido um bom insulto.

Foi direto para o seu escritório, largou a jaqueta a meio caminho da mesa e foi verificar as mensagens que tinham chegado.

A longa lista de nomes que Peach Lapkoff enviou era uma prova de que ela era uma mulher rápida e eficiente. Eve desejou que ela fosse da sua equipe. Peabody tinha conseguido uma lista de fornecedores que ficavam no centro da cidade e vendiam todos os itens em questão, e avisou que iria ficar na rua, investigando cada um deles.

Ela pesquisou as filiais da Security Plus em Manhattan, os dados que os técnicos tinham levantado na casa de MacMasters, e lutou contra a impaciência ao ver que não chegara nada de Yancy, até que desistiu e foi pegar um café.

Acompanhada do café, circulou pelo quadro.

— Uma conexão, uma única ligação sólida é tudo de que eu preciso. Se você não pôde ter acesso à casa e ao equipamento antes da noite do assassinato, mesmo assim gostaria de conhecer o sistema, certo? Você é muito cuidadoso e meticuloso. Trabalhar para a empresa seria um jeito de acessar os dados sem dar bandeira. Ou talvez você seja bom o bastante para hackear tudo, ainda que do lado de fora.

Ela se virou e deu mais uma volta.

— Acho que não. Acho que não... Trabalhar pelo lado de fora implica muitas variáveis. Mas talvez você não precise disso porque a vítima lhe forneceu dados suficientes sobre a configuração da casa. Isso não é tão preciso nem tão detalhado, mas já seria suficiente.

Ela parou, bebericou seu café, flexionou os tornozelos e os dedos dos pés.

— Talvez não tenhamos encontrado uma falha porque você teria de testar tudo por si. Você é habilidoso com eletrônica, mas não é um gênio. Se fosse, certamente conseguiria encontrar um jeito de hackear as câmeras sem dar bandeira, e faria isso com um controle remoto pelo lado de fora, antes mesmo de entrar. Só que você precisava fazer isso por dentro, inserir o vírus para corromper o disco rígido. Esse sistema é bom demais para as suas habilidades.

Ela inclinou a cabeça enquanto continuava a estudar o quadro.

— Será que... Será que você se irrita por ser bom, mas não brilhante? Não ser suficientemente excepcional para hackear as câmeras de segurança? Não ser habilidoso o bastante para passar pelo bloqueio de segurança do inimigo, o capitão MacMasters? Isso incomoda você, não incomoda? Aposto que sim... aposto que isso incomoda você. Porque ele é rico o bastante, inteligente o suficiente e muito cuidadoso para se proteger com o melhor sistema, e você não consegue enganar esse sistema tão avançado.

Ela trabalhou para tentar encaixar algumas das novas peças; depois se sentou com os pés para cima e os olhos fechados, tentando juntar todas as pontas.

A hipótese do cliente seria o caminho mais inteligente para o assassino, a forma mais segura, pensou. Só que sistemas como aqueles são caríssimos. E é preciso ter uma casa própria para instalá-los.

Mas não precisaria ser a *sua* casa. Talvez a de um amigo, um parente, um cliente. Ela imaginou novas perguntas e tornou a sentar, para perturbar Feeney mais uma vez. Ouviu o sinal do novo arquivo que tinha chegado e viu a lista completa de funcionários e clientes, com uma pesquisa cruzada já concluída — sem resultados positivos — por Roarke.

Ela mesma fez uma pesquisa cruzada das duas listas com os novos dados da Columbia e deu em mais um resultado negativo.

Irritada, mergulhou mais fundo na busca.

— Você está em uma dessas listas, sei que está aí, seu desgraçado.

Ela circulou em torno do quadro, passeou pela sala, sentou, fez dezenas de abordagens diferentes, a partir de dezenas de pontos de partida.

E enquanto trabalhava, Karlene Robins morreu.

No loft, ele verificou e tornou a verificar todos os detalhes. Já tinha registrado a saída da jovem do prédio horas antes, e enviou para o noivo dela uma mensagem de texto doce e apaixonada, para que sua falta não fosse percebida. Em seguida se vestiu, guardou as ferramentas, seu *tele-link*, o tablet e a lista de tarefas na bolsa. Mais uma vez, desligou as câmeras e infectou o sistema com o seu vírus.

Só então saiu do prédio e foi para casa.

O trabalho policial era incrivelmente tedioso, refletiu Roarke. Ele não tinha dúvidas de que poderia estar fazendo muito mais em menos tempo. Mas quando entrou na casa estava determinado a não fazer mais nada até ter conseguido uma refeição decente e ter descansado uma hora, para limpar o lixo eletrônico que lhe entulhava a mente.

— Isso é novidade — comentou Summerset. — Você chegando em casa tarde para o jantar, sem aviso prévio? E parece chateado e cansado.

— Então não me incentive a insultar você como a Eve faz.

— Ela está no escritório desde que chegou em casa. Houve algum progresso?

— Ainda estamos bem longe, para ser franco.

Ela se levantou da cadeira quando ele entrou, mas ele ergueu um dedo para impedi-la de falar antes mesmo que tentasse.

— Vamos fazer uma refeição de verdade, já que tudo que você consumiu hoje foi café e uma barra de chocolate.

Ela piscou, surpresa, mas logo notou que tinha esquecido de jogar no lixo a embalagem do chocolate.

— Eu preciso saber se você...

— Vou contar tudo o que há para contar, mas antes eu preciso de uma droga de refeição.

— Ok. — Ela percebeu que ele vinha dormindo menos que ela, e ainda estava fazendo malabarismos com o trabalho dele e com o seu. — Vou preparar.

As sobrancelhas dele se ergueram de espanto.

— Você vai o quê?

— Isso mesmo. Que tal um bife? Provavelmente, nós dois estamos precisando dessa energia instantânea.

— Eu certamente preciso. — Ele estendeu a mão quando ela passou e lhe acariciou os cabelos. — Obrigado por fazer isso.

Quando ela entrou na cozinha, ele abriu uma garrafa de vinho. Forçou-se a ficar de costas para o quadro do assassinato, para tentar manter tudo aquilo longe da cabeça durante alguns minutos. Precisava de tempo para limpar a mente, pensou, enquanto tomava um gole.

Suas sobrancelhas se ergueram mais uma vez quando ela serviu o jantar para dois em uma mesa, quando ele tinha imaginado que eles comeriam na mesa de trabalho de Eve.

— Vamos comer aqui, junto às janelas — anunciou ela, acenando com a cabeça para o vinho, enquanto empurrava a mesa em direção ao lugar escolhido. — Eu bem que gostaria de uma taça disso aí.

Ele serviu uma segunda taça, foi até Eve, passou o polegar na covinha do seu queixo e a beijou.

— Olá, tenente.

— Oi, civil. Vamos fazer uma pausa.

— Eu preciso dessa pausa quase tanto quanto preciso de carne vermelha.

— Muito bem, então. — Ela se sentou e espetou o garfo em uma das saladas que tinha programado, tendo Roarke em mente. — Fui visitar Louise em sua nova casa.

Ao ouvir isso as sobrancelhas dele se ergueram ainda mais.

— Ora, ora... Você é cheia de surpresas!

— Eu estava ali perto, mesmo e... Tudo bem, confesso que imaginei que ela não estaria lá. Eu poderia simplesmente deixar um recado e ganhar créditos de boa amiga.

Olhando para ela e ouvindo-a contar isso, ele riu pela primeira vez em horas.

— Você nunca muda.

— Ora, bem que poderia ter dado certo, só que ela estava lá. Plantando flores, quem poderia imaginar?

— Surpreendente!

— Eu não preciso provar sarcasmo para identificar o sabor. Enfim... tive de entrar na casa e conhecer todos os ambientes. Sou obrigada a reconhecer que tudo nela se parece com eles. Harmonioso, sofisticado e moderno. Ela está feliz demais, pegou uma espécie de doença capaz de infectar qualquer pessoa num raio de três metros dela. — Ela enfiou salada na boca para se livrar logo daquilo. — Era como um vírus transmissível pelo ar.

— Por Deus, sua tola romântica. Não é de admirar que eu adore você.

Ela exibiu um sorriso falso.

— Então, aproveitando que eu já estava infectada, ela veio com um papo de que iria ficar hospedada em um hotel na véspera do casório, porque não queria que Charles a visse antes do grande dia. Além do mais ela precisava ser lavada, esfregada, polida e pintada. Eu disse que ela deveria ficar aqui em nossa casa.

— Ela deveria, sim, é claro.

— E então comentei que ela provavelmente gostaria de ter suas amigas com ela. Não sei de onde veio isso, acho que fui contagiada pela doença da felicidade. Só depois de eu já estar longe, e muito depois, foi que eu me dei conta de que uma dessas mulheres é Trina. Tem de ser. Então o resultado é esse: liberei a casa para um bando de mulheres infectadas pela alegria do casamento, e uma delas virá para cima de mim... Sim, eu sei que ela vem... com gosmas e cremes.

O coração de Eve, refletiu Roarke, sempre ganharia do seu instinto de defesa e autopreservação quando o bem-estar de pessoas importantes para ela estava em jogo.

— Pense no crédito de amiga que você vai acumular.

— Não sei se compensa. E tem mais...

— Assassinato — disse ele, impedindo-a de completar. — Você já me ofereceu uma pausa e muita carne vermelha. Não precisa mais se impedir de falar sobre o assunto que povoa a sua cabeça.

— Você me pareceu cansado e irritado, e raramente fica assim. Minha função de esposa é evitar isso.

Ele pensou nas palavras de Summerset: "chateado e cansado" e em como sua agressividade quase aflorou sem que ele conseguisse evitar.

— Sim, eu me sentia exatamente assim.

— Sou melhor que você nesse papel.

Ele riu novamente.

— Agora você me pegou. Eu gosto muito de trabalhar com eletrônica e informática, pelo menos quase sempre, em especial quando há um desafio a superar. Mas esse caso é mais parecido com tentar desenrolar um novelo puxando um fio de cada vez.

— Talvez não precisemos disso. Tenho outras pistas e estou conseguindo unir as pontas soltas. Yancy está trabalhando em um esboço do rosto do assassino. Consegui vários pontos de contato, e quando eu conseguir pegá-lo em um deles, surgirão outros. Acho que ele pode trabalhar no comércio de eletrônicos, ou pode comprar os brinquedinhos mais caros na área de segurança. Incluindo o mesmo sistema de segurança que ele hackeou. É o mesmo sistema que você usa. E você o atualiza regularmente.

— Sim, à medida que as novas tecnologias surgem, com melhorias e opções mais abrangentes, é isso que eu faço. Um cliente sempre tem a opção de adicionar qualquer um ou todos os novos recursos ou atualizações do sistema.

— Foi o que MacMasters fez, em março. O cálculo do tempo certo foi perfeito. Algumas semanas depois, Deena conheceu o seu assassino. Não consigo conectar o assassino ou MacMasters ao técnico que fez as atualizações, mas certamente existe uma ligação, ou com ele ou com a empresa. O nome é Security Plus.

— Não pertence a mim. Nós fabricamos e vendemos o sistema, e oferecemos serviços e manutenção às empresas, mas os clientes têm a opção de escolher entre o que temos ou, por sua conta e risco, usar uma firma de manutenção externa. A Security Plus é uma organização sólida e um centro de serviços para a maioria dos sistemas de segurança que são top de linha.

— Mas você atualizou o seu sistema em março.
— Posso verificar.
— Enquanto você está nisso, consegue descobrir quem comprou o mesmo sistema que MacMasters nos últimos seis meses? Um ano! — corrigiu ela. — Pesquise um ano, e com as mesmas atualizações que foram realizadas em março. Ele gastou muito tempo nesse projeto. Ele certamente também conseguiria as atualizações. E instalaria cada uma delas.

— Já vou avisando que esse sistema é campeão de vendas para um certo nível de clientes, e a maioria deles faz as atualizações recomendadas.

— Algo vai aparecer na pesquisa cruzada dos dados, em algum momento. O sistema de segurança, o seu emprego, a sua formação educacional, o seu rosto, o motivo. Cruzar os dados vai nos trazer alguma coisa. — *Tem* que trazer, pensou Eve. — Isso irá nos levar a outras ligações, uma atrás da outra. Então vamos pegar esse novelo e enfiá-lo goela abaixo.

— Estou ansioso para ajudar com isso. Pela menina, pelos pais dela, por você. E por outro motivo muito egoísta: o filho da puta comprometeu a fama do sistema que eu fabrico.

— Todas são boas razões.
— Vou conseguir os dados para você. Mas talvez leve um pouco de tempo.

Ela foi indulgente consigo mesma e tomou mais um gole de vinho.
— Por que você não deixa o computador trabalhando nas buscas e vamos terminar a pausa com um belo mergulho?

Ele inclinou a cabeça.
— Um belo mergulho? Isso é um eufemismo para alguma outra coisa?
— Talvez.
— Vou programar a busca.

* * *

Ela queria a água, um bom mergulho — tanto literal quanto eufemisticamente. Precisava do exercício físico para compensar as horas e horas de trabalho mental. Talvez, se ela parasse de pensar por alguns momentos, conseguiria voltar ao caso com mais clareza.

Havia muitos fios e pontas soltas, decidiu. Ela precisava encontrar um em especial, puxar com cuidado e ter controle sobre isso. Quando ela o puxasse, o resto iria se desenrolar.

E, ela admitiu, continuava pensando nisso sem parar.

Não se deu ao trabalho de vestir trajes de banho. Em vez disso, tirou toda a roupa, sentiu o calor úmido, perfumado e mergulhou na água azul profunda. Percebeu que ele também tinha mergulhado logo atrás, voltou à superfície e começou a dar braçadas regulares, cortando a água. Ela o conhecia bem, e também a sua natureza competitiva. Ele se manteve no mesmo ritmo que ela, impulsionando-se, como se estivessem disputando velocidade e habilidade.

Bateram na parede oposta ao mesmo tempo, viraram e fizeram o caminho de volta. O ritmo, a velocidade, a batida rápida e dura das mãos sobre a água, tudo isso estava funcionando. Impossível pensar quando cada músculo trabalhava com todo o seu potencial, e quando o coração começou a disparar com mais força devido ao esforço.

Depois de cinco voltas eles continuavam lado a lado, braçada a braçada.

Ela se forçou a ir mais longe, um pouco mais e ainda além depois disso, atravessando aquele azul profundo e onírico, esticando o corpo para se lançar mais alguns centímetros à frente enquanto a água voava sob comando das pernas que se moviam feito tesouras. Um pouco mais rápido, um pouco mais difícil, tentando mais velocidade e mais força, ela divisava o borrão do rosto dele cada vez que inclinava a cabeça para o lado e puxava mais ar para dentro dos pulmões.

Uma volta mais, ela pensou, mais uma vez e outra. Enrolou o corpo, girou e impulsionou as pernas para se lançar longe da borda.

Ao lado dele, seguindo-a como uma sombra, ela dava braçadas fortes que cortavam a água clara, fresca e azul.

Eve perdeu a noção de quantas voltas já tinha dado. Perdeu a noção de tudo à volta e do tempo, com exceção dos movimentos, do ritmo, do impulso físico e do prazer de estimular a si mesma e a ele.

Desafio e movimento, pele e água, velocidade e necessidade.

E quando ele a agarrou com força, um corpo molhado e escorregadio se roçando contra outro corpo molhado e escorregadio, no meio de uma braçada, ela já estava pronta para recebê-lo.

Famintas e errantes, suas bocas se juntaram, frescas da água, quentes de desejo. Com mordidas rápidas e frenéticas, ela respondeu à urgência do beijo enquanto seu coração disparado batucava contra o dele. Ela envolveu a cintura dele com as pernas, desesperada demais para se importar se eles iriam afundar na piscina como duas pedras.

— Agora! — Ela ficaria louca se não fosse agora.

Ela o segurou com mais força enquanto ele agarrava os seus quadris, então ambos se moveram incontrolavelmente, exigindo mais e conseguindo mais. E quando ele lhe deu muito mais, empurrando-a de volta contra a borda para apoiá-la, a cabeça dela tombou para trás e ela soltou um único grito estrangulado.

Ela era forte e elegante, ele avaliou, enquanto atacava o seu pescoço. E era sempre dele. O amor e a luxúria, a necessidade e o prazer se misturaram dentro dele enquanto as águas quase fumegaram na tempestade poderosa da sua união carnal.

Com ele, novamente com ele, braçada após braçada, desejo após desejo, naquela última volta frenética da corrida louca. Ela se fundiu a ele, braços e pernas trançados em torno do corpo dele como grilhões, enquanto suas bocas se fundiam mais uma vez.

Forte, mas de forma suave, ela estremeceu nos braços dele, que os conduziu com determinação até o auge.

Ele abaixou a testa e a colou no ombro dela, e então conseguiu agarrar a borda quando ela começou a escorregar.

— Tenha cuidado. — Ele mal conseguia murmurar. — Do contrário, nós dois seremos encontrados flutuando de bruços amanhã de manhã.

— Ok. — Ela continuou colada nele e se aconchegou mais. — Preciso de um minuto.

— Você não está sozinha. Eu não fazia ideia de que umas boas braçadas na piscina fossem preliminares tão intensas.

— A ideia foi minha.

— Viu só? Você conseguiu crédito sexual e crédito com uma amiga no mesmo dia.

O som que ela fez foi metade riso, metade suspiro.

— Louise está nervosa com o casamento, quer que cada detalhe fique perfeito. Ela montou gráficos e cronogramas, depois confessou que está uma pilha de nervos, e disse que nunca imaginou que isso pudesse acontecer.

— É um dia excepcionalmente importante.

— Eu sei, mas eu lhe expliquei que ela está nervosa com os detalhes porque não está nervosa com o casamento em si, com o Charles, com o que eles estão fazendo, nem com o motivo.

Ele roçou a bochecha contra a dela e depois recuou um pouco para estudá-la.

— Ora, ora, você é uma mulher sábia!

— Eu não fiquei nervosa com os detalhes do nosso casamento. Mal prestei atenção aos preparativos, joguei tudo nas suas costas.

— É verdade. — Ele beijou-lhe a ponta do nariz. — Mas naquela semana você estava distraída por causa de um assassino em série.

— Não, não foi por isso. Quero dizer, é claro que isso foi um fator importante. — Ela acariciou o cabelo dele, aquela seda preta molhada, e o afastou do rosto dele. — No entanto, eu descobri que não estava nervosa com os detalhes porque estava muito nervosa com o resto. Com o casamento em si, com você, com o que estávamos fazendo e com os nossos motivos. Achei que essa era a parte mais insana de tudo... você, eu, o nosso casamento. — Ela colocou o rosto dele entre as mãos e o olhou demoradamente. — Estou muito feliz por ter errado. Estou feliz de verdade.

Ele sentiu, como uma onda interna, tudo o que ela representava para ele.

— Você também não está sozinha nessa.

Ela levou os lábios até os dele outra vez, em um beijo mais suave, mais doce. Então recuou.

— Chega disso. O recreio acabou.

Ela se desvencilhou dele, foi segurando a borda até a beirada da piscina e saiu. Quando ele saiu da água logo em seguida, ela lhe atirou uma toalha.

— Com relação a pausas e recreios, esta foi excepcional.

— Sim, valeu a pena. Ele certamente pensaria assim.

Roarke enrolou a toalha em volta da cintura.

— Nossa transição está completa e voltamos ao início.

— Bem, minha cabeça está limpa agora. Acho que ele é bom no que faz, é cuidadoso. Não quer chamar muita atenção. Mas é um cara confiável, do tipo que age sem fazer alarde. As pessoas devem comentar sobre ele: "Ah, sim, o Assassino Desgraçado é muito confiável." Aposto que ele odeia isso.

— Por quê?

Vestindo um robe, ela caminhou até o elevador. Vestiria roupas confortáveis para o resto da noite de trabalho.

— Porque ele é muito melhor do que isso. Melhor do que eles, em tudo. Ele é jovem, bonito, encantador, eficiente, inteligente e habilidoso o suficiente para criar, ou fazer outra pessoa criar, um vírus poderoso que se tornou um desafio e uma perplexidade para todos vocês, nerds.

— Nós não estamos perplexos — corrigiu Roarke, levemente contrariado, quando eles seguiram para o quarto. — Essa maldita investigação está em pleno andamento e nós estamos averiguando todas as pistas.

Ela se divertiu ao ouvi-lo citar, palavra por palavra, a frase usada pelo Departamento de Polícia para responder à imprensa, e com o delicioso acréscimo do sotaque irlandês. Mas deu de ombros.

— A questão continua a mesma. Ele certamente não trabalha em um cargo de gerência, nem mesmo na gestão intermediária, a menos que isso exija um crachá. Ele é o funcionário comum, o técnico ou o trabalhador que nunca reclama por receber uma carga de trabalho maior, nem quando tem de fazer horas extras. Ele entrega o trabalho que lhe pedem, resolve as coisas, e não faz objeções quando o seu chefe, colega de trabalho ou supervisor leva todo o crédito, ou a maior parte dele.

No quarto, ela pegou uma camiseta lisa e vestiu uma calcinha.

— E ele odiaria tudo isso, do mesmo modo que odiaria não ser capaz de invadir o sistema de segurança de MacMasters pelo lado de fora da casa.

— Você acha?

— Eu *sei* que é assim, porque estou olhando para você. Sei que você está puto porque ele fez algo sofisticado que você não conseguiu compreender. Ainda — acrescentou, sem se preocupar em disfarçar o sorriso quando os olhos azuis dele dispararam fagulhas.

— É frustrante.

— Você só está piorando as coisas — murmurou Roarke.

— Você vai superar. Mas a questão é que o cara medíocre é uma proteção, um disfarce, mas que provavelmente não lhe cai muito bem. Pequenas coisas mostram isso. Deixar o copo na bancada, gravar o vídeo, levar horas para completar o assassinato e fazer isso dentro da casa. Existem maneiras mais fáceis e seguras, mas ele precisa se exibir um pouco.

Intrigado, Roarke continuou a se vestir.

— E o que tudo isso te diz?

— Bem, considerando que ele é jovem e sabendo que isso entra em conflito com a sua percepção de paciência e controle, ele vai cometer mais erros. Talvez pequenos erros, só para se exibir, mas ele os cometerá. E eu poderei usar sua necessidade de se livrar da mediocridade quando o levar a interrogatório. Ele vai querer me contar tudo. Por enquanto? — continuou ela, passando a mão pelo cabelo ainda úmido. — Isso me diz que... se ele trabalha para a Security Plus, certamente é um dos *geeks*. Onde quer que ele trabalhe, ganha um salário decente, mas, droga, não o suficiente para pagar por um sistema como esse. Ele só pode ser um *geek* que trabalha para o fabricante do sistema ou uma empresa de manutenção e outros serviços.

— Pedi a Caro que fizesse um levantamento de todos os homens com menos de trinta anos que trabalham nesse ramo — avisou ele, referindo-se à sua assustadora assistente pessoal. — Os outros *geeks* da equipe e eu estamos investigando cada um deles ao longo do dia. Nenhum se destacou, e nenhum deles conseguiu se ajustar ao seu perfil.

— Perfis podem estar errados. Mas foi uma boa ideia levantar esses dados e levá-los para a DDE.

— Talvez eu peça um aumento.

— Eu acabei de te dar um. — Ela lançou um sorriso para ele quando ambos saíram do quarto. — Gosto mais da ideia de uma empresa de serviços. Eles só prestam serviços, não criam coisa alguma. São mais discretos, não espalham água.

— Acabei de prestar serviços a você e me lembro claramente de ver água sendo espalhada.

— Ok, agora estamos empatados nas piadas sexuais.

— Isso me parece justo. Eve, ele pode ser um consultor independente, um assistente metido a gênio, um solucionador de problemas. O campo é amplo e está em aberto. Ele pode não trabalhar para nenhuma empresa.

— Merda. Merda. — Ela caminhou de um lado para outro, refletindo. — Isso seria ainda melhor para ele, não seria? Alguém que entra, conserta coisas ou dá conselhos, mas na verdade não faz parte do dia a dia. Seria perfeito. Droga. Vou trabalhar nessas ideias e reconstruir tudo, peça por peça. Vou acrescentar os dados que você conseguir, misturá-los aos dados da Columbia. E depois...

— Há uma possibilidade que você não considerou — interrompeu Roarke. — Ele é jovem, inteligente, habilidoso e não tem escrúpulos. Existem outras maneiras para alguém com esse perfil ganhar dinheiro, pelo menos o suficiente para comprar um sistema de alto nível para uma residência e instalá-lo. Ele pode ter roubado.

— Roubado?

— Na antiga e consagrada tradição eletrônica. Hackear algumas contas, subtrair pequenas quantias. Manter o roubo em dimensões pequenas, nada muito grande. Ele sabe como usar a carteira de identidade de outra pessoa para obter o que quer. Roubo de identidade é um negócio lucrativo para quem é talentoso.

Ela esfregou as mãos enquanto a ideia ganhava forma.

— Você corre o risco de ser pego, mas ele está disposto a arriscar. É cuidadoso e mantém os riscos em nível baixo. Por que trabalhar, ou trabalhar muito, quando você pode simplesmente roubar? É um novo ângulo, sim. E muito bom.

O *tele-link* da sua mesa tocou no instante em que ela entrou em seu escritório. Ela atendeu e viu quem era pela tela.

— Yancy, me dê uma boa notícia.

— Tive uma segunda sessão com as duas testemunhas. Precisei dar um intervalo a elas, e para mim, mas sei que temos de insistir. Acho que tenho algo, pelo menos uma imagem aproximada. Lola está mais segura do que Marta, mas mesmo assim...

— Mostre-me.

— Espere um pouco. Nenhuma das duas viu os olhos dele, por causa dos óculos escuros. Tanto eles quanto o boné escondiam parte de seu rosto. Escolhi as opções mais prováveis para cada detalhe descrito e atingi a probabilidade de mais de oitenta e sete por cento com esse recurso. Olhos, sobrancelhas, testa. Marta viu a testa dele de relance e a parte superior do rosto quando ele tirou o boné, mas...

— Mostre logo! — exigiu Eve.

— Estou enviando por tela e cópia impressa uma imagem possível, com boné e óculos.

Ela se inclinou sobre o monitor e examinou as imagens que apareceram na tela dividida. Roarke caminhou até as cópias que a impressora emitiu.

Jovem, pensou Eve. Vinte e poucos anos, no máximo vinte e cinco, pelo programa de análise. Sexo masculino, caucasiano, feições simétricas, atraentes e quase femininas. Nariz pequeno e reto, lábios carnudos, olhos suaves com pálpebras volumosas. O rosto era oval, quase clássico, e os cabelos escuros pareciam despenteados, como estava na moda.

Eve estudou a imagem que chegou junto, onde os traços estavam obscurecidos pelo boné e pelos óculos escuros. E fez que sim com a cabeça.

— Você mandou bem, Yancy.

— Se você está confiante com o que conseguimos, podemos divulgar a imagem.

— Sem imprensa. Só para os membros da equipe, por enquanto. Há grandes chances de ele comparecer ao funeral da vítima. Não quero alertá-lo, nem assustá-lo. Envie isso para os outros da equipe, mas com bloqueio. Vou começar uma busca de imagem para ver se consigo identificar o desgraçado.

— Boa sorte.

— Você me deu mais que sorte. Isso pode fazer a diferença. Envie para todos os envolvidos, Yancy, e vá para casa.

— Ah, pode contar com isso.

Quando Yancy desligou, Eve considerou suas opções e entrou em contato com Jamie.

— E aí, Dallas?

— Você vai receber uma imagem, um retrato falado — disse ela sem rodeios. — Pegue o material e vá até a Columbia. Vou pedir para o pessoal de lá recebê-lo. Quero que você comece a trabalhar com o programa de reconhecimento facial que eles têm, para tentar encontrar alguém cujas feições batam com as do retrato.

— É ele?

— É o que temos. A imagem é confidencial, Jamie. Ninguém deve saber, com exceção de você, ou McNab, caso você precise dele. Não é para exibir a nenhum dos seus colegas de informática.

— Entendi. Vou investigar isso, Dallas.

— Vou liberar a sua entrada. Bom trabalho — disse ela, então expirou com força e voltou a ligar para Peach Lapkoff.

— Olá, tenente, parece que estamos ficando muito amigas.

— Desculpe interromper a sua noite. Temos um retrato falado e eu enviei Jamie para a universidade, na condição de consultor civil especializado, para trabalhar com o seu programa de imagens.

— Agora?

— Agora mesmo. Preciso que você libere a entrada dele, dra. Lapkoff, e mantenha a sua missão em modo confidencial. Não posso me dar ao luxo de ter um vazamento de informações.

— Cuidarei disso pessoalmente.

— Você está tornando o meu trabalho mais fácil.

— Meu avô não esperaria menos que isso.

— Ela é muito prestativa — murmurou Eve, depois de desligar. — Então vamos lá... — Ela indicou as imagens na tela. — Aí está a sua cara, seu filho da mãe. Mas quem é você? Computador, iniciar busca e correspondência de feições por comparação com imagens de indivíduos que foram colocadas no sistema, começando com os residentes da cidade de Nova York.

Entendido. Processando...

— Fazer pesquisa auxiliar usando as mesmas imagens e instruções, considerando os alunos listados no Arquivo Lapkoff-Columbia-C.

Entendido. Iniciando pesquisa auxiliar...

— Pode ser que eu tenha sorte aqui e o encontre na lista menor antes de Jamie chegar a Morningside Heights — disse ela a Roarke. — Ok... Agora, quando eu obtiver os dados que você está levantando, poderei adicionar tudo à mistura e...

Ele a empurrou para o lado e digitou rapidamente uma série de comandos no teclado.

— Os dados já chegaram alguns minutos atrás. E sim, fizemos uma atualização nesse sistema na terceira semana de março. Você quer uma terceira pesquisa com esses dados, certo?

— Afirmativo.

Ele mesmo ordenou a tarefa.

— Eu diria que está na hora de beber mais café. Agora eu deveria ir para o meu escritório e fazer isso lá.

— Pode ser que não precisemos de...

— Isso não vem ao caso, ok? Não posso permitir que um fedelho idiota me derrote. Continue com o seu trabalho, tenente, que eu continuo o meu.

Ela pegou seu café e prendeu os dois retratos falados ao quadro. Enquanto o computador trabalhava, ela circundou o quadro e considerou a teoria de Roarke. Ele hackeou e roubou uma carteira de identidade. Um garoto precisa aprimorar suas habilidades, não é verdade? Uma versão mais nova do homem que estava no seu quadro poderia ter cometido alguns erros no passado. Alguns deslizes aqui e ali, enquanto aprendia os detalhes do seu ofício.

Quem sabe havia um pequeno registro em seu histórico policial juvenil?, pensou. Podemos adicionar isso, claro que podemos. Podemos acrescentar essa possibilidade. Talvez na cidade natal dele, onde quer que fique o buraco onde nasceu.

O criminoso sempre se mantém próximo da verdade, lembrou. Ele havia contado a Deena que enfrentara um pequeno problema com a lei por causa de drogas. Talvez o motivo verdadeiro tenha sido um crime cibernético.

Ela deixou o computador continuar a busca e se sentou em um canto com o seu tablet para pesquisar criminosos, concentrando-se em delitos juvenis e usando como base os dados acumulados das listas de Roarke e da Columbia.

Não foi surpresa encontrar tantas ocorrências. A policial dentro dela ficava mais surpresa quando alguém passava toda uma vida sem uma mancha, uma infração ou um registro na polícia.

Deu início ao longo processo de digitalização, eliminação, separação em possíveis suspeitos. Mais uma vez perdeu a noção do tempo e já estava quase na terceira caneca de café quando o *tele-link* tocou.

— Oi, Dallas. — O rosto empolgado de Jamie lhe disse o que ela queria ouvir. — Eu o peguei. Acho que descobri. Temos uma probabilidade de acerto que chega a noventa e sete por cento. O curso foi cinco anos atrás, e ele só cursou um semestre e meio, mas...

— Envie a imagem para mim. Na tela, agora! — ordenou ao sistema, e o zumbido do processador lhe pareceu música. Olhou para a foto de identificação e elogiou: — Bom trabalho, Jamie. Encerre tudo aí e apague a pesquisa.

— É ele, não é? É esse o desgraçado que matou a Deena.

Ela olhou para os olhos cansados e furiosos de Jamie.

— Você fez um bom trabalho — repetiu ela. — Vamos fazer uma reunião amanhã bem cedo. Vá para casa agora e durma um pouco.

Ela sabia que Jamie queria conversar mais, isso estava claro em seu rosto. Mas ele aceitou.

— Sim, senhora.

Ela cortou a transmissão e voltou à tela para estudar outro rosto jovem e atraente.

— Olá, Darrin Pauley. Seu filho da puta!

No laboratório, Roarke refinou a pesquisa, vasculhou e esmiuçou. Pegou a cauda amorfa do fantasma e lutou para segurá-la.

— Você está vendo isso aqui? — perguntou ao capitão.

Em uma tela de parede, os olhos de Feeney se estreitaram.

— Tenho olhos, não tenho? Você precisa recalibrar o *bypass*...
— Estou fazendo exatamente isso. — Roarke se virou para outro computador e digitou um novo código.
— Posso isolar o sinal a partir daqui. — Em outra tela, McNab acompanhava tudo. — Se nós acharmos a ponta pelo lado de cá...
— Continuem trabalhando no refinamento — ordenou Feeney.
— Eu já entendi o lance.
— Roarke.
— Agora não! — Foi a reação em uníssono que Eve ouviu de Roarke e dos dois homens nos telões do ambiente.
— Caramba, um paredão de *geeks*! — murmurou ela. Então viu a outra imagem, uma sombra mais forte entre as outras sombras.
— Vocês estão descobrindo a imagem dele?
— Nós o pegamos, mas estamos com ele na ponta das unhas. Fique calada. Se não conseguirmos estabilizar essa imagem teremos de recomeçar do zero.
Enquanto observava, a tela começou a se encher de pontos brancos. Ela ouviu McNab dizer:
— Não! Maldição! É outra interferência, merda!
— Não desta vez — disparou Roarke. — O padrão está lá. Inverta o código, e refaça todas as outras sequências.
Eve conseguiu ver o brilho do suor no rosto de Feeney e ouviu a determinação metálica na voz de Roarke.
Os pontos brancos de interferência na tela desapareceram.
— Conseguimos! — McNab comemorou.
— Ainda não. — A voz de Roarke pareceu mais calma. — Mas estamos no caminho certo.
Ela não sabia o que eles estavam fazendo, mas a imagem sombreada na tela cintilava e Eve receou que fosse desaparecer a qualquer momento. De repente ela estabilizou e se tornou mais firme.
— Pegamos! — gritou McNab. — Conseguimos achar o desgraçado. Nós somos foda! — Ele saltou da cadeira e fez uma dança de vitória.

— Cristo! — Roarke se recostou. — Preciso de uma cerveja.

— Preciso de uma também. Bom trabalho para cada um de nós — elogiou Feeney.

— Ahn... é só isso? — Quando Eve apontou para a sombra, todos os olhos na tela e na sala se viraram para ela com ar ressentido.

— Nós desmontamos o vírus — explicou Roarke. — Conseguimos remontar essa imagem a partir de pixels corrompidos. Realizamos um maldito milagre. E não temos apenas isso. É o que conseguimos *por enquanto*.

— Vamos aprimorar a imagem, defini-la, limpá-la — disse Feeney, e tomou um belo gole de cerveja. — Vai levar horas, talvez um dia, mas vamos chegar lá, vamos conseguir a imagem dele. E ao mesmo tempo, já temos a sequência e a codificação para conseguir o resto. Poderemos lhe mostrar o filho da puta entrando pela porta da casa.

— Isso será a cereja do bolo. Enquanto isso, graças a Jamie, consegui um nome e um lugar de origem. Darrin Pauley, vinte e três anos. Os dados afirmam que ele mora em Sundown, no Alabama, ao sul de Mobile, junto com o pai, Vincent Pauley. Ainda não descobri a ligação que existe entre Darrin Pauley e MacMasters, mas a foto dele se encaixa até no sorriso tímido.

— Ele mora no Alabama tanto quanto a minha bunda — protestou Feeney.

— Ele não, mas o pai dele sim. Eu o investiguei, ele tem um bom emprego e mora em Sundown com a esposa e uma filha de doze anos.

— Pode ser uma pista falsa — sugeriu Feeney.

— Pode, sim, mas a semelhança dele com a família é impressionante. Ele precisa ser interrogado imediatamente, cara a cara.

Roarke olhou para o equipamento do qual ele novamente se orgulhava.

— Suponho que vamos para o Alabama hoje à noite.

— Supôs corretamente.

Capítulo Quatorze

Eve era obrigada a reconhecer a sorte de ser casada com um homem que podia simplesmente pegar um de seus jatos particulares num estalar de dedos e pilotá-lo ele mesmo, se tivesse vontade.

Nesse caso, foi o que ele fez, e isso era uma grande vantagem. Ela podia ficar sentada ali sem interromper suas pesquisas, podia falar com Peabody, discutir teorias com o seu piloto pessoal e, basicamente, ignorar a vista lá de cima.

— Eu poderia ter me aprontado em cinco minutos — reclamou Peabody, e fez uma careta mal-humorada enquanto McNab, atrás dela, continuava o seu trabalho usando um incompreensível linguajar *geek*.

— Você teria levado pelo menos trinta minutos para chegar até a aeronave. Ele não vai estar lá, Peabody. Você não vai perder a honra de prendê-lo, pelo amor de Deus. Preciso que você fique exatamente onde está, cavando mais fundo para encontrar o endereço em Nova York ou o contato de Darrin Pauley. Emprego, carteira de motorista, históricos criminais, financeiros e médicos. Cada detalhe!

— Mas eu poderia fazer isso enquanto estivesse...

— Você pode dar o seu passeio de jato outra hora.

O beicinho de Peabody aumentou mais um pouco.

— Quando?

— Oh Deus! Vá trabalhar. Agora!

— Eu vou. Já estou trabalhando.

— Insista nos tênis e nas roupas. Verifique se ele tem cartão de crédito ou débito em seu nome. Se não tiver, vamos cruzar os dados que você recebeu com todos os homens cujas iniciais são DP. Afinal, ele usou a identidade de Darian Powders. Escolheu não mudar tudo, então talvez tenha outros nomes falsos com essas iniciais.

— Bem pensado. Agora eu vou...

— Sim, vá mesmo. Durma um pouco porque vamos fazer uma reunião com toda a equipe às sete da manhã. Reserve a sala de conferência. Desligando! — disse Eve, e encerrou a ligação.

— Apesar de eu me excitar, como sempre, com o seu comportamento dominador de chefona — disse Roarke —, devo informar que este membro da equipe não estará disponível às sete da manhã.

Ela lutou contra a vontade de reclamar, porque... droga! Ela iria precisar dele.

— Os civis da equipe têm participação voluntária.

— Posso reagendar alguns compromissos se Feeney puder me esperar um pouco. Estarei disponível para ele mais ou menos na mesma hora em que fiquei hoje.

— Se for bom para você... Ele não vai estar no Alabama. Precisa dar a si mesmo a recompensa de assistir, ao vivo e a cores, a dor e a destruição de MacMasters. Mas ele passou um período em Nova York, não muito tempo atrás. Talvez não tenha ficado durante os cinco anos, talvez não o tempo todo desde sua passagem pela Columbia, mas já estava lá há algum tempo. Para ficar de olho na presa, tecendo a sua teia. Ele vai aparecer no funeral, então eu não posso liberar o retrato falado para a imprensa, senão vou alertá-lo. O que talvez eu acabe fazendo agora, ao conversar com o pai dele.

— Então, por que está indo para lá? Espere até depois do funeral.

— É um risco calculado. — Ela queria se levantar e andar de um lado para outro, mas o tamanho do avião, a imensidão da noite e a escuridão que aumentava do lado de fora das janelas mantiveram-na no lugar. — Não há perigo de que ele *esteja* lá. É uma possibilidade muito pequena, embora ela não deva ser ignorada. O mais provável é o pai saber por onde ele anda, e posso arrancar isso dele. Depois vou grampear as comunicações do pai até prendermos o desgraçado do filho. A outra possibilidade é que eu não consiga descobrir nada, o pai avise ao filho e ele desapareça de vez. Só que...

— Você não acredita que isso possa acontecer.

— Ele é um homem de família, está em um casamento longo, teve uma filha. Não possui antecedentes criminais, exceto por uma pequena infração por perturbação da ordem quando tinha vinte e poucos anos. Histórico de emprego sólido, salário de nível médio, casa pequena em bairro de classe média, hipoteca. Esse cara vai arriscar esposa e filha, casa, trabalho e estilo de vida para se esquivar da investigação policial sobre o assassinato de uma menina? Com risco de ser acusado de obstrução da justiça, cúmplice após o fato e qualquer outra coisa que eu possa usar para pressioná-lo?

— Eu diria que isso depende do quanto ele ama o filho e até onde iria para protegê-lo.

— Não entendo esse tipo de amor que protege monstros. Não acho que seja esse o sentimento. Se ele ama esse doente, esse filho da mãe, vou usar isso contra ele. Ele precisa de ajuda. Ajude-nos a ajudá-lo. Se eu não o encontrar, outra pessoa irá encontrar. Ele matou a filha de um policial e outro investigador talvez coloque isso acima da lei.

Ela tamborilou com os dedos na coxa e tentou ignorar a trepidação do avião quando eles começaram a descer.

— Tenho de correr outro risco. — Ela ligou para Baxter, em casa. — Pegue o esboço — ordenou, sem preâmbulos. — Vá com Trueheart e use a imagem nos cafés, boates, lanchonetes da universidade e no campus.

— Agora?

— Não, quando você estiver a fim — disse ela, com ironia. — Jamie usou um programa de reconhecimento facial na Columbia. Verifique com ele e informe-o de que você vai sair em trabalho de campo. Isto é, se não for pedir demais, porque não quero interferir nos seus planos para esta noite ou...

— Meu Deus, Dallas, pare de me encher o saco!

— Seu saco nunca me interessou, Baxter.

— Essa doeu.

— Circule com o retrato falado pela vizinhança de MacMasters. Qualquer novidade, me avise. Caso contrário, nos vemos amanhã às sete em ponto... Reunião com a equipe na Central, sala de conferência.

— Certo, tudo bem. Onde você está?

— Estou prestes a aterrissar no Alabama. — Seu estômago deu uma cambalhota. — Espero, sinceramente, chegar lá inteira. Peabody tem os detalhes, se você precisar deles. Ao trabalho, Baxter.

— Deixe comigo.

Dallas, capaz de entrar no meio de um tiroteio para fazer o seu trabalho, fechou os olhos com o estômago revirado enquanto eles mergulhavam em direção à pista de aterrissagem.

Ela se sentiu bem melhor quando seguiram a toda a velocidade pelas estradas em um conversível alugado muito sofisticado, curtindo o ar denso do sul chicoteando ao redor de sua cabeça.

— É um pouco tarde para uma visita da polícia, do ponto de vista de um homem de família — disse ela. — Isso é timo, porque nos dará outra vantagem.

— Não é tão tarde assim. Estamos em outro fuso horário — avisou ele. — Aqui é uma hora mais cedo.

Ela pressionou os olhos.

— Quer dizer que chegamos aqui antes de sairmos? Como é que alguém consegue evitar que seu cérebro dê um nó com coisas desse tipo?

Incapaz de resistir, Roarke deu-lhe uma cutucada e abriu um sorriso.

— E quando voltarmos, teremos perdido uma hora.

— Viu só? Isso não faz sentido. Como é que você pode perder uma hora? Para onde ela vai? Alguém consegue encontrá-la? Isso pode ser denunciado à Divisão do Tempo Perdido?

— Querida Eve, sinto lhe informar que a Terra não é plana e Nova York não é o centro do mundo.

— Concordo com a primeira parte, mas a segunda? Talvez ela devesse ser, sim. As coisas seriam mais simples.

Ele desacelerou e entrou em um bairro residencial, onde as árvores eram abundantes e as casas ficavam tão próximas umas das outras que Eve se perguntou por que os ocupantes simplesmente não moravam em apartamentos. Provavelmente teriam mais privacidade.

Pequenos jardins se espalhavam até o meio-fio; as luzes de segurança e o cheiro de grama, acompanhado por algum aroma forte e doce, pareciam serpentear pelo ar.

Seguindo o GPS do veículo, Roarke virou uma esquina e parou na porta de uma casa que ficava no meio do quarteirão e era rigorosamente igual a todas as outras.

Eve fez uma careta para a residência. Será que tinha ficado mal-acostumada e metida por morar na enormidade da mansão que Roarke tinha construído, ou aquela casa realmente era só um pouco maior que uma caixa de sapatos? Dois carros pequenos estavam estacionados um atrás do outro na estreita entrada da garagem. Flores baixas se arrastavam ao longo das bordas do cimento.

As luzes estavam acesas na sala. No brilho fraco ela viu uma bicicleta estacionada ao lado da entrada.

— Essas pessoas não teriam grana para mandar um filho estudar na Universidade Columbia. A menos que ele tenha conseguido uma bolsa de estudos, o que não combina com o seu perfil. Como eles arcariam com essa despesa?

— Bem, pais sábios e prevenidos muitas vezes começam a poupar e a investir na educação universitária do filho enquanto este ainda está no útero. Mesmo assim eu reconheço que seria muita grana.

Ela saltou e se dirigiu para a porta. Parou de repente e apoiou a mão sobre a coronha da arma.

— Você ouviu? — indagou ela, inclinando a cabeça para o ponto onde o som que parecia um arroto forte e repetitivo enchia o ar úmido.

— Claro que ouvi, estou bem aqui do seu lado.

— Que merda é essa?

— Não estou inteiramente certo, mas acredito que possa ser alguma espécie de rã.

— Rã? Sério? Aquelas coisas verdes que pulam? — Ela examinou a escuridão por entre os feixes de luz da rua. — O som me parece muito alto. Pode ser uma rã alienígena?

— Não tenho muita experiência com rãs, mas não acredito que existam rãs alienígenas no Alabama. Pelo menos não do tipo que mereça ser atordoada por uma arma da polícia.

— Isso é o que veremos. — Por garantia, Eve manteve a mão na arma.

Pela janela da frente ela viu movimento no telão da sala e reparou no homem relaxado, sentado em uma poltrona reclinável, enquanto a mulher se mantinha com os pés encolhidos de forma elegante sobre o sofá.

— Uma noite tranquila em casa, na frente da TV — murmurou Eve. — Será que teriam essa disposição se tivessem algo a ver com... O que ela está fazendo? A mulher? O que está fazendo com aquelas varetas e o fio que sai de uma bola peluda?

— Não faço ideia. Por que eu deveria ter todas as respostas para essas coisas?

— Porque sim! — disse ela, e isso o fez rir.

— Bem, na base do puro palpite, aquilo me parece ser algum tipo de... artesanato.

Ela continuou em direção à porta, estudando as varetas, o fio e a mulher. A imagem surgiu de algum arquivo de fatos enterrados.

— Tricô! — Eve deu uma cutucada que quase deslocou o ombro de Roarke. — Eu me lembro disso. Ela está tricotando!

— Se você diz...

— Eu já vi esses troços... as varetas, o fio, em algum lugar ou em algum caso. Ela está tricotando, ele está assistindo ao telão, tomando uma cerveja, e a bicicleta da garota está estacionada junto à porta... e não está presa com cadeado. Essas pessoas não são os mestres do crime que ajudaram a planejar o assassinato de uma adolescente, e se estiverem envolvidos em algum caso de adulteração cibernética ou roubo de identidade, juro que eu vou aprender a tricotar.

— Você descobriu tudo isso só de olhar pela janela de uma sala de estar?

— O sistema de segurança deles é simples, e nem está ativado. Não estão com as cortinas fechadas, não há nada para esconder aqui. — Ela chegou na porta e bateu. Em um momento a mulher abriu a porta, sem olhar antes nem perguntar quem estava ali.

Seu sorriso fácil se transformou em ar de surpresa, mas não perdeu o tom de boas-vindas.

— Ora, olá. Em que posso ajudá-los?

A voz era quente e doce como o ar que os rodeava. Ela prendeu o cabelo ondulado, cor de mel, atrás da orelha, como algumas mulheres fazem quando são pegas desprevenidas.

— Estamos procurando Darrin Pauley.

— Oh Deus, acho que ele está morando em Chicago ou algo assim. Nós não o vemos há muitos...

— Quem é Mimi?

— Alguém procurando por Darrin, querido. Não quero deixar vocês parados aí na entrada, mas...

Eve exibiu o distintivo e viu os olhos de Mimi se arregalarem quando Vincent Pauley apareceu.

— Do que se trata? Polícia? Polícia de Nova York? Ele está com problemas? Darrin está com problemas? Ah, que inferno! — exclamou com um suspiro, indicando resignação e tristeza, mas não surpresa. — É melhor conversarmos aqui dentro.

Ele os convidou para entrar e sua esposa lhe afagou o braço, como se tentasse confortá-lo.

— Que tal eu preparar um chá para todos nós? Está uma noite quente, e aposto que podemos beber algo gelado.

— Mamãe? — No alto da escada, à direita, uma menina olhava para baixo.

— Volte para a cama, Jennie. São pessoas que vieram falar com o papai. Vá dormir. Amanhã é um dia importante.

A menina piscou os olhos sonolentos ao olhar para Eve, depois voltou para o andar de cima.

— Vamos ao Play World amanhã, junto com a melhor amiga de Jennie e seus pais. Dois dias de diversão e parques aquáticos. Que Deus nos ajude! Desculpem, estou aqui tagarelando, é melhor eu ir buscar o chá.

Ela se afastou rapidamente. Eve se perguntou se toda aquela pressa era para fugir ou poder voltar mais depressa. Em qualquer caso, ela e Roarke ficaram em companhia de Vincent Pauley, o homem de rosto bonito e olhos tristes.

— Vamos nos sentar, por favor. Desligar telão! — ordenou ele, e a comédia barulhenta silenciou na mesma hora. — Acho que eu sempre me perguntei se um dia a polícia viria bater na minha porta à procura de Darrin. Já se passaram muitos anos desde a última vez em que pus os olhos nele. Não sei dizer onde ele está. Ele não mantém contato conosco.

— Quando o senhor viu o seu filho pela última vez, sr. Pauley?

Ele sorriu, mas havia uma pontada de amargura naquele sorriso.

— Eu não sei se Darrin é meu filho. — Ele esfregou os olhos. — Por Deus, certas coisas nunca deixam de nos perseguir, não é verdade? Eu estava com a mãe dele quando Darrin nasceu, estávamos juntos há meses. Eu o registrei como meu filho. Realmente achei que ele fosse meu. Não sabia que ela já estava com outro homem antes mesmo de me conhecer, e continuou com ele durante o tempo em que esteve comigo. Eu ainda não tinha completado vinte anos, era ingênuo e muito burro.

— Não diga isso, Vinnie! — Mimi entrou carregando uma bandeja com um grande jarro e vários copos cheios de gelo em forma de meia-lua.

Roarke se levantou.

— Deixe-me ajudá-la com isso, sra. Pauley.

— Oh, obrigada. Você tem um lindo sotaque. É da Inglaterra?

— Sou da Irlanda, mas cheguei aqui há muito tempo.

— A avó da minha avó, pelo lado do meu pai, era da Irlanda. De uma cidade chamada Ennis.

Ela pronunciou o nome errado, com um i esticado no início, mas Roarke simplesmente sorriu.

— É uma cidade pequena e encantadora. Tenho parentes não muito longe dela.

— E você atravessou o oceano e veio para os Estados Unidos só para ser policial?

— Ele é um consultor civil — anunciou Eve com firmeza, quando Roarke sufocou uma risada. — A mãe de Darrin está em nossos registros como Inga Sorenson, já falecida.

— Esse foi o nome que ela usou enquanto eu estava com ela, e foi assim que deixei nos registros. Não sei se era o seu nome verdadeiro. Na verdade, nem sei se ela está viva ou morta. Fui informado sobre o seu falecimento, mas...

— Por que o senhor não me conta quando o viu pela última vez, ou falou com ele?

— Acho que faz uns seis anos, talvez sete.

— Sete — confirmou Mimi. — Foi no início da primavera porque eu estava colocando as plantas de volta nos canteiros e Jennie estava no jardim de infância. Vinnie tinha ido trabalhar e eu estava sozinha em casa. Tive medo de deixá-los entrar e liguei para Vinnie, que veio logo para casa.

— Eles? — repetiu Eve, e viu Mimi lançar um olhar meio de lado para o marido.

— Darrin... e o homem que pode ser seu pai — disse Vinnie. — O homem que ele considera seu pai, o mesmo com quem Inga se relacionava antes de mim, e talvez durante todo o tempo em que esteve comigo. Ele é meu irmão.

— Não há registro de irmão nos seus dados, sr. Pauley.

— Não há, eu sei. Eu apaguei o nome dele dos registros. Isso me custou muito dinheiro, e talvez seja ilegal, mas eu precisava fazê-lo. Precisava fazer isso antes de pedir a Mimi em casamento.

— Ele é um homem mau. Um homem muito cruel — disse Mimi. — Vinnie não é como ele, policial.

— Sou tenente... tenente Dallas. Em que sentido ele é um homem mau? — quis saber Eve.

— Ele faz o que quer e consegue tudo que deseja, doa a quem doer — afirmou Vinnie. — Sempre foi assim, desde que éramos crianças. Ele sumiu quando nós completamos dezesseis anos.

— *Nós?* — Roarke repetiu. — Vocês são gêmeos, então?

— Fraternos, não idênticos. — Essa diferença parecia um ponto muito importante para Vinnie. — Mas somos muitos parecidos.

— Eu nunca confundi os dois. Há algo de assustador nos olhos dele. — Mimi estremeceu. — Algo mau, algo que não está certo. Sinto muito, Vinnie, mas isso também está nos olhos daquele garoto. Não importa o quanto ele pareça doce quando sorri, ou o quanto pareça educado, a maldade está nos olhos dele.

— Talvez esteja. De qualquer forma, eles não ficaram por muito tempo. Pretendiam passar alguns dias aqui. Só Deus sabe o motivo, ou o que tinham aprontado, mas eles precisavam ficar aqui. Eu disse que Darrin poderia ficar, mas Vance teria de ir embora. Ele não quis ficar sem Vance. Perguntei-lhe sobre a sua mãe, por que ela não estava com ele. Foi quando ele me contou que ela estava morta. Disse que havia morrido há muitos anos. Assassinada, segundo ele.

— Assassinada como?

— Ele não me disse. Fiquei chocado e perguntei-lhe como, quando, quem, esse tipo de coisa. Tudo que ele me contou foi que sabia quem era o responsável pela morte dela e tinha planos. Mimi tem razão. Algo não estava certo nos olhos dele quando ele anunciou sua vingança, eu pude ver isso. Ele tinha planos. Eu quis muito que os dois ficassem longe da minha família.

Vinnie olhou para as escadas.

— Queria que eles ficassem bem longe de Mimi e de Jennie. Ainda que ele seja meu filho, não o quero perto das minhas meninas. Essa é a parte mais difícil, entende? A parte do "ainda que ele seja meu filho".

— *Nós* somos suas — sussurrou Mimi. — Isso é o que importa.

Vinnie assentiu e tomou um longo gole do chá gelado.

— Eu ainda não tinha completado vinte anos quando Inga... Ela era linda. Desculpe, docinho.

— Tudo bem. — Mimi pegou na mão dele e a apertou com força. — Eu também sou.

Ele trouxe as mãos enlaçadas até os lábios e as apertou com força.

— Você é, com certeza. Claro que é.

— Vá em frente e conte a eles o que aconteceu — incentivou Mimi. — Pare de se preocupar e conte-lhes tudo.

— Está certo. Eu me apaixonei por ela... por Inga. Eu me apaixonei pela pessoa que pensei que ela fosse. Não sei se ela tinha fugido do meu irmão ou se os dois tinham planejado tudo juntos para me enganar e me usar, para terem um lugar seguro e para ela se proteger quando engravidou. Foi difícil não perceber isso. Não dói tanto agora, mas naquela época, quando tudo aconteceu, foi muito difícil. Eu paguei para que alguém tirasse os dados de Vance da história da minha vida.

— Ninguém vai dificultar a sua vida por causa disso, sr. Pauley — garantiu Eve.

Ele assentiu.

— Ótimo, fico feliz em saber disso. De qualquer forma, Inga foi embora quando Darrin completou dois meses. Levou tudo que não estava pregado no chão: meu carro, minhas economias, limpou até mesmo a poupança que eu tinha começado a fazer para o bebê antes mesmo de ele nascer. Tudo que sobrou foi um vídeo do meu irmão, rindo e me agradecendo por manter o lugar dele aquecido. Depois eu descobri que ele tinha sido preso um ano antes por fraude ou algo assim. Acho que ele me enviou Inga, para eu... substituí-lo por algum tempo. E quando ele saiu da prisão levou os dois e todo o resto com ele. Foi exatamente desse jeito.

"Nunca mais a vi. Nunca mais vi Vance ou o menino até o dia em que Mimi me ligou pedindo para eu voltar para casa. Contratei um detetive particular para tentar encontrá-los, mas não consegui pagar o serviço por muito tempo. Nunca cheguei a lugar algum, mas queria tentar. Não sei se o menino era meu filho, mas naquela época eu o considerava meu."

— Você fez o melhor que pôde.

Ele sorriu para Mimi, mas seus olhos estavam marejados.

— No fim, parece que eu desisti. Acho que foi o que aconteceu. Fiquei furioso durante muito tempo, e então conheci Mimi. Deixei o passado para trás, até que eles apareceram aqui há alguns anos. Não sei para onde foram depois. Recebemos um e-mail de Darrin cerca de três anos atrás. Ele disse que estava cursando uma faculdade em Chicago. Disse que estava cuidando do seu futuro e estudando muito. Ele pareceu...

— Sincero — ajudou Mimi.

— Sim, foi o que eu pensei — disse Vinnie com um suspiro. — Ele perguntou se poderíamos ajudá-lo um pouco. Dinheiro. Como conhecia Vance, fui confirmar a história. Ele tinha se matriculado na faculdade, exatamente como contou. Então eu lhe enviei mil dólares.

— E nunca mais teve notícias dele — completou Mimi. — Só sei que logo depois disso alguém invadiu nossa conta bancária. Era só uma conta para emergências, graças ao Senhor. Foi de lá que Vinnie tirou o dinheiro que enviou para Darrin. Havia só mais cinco mil. Ele roubou quatro. Sei que foi ele quem fez isso, Vinnie — afirmou, quando seu marido fez menção de protestar.

Ele suspirou e assentiu.

— Sim, também acho que foi ele.

— Vinnie não quis dar queixa na polícia.

— Se ele é meu filho, tem direito a alguma coisa. Eu poderia ter deixado as coisas por isso mesmo. Aquele dinheiro era tudo que ele levaria de mim, por direito. Tentei contatá-lo na faculdade, mas eles me disseram que não estava matriculado lá. Não havia registro algum dele. Eu discuti, porque tinha visto o registro da matrícula duas semanas antes. Mas não cheguei a lugar algum.

Quanto eles deveriam saber da verdade?, Eve se perguntou.

— Nós acreditamos que o homem que você conhece como Darrin Pauley esteve por algum tempo em Nova York. Acreditamos que ele cometeu vários crimes cibernéticos e se envolveu em roubo de identidade.

Vinnie baixou a cabeça e a colocou entre as mãos.

— Como Vance. Exatamente como Vance. O que eu vou dizer aos meus pais? Devo lhes contar isso?

— Sr. Pauley, há mais coisas, fatos muito mais duros. **Dentro das próximas quarenta e oito horas tudo estará nos noticiários.** — Ele ergueu o rosto para fitar Eve, e seus olhos estavam cheios de medo. — O homem que o senhor conhece como Darrin Pauley é o principal suspeito do assassinato de uma menina de dezesseis anos, filha de um policial condecorado.

— Não. Não. Não. Mimi!

Ela o envolveu com os braços; embora seu rosto registrasse choque e horror, não exibia descrença. Seus olhos encontraram os de Eve enquanto ela embalava o marido e assentiu com a cabeça.

— Eu tive medo dele. Quando ele olhou para mim eu tive medo. Aquela garota, nós soubemos do crime. Vimos a notícia na TV hoje de manhã, enquanto nos vestíamos. Eles mencionaram o seu nome. Tenente Dallas. Só agora eu me lembrei disso.

— Preciso de qualquer coisa que você possa lembrar, qualquer detalhe que possa me dar sobre Darrin, seu irmão ou Inga Sorenson.

— Acho que eles procuraram os meus pais algumas vezes para pedir dinheiro. — Vinnie esfregou os olhos novamente. — Nós não conversamos sobre isso, nem falamos deles, mas é difícil dizer não a um filho.

— Vamos investigar.

— Deixe que eu faço isso. Permita-me falar com meus pais e explicar tudo... de algum modo. Vou falar da outra sala, pode ser?

— Vá em frente.

— O que faremos agora? — perguntou Mimi. — O que devemos fazer? Caso ele apareça por aqui?...

— Não creio que ele vá fazer isso. Vocês não têm mais nada que ele queira. Mas vou avisar a polícia local. Se ele entrar em contato com vocês, permaneçam calmos, se comportem de forma natural. E informem a polícia e a mim imediatamente.

— Vamos sair de férias amanhã.

— Façam isso — disse Eve. — Viajem normalmente, como já estava planejado. Afastem-se do problema.

— Curtam muito a filha de vocês — acrescentou Roarke. — Vocês formam uma bela família. Esses problemas não fazem parte dela.

Na viagem de volta para o aeroporto, Eve olhou para o céu.

— Eles são apenas mais vítimas.

— Ela é sensível. Pelo menos sentiu que havia algo de errado com ele — comentou Roarke, quando Eve virou a cabeça para estudá-lo. — Foi essa a impressão que eu tive dela, e acho que isso poderia explicar como ela enxergou o que havia dentro daquele garoto. Talvez ele não tenha sido tão habilidoso para esconder a sua verdadeira face, mas acho que ela viu o que havia dentro dele, e isso a assustou.

— Ela estava certa em ficar assustada. — Acalmando-se um pouco, ela deu início a uma varredura padrão no passado de Vance Pauley. — E ela também tinha razão ao perceber que Vance era um homem que não prestava. Há muitos problemas aqui. Seus registros juvenis não estão lacrados, então alguém antes de mim já precisou averiguá-lo. Ele teve problemas com a lei desde os nove anos. Fugia da escola, roubava, destruía propriedade privada, esteve envolvido em *cyberbullying*, foi acusado de trabalhar como hacker, e também recebeu acusações por agressão e espancamentos.

— Aos nove anos?!

— E ainda estou no início da ficha. Tinha doze anos quando praticou o primeiro assalto. Foi o roubo de identidade que o levou para a prisão na época de Inga. De repente as transgressões cessaram. Ele tem uma ficha policial quilométrica desde a infância até a maioridade, depois os registros pararam.

— Ele ficou mais esperto.

— Ou Inga era mais inteligente, sabia como apagar arquivos e ensinou a ele. Não encontrei nada contra ela. Não há nada em seu nome que corresponda à idade e à descrição que Pauley me deu, nem ao lugar onde ela morava quando ainda estava com ele. Está declarada na certidão de nascimento de Darrin como sua mãe, mas faleceu no dia 16 de maio de 2041. Ele tinha quatro anos, na época. Mas não há nenhum registro específico sobre a sua morte nessa data.

— Ela está nos arquivos do capitão MacMasters. Não sob esse nome, necessariamente, mas ela foi o motivo do crime. A razão para o plano que ele já vinha armando há sete anos.

— Sim. E eu vou encontrá-la.

Ela atendeu ao *tele-link* assim que ele tocou.

— Dallas falando.

— É sério que você está no Alabama? — brincou Baxter.

— Estou a caminho do aeroporto e já vou voltar.

— Você pode me trazer um churrasco daí? Não há nada melhor que a carne grelhada do sul.

— Baxter, é o seu traseiro que vai ficar grelhado se você estiver me ligando sem motivo.

— Quer dizer que posso ganhar um churrasco se tiver encontrado algo? Meu Deus, Dallas, você vai acabar com o meu apetite, com essa careta. Vamos lá, conseguimos algumas pistas. Uma garota que trabalha no bar de uma boate frequentada por universitários que acabaram de atingir a maioridade. Ela reconheceu o retrato falado. Garantiu ter assistido algumas aulas com esse cara. Ele realmente estudou na Columbia. Tem mais: ela já é formada, está tentando mestrado e garante que o viu... você vai adorar essa parte... em uma festa na noite de réveillon.

— No alojamento de Powders?

— Exatamente lá. Ela nos contou que compareceu sozinha e resolveu dar em cima dele sem nenhum motivo específico. Só que ele não estava a fim dela. Acredite em mim... um homem de verdade só pode estar maluco para dispensar uma gata daquelas. Certo, Trueheart?

— Ela é muito bonita — confirmou o ajudante.

— Gostosa. Uma garota daquelas que queimam os dedos da gente. — Ele suspirou, com um ar de tutor paciente. — Meu trabalho para ensinar as coisas a este garoto aqui nunca termina.

— Mande meus elogios para ele.

— Viu só? É por isso que o meu trabalho com ele nunca termina. Muito bem, nós fomos correndo até lá.

— "Fomos" quem?

— Eu e meu garoto fomos até o alojamento de Powders e recebemos a confirmação. Ele, o seu colega de quarto e a sua namorada... infelizmente menor de idade... o reconheceram. Disseram que ele é um cara que eles costumavam ver de vez em quando. Mas a garota reparou nele durante a festa do réveillon. Explicou que sempre nota a presença de homens bonitos. E balançou as pestanas para o nosso querido Trueheart.

— Senhora, ela não fez nada disso e eu...

— Você precisa ficar mais atento, meu jovem aprendiz. Portanto, temos testemunhas que o colocam no alojamento de Powders na noite em que a identidade do estudante foi roubada. Isso é bom.

— Sim, é bom — confirmou Eve.

— Dallas, sei que já está muito tarde para bater na porta de MacMasters.

— Tarde? Mas são só... — Uma hora ganha, uma hora perdida. Ela simplesmente odiava isso. — Você pode contar a ele logo depois da reunião amanhã de manhã.

— Temos algumas outras testemunhas que podem tê-lo visto. Mas Shilly é a que tem mais certeza.

— Shilly?

— Sim, eu sei, até o nome dela é quente. Com relação ao meu churrasco...

Ela desligou a ligação.

— O promotor ficará satisfeito com isso quando o prendermos — disse a Roarke. — Estamos construindo um belo caso. Se vocês conseguirem limpar esse disco rígido, consigam uma imagem dele entrando por aquela porta e...

— Vamos conseguir.

— E vamos enjaulá-lo. Mas para isso precisamos encontrá-lo. Já temos o esboço do rosto dele — murmurou ela. — Temos um nome. Não é o nome que ele está usando agora, obviamente, nem o que ele usou com Deena. O nome que ele usou foi David. Mas temos um nome. Descobrimos sua ligação com a vítima e até encontramos seus parentes.

Ela notou que estavam prestes a entrar no aeroporto.

— No caminho para casa posso começar a busca por Inga... ou seja lá o nome que ela estivesse usando na época.

— Eu poderia encontrar mais depressa. Isto é, se você estiver a fim de pilotar o jatinho.

— Rá-rá!

— Você iria curtir muito mais a emoção de voar se ao menos aprendesse para que servem os controles.

— Prefiro fingir que estou no chão.

Roarke exibiu um sorriso rápido.

— E quantos veículos você destruiu, explodiu ou arruinou nos últimos... ahn... dois anos?

— Tente lembrar de todos eles e depois imagine isso acontecendo quando eu estiver pilotando a dez mil pés.

— Você me convenceu. Eu piloto.

— Faça isso, garotão.

Roarke taxiou na pista.

— Eles construíram algo importante, os Pauley — afirmou Roarke. — Percebi uma base sólida, uma conexão forte entre eles. Ambos me pareceram genuínos, cada um a seu modo, pelo menos na minha percepção... e mais ainda quando estavam juntos.

— Concordo. Ele se sente responsável e, ao mesmo tempo, pareceu sentir um profundo pesar por Darrin. Embora seja muito improvável que ele seja o pai.

— Mesmo assim os dois têm o mesmo sangue — lembrou Roarke. — Sangue é sempre um laço muito forte. Ligação de parentesco, como você diz. E sendo um homem bom como me pareceu, ele sentiria muito por isso, apesar de tudo o que sofreu.

— Um homem mau também poderia sentir essas coisas — disse ela, e saltou do carro para voltar direto para casa.

Capítulo Quinze

O nome dela era Irene Schultz — pelo menos tinha sido em junho de 2039, quando ela foi presa pelo jovem policial Jonah MacMasters por fraude, posse de substâncias ilegais e aliciamento sexual.

Seu companheiro, um tal de Victor Patterson, tinha sido interrogado e liberado logo em seguida, embora as notas que MacMasters fez sobre o caso indicassem que o sujeito era cúmplice. A falta de provas contra ele, porém, mais a confissão da mulher, tornou impossível acusá-lo formalmente e prendê-lo.

Um filho do sexo masculino, Damien Patterson, havia sido recolhido pelo Serviço de Proteção à Infância e Adolescência, e foi levado para uma família adotiva durante a investigação. Posteriormente voltou para o pai. Schultz aceitou fazer um acordo e cumpriu só dezoito meses de prisão.

Caso encerrado.

— Só pode ser a mesma mulher — murmurou Eve, quando ela e Roarke finalmente chegaram em casa. — Tudo se encaixa. Dois meses depois da sua libertação ela evaporou, junto com Patterson e o garoto. Desapareceram no ar sem deixar outros dados ou registros.

— Assumiram novas identidades.

— Esse é o padrão. — Ela subiu a escada. — Troca de identidades, mudança para um lugar diferente, começar uma nova rodada. Mas aqui surgiu um novo ângulo. Com base nas anotações de MacMasters, fica claro que ele acreditava que Patterson... ou Pauley... fazia parte do esquema de fraudes. Ele a deixou assumir a culpa e ela não reclamou. Foi presa por causa disso. Tem mais uma coisa: Vinnie não disse nada sobre drogas. Seu irmão não tinha registro algum de posse de drogas em sua ficha policial. Isso é novidade. De onde veio essa história?

Aquilo não encaixava, não a convencia, pensou Eve.

— E quanto a esse aliciamento sexual? Um risco muito idiota para esse tipo de vigaristas. Burrice pura, e ela não me parece nem um pouco burra. Essa mulher enganou Vinnie durante um ano. Ela sabe... ou sabia... como dar golpes tanto de longa como de curta duração. De repente, bum, ela vai presa não só por fraude, mas também por posse de drogas e oferta de sexo sem licença? Alguma coisa não bate.

— Sexo e drogas representam dinheiro rápido para quem precisa — comentou Roarke. — E em grande quantidade, se você souber como jogar. Isso explicaria.

Eve parou na escada e refletiu. Algo rápido e grande.

— Isso combina com Pauley. Avidez, impaciência. Pode ser, sim.

— E também explicaria — acrescentou Roarke — ela ter feito esse acordo para pegar dezoito meses de cadeia sem entregar Pauley. Não seria um procedimento policial padrão oferecer uma sentença ainda mais leve se ela implicasse o parceiro?

— Sim, seria. E devem ter sentido compaixão por ela. Uma jovem mãe, sem antecedentes criminais... pelo menos era o que parecia. Ela usou os serviços de um defensor público. — Eve entrou em seu escritório doméstico e foi direto para o computador. — Tenho o nome dela e o nome do psicólogo que acompanhou o caso, está tudo aqui nas anotações de MacMasters. Mas ele não registrou o resultado das negociações. Vou precisar que ele se lembre desse caso.

— Ela não morreu na prisão.

— Não, ela não morreu na prisão. Por que MacMasters seria o culpado por sua morte, se, quando e de que forma ela aconteceu? Isso não é lógico; e, apesar de distorcido, ele é um cara que usa a lógica.

Ela andou de um lado para outro diante do quadro do crime.

— Será que há algo que não está nos arquivos do caso, nem nas anotações, algo que não está registrado? Mas ele era um menininho, droga, praticamente um bebê, certo? Então, como é que ele sabe o que aconteceu? Por que ele acha que é MacMasters quem deve pagar?

Ela prendeu a foto de Irene, tirada no momento da sua prisão, no quadro.

— Porque Pauley disse a ele — concluiu, estudando a fotografia, os olhos duros e cansados da mulher. — Pauley contou ao garoto como foi que tudo aconteceu, ao menos pelo ponto de vista dele. Ou como ele queria que o menino soubesse. Não pode dizer "isso mesmo, eu deixei sua mãe ir presa e escapei numa boa". Não, é claro que ele não poderia contar a verdade.

Enquanto ela circulava pela sala, falava e raciocinava em voz alta, Roarke se encostou na quina da mesa. Gostava de observar o método de raciocínio de Eve. Gostava de observar quando ela recriava os fatos e escavava novas possibilidades.

— Que tipo de homem permite que a mãe do seu filho vá presa? Como alguém pode se afastar e deixar a companheira ir em cana enquanto ele escapa numa boa?

Ela pensou em Risso Banks.

— Encontrei um cara na lista que eu tive de investigar. Ele é jovem. Seu irmão mais velho o viciou em drogas e o usou para atrair clientes em um negócio de sexo ilegal. Quando a polícia fez uma batida, ele abandonou o garoto e tentou se salvar. É assim que ele se lembra do irmão: alguém que o deixou numa furada e tentou salvar a própria pele.

— Darrin Pauley era muito pequeno para se lembrar do que aconteceu.

— Pois é. — Eve assentiu com a cabeça. — Vance Pauley podia contar a história do jeito que quisesse. O casal trabalhou junto, sem dúvida, mas ela foi presa sozinha. Ele não pode deixar que essa versão seja relatada para o filho, senão ele vai parecer um covarde, um aproveitador. Será que MacMasters a coagiu a se entregar? Essa versão pode funcionar, sempre é possível alardear que foram os policiais que ferraram com você. Só que...

— Um ano e meio de prisão em um lado da balança pode ter resultado no estupro e assassinato da filha do policial vinte anos depois? — Roarke olhou para as fotos, o contraste exposto no quadro. — Essa balança está muito desequilibrada.

— Símbolos. Mira disse que tudo isso é simbólico. Então há mais além disso, *tem* de haver. Algo que aconteceu entre a libertação e a morte dela; algo mais, no passado, que poderia ter gerado em Pauley o desejo de vingança. Quem sabe algo na prisão dela, ou no período em que ela cumpriu a pena, tenha levado à sua morte?

Eve brincava com o próprio cabelo, tentando se colocar no lugar de Darrin Pauley.

— Se Darrin contou a verdade a Vinnie sobre a data em que ela morreu... e por que mentiria sobre isso?... tinham se passado cerca de dois anos após a prisão e seis meses após a libertação. O que aconteceu durante esses seis meses? Preciso encontrar a data exata da morte dela, é disso que preciso para poder rastrear os fatos até aí.

— Você tem muito mais dados sobre ela agora. Pode otimizar a pesquisa que já rodou.

— Exatamente.

— Permita-me ajudar. Computador, pesquisar lista de vítimas femininas de estupro seguido de assassinato por estrangulamento ou asfixia a partir de 2041 e apresentar as vítimas com as iniciais I. S.

Entendido...

— Computador — acrescentou Eve. — Focar a pesquisa em vítimas que tinham entre vinte e vinte e oito anos, já que ela já tinha dado à luz pelo menos um filho.

— Bem lembrado — elogiou Roarke.

Ela sorriu para ele.

— Você também não se saiu nada mal... para um civil.

Entendido... Arquivos acessados, pesquisa iniciada. Processando...

— Não! — exclamou Roarke quando Eve se virou para a cozinha. — Nada de café, não a essa hora. Você não vai conseguir dormir depois. Apesar de as respostas que você deseja obter com essa pesquisa serem vitais, elas não ajudarão a pegar o seu homem esta noite.

Era difícil argumentar contra isso, apesar de Eve querer muito o maldito café. Ela enfiou as mãos nos bolsos. Não era só o computador que poderia lhe dar respostas.

— Ele tem que ter outra identidade, precisa estar usando uma no momento. Por que ela não apareceu? Por que só achamos Darrin Pauley?

— Mude a cor do cabelo e dos olhos, até mesmo o tom da pele e outras características. Tudo perfeitamente legal, e até mesmo na moda. Embora ele tenha preferido o mesmo visual básico para a carteira de estudante que usou com Deena e sua identidade como Darrin Pauley, provavelmente tem meia dúzia de outras, com variação suficiente para escapar da pesquisa. Mais cabelo, ou menos, uma mudança na cor da pele e várias outras sutis em algumas características para poder se passar por alguém miscigenado. E com um pouco de habilidade e muito dinheiro, é fácil manter uma carteira de identidade totalmente fora do sistema.

— Se ele trabalha, teve de apresentar uma identidade que fosse convincente e que estivesse no sistema. Pelo menos no início. É rotina executar uma investigação básica de antecedentes criminais antes de contratar uma pessoa.

— Depende de quem está contratando, mas, sim, geralmente isso é rotina. Mas não é preciso manter a mesma identidade. Depois do contrato firmado, não é comum a identidade de um funcionário ser checada novamente, certo? Especialmente se, como você teorizou, ele se mantiver longe de problemas e se mostrar confiável.

— Então ele usou um visual para a sua época na Columbia, possivelmente outro para abordar Deena, e talvez outras variações em outros momentos. Diferentes visuais e personalidades para diferentes alvos. Mavis trabalhava exatamente assim antigamente.

Eve continuava *louca* por um café, mas enganchou os polegares nos bolsos da frente da calça e se concentrou no trabalho.

— O perfil de Mira sugere que ele mora sozinho. Talvez, quem sabe. Mas pode ser que continue morando com o pai. Uma parceria como essa reforçaria continuamente a ideia de missão, certo? E o ajudaria a manter o controle e a paciência, porque sempre teria alguém com quem conversar sobre o assunto, compartilhar seus sucessos ou simplesmente se gabar.

— Alguém para animá-lo — acrescentou Roarke. — Para ajudar com o trabalho de campo, com a pesquisa e com dinheiro.

— Talvez ele não trabalhe e a fonte de renda sejam os golpes. Eles são bons nisso, e nessa vida ele aprende a se misturar, a se adequar aos novos cenários, como se dar bem com as pessoas. Isso se encaixa no perfil.

O computador anunciou:

Tarefa concluída. Um único resultado. Exibir?

— Telão um — ordenou Eve. — Illya Schooner, vinte e cinco anos, nascida em Dakota do Norte, pais falecidos, sem irmãos.

— Fica mais fácil se você eliminar familiares dos registros da sua vida, porque os dados deles também precisariam ser gerados.

— Verdade, mas ela tem um filho registrado. David Pruit desta vez, e Val Pruit aparece como marido e parente próximo, na condição de pai do menino. Ela me parece diferente da identidade e das fotos da ficha policial que vimos como Irene Schultz. Cabelos mais longos, mais claros, cacheados. Houve uma mudança na cor dos olhos, os lábios estão mais cheios, as maçãs do rosto mais marcadas, e há uma pinta ao lado do lábio superior. Ela parece ter tirado um ano da sua idade, o pescoço está mais comprido, as sobrancelhas são mais grossas e mais arqueadas.

— Muito disso pode ser feito por computador, caso a pessoa não queira ajustes faciais permanentes. Quem realmente perceberia algumas dessas diferenças sutis, exceto um policial? E muito disso é puro capricho. Ela mudou de cabelo, queria olhos verdes, em vez de azuis.

— Ela morreu com esse rosto, ou um rosto parecido, em Chicago, onde morava na época, em maio de 2041. Causa da morte: estupro e assassinato por estrangulamento. Preciso de mais que isso. Preciso dos arquivos do processo, o nome do investigador.

— Eve, é muito tarde para você importunar a polícia de Chicago em busca dos arquivos de um assassinato que ocorreu dezenove anos atrás. Você terá mais sorte amanhã de manhã.

— Posso obter alguns dados por meio do CPIAC agora mesmo. Computador, fazer uma busca por David Pruit, nascido em 6 de outubro de 2037, filho de Illya Schooner e Val Pruit. Fazer uma segunda busca por Val Pruit, com os mesmos dados.

Entendido. Processando...

— Eles não vão aparecer no banco de dados.
— Não, mas quero ter certeza. Em algum momento eles podem ter repetido uma identidade. Se você se deu ao maior trabalho, perdeu um tempão armando tudo e gastou uma bela grana, porque não atualizar tudo e reutilizar os mesmos dados?
— Bem observado.
— Enquanto isso, eu posso acessar o CPIAC e enviar um pedido oficial solicitando os arquivos do processo.
— Tudo bem então, mas depois você vai dar a noite por encerrada.

Com café ela provavelmente aguentaria trabalhar mais uma hora, talvez duas. Nada trabalhoso, seria pouco mais do que acessar dados, e isso poderia ser feito enquanto ela esperava.

— Seria muito difícil programar uma busca por pequenas variações como esta? — Ela pegou a foto da identificação de Inga e a colocou na tela dividida. — Acrescentando um período de cinco anos, mas mantendo as iniciais?

— Programar isso é fácil, mas os resultados serão muito numerosos, vão lotar esta sala. Uma mulher muito atraente de vinte e poucos anos, nome com essas iniciais e características comuns, com leves variações? Você faz ideia de quantas mulheres no mundo se encaixam nessa descrição básica?

— Restrinja a busca aos Estados Unidos. Estou pensando em incluir os nomes dele também: Darrin, David, Damien.

— Mesmo assim.

— Deixe que eu mergulho nos resultados. Tudo que você precisa fazer é consegui-los para mim.

— Vou configurar essa busca no sistema, então, mas depois disso vamos dormir.

— Combinado.

Ela acordou pouco depois das cinco da manhã com o cheiro abençoado de café. Abriu um olho e viu Roarke junto do AutoChef, bebericando em uma caneca grande e a observando.

— Você acordou na hora certa — disse ele, servindo uma segunda caneca e levando-a para ela.

— Obrigada. Você já deu início à batalha de hoje pela dominação econômica mundial?

— Isso só está programado para as seis da manhã, o que, calculo, também será o momento em que você vai iniciar a sua busca diária pela verdade e pela justiça.

— Acho que sim. Tenho um bom pressentimento. Com o que temos e com o que estamos levantando, talvez seja possível identificá-lo ainda hoje. E posso reunir evidência suficiente para prendê-lo. Se a DDE conseguir a imagem dele entrando na casa, terei mais elementos: motivo, meios, oportunidade. Está tudo lá. Elementos circunstanciais, porém fortes.

— Gosto de uma policial otimista.

Eve se sentiu ainda mais otimista depois de tomar banho, vestir-se e tomar uma segunda caneca de café acompanhada de um waffle.

Em seu escritório de casa, verificou se algum alerta havia chegado durante a noite, na louca esperança de que alguém no turno da madrugada na polícia de Chicago tivesse resolvido fazer uma boa ação. Não teve sorte, observou, mas insistiria nisso em breve. Em seguida, verificou os resultados da busca que Roarke havia executado a seu pedido, e sentiu seu otimismo despencar.

— Trezentas e trinta e três mil possibilidades? Merda. — Ela viu que ele rodara uma pesquisa secundária adicionando "endereço atual em Nova York". Isso reduziu os resultados para pouco mais de treze mil.

E ele comparara esses resultados com a lista de pessoas que tinham adquirido aquele modelo de sistema de segurança. Era um homem que raciocinava como um policial, decidiu, mesmo que o resultado não tivesse dado em nada.

Tinha de haver outro ângulo, algum outro modo de diminuir o número de possibilidades. Era melhor deixar aquilo em banho-maria, decidiu, pelo menos até atualizar seus relatórios e preparar a reunião.

Isso lhe consumiu quase uma hora, mas restaurou a maior parte do seu otimismo anterior. Pouco antes das sete, entrou em contato com Whitney.

— Comandante, acabei de lhe enviar um relatório atualizado.

— Sim, está chegando aqui neste instante. Faça um resumo.

Ela apresentou os principais pontos, forçando-se a não se levantar, pois era como preferia fazer apresentações: em pé.

— Eu sinto — continuou — que estamos conseguindo, bloco a bloco, construir um caso sólido, ao mesmo tempo que refinamos a busca pelo suspeito. Acredito que o capitão MacMasters possa nos fornecer mais detalhes e novas informações sobre a prisão, o interrogatório e a sentença de Irene Schultz. Isso também nos ajudará a prender Darrin Pauley.

— Quando você vai se reunir com sua equipe?

— Eles estão chegando neste momento, senhor. — Ela fez um sinal para Peabody, McNab e Jamie permanecerem em silêncio, pois eles vinham conversando em voz alta.

— Vou receber o capitão no meu gabinete às nove horas. Ele concordou em fazer um breve pronunciamento para a imprensa ao meio-dia. Precisamos fazer o mesmo e aparecer ao seu lado. Ele não vai responder a perguntas, mas quero que você o faça. Durante cinco minutos.

Merda, merda, merda, ela pensou.

— Sim, senhor.

— Comunique tudo isso à sua equipe, tenente. Vou entrar em contato com Chicago e fazer um pouco de pressão para você conseguir as informações de que precisa.

— Obrigada, comandante.

Ela encerrou a conversa no instante em que Summerset apareceu puxando uma longa mesa de bufê e Trueheart entrava logo depois empurrando a outra extremidade.

— Deus, será que aqui ninguém pensa em mais nada além de comida? — reclamou.

— Muitas vezes o ato de pensar se torna mais fácil e claro quando o corpo está devidamente satisfeito — comentou Summerset, ao escapar, com habilidade, do estouro da manada. Eve viu o olhar do mordomo viajar até o quadro do assassinato, e notou que ele se demorou um pouco mais nas fotos da cena do crime. Ele se virou para Eve novamente. — Desejo a todos nesta sala os pensamentos mais claros que lhes forem possíveis.

Quando ele saiu, ela se levantou e pegou um pouco de café.

— Acomodem-se, por favor. Isto é uma reunião da equipe, e não uma competição para ver quem consegue encher a barriga em menos tempo. Ligar telões! — ordenou. — Esse é o nosso suspeito — começou. — Foi batizado ao nascer com o nome de Darrin Pauley, tem vinte e três anos. Isso é o que sabemos ou acreditamos saber sobre ele.

Ela foi do suspeito para a foto do homem que se acreditava ser seu pai, e em seguida para a mulher que tinha sido sua mãe.

— Ela é a chave que abre todas as portas — garantiu Eve. — Whitney está reforçando o pedido que fiz durante a noite à polícia de Chicago. Quero acesso aos arquivos do assassinato dela. Já pedi para falar diretamente com o investigador primário e todos os policiais que atuaram nesse caso.

— Posso conseguir os relatos da imprensa — sugeriu Jamie. — Vejo que faz quase vinte anos que ela morreu, mas posso encontrar qualquer notícia que tenha saído feita pela imprensa sobre o assassinato.

— Muito bem, então. Os dados do CPIAC indicam que ela foi estuprada e sodomizada repetidas vezes, possivelmente por mais de um atacante. Ela não estava algemada, o que explica por que esse crime não surgiu na pesquisa inicial sobre crimes semelhantes. Foi espancada de forma mais severa que a nossa vítima, e o exame mostrou sinais de uso de drogas.

Ela apontou para o quadro e esclareceu sobre as semelhanças que tinha percebido entre os assassinatos de Deena MacMasters e Illya Schooner.

— As evidências indicam que ela foi parcialmente sufocada com um travesseiro encontrado na cena, e depois estrangulada com os lençóis. Foi encontrada em um apartamento para acompanhantes licenciadas de alto nível, pela faxineira. Segundo o relatório da polícia ela estava morta havia oito horas. Não houve testemunhas, e nenhum dos interrogados deu à polícia informações importantes.

— Estou chocado e surpreso — murmurou Baxter.

— Ela não era uma acompanhante licenciada — continuou Eve. — No entanto, quando interrogado, Victor Patterson afirmou que eles estavam passando por dificuldades familiares, e disse que ela começou a se prostituir para conseguir manter a sua crescente dependência das drogas. Ele tinha um álibi sólido para o momento da morte.

— Ele poderia ter feito isso — especulou Baxter. — Se ela realmente estivesse viciada e se tornasse um peso para os negócios, ele poderia ter resolvido se livrar dela.

— Possível, mas pouco provável. Veja o histórico dele. — Eve colocou na tela a ficha de Victor. — Prisão, prisão, problemas, problemas, até que ele saiu da prisão e fugiu com ela. A partir daí, nada. Ele se manteve fora do radar desde então. Quanto a ela? Nada, nem uma multa de trânsito antes de ser presa por fraude. Será que ele ficou assim tão esperto na prisão? Aposto que ela era o cérebro, a mente por trás de tudo. Mas algo mudou depois que ela cumpriu pena. Esse foi o momento da virada. Peabody, levante os dados sobre o período em que ela cumpriu pena na penitenciária de Rikers, encontre alguém que se lembre dela.

— Pode deixar. Talvez tenha sido apenas o tempo de prisão que a abalou — sugeriu Peabody. — Como você mostrou, ela não tinha antecedentes criminais antes disso. Livre como um pássaro, fazendo as coisas do seu jeito. Então, de repente, *pow*! Ela fica engaiolada durante um ano e meio.

— Isso a deixou mais amarga — considerou Eve. — Abalou a sua autoconfiança. E se ela se viciou em drogas ilegais fora da prisão, o vício pode ter sido alimentado lá dentro. Expandido, amplificado.

— Ela não saiu a mesma pessoa que era quando entrou. — Peabody estudou a foto tirada na penitenciária. — Ela parecia ser mais durona quando foi presa.

— Sim, parecia mesmo. Não era mais a mulher linda e vibrante da qual Vinnie Pauley se lembrava.

— O cara errado. — Trueheart piscou quando todos os olhos da sala se voltaram para ele. — Ahn... quero dizer, uma exposição de longo prazo a Pauley, o cara errado... A influência dele talvez a tenha levado ao declínio.

— Talvez isso se encaixe aqui. O momento em que tudo aconteceu, as mudanças. O que nós sabemos — acrescentou Eve — é que entre a Inga que Vinnie Pauley conheceu e a Illya que teve a morte terrível em Chicago, houve uma grande mudança para pior. Também me parece que, durante boa parte desse tempo, e vários anos depois, Vance Pauley exerceu muita influência sobre Darrin Pauley. E quanto à imagem do sistema de segurança na casa da vítima?

— Estou com ela aqui. — McNab se levantou e exibiu um disco. — Tudo bem se eu mostrar agora?

— Vá em frente.

Ele foi até a mesa.

— Exibir no telão três! Dá para ver que conseguimos mais definição nessa imagem. — Ele apontou.

— Você acha?

— O processo é lento. Não se trata de uma rotina comum de limpar e aprimorar a imagem, o trabalho não pode ser feito no mesmo ritmo. Conseguimos capturar e estabilizar a imagem, mas ela está gravemente corrompida. Os pixels devem ser reparados a cada nível, passo a passo. Feeney e eu capturamos e estabilizamos mais duas imagens ontem à noite, usando o mesmo procedimento que funcionou antes. E temos mais alguns em processamento. Acho que essas são todas as imagens que vamos conseguir recuperar.

— Estamos bolando um jeito de acelerar esse processo — ajudou Feeney. — Trabalhamos nisso sem parar, mas não posso fazer promessas.

— Vou me encontrar com Whitney e com MacMasters às nove horas; pretendo vasculhar as lembranças de MacMasters sobre a prisão de Irene Schultz e qualquer outro dado que ele possa ter. Peabody vai continuar pesquisando sobre o tênis e as roupas. Baxter e Trueheart vão fazer novos interrogatórios nas imediações da cena do crime, dessa vez usando o retrato falado. Ao meio-dia, MacMasters vai fazer uma declaração para a imprensa, e eu também. Depois, vou responder a algumas perguntas. Já programei o computador com uma nova busca, com base nos resultados atuais, em mais de treze mil possíveis suspeitos.

Quando ela acabou de dizer isso, Trueheart pigarreou e se manifestou.

— Quem sabe se... se eles possuem o mesmo sistema de segurança, pode ter sido o pai que comprou. Usando um dos seus codinomes.

— Boa ideia. Pesquise isso. Voltaremos a nos reunir na Central às dezesseis horas, quando eu pretendo selecionar os outros membros da equipe que vão participar da cerimônia do funeral. Vamos nos reunir mais uma vez aqui em casa... a menos que tenhamos agarrado o filho da mãe antes disso... às sete da manhã de amanhã. Quero a equipe completa. Agora vão para a rua e encontrem esse desgraçado. Baxter, espere um minuto.

Ela entrou na cozinha e pegou uma sacola, que atirou na direção dele.

Ele deu uma olhada no conteúdo e seu rosto se iluminou como o sol.

— Puta merda, conseguimos um belo churrasco do Alabama. Eu amo essa mulher!

— Guarde o seu amor para Roarke. Foi ele quem conseguiu isso. Agora caia fora. Peabody, você vem comigo.

Peabody esperou até elas saírem de casa e Eve acelerar em direção aos portões.

— Ok, sei que estamos em modo investigativo profundo, e temos muitas pontas soltas para amarrar. Mas todos têm as suas pontas soltas específicas na vida. Vou investigar as lojas de varejo *o mais rápido possível.*

— E então...?

— E então, pensei que poderíamos gastar pelo menos alguns minutos para falar sobre o casamento.

— Louise tem tudo sob controle. Sei disso porque fui até lá e conversamos sobre o assunto. Cumpri meu dever de madrinha.

— Cumpriu mesmo, até mais. Ela me contou tudo — disse Peabody, com empolgação, os olhos brilhando de felicidade. — Você a convidou para ficar na sua casa sexta-feira à noite e chamou o resto da turma. Isso foi mesmo *mag*, Dallas!

— Um momento de fraqueza.

Um momento do qual Eve rezava para não se arrepender, enquanto seguia para o centro da cidade.

— O que significa, exatamente, "o resto da turma"?

— Você sabe, o pessoal de sempre. Eu, Mavis, Nadine, Trina. Talvez Reo, se ela estiver livre — acrescentou, pensando na procuradora que trabalhava com elas. — E, ahn... Trina está trazendo outra consultora de beleza, para que todas fiquem ainda mais maravilhosas. Mas a melhor parte é que todas nós estaremos lá curtindo esse momento por Louise. E *com ela*. Então eu andei pensando... Será que não poderíamos montar uma espécie de espaço nupcial para ela?

— O que isso significa? Eu não vou fazer Louise dormir dentro de uma barraca de camping no jardim. Ela terá um quarto... uma suíte, sei lá.

— Sim, eu sei, mas nós não podemos enfeitar o lugar com temática de noiva? Flores, champanhe, velas. — Tenho algumas coisas feitas pela minha prima que são o máximo: ela tem comida própria para garotas, música. Isso ajuda a criar um clima.

Eve não disse nada por um momento.

— Eu deveria ter pensado nisso tudo, certo?

— Não. É para isso que eu estou aqui. Tudo será *mag*, e vai acabar funcionando como um bônus para a noiva.

— Está bem. Tudo bem.

— Ok! Pensei que nós também poderíamos...

— Não, já se passaram os minutos que você pediu. Quero Jenkinson e Reineke cuidando dos detalhes na cerimônia do funeral. Certifique-se de que eles recebam os detalhes completos sobre as horas e os locais das reuniões. Vou pedir que MacMasters recomende dois de seus detetives para cuidarem dessa mesma tarefa. E quero meia dúzia de policiais no evento, pelo menos metade deles deve ser da divisão de MacMasters.

— Escolher policiais da divisão da MacMasters é uma boa jogada.

— Qualquer policial que puder comparecer estará lá de qualquer forma. Quero todo o lugar bem coberto, mas precisamos restringir a quantidade de vigilantes. Quanto mais policiais conhecerem o rosto dele, maior será a chance de um deles tentar pegá-lo por conta própria, dar alguma dica a ele ou assustá-lo.

— Ele certamente sabe que o lugar estará transbordando de policiais que irão lá para prestar suas condolências. Isso por si só pode ser o bastante para assustá-lo.

— Acho que não. — Eve se enfiou em um espaço apertado entre um maxiônibus e um táxi da Cooperativa Rápido. — Ele vai apreciar a situação. Vai curtir muito a ideia de ser capaz de entrar ali com a maior cara de pau. Mais uma alfinetada no nosso trabalho. Até onde ele sabe, nós não conseguimos levantar coisa alguma sobre ele até o momento.

— Só que depois da coletiva de imprensa hoje...

— Ele continuará achando que nós não temos nada. — Eve pretendia se certificar de que isso fosse acontecer.

No momento em que entrou na Divisão de Homicídios, Eve sentiu o cheiro de donuts. E pensou: Nadine está por perto.

Ela lançou para todos os detetives e guardas da sala de ocorrências um olhar longo e frio. Em seguida, caminhou a passos largos até a sua sala. Como esperava, a repórter que também era estrela de TV, estava sentada na cadeira de visitas da sala de Eve. Nadine tomava café programado, sem dúvida e sem cerimônia, no AutoChef pessoal de Eve. Assim que viu a tenente, fitou-a com seus olhos verdes e ar descontraído. Em seguida, ajeitou seu cabelo loiro cheio de matizes, impecável e sempre pronto para a câmera.

— São quase nove horas — anunciou. — Não está um pouco tarde para você chegar ao trabalho, Dallas?

— Não é tarde para eu expulsá-la da minha sala.

— Qual é, Dallas, eu peguei leve na história de MacMasters. — A diversão desapareceu de seus olhos. — Relatei o crime de forma respeitosa e me restringi a divulgar as informações que me foram passadas pelo serviço de relações públicas da polícia. Conheço MacMasters. Trabalho cobrindo crimes há muito tempo. Eu tinha esperança, por muitas razões, que você conseguisse encerrar esse caso rapidamente. Isso não está acontecendo.

Eve se aproximou e programou um café para si.

— Uma entrevista coletiva foi marcada para o meio-dia.

— Estou ciente, e certamente estarei lá. Você poderia me adiantar alguma coisa.

— Eu não posso fazer isso. Não posso e não vou — acrescentou, antes que Nadine tivesse a chance de falar.

— Você tem alguma coisa. Conheço você, e sei que já descobriu alguma coisa. — Seus olhos se estreitaram e Nadine apontou o dedo para Eve. — Você já tem um suspeito? Já está perto de efetuar uma prisão?

— Você me conhece bem o suficiente para saber que não vou responder a nada disso.

— Extraoficialmente. — Nadine levantou as mãos para avisar que não havia nenhum gravador. — Eu posso ajudar.

Ela já tinha ajudado no passado, sem dúvida. Só que dessa vez, pensou Eve, isso não poderia ser feito.

— Você vai me dizer não — adivinhou Nadine. — Antes de fazer isso, deixe-me explicar que quando uma repórter trabalha cobrindo crimes há tanto tempo quanto eu, ela acaba aprendendo como os policiais funcionam: os bons, os maus e os indiferentes. Entende como funciona a dinâmica do trabalho da polícia. De repente essa menina, filha de um policial, é assassinada dessa maneira, e logo em seguida ao assassinato da detetive Coltraine. É difícil manter a distância em um caso como esse. Eu consigo ser objetiva, Dallas, porque esse é o meu trabalho. Mas no fundo eu me importo e isso me afeta.

Eve contemplou o seu café.

— Talvez você queira apresentar para o público, no seu show de TV, uma matéria sobre sistemas de segurança que empregam alta tecnologia.

— Ora, isso não é uma coincidência? Eu estava justamente pensando em preparar uma matéria para o *Now!* sobre sistemas de segurança que empregam alta tecnologia.

— Estranha coincidência, não? — Eve inclinou o quadril e enfiou a mão no bolso enquanto bebia o seu café. — Muitos especialistas acham que o Interface Total Home 5500 é um dos melhores sistemas, para quem pode pagar. Na condição de policial, sou obrigada a me perguntar: as pessoas usam esse tipo de sistema porque querem se sentir mais seguras ou porque têm algo a esconder?

Nadine abriu um sorriso lento e felino.

— Essa é uma dúvida interessante.

— Pois é. Sabe como é... milhares de pessoas em Nova York compraram esse sistema de segurança, pagam pelas atualizações e fazem manutenções regulares. A Security Plus é uma empresa de serviços grande e confiável. Provavelmente a maioria dos usuários são apenas pessoas cuidadosas e cumpridoras da lei. Porém, como sabemos, basta uma pessoa mal-intencionada para queimar a imagem do grupo.

— Seria difícil encontrar quem comprou o sistema por motivações diferentes daqueles que respeitam a lei.

— Um processo longo e tedioso — Eve concordou com naturalidade. — Mesmo que você, digamos, decida investigar clientes com iniciais específicas como D.P. ou mesmo V.P. Isso restringiria os nomes, mas é provável que você tenha que pesquisar centenas deles.

— É verdade, mas os repórteres e suas equipes de busca estão acostumados a pesquisar coisas tediosas.

— Sim. Os policiais não entendem dessas coisas. — Eve sorriu finalmente. — Vá embora, Nadine. Tenho uma reunião agora.

— Vejo você ao meio-dia. — Nadine se levantou e foi para a porta. — Estou empolgada com o casamento, que está chegando, e com a festa do pijama.

— Cale a boca!

Com uma risada, Nadine saiu e, terminando o café, Eve pensou que pelo menos ela tinha conseguido um jeito de reduzir a lista de nomes dos suspeitos.

Capítulo Dezesseis

Eve foi até o gabinete de Whitney e encontrou os dois homens de pé. Embora MacMasters ainda estivesse pálido, com rugas ao redor da boca e dos olhos que não estavam ali no último encontro, ele parecia um pouco mais centrado, na opinião de Eve.

E a frieza em seu olhar dizia à tenente que ele estava pronto.

— A detetive Peabody está cuidando de algumas tarefas, e parece prestes a conseguir uma pista — avisou Eve. — Achei melhor ela ficar encarregada dessa missão e a dispensei deste encontro.

— Jack me disse que... Isto é, o comandante acabou de me informar que você conseguiu uma possível pista, e ela tem ligação com um antigo caso no qual atuei.

— Exato. Conseguimos identificar um suspeito por meio da correspondência de imagens com o retrato falado preparado pelo detetive Yancy, com base nas descrições das duas testemunhas. Ele foi identificado como Darrin Pauley, e seu registro de residência fica no Alabama.

— Alabama?

— Capitão, acreditamos que a carteira de identidade dele seja falsificada e que este suspeito pode estar envolvido em fraudes, crimes cibernéticos e roubo de identidade. Falei com Vincent Pauley, o homem registrado como pai do suspeito desta identificação.

Ela relatou tudo brevemente e percebeu que MacMasters tinha dificuldades em identificar os nomes, os detalhes e o caso em si.

— Isso aconteceu vinte anos atrás?

— Acredito que já tenha completado vinte e um anos. Estamos acessando todos os dados sobre a investigação e os indivíduos envolvidos. Você foi um dos participantes da resolução do caso, capitão. Trabalhou com um detetive chamado Frisco, que foi morto em serviço seis anos depois.

— Frisco me treinou. Ele era um homem bom, um policial consistente.

— Tenho uma cópia do arquivo. Analisá-lo com atenção poderá reavivar a sua memória.

— Use a minha mesa — ofereceu Whitney, e colocou para rodar o disco que Eve lhe ofereceu. — Enquanto isso, tenente... — Ele a conduziu com um gesto para alguns metros de distância. — Você receberá os arquivos sobre o assassinato de Illya Schooner ainda nesta manhã. Um tenente chamado Pulliti, já aposentado, foi o investigador principal desse caso. Ele entrará em contato com você. Também tenho o nome e as informações de contato de Kim Sung, o guarda designado para vigiar a cela de Irene Schultz durante a prisão dela.

— Obrigada, senhor. Essas informações poderão ser muito úteis.

— Eu ainda me lembro de alguns truques.

— Eu conheço esse caso — murmurou MacMasters. — Lembro-me disso. Era novato e usava farda, ainda não tinha feito o exame para detetive. Frisco me deixou assumir a liderança. Tínhamos recebido uma pista de um dos nossos informantes sobre uma mulher que aplicava golpes. Ela seduziu um sujeito, e aproveitou para tirar cópia da carteira de identidade e do cartão de crédito dele. Quando ele percebeu, já tinha recebido um monte de acusações falsas, e descobriu que sua conta bancária estava milhares de dólares mais pobre. Muitas vítimas não dão queixa na polícia sobre essas coisas, especialmente quando são casados, estão em um relacionamento com alguém ou têm algo mais a perder.

MacMasters estudou a tela e assentiu, devagar.

— Eu me lembro disso, eu me lembro dela, sim. Aparentemente ela procurava figuras menos propícias a fazerem alarde ou denúncias. Mas um dos seus alvos foi o irmão do nosso informante, e foi isso que a trouxe até nós. Frisco e eu montamos uma armadilha. Eu me coloquei no papel de vítima em potencial e fomos circular pela área onde ela costumava trabalhar.

— E ela mordeu a isca — incentivou Eve, quando MacMasters se calou.

— Desculpe, isso me levou de volta àquele dia. Foi antes de Deena nascer, quando meu relacionamento com Carol estava começando e Frisco ainda estava vivo. Ele era um policial durão, implacável. Desculpe a divagação — repetiu, trazendo-se de volta. — Sim, ela mordeu a isca na segunda noite. Foi tudo tranquilo e simples. Nós a acusamos de oferecer sexo a homens sem ter licença para isso, descobrimos que ela estava em posse de drogas ilegais, além de um aparelho para clonar dados.

Seus olhos se estreitaram como se ele se esforçasse para ver tudo com mais clareza, duas décadas depois.

— Sim, havia um pequeno aparelho. Era bem sofisticado, eu me lembro bem. Cabia na palma da mão. Muito avançado, considerando que isso aconteceu vinte anos atrás. Ela também tinha roubado a minha carteira de identidade. Eu nem percebi que ela a furtara. Ela estava sob o efeito de drogas, mas mesmo assim conseguiu roubar a identidade que eu colocara no bolso para incriminá-la, apesar de eu já estar esperando por isso.

— Ela usava drogas regularmente? — perguntou Eve.

— Sim. Não tinha a aparência de usuária de longa data, dessas que encontramos nas ruas, mas estava drogada. Tinha um pouco de *ups* e de *exótica* no bolso, e também em seu organismo. Talvez precisasse das drogas para conseguir fazer sexo com os alvos.

— Como ela se comportou? — quis saber Eve. — Tentou negociar, propôs alguma barganha, reclamou, chorou?

— Não, nada do que costuma acontecer. Ela... a impressão que eu tive, pelo que me lembro, é de que ela pareceu abalada e um pouco assustada. Isso é o que eu estou me lembrando, mas sei que ela exigiu imediatamente o seu direito de fazer uma ligação. Você pode ver isso aqui nas anotações. Ela se recusou a dar declarações e contar qualquer coisa antes de fazer a ligação à qual tinha direito. Só que ela não ligou para um advogado, como achávamos que faria. E chorou ao longo de toda a conversa. Isso mesmo - — murmurou ele. — Ela começou a chorar enquanto falava, durante a ligação. Eu acompanhei a cena pelo lado de fora do vidro, vi as lágrimas lhe escorrendo pelo rosto, e me pareceu que...

— Vá em frente — incentivou Eve.

— Não é importante, nem relevante. Lembro-me de ter me sentido desconfortável por ela estar sentada ali, chorando, parecendo tão cansada e derrotada. Acho que eu comentei com Frisco alguma coisa nesse sentido e ele disse para eu me importar menos. Só que usando uma linguagem bem menos sutil.

MacMasters sorriu de leve ao pensar nisso.

— Ele era osso duro de roer. Ficamos ali, de pé, e quando ela terminou, pediu um advogado designado pelo juízo para defendê-la.

— Você foi ver o homem que se chamava Patterson.

— Ela não abriu a boca até conversar com o advogado. Já era tarde, no meio da noite, então não achamos que seria possível conseguir algo dela antes do amanhecer. E descobrimos que ela tinha entrado em contato com esse cara, o que estava registrado como seu marido e pai do seu filho.

— Entrou em contato com o marido para que ele tivesse tempo de se livrar de algum flagrante, ou esconder qualquer coisa que pudesse incriminá-los.

— Provavelmente — concordou MacMasters. — Que merda o marido achava que ela fazia a noite toda? Jogava cartas? Então, enquanto ela estava na detenção, fomos até a sua residência. Deu para ver em menos de dez segundos que o cara escondia alguma coisa. Ele se comportou de forma estranha, esse Patterson. Mas o apartamento estava limpo. Não havia drogas ilegais, nem evidência de fraude. O Conselho Tutelar levou o garoto, e nós levamos o pai para interrogatório.

— Nessa mesma noite? — perguntou Eve.

— Isso mesmo. Frisco e eu queríamos colocá-lo em uma cela para pressioná-lo. Mas ele bancou o inocente e nunca saiu desse papel. Jurou acreditar que ela trabalhava todas as noites em uma espelunca qualquer. Ele suava — acrescentou MacMasters, enquanto revivia o passado. — Eu ainda vejo o suor lhe escorrendo pelo rosto, como as lágrimas haviam escorrido pelo rosto dela. Talvez se tivéssemos tido mais tempo para investigar... Só que a advogada dela nos disse para convocar o promotor o quanto antes porque a presa queria negociar.

Ele respirou fundo, trabalhando os fatos em sua cabeça.

— Achamos que ela iria entregar o marido e implicá-lo nos crimes, para negociar uma sentença mais leve. Nós o deixamos na sala e fomos falar com a acusada. E ela simplesmente confessou tudo.

— Assim, do nada?

— Bem desse jeito. A advogada não ficou feliz, deu para ver claramente. O promotor ainda não tinha chegado, mas a acusada insistiu que queria fazer exatamente aquilo. Declarou que era viciada em *exotica*, e foi isso que a levara a se prostituir. Assumiu a culpa por tudo. Afirmou que tinha comprado o aparelho para invadir sistemas de alarme no mercado negro. Ela se recusou a incriminar Patterson. Nós insistimos, e, quando o promotor chegou, ele lhe ofereceu um acordo muito melhor, caso ela entregasse o marido. Mas ela não fez isso. Eles decidiram que ela iria cumprir dezoito meses de prisão, e ele escapou. E ainda lhe devolveram o filho. Frisco costumava dizer que "às vezes a merda escapa". Aquela foi uma dessas vezes.

— Ela estava com medo dele?

— Não, tenho certeza que não. — MacMasters riu de leve. — Ela o amava loucamente, dava para ver pelo seu comportamento. Ela amava aquele filho da puta, e ele sabia disso. Ele a deixou passar por todo aquele sufoco. E tem outra coisa... Mais tarde, quando Frisco e eu conversamos a respeito, chegamos à conclusão de que quando ela começou a chorar durante a ligação foi porque o canalha lhe disse que ela deveria aguentar todas as acusações sozinha.

— Isso se encaixa no perfil dele — disse Eve, com a voz calma. — Parece algo que ele faria.

— É possível sabermos que há algo errado sem conseguir provar, sem ser capaz de montar um caso. — Mesmo agora, vinte anos depois, a frustração cintilava com clareza no rosto de MacMasters. — Nós demos prosseguimento ao processo dela e encerramos o caso. Ela cumpriu a pena e aceitou tudo aquilo, só que...

MacMasters sacudiu a cabeça e completou.

— Era o que a lei determinava, mas não estava certo. Não quando se enxerga o centro de tudo. Patterson deixou que ela levasse toda a culpa sozinha e bancou o marido chocado, o pai desesperado. Nós investigamos as finanças do casal, você pode ver tudo aqui no arquivo. Eles tinham pouco mais de dois meses de aluguel em sua conta bancária. Para onde escaparam os milhares de dólares que ela conseguira com os golpes que tinha aplicado? Ela nos disse que gastou tudo com o seu vício e com apostas ilegais, mas não conseguiu nos dizer onde tinha feito essas apostas. Era tudo mentira. Eles tinham escondido a grana em algum lugar, mas ela nunca declarou nada diferente disso. Ficou firme na versão de que tinha torrado o dinheiro e que ele não tinha culpa nenhuma. Ele nem sabia. E ele compareceu à audiência em que ela foi condenada com lágrimas nos olhos, segurando o menino no colo, que chorava sem parar chamando pela mãe. Essa cena foi...

Ele parou de falar e se levantou da cadeira lentamente. No lugar da frustração e das lembranças de um policial sobre um caso que não tinha acabado bem, Eve enxergou uma expressão de choque.

— O menino... É esse menino que você acha que matou Deena?

— Tudo aponta para essa possibilidade, sim.

— Mas pelo amor de Deus... Ele faria isso com uma garota inocente porque, no passado, eu prendi a mãe dele? Porque ela cumpriu menos de dois anos de pena?

— Irene Schultz, também conhecida por Illya Schooner foi espancada, estuprada e morta por estrangulamento em Chicago, em maio de 2041.

Ele deslizou de volta para a cadeira como se suas pernas estivessem se dissolvendo.

— Foi Patterson?

— Não, ele tinha um álibi sólido. Vou receber o arquivo completo ainda hoje, mais tarde, e vou entrar em contato com o investigador principal do caso, mas ele parece estar limpo.

— Mas... como ele poderia me culpar? Por que o filho dela me culparia pelo que aconteceu e mataria a minha filha?

— Eu não tenho essa resposta. Capitão, por acaso esse Pauley... Patterson... ele o ameaçou de alguma forma?

— Não, foi exatamente o contrário. Ele cooperou totalmente, pelo menos aparentemente. Repetiu o velho "deve haver algum engano; por favor, eu poderia ver a minha esposa?". Não pediu por um advogado em momento algum. Quando eu forcei a barra e contei sobre as drogas ilegais e sobre o aparelho para clonar informações, ele fez cara de choque, de descrença e, por fim, de vergonha. Fez tudo isso de forma ensaiada.

— Você disse que já era madrugada quando o convocou para conversar. Mas ela não tentou atrasar o interrogatório, nem pediu ao seu defensor público para tentar conseguir fiança?

— Não. Nós paramos o interrogatório durante algum tempo para que eles pudessem refletir sobre tudo aquilo e tentar dormir algumas horas. A promotora só ia aparecer na manhã seguinte, de qualquer maneira, e isso não interferiu de forma alguma quando ela se declarou culpada. Eu senti por ela. Desgraçados! Eu senti pena dela. Ela o protegeu e ele a abandonou. Senti muito por ela e por aquele garotinho. O menino que chorava chamando por ela. Agora minha filha está morta.

Às vezes, Eve pensou, conseguir respostas não aliviava a dor. Enquanto voltava para a sua sala para buscar mais respostas, ela sentiu tudo aquilo pesar na base do seu pescoço.

Ela encontrou o arquivo de Chicago entre as mensagens que haviam chegado e se sentou para lê-lo do início ao fim. Já tinha feito uma rápida leitura quando o tenente Pulliti entrou em contato por meio do *tele-link*.

— Agradeço muito a sua colaboração, tenente.

— Fico feliz em ajudar. Só porque eu me aposentei há dois anos, depois de trabalhar durante três décadas, não significa que estou levando boa vida, velejando no lago Michigan. O capitão me disse que o seu caso tem a ver com um homicídio antigo. Illya Schooner.

— Exatamente. — Ele tinha se aposentado jovem, calculou Eve. Não tinha mais de sessenta e cinco anos, seus cabelos ainda estavam muito escuros e seus olhos castanhos eram brilhantes e límpidos. Seu trabalho na polícia não tinha colocado o peso dos anos em seu rosto ou, então, ele gastava boa parte da sua aposentadoria em tratamentos faciais.

— Estupro seguido de assassinato — disse ela. — A vítima era do sexo feminino, tinha vinte e poucos anos.

— Eu me lembro — interrompeu ele. — Estava trabalhando no South Side naquela época. Tempos difíceis, ainda não tínhamos nos recuperado das Guerras Urbanas. Tempos assustadores.

— Imagino.

— Ela foi violentamente agredida. O capitão me contou que já lhe enviou o arquivo completo.

— Isso mesmo.

— Então você pode ver o que eles fizeram com ela. Levou algum tempo para conseguirem deixá-la naquelas condições.

— Você disse "eles"? Os relatórios do legista informam que pode ter sido atacada por um homem destro e outro canhoto. Mas o resultado não foi conclusivo.

— Os Stallions trabalhavam em duplas, naquela época.

Eve rolou suas anotações pela tela.

— Stallions? Essa era a gangue que dominava a área e controlava a distribuição de drogas ilegais e o comércio sexual.

— Sim, os Stallions eram *a própria* representação do comércio de drogas e sexo no South Side. Mantiveram o território durante mais de uma década. Ela tinha invadido o espaço deles. Para a gangue, aquilo era um negócio sério e a regra era essa: quando alguém invadia o território deles, era eliminado. E de forma violenta.

— Mas vocês investigaram o marido.

— Sim, nós o investigamos cuidadosamente. As consequências pareceram excessivas, até mesmo para uma gangue como os Stallions, a menos que ela estivesse roubando grande parte da clientela deles. E se esse era o caso, onde estava a grana? Pelas regras do jogo eles deveriam tê-la ameaçado; e se ela era realmente boa, talvez até tivessem lhe oferecido a chance de trabalhar para eles.

Pulliti deu um tapinha na lateral do nariz.

— Aquilo não me cheirava bem.

— Você não conseguiu incriminá-lo? O marido?

— Não. Ele tinha um álibi forte que foi confirmado. Ele estava com o garoto em casa. No exato momento em que acabavam com ela, o marido estava batendo na porta de um vizinho para pedir ajuda, pois o garoto tinha ficado doente e a esposa, segundo ele, estava no trabalho. O vizinho confirmou tudo.

— Sim, eu li nos autos.

— Mas a coisa não me cheirava bem. Conversamos com a maioria dos vizinhos e todos contaram que ele era um cara reservado, sempre na dele, nunca reclamava de nada, ficava com o garoto à noite e o levava para a rua de dia enquanto a mulher dormia, ou então saía sozinho. Só que naquela noite, justamente na hora em que precisou de um álibi, ele bateu na porta de alguém pedindo ajuda. Foi muito conveniente.

— Você acha que ele armou tudo para ela?

— Achei, senti isso na época. Veja só... os Stallions, naquela época, faziam uma espécie de iniciação para novos membros ou parceiros de negócios. Espancamento ou estupro coletivo, à escolha do interessado. Escolha se apanhava ou sofria ataques sexuais, e depois passava a receber parte dos lucros.

Sexo e drogas, pensou. Dinheiro rápido, em grande quantidade.

— Você acha que naquela noite ela foi com eles de forma voluntária?

— Pode ser que sim, ou talvez ele a tenha entregado. Eles podem ter aceitado isso como parte do negócio, especialmente sendo uma mulher. Garanto que foi o que me pareceu na ocasião, mas não havia uma única evidência apontando para isso. Ela era peixe pequeno, pelo que eu descobri, nada que pudesse incomodá-los.

— Sim, ela só tinha o valor de dois meses de aluguel no banco — interrompeu Eve. — Nada de grandes somas.

— Isso mesmo. Não passavam fome, mas também não viviam à base de caviar e champanhe.

— Eles se mantinham fora do radar — afirmou Eve.

— Sim, pode-se dizer que sim. Portanto, talvez o marido a tenha entregado de bandeja para os Stallions e a coisa tenha fugido do controle. Não sei, mas também sinto que fui muito condescendente com o marido. Ele veio com um papo de que eles tinham muitos problemas conjugais e ela andava lutando contra o vício em drogas. Só que os vizinhos garantiram que nunca os tinham ouvido brigar. Eles pareciam ser uma família pequena, mas simpática, quando saíam juntos; apesar de a mulher sempre aparentar estar cansada.

Enquanto conversava com ele, Eve fez suas próprias anotações e formou suas próprias teorias.

— Esse endereço, onde ela, o marido e o menino moravam. Que tipo de bairro era esse?

— Uma região bem-conceituada. Famílias trabalhadoras, muitas crianças. Eles tinham um bom apartamento em um belo edifício. Nada sofisticado, porém confortável. O marido tinha alguma grana.

— Tinha?

— Usava relógios caros, sapatos de grife. O menino tinha todos os brinquedos da moda. A casa era cheia de eletrônicos de luxo. Ele trabalhava em uma loja de consertos de eletrônicos, era consultor ou algo assim. Segundo ele, a mulher era mãe profissional. Mas ele quase não trabalhava e passava a maior parte do tempo cuidando do filho, segundo os vizinhos. Perguntei a ele sobre o relógio caro que vi em seu pulso. Ele me respondeu que tinha sido um presente de aniversário da esposa.

— Ele me pareceu estranho — disse Pulliti. — Meu instinto dizia que havia algo de errado com ele, mas as evidências mostraram o contrário.

Quando a Polícia de Chicago havia lhe dado todas as informações possíveis, Eve se recostou na cadeira e fechou os olhos. Ele parecia estranho, mas escapou numa boa. Havia um padrão ali.

Ele deixou a mulher enfrentar a justiça e cumprir pena no lugar dele... do mesmo modo que permitiu que ela morasse e dormisse com seu próprio irmão... do mesmo modo que a deixara oferecer sexo para homens e alvos em pleno território de uma gangue.

Sexo, pensou. Será que ele gostava que ela usasse o sexo para aplicar golpes? Isso era parte da emoção do negócio?

Quando foi que as drogas ilegais entraram na história? Quando foi que ela começou a usá-las?

MacMasters disse que ela talvez precisasse das drogas para ter relações sexuais com os seus alvos.

Pode ser que sim. Mas não com o irmão. Isso era uma espécie de parentesco, ainda que às avessas. Eles eram muito parecidos e ela fingia ter uma família.

Eve se levantou, caminhou até a janela e voltou. Foi até o quadro do crime e tornou a se afastar.

Não, ele não bateu à porta do vizinho por pura coincidência na noite do assassinato da esposa. Não mesmo! Mas isso também não foi encenado apenas para servir como álibi para a polícia. Não faria sentido. A polícia nunca o colocaria no local do assassinato.

Mas ele fez isso para se proteger. Tirou o dele da reta enquanto ela era estuprada.

Ele sabia que algo iria acontecer com ela, algo muito ruim. Algo que poderia envolver policiais batendo em sua porta. Foi tudo um acordo. Uma armação. Uma troca comercial.

Só que o menino cresceu, saiu no encalço de MacMasters, e repetiu o crime cometido contra a sua mãe usando a filha do policial. Por quê? Porque MacMasters foi um dos responsáveis pela prisão de sua mãe, dois anos antes de ela ser assassinada?

Isso faria sentido, mesmo na cabeça de um sociopata? Algo não encaixava...

Ela parou e se virou para olhar novamente para o quadro. *A menos que...*

— Dallas, pode ser que eu tenha uma pista sobre... — disse Peabody, ao entrar.

— Quem exerceu a maior influência sobre a sua vida? — Eve a interrompeu. — Isto é, quem você acha que lhe proporcionou as bases para o que você é hoje, para a forma como pensa e para as coisas nas quais acredita?

Peabody franziu a testa, refletindo sobre a pergunta.

— Bem, eu gosto de achar que penso por mim mesma, com base em uma variedade de fatores na minha experiência de vida.

— Vá direto ao ponto.

— Ok, quem foi a base de tudo? Meus pais. Não que eu concorde por completo com a visão de mundo deles, senão estaria morando em uma comunidade, criando cabras e trabalhando em teares, mas...

— A base está lá. Você é uma policial, mas carrega claros conceitos da Família Livre. — Ela bateu no retrato falado feito por Yancy enquanto Peabody franzia a testa e se aprofundava na análise.

— Então, quem será que mais influenciou este cara aqui? A mãe foi assassinada quando ele tinha mais ou menos quatro anos. Quem exerceria maior influência sobre as crenças dele e sobre a forma como ele enxerga o mundo? — Ela bateu com o dedo na foto da carteira de identidade de Pauley. — Este cara aqui! Ele é um artista dos golpes, um operador de esquemas. Só procura os próprios pais para lhes arrancar alguma grana e faz isso repetidas vezes, mesmo que saibam de tudo. É um cara escorregadio, sempre escapa. Seu próprio irmão precisa fingir que ele não existe só para se proteger. Uma mulher inteligente e desonesta se apaixona por ele a ponto de aguentar ir em cana durante dezoito meses só para ele poder escapar... entra em um esquema de prostituição e se envolve com drogas *depois* que eles se conhecem. Não antes, *depois*.

— É o cara errado — sugeriu Peabody. — Como disse Trueheart.

— Sim, muito errado. E se ele contou ao menino que sua mãe entrou no caminho da perdição e foi assassinada porque a polícia ferrou com ela, por que ele não acreditaria?

— Porque eles não fizeram isso?

— Se fizeram ou não, isso não vem ao caso. O garoto já está predisposto a acreditar na farsa. Passou a vida toda acreditando nisso e querendo empatar o jogo. Passou a vida toda dando golpes, tomando o que queria, vivendo do outro lado da lei. Gostava disso. E planejou o maior dos golpes. Pauley deixou a mulher levar a culpa pelos seus erros, mas não foi essa a versão que o filho ouviu. Pauley protegeu o próprio traseiro na noite em que ela foi morta, mas *não foi isso* que o filho ouviu. Quando você continua ouvindo a mesma versão da boca da pessoa que tem poder sobre você, e Pauley exerceu seu poder sobre ele durante anos, você acredita.

Seu próprio pai tinha mantido esse poder sobre ela, pensou Eve. Ele havia dito que ela não significava nada; garantiu a ela que a polícia a colocaria em um buraco escuro e a deixaria lá até apodrecer. Por muito tempo ela acreditou nele e se sentia aterrorizada com a polícia e com qualquer pessoa ligada ao sistema, na mesma medida que acreditava e temia o homem que a espancava e estuprava.

— Dallas?

— É um caso clássico — concluiu Eve. — Se você quer criar algo ou alguém que lhe obedeça, acredite e se transforme no que você quer, basta repetir alguma coisa inúmeras vezes. Punir ou oferecer recompensas, isso depende do seu estilo, mas você incute a mensagem no cérebro da pessoa manipulada. "Eles mataram sua mãe. Eles são os culpados. Eles precisam pagar."

Aquilo era como um soco no estômago.

— *Eles*, não ele. Tinha de ser *eles*. O sistema, todos os que participaram disso. É o sistema que ele odeia. Ah, droga. Precisamos de uma pesquisa urgente de todos os funcionários ligados à prisão e ao encarceramento de Irene Schultz. Seu advogado, o promotor, o juiz, o diretor, o funcionário do Conselho Tutelar que recolheu o menor, o chefe do Conselho à época, o lar adotivo para onde ele foi. Precisamos descobrir o paradeiro de todos, seus parentes e agregados.

Os olhos escuros de Peabody se arregalaram.

— Ele vai atrás de mais alguém.

— Um policial não é o suficiente. — Eve correu para o computador e ordenou uma pesquisa imediata. — Ele começou tudo, mas os outros foram cúmplices. Foi culpa deles o menino ter perdido a mãe, foi culpa deles ela ter sido assassinada. Eles a tiraram dele e agora ele vai tirar alguém querido deles. Frisco, o outro policial, morreu em serviço e está fora do jogo. O assassino não pode punir os mortos, não pode fazer com que os mortos sofram.

Peabody, já trabalhando no seu tablet, assentiu com a cabeça.

— O advogado dela ainda está na cidade, é sócio de um escritório de advocacia no centro da cidade. Divorciado, um filho de quinze anos.

— Vamos informá-lo e cuidar da sua segurança. A promotora mora em Denver agora. Está casada e tem dois filhos pequenos. Entre em contato com ela, informe o que está acontecendo e avise as autoridades.

Enquanto Eve seguia a lista, nome a nome, o *tele-link* da mesa tocou. Ela olhou, impaciente, para a tela. E sentiu uma fisgada no estômago.

— Dallas falando.

Emergência para a tenente Eve Dallas.

Tarde demais, pensou Eve ao estacionar a viatura na porta do loft no SoHo. Cheguei tarde demais. Com Peabody, ela passou pelos guardas que vigiavam o prédio e entrou no elevador.

— Precisamos verificar o sistema de segurança e interrogar todos os vizinhos. Entre em contato com Morris.

— Já fiz isso. Dallas, informei Whitney também. Ele adiou a coletiva de imprensa para as quatro da tarde e manterá o novo crime em sigilo o máximo de tempo possível.

Eve saiu do elevador e entrou direto na sala de estar. Um ambiente de luxo, avaliou. Estilo boêmio sofisticado.

— Quem é o dono deste imóvel?

— Eric Delongi e Samuel Stuben. Eles estão se divorciando. O loft à venda e se encontra desocupado.

— Tenente. — Um dos guardas se dirigiu a Eve. — Não há sinal algum de invasão, nenhum rastro visível de luta ou roubo. Ela está no quarto. Um corretor imobiliário a encontrou. Ele estava mostrando o apartamento para um casal de clientes. Meu parceiro os levou para o segundo quarto.

— Mantenha-os isolados, vamos trabalhar na cena do crime antes de falar com eles. — Ela parou na cozinha, estudou o copo de café para viagem que estava sobre a bancada. — Isso já estava aqui quando vocês chegaram?

— Sim, senhora.

— Filme a cena e embale a evidência, Peabody.

Ela seguiu em frente e parou na entrada do quarto.

Não foi uma criança desta vez, pensou, enquanto estudava o corpo. Mas era jovem. Vinte e poucos anos. De quem ela seria filha?

— A vítima é uma mulher — começou a descrever, na gravação.

— Vinte e poucos anos. As telas de privacidade estão ativadas no cômodo e em toda a sala de estar. — Ela examinou o espaço. — Não há sinais de luta. A vítima está completamente vestida.

Com as mãos e os pés selados, Eve entrou para examinar o corpo.

— Marcas de ataduras ou algum outro material nos tornozelos, marcas roxas no rosto, contusões ao redor do pescoço, consistentes com o estrangulamento manual. O médico legista deverá confirmar isso.

Ela se agachou e se inclinou para ver os pulsos da vítima. Esperava ver marcas de algemas como as de Decna, mas os pulsos da mulher estavam presos por uma espécie de cordão colorido.

— Cordão em torno de pulsos, um material diferente do usado no homicídio de Deena MacMasters. Descubra a identidade e a hora em que a vítima foi morta, Peabody.

Sangue nos lençóis, observou, cenário consistente com estupro violento. Ela provavelmente não era virgem, considerando a idade, mas tinha sofrido a mesma dor e terror.

— Hematomas nas coxas e em torno da área genital. Sem calcinha. Ela também deve ter sido sodomizada e sufocada, repetidas vezes. Isso não foi ação de um imitador de crimes. Por que ele usou um cordão dessa vez, e não algemas?

— Não é a filha de um policial — concluiu. — As algemas eram um símbolo. Qual o simbolismo deste cordão?

— A vítima foi identificada como Karlene Robins — disse Peabody. — Vinte e seis anos, mora no Lower West Side em companhia de Anthony Hampton, e trabalha na imobiliária City Choice Realty. A morte ocorreu às dezesseis e trinta e oito de ontem.

Peabody olhou para Eve.

— Isso foi antes de conseguirmos o retrato falado, antes de termos um nome, antes de...

Ela parou de falar quando Eve ergueu a mão.

— Isso é irrelevante. Procure pela bolsa dela, pelo *tele-link* e pela agenda. Você não vai encontrá-los, mas verifique mesmo assim. A prioridade é o exame toxicológico — completou, falando em voz alta para que tudo ficasse gravado.

— Ela é a filha de Jaynie Robins — continuou. — A agente do Conselho Tutelar que removeu Darrin Pauley de seu domicílio e o levou para uma casa de acolhimento durante a investigação da morte de Irene Schultz. Ela veio aqui para mostrar o apartamento a alguém. Ele se apresentou como um cliente, e tudo que precisou fazer foi estar preparado para quando o imóvel aparecesse. Não bancou o estudante universitário desta vez. Isso não iria convencer, pelo menos não no caso deste tipo de propriedade. Deve ter se apresentado como um executivo jovem, ou alguém que acabou de receber seu fundo fiduciário. Diria que é um tipo que aprecia arte, pela escolha do bairro. Gosta de música, pintura ou artes cênicas. Trouxe café para a vítima. Um gesto simpático. "Olha, eu trouxe café para você também." Ele a apagou e a colocou no cenário que criou, assim como fez com Deena. Com exceção das algemas.

— Pode ter sido desse jeito mesmo. Dallas, não há mochila nem bolsa, nada que pertença a ela. Encontrei dois computadores, mas são apenas para decoração. O sistema de segurança está bloqueado. Eu investiguei e vi que as câmeras estão desligadas, os discos foram removidos e o drive interno está corrompido.

— Há também a segurança do prédio, que certamente existe em um lugar como este. Vamos virar o corpo, e depois eu quero que você verifique isso. Vou falar com as testemunhas quando acabar aqui.

Quando rolaram o corpo, Eve se curvou para examinar as cordas.

— Isso é algum tipo de corda elástica?

— É, para crianças. — Peabody expirou com força. — Você usa esse material para pendurar coisas em seus berços ou carrinhos de criança, para que eles possam puxar. Cores primárias, reluzentes, e formatos especiais. Isso estimula a visão.

— Serviços infantis. Simbólico, como as algemas. — Ele se divertiu com isso, pensou. Pequenos golpes e cutucadas. — Verifique a segurança do prédio e assegure-se de que a DDE já está a caminho.

Ela foi até o segundo quarto e fez sinal para o policial de serviço sair do cômodo. As três pessoas começaram a falar ao mesmo tempo. Eve simplesmente ergueu uma das mãos no ar e apontou para o homem sentado sozinho.

— Você. Creio que seja o corretor de imóveis. Sou a tenente Dallas. Seu nome, por favor.

— Chip Wayne. Trabalho para a Astoria Real Estate, consultoria imobiliária. — Ele pegou um cartão e o entregou a Eve. — Recebi um pedido nesta manhã do sr. e da sra. Gordon, para lhes mostrar esse loft. Ele acabou de entrar mais uma vez no mercado, e...

Ela ergueu a mão de novo.

— Como você teve acesso ao imóvel?

— Por senha. Todos os agentes da empresa recebem um código de acesso, e também devem inserir seu próprio código de identificação. Eu simplesmente...

— A que horas vocês chegaram?

— Nós nos encontramos logo depois das onze. Tínhamos marcado a visita para onze horas. Nós... subimos juntos e começamos pela sala de estar, na área social. Ahn... a sra. Gordon circulou pelo loft e foi avaliar os quartos. Encorajamos os clientes a olharem tudo ao redor, e então ela...

Eve o deteve novamente.

— O lugar está todo decorado, mas os registros mostram que ele está sem moradores há três meses.

— Isso mesmo, todos esses móveis são para demonstração. A mobília foi alugada pelos proprietários para... ahn... oferecer aos potenciais compradores uma sensação mais precisa de como seria morar aqui. Não sei quem é essa mulher... E também não sei como ela poderia estar aqui. O registro diz que uma agente da imobiliária City Choice esteve no loft ontem e o mostrou a um cliente, mas deu baixa no sistema ao sair, às doze e trinta.

— É mesmo?

— O prédio é muito bem protegido. — Ele olhou com ar quase de súplica para o casal, abraçado em uma poltrona. — É uma propriedade privilegiada. Muito silenciosa, segura.

— Sim, segura. — Eve olhou para a mulher. Não era muito mais velha que a vítima, decidiu. Estava tremendo e tinha lágrimas nos olhos. — Foi você que encontrou o corpo.

— Eu queria... queria ver os quartos. Especialmente a suíte master. Estamos em busca de uma grande suíte master com uma bela vista. Eu entrei e... ela estava lá, na cama. Morta. Parecia morta. Eu gritei por Brent e saí correndo... para longe dela.

— Vocês entraram no quarto? Algum de vocês?

— Ninguém entrou. Eu faço o papel de um policial em uma série de TV. — Gordon sorriu fracamente. — *City Force*, talvez a senhora já tenha assistido.

— Desculpe, nunca vi.

— Não importa. É um jovem detetive impetuoso e rebelde. Acho que muita coisa não condiz com a realidade, mas a gente aprende o quanto é importante proteger uma cena de crime. Com base nisso, nós não entramos nem tocamos em coisa alguma depois que Posey encontrou a mulher. Chamamos a polícia.

— Ok. Sr. Wayne, com que antecedência você marca esses compromissos para apresentações de imóveis?

— Depende. Em um caso como este, tão rápido quanto eu conseguir. Havia um contrato de exclusividade, mas ele caducou. Nós soubemos disso ontem, mas a imobiliária City chegou na frente. Eles devem ter tido alguma informação privilegiada, alguém na empresa de empréstimos que lhes deu a dica. Entrei em contato com os Gordon assim que eu soube, mas só conseguimos marcar a visita para esta manhã.
— Por que eles, em particular?
— Porque é isso, exatamente, o que eles estão procurando. A localização, a propriedade em si, a faixa de preço. É exatamente o que vocês estão procurando.
Gordon lançou para ele um olhar de descrença.
— Chip, você só pode estar brincando.
— Os proprietários estão ansiosos para vender, e dispostos a negociar o preço, considerando o que aconteceu. Nós poderíamos...
— Brent, eu quero ir embora. Será que podemos sair daqui? Por favor.
— Antes, preciso que me passem suas informações de contato — disse Eve a eles. — Em seguida estarão livres para ir embora. Talvez precisemos conversar com vocês novamente.
Eve fez outra inspeção no loft, fez algumas anotações e, enquanto os peritos começaram a executar a parte deles do trabalho, reviu mentalmente todas as informações que havia reunido.
— As câmeras também estavam desligadas no sistema de segurança do prédio, e o vírus... parece que ele infectou a segurança externa também. Os sistemas do prédio e o dos apartamentos estão vinculados. Não foi o mesmo sistema do primeiro assassinato — continuou Peabody —, mas os dois são da mesma marca. Este é um modelo comercial. Além disso, os outros moradores não estão em casa. Fui informada de que eles trabalham o dia todo. O prédio geralmente fica vazio de nove da manhã até as cinco da tarde, nos dias de semana. Comecei a levantar alguns dados sobre os vizinhos. Até agora não consegui nada que chamasse a minha atenção.

— Ele planejou tudo. Não teria tido muito tempo, mas fez sua lição de casa. Estava à espera de uma oportunidade e soube como se aproveitar dela. A vítima deve ter um registro do compromisso marcado no computador do trabalho, certamente há algo lá. Vamos conseguir o nome dele... qualquer que seja o nome usado por ele. Onde está o rapaz que mora com ela?

— Ele trabalha de casa na maior parte do tempo. É um consultor de pesquisa. O apartamento deles fica a poucos quarteirões da agência imobiliária.

— Vamos conversar com ele logo. Os pais dela moram no Brooklyn, certo?

— Isso mesmo. A mãe trabalha como conselheira familiar agora.

Eve assentiu e deu uma última olhada em volta antes de chamar o elevador.

— No fim, tudo tem a ver com a família, não é?

Capítulo Dezessete

Anthony Hampton vestia uma roupa casual de trabalho em escritório, exibia um cavanhaque bem aparado e tênis muito sofisticados. Ele cumprimentou Eve e Peabody com um sorriso rápido e um ar agitado que iluminou seus olhos verdes, em contraste com a pele morena clara.

— Bom dia, senhoritas. Em que posso ser útil?
— Anthony Hampton?
— Sim, sou eu.
— Eu sou a tenente Dallas, do Departamento de Polícia de Nova York e esta é a minha parceira, a detetive Peabody.
— Policiais? — Seu meio sorriso se ampliou enquanto analisava os distintivos. — Essa é a primeira vez que a polícia me procura. Há algum problema no prédio?
— Não, senhor. Nós gostaríamos de entrar.
— Certo, claro, mas... — Ele olhou para trás. — Estamos em meio a um caos aqui. Vou me casar no sábado.

Eve sentiu uma fisgada no estômago, mas entrou. Sua difícil missão, percebeu, acabara de se tornar brutal. E tudo que é brutal sempre deve ser feito de forma rápida e direta.

— Sr. Hampton, lamento informá-lo de que Karlene Robins está morta.

— O quê? Por Deus, isso não é nada engraçado. Se essa é uma das brincadeiras doentias do Chad...

— Sr. Hampton, o corpo da srta. Robins foi encontrado hoje de manhã. Ela já foi identificada. Sinto muito por sua perda.

— Ah, corta essa, pode parar com essa *palhaçada*! — Quando a raiva o atingiu em cheio ele agarrou o braço de Eve e a empurrou na direção da porta. — Saiam já daqui!

— Sr. Hampton. — Eve reagiu ao empurrão e o forçou de volta até chegarem a uma cadeira. — Karlene foi assassinada em um loft no SoHo, que, acreditamos, ela apresentava a um cliente. Ela levou algum cliente para visitas ontem?

— Esse é o trabalho dela. É isso que ela está fazendo agora. — Ele pegou o *tele-link* no bolso. — Um instante! — Apertou uma única tecla. E passou a mão pelo cabelo quando uma voz musical informou que Karlene não estava disponível. — Karlene, preciso falar com você. Droga, Karlene, agora! Seja lá o que você estiver fazendo, preciso falar com você *agora*.

— Anthony. — Peabody se agachou e colocou a mão sobre a dele. — Nós sentimos muito.

— Ela vai me ligar de volta. Vai, sim! — Sua respiração ficou irregular e ofegante. — Ela está ocupada, só isso. Essa semana está uma loucura.

— Quando você falou com ela pela última vez?

— Eu... Ontem, quando ela saiu para trabalhar. Mas trocamos mensagens de texto algumas vezes.

— Ela mora aqui e não voltou para casa ontem à noite?

— Ela estava atarefada, um cliente que estava querendo convencer. Depois foi para a casa de Tip para prepararem algumas coisas para o casamento. Ela dormiu na casa de Tip ontem à noite. Tip! Vou ligar para Tip e depois...

Eve o deixou ir, permitiu que ele ligasse para a amiga; ele a ouviu dizer que não tinha visto nem falado com Karlene. Então, Eve assistiu à raiva e à descrença se transformarem, de forma terrível, em sofrimento.

— Ela... ela certamente está no trabalho. Está trabalhando. Posso entrar em contato com a chefe dela, e ela deve saber...

— Anthony... — Peabody repetiu seu nome com o mesmo tom delicado.

Seus olhos mudaram e se encheram de dor e desespero.

— Ela não pode estar morta. Isso não pode ser verdade.

— Quando foi que ela enviou a mensagem de texto?

— Não me lembro, exatamente. Está aqui. — Ele entregou o *tele-link* para Peabody. — Está registrado. Está tudo aí.

Quando Peabody pegou o *tele-link* e se afastou para verificar os registros, Eve puxou uma cadeira de frente para ele e se sentou.

— Sr. Hampton, olhe para mim agora. A detetive Peabody e eu precisamos da sua ajuda. Karlene precisa que você nos ajude a descobrir quem fez isso com ela.

— Como foi que ela morreu? Como foi que isso aconteceu?

— Acreditamos que a pessoa com quem ela se encontrou no loft a matou. Você sabe quem era esse cliente?

— Isso não pode ser verdade. É tudo tão... Isso não é real.

— Quem era o cliente? — Eve repetiu.

— Era um cara rico. Um artista aspirante que vinha de uma família rica. Ele é jovem.

— Você o conheceu?

— Não. Mas...

— Sabe o nome dele?

— Ela provavelmente me disse. Eu não sei.

— Ela deve ter uma agenda de compromissos aqui, um livro de anotações.

— Sim, ela mantém um aqui, um na bolsa e um terceiro no trabalho. É excessivamente organizada. Deve estar no escritório.

— Ele encarou Eve intensamente, como se tivesse que se concentrar nela para formar cada palavra. — Nós compartilhamos o escritório. Eu trabalho de casa. Eu trabalho de casa e às vezes ela também trabalha. Vamos nos casar no sábado.

— Podemos pegar a agenda dela para examiná-la?

— Não me importo.

Eve fez sinal para Peabody.

— Você sabe como o tal homem, aquele com quem ela esteve ontem, se tornou cliente dela?

— Não tenho certeza. Ela anda procurando o apartamento certo para ele há várias semanas. É peixe grande. Ela me disse que era. O loft no SoHo. Ele voltou ao mercado. Ela estava muito empolgada. Esse era o imóvel perfeito para ele, foi o que ela disse. Exatamente o que ele queria, e a comissão pela venda seria imensa. Ela precisava ser rápida. Onde está Karlene? — ele quis saber.

— Nós vamos cuidar dela agora.

Lentamente, ele sacudiu a cabeça.

— Ela não gosta que cuidem dela. Prefere cuidar de si mesma. Vocês têm certeza? Certeza absoluta?

— Temos, sim.

Ele enterrou o rosto nas mãos, balançou o corpo para frente e para trás e começou a chorar. Eve se levantou e se afastou silenciosamente até onde Peabody a aguardava.

— Uma mensagem de texto foi enviada para este *tele-link* às quatorze e dez de ontem, e outra às dezoito e três.

— Ela estava amarrada e sendo estuprada quando a primeira mensagem foi enviada... E já estava morta antes da segunda.

— Ele mencionou a amiga, avisou que iria passar a noite na casa dela e tudo o mais, exatamente como Hampton declarou. A agenda tem um compromisso listado para ontem com um tal de D. P. às nove e meia da manhã, endereço do SoHo. Vasculhei as anotações anteriores e houve outros contatos. Em um deles, que parece ter sido o contato inicial, ele aparece com o nome de Drew Pittering.

Eve voltou para Anthony, pediu permissão para analisar as coisas de Karlene e recolher tanto o *tele-link* dele quanto a sua agenda.

— Quem podemos chamar, Anthony? — Peabody perguntou, quando elas já tinham feito tudo que podiam. — Deixe-me chamar alguém para ficar com você.

— Minha... minha família. Eles estão aqui na cidade para o casamento. Eles estão aqui, em um hotel. Vieram só para o casamento.

Quando elas deixaram o local novamente, Peabody pressionou as bases das mãos sobre os olhos.

— Sei que nunca é fácil dar uma notícia assim, e é o tipo de coisa que nunca vira rotina, mas dessa vez... Deve ter sido a pior da minha vida. Todos os preparativos do casamento espalhados pela casa. Isso me matou.

Eve mudou de assunto com determinação, como já tinha feito dentro do apartamento.

— Hampton não reconheceu o retrato falado. Mas Darrin não precisaria ter ficado de tocaia aqui perto. O noivo dela trabalha de casa. Isso torna mais difícil agarrá-la aqui. Mas a área de atuação dela? Isso sim, torna mais fácil encurralá-la em um espaço vazio e fechado. Basta bancar o cara rico, jovem, atraente... e eu aposto que o charme a convenceu. Ela certamente verificou os dados dele, é rotina. Conferiu os dados da carteira de identidade, mas ele já estava bem resguardado com relação a isso.

— Eu pesquisei o nome dele junto com a foto e a idade... mas não encontrei nada.

— Ele já apagou tudo. Mas ela verificou os dados, sim. Talvez haja alguma coisa no computador de casa ou do trabalho. Não vamos encontrar o seu endereço verdadeiro, mas poderemos espetar mais um alfinete no mapa.

— Já está quase na hora da coletiva de imprensa.

— Droga de imprensa! — Eve passou as mãos pelo cabelo. — Preciso que você dê uma passada no trabalho dela para recolher tudo o que conseguir.

— E quanto a notificar os pais dela? Oh, pode parar, Dallas, não me obrigue a encarar isso sozinha.

— Peça a um terapeuta de luto para acompanhar você. E leve os pais dela até a Central. Quero falar com a mãe. — Ela considerou o fato de Peabody ter de ir até o Brooklyn e voltar logo depois. — Pegue o meu carro. Eu volto para a Central de metrô.

— Ok. Dallas, não poderíamos ter impedido isso. Não conseguiríamos — insistiu Peabody. — Não tínhamos uma ligação entre Karlene e Deena. Nenhuma!

— Ele sabia disso. Contava com isso. Talvez ainda esteja com a esperança de não termos feito a ligação entre os dois casos. Seria um grande salto unir as duas mortes, e sem trampolim. Eu vou lhe dar mais motivos para contar com isso.

A caminho do metrô, Eve ligou para Nadine. Às vezes a imprensa tinha suas utilidades.

Como de costume, a relações-públicas da polícia tentou ensaiar Eve e, como sempre, Eve ameaçou bater nela.

Ela entrou na sala de mídia da Central e assumiu sua posição entre o comandante Whitney e o capitão MacMasters. A relações-públicas foi para o púlpito a fim de descrever os procedimentos e as regras, e pediu ao capitão que fizesse a sua declaração.

Vestindo farda completa, MacMasters assumiu o púlpito. Manteve a postura de policial, costas retas, olhos fixos.

Mas tinha envelhecido, observou Eve. Anos em questão de dias. Ele passou de magro a esquelético; de firme a frágil.

— Na madrugada do último domingo a minha filha Deena foi brutalmente assassinada em nossa própria casa. Em seu próprio quarto. Em sua própria cama. Ela tinha dezesseis anos, era uma jovem linda, brilhante e carinhosa que nunca causou mal algum em sua curta vida. Era nossa única filha. Adorava ouvir música, fazer compras e passar tempo com seus amigos. Deena era uma adolescente normal, com esperanças e sonhos… como costuma acontecer com os jovens… de mudar o mundo.

Seu sorriso foi de partir o coração.

— Ela era um pouco tímida, mas se mostrava sempre entusiasmada pelo seu desejo de ajudar os outros. Familiares e amigos que vieram nos ver ou ligaram para confortar minha esposa e a mim quase sempre falaram, antes de qualquer coisa, sobre a natureza doce de Deena. Isso é um testemunho de como ela era. Fui policial durante metade da minha vida. Acredito que a polícia trará o assassino de Deena às barras da justiça. Peço a vocês, na condição de policial que jurou servir e proteger, e na condição de pai que não conseguiu proteger sua única filha, que entrem em contato com o Departamento de Polícia de Nova York se tiverem alguma pista ou informação sobre a pessoa que assassinou Deena.

É claro que as perguntas explodiram quando ele se afastou, apesar das instruções da relações-públicas. Eve as ignorou solenemente quando se aproximou do púlpito. Ficou parada, silenciosa, com olhos de pedra, até que as vozes cessaram.

— Sou a tenente Dallas, investigadora principal do assassinato de Deena MacMasters. Uma equipe completa de investigadores, toda a Divisão de Homicídios, a DDE e os serviços de apoio estão trabalhando neste caso. Estamos seguindo todas as pistas e continuaremos a fazê-lo até que o responsável pelo assassinato de Deena MacMasters seja identificado, preso e acusado. Acreditamos que Deena MacMasters conhecia o seu assassino. Acreditamos que ela permitiu que ele entrasse na casa na noite de sábado, momento em que o assassino a imobilizou com uma droga adicionada ao refrigerante. Ele então a amarrou e estuprou repetidas vezes durante várias horas, antes de estrangulá-la. A equipe de investigação trabalhará de forma dedicada e diligente até que consigamos obter justiça para Deena MacMasters.

As perguntas explodiram novamente.

— Por que acham que ela já conhecia o assassino?

— Pelas declarações dadas por sua família, seus vizinhos e suas amigas, não acreditamos que Deena tenha aberto a porta a um estranho, especialmente estando sozinha em casa. As evidências nos levam a concluir que o ataque ocorreu dentro do quarto, e que Deena estava inconsciente e incapaz de se defender ou tentar se defender antes de ser subjugada.

— Que evidências?

— Não vou discutir provas específicas sobre uma investigação em andamento.

Eve foi em frente, respondendo a algumas perguntas, descartando outras e saindo pela tangente em várias.

— Tenente! Nadine Furst, apresentadora do programa *Now!* no Canal 75. Como o assassinato de Karlene Robins, cujo corpo foi descoberto nesta manhã no SoHo, está ligado ao de Deena MacMasters?

Foi uma bomba-relógio com timing perfeito. Dezenas de repórteres se remexeram, falando alto e verificando seus *tele-links* e tablets.

— Estou aqui para responder a perguntas relacionadas com a investigação do homicídio de Deena MacMasters.

— E eu acabei de lhe fazer uma. — Nadine forçou passagem até a frente da multidão. — Não é verdade que o corpo de outra vítima foi encontrado esta manhã? Que ela, também, foi amarrada, estuprada e assassinada por estrangulamento. Não é verdade?

O olhar que Eve lançou conseguiria furar uma chapa de aço.

— Ainda não determinamos se os dois casos estão conectados.

— Mas há paralelos muito específicos.

— E há diferenças muito específicas.

— Que diferenças?

Eve permitiu que o momento de raiva guiasse sua resposta brusca.

— Não posso e não discutirei detalhes de nenhuma dessas investigações.

— Tenente, acredita que essas duas mulheres foram vítimas de um predador sexual em série?

A nova bomba soltou estilhaços em toda a sala. Eve gritou para se fazer ouvir sobre o caos.

— Não chegamos a nenhuma conclusão desse tipo. No momento ainda não conseguimos definir até que ponto esses casos estão relacionados.

— Mas não descartam a possibilidade de ser um assassino em série. Ou alguém que imita crimes de outros.

— Não vou especular. Eu não vou alimentar nenhum de vocês com palpites e conclusões infundadas para que seus índices de audiência aumentem. Duas mulheres, sendo uma delas extremamente jovem, estão mortas. Isso deve ser suficiente para agitar seus noticiários sensacionalistas.

Ela se afastou transmitindo sua fúria a cada passo.

— Tenente! — O comando afiado de Whitney a deteve. — Venha comigo. Agora!

— Sim, senhor.

Ela o seguiu até a sala preparada para a imprensa e ele fechou a porta.

— Muito bem. Seu desempenho foi excepcional. Por Deus, espero que sua atuação gere resultados excepcionais.

— Nós não conseguiríamos manter o sigilo sobre o homicídio de Robins por muito tempo. Com a notícia sendo dada desse modo pareceu que fomos pegos de surpresa e continuamos muitos passos atrás do assassino. Se ele achar que estamos à procura de um assassino em série comum ou um imitador, vai se encher de presunção. Nós teremos uma chance no funeral, amanhã. Podemos conseguir uma nova pista por meio das ligações que encontramos. Um ou mais membros das famílias conectadas a este caso podem ter sido abordados por ele, de alguma forma. Se ele acha que ainda tem espaço para atuar, pode ser que tente atacar a próxima vítima da sua lista em breve.

— Trabalhe nisso. Comunique tudo à sua equipe. E considere--se repreendida por permitir que um vazamento de mídia dessa natureza tenha acontecido.

— Sim, senhor.

Ela foi diretamente para a sua sala, colocando no rosto o que esperava que fosse uma expressão de fúria suficiente para afastar qualquer policial que quisesse se aproximar dela para oferecer apoio ou arrancar informações.

Roarke se virou do AutoChef quando ela entrou e bateu a porta com força, para pontuar o momento. Ele lhe ofereceu uma caneca de café.

— Ao vencedor, os espólios — disse ele.

— Há?

— Uma pequena recompensa pelo seu papel nesse dueto bem ensaiado. Acho que vai dar certo, a maioria vai acreditar. Por outro lado... Conheço você e Nadine. Ela não teria colocado você em uma saia justa daquelas, e você a teria humilhado com muito mais vigor se ela tivesse feito isso.

— Vamos torcer para que o público-alvo seja devidamente ludibriado. Mas não gosto de usar Karlene Robins desse jeito.

— Isso não diminui a verdade do que aconteceu, nem o que você fará.

— Chegamos a ela com um dia de atraso e com menos provas.

Ela certamente pensaria assim, Roarke sabia. Isso fazia da tenente o que ela era.

— Eu soube, graças à velocidade com que os rumores se espalham, que você já estava tomando providências para informar e proteger as pessoas conectadas a essa antiga prisão de MacMasters quando foi chamada à cena do segundo assassinato.

— Sim, eu sabia que estava conectado a MacMasters e a algo no trabalho dele. Sabia que era coisa pessoal e acreditava que haveria uma cópia do primeiro crime. Mas levei dois dias para chegar a essa conclusão.

— Eve, não faça isso consigo mesma. Os dados não estavam disponíveis para serem encontrados. Não havia registros de Irene

Schultz para aparecer na sua busca de vítimas de estupro seguido de assassinato. Quem essas pessoas são, foram ou poderão ser torna mais complicada e demorada a tarefa de encontrá-las. Considere uma vitória ter encontrado essa ligação, pois isso salvará a vida de outros alvos.

— Sei que não é possível salvar todos. Sei disso. Mesmo quando você é obrigado a aceitar que algumas horas teriam feito a diferença, isso não diminui a frustração. Ela ia se casar no sábado. Karlene Robins.

— Ah. Bem... — Seguindo o seu instinto, ele colocou as mãos nos ombros dela e a puxou para junto de si.

— De repente eu me vi dentro do apartamento onde ela morava com o homem com quem iria se casar em poucos dias. Olhei para todas aquelas tralhas da preparação para o casamento. Como na casa de Louise. Que merda, Roarke.

Ele não disse nada. Não havia nada a ser dito.

— Sei que não é possível salvar todos — repetiu ela. — Sei que não posso capturar todos, e mesmo alguns dos que consigo prender vão escapar pelas frestas do sistema. Mas isso não vai acontecer com esse assassino. Filho da puta doente e presunçoso.

— Muito bem então. Qual é o próximo passo?

Ela se afastou.

— Vamos interrogar todos os envolvidos no caso de Irene Schultz, para descobrir se ele fez contato com familiares de mais alguém... filha, filho, irmã, irmão, mãe, pai e até primo em segundo grau. E vamos preparar a ação para o funeral de amanhã. Nos empenhar mais no caso. Pressionar o pessoal da eletrônica. Por falar nisso, por que você não está reunido com os seus amigos da DDE?

— Vamos falar sobre isso na reunião de equipe.

— Então é melhor começarmos logo.

***

Na sala de conferência, Eve ofereceu um panorama geral da investigação, para ajudar os membros que tinha adicionado à equipe. Em seguida, exibiu um relatório sobre os primeiros passos do caso Robins.

— Peabody.

— Após a notificação que fizemos a Hampton, fui à imobiliária City Choice. Falei com o supervisor da vítima e dois de seus colegas de trabalho. Nenhum deles conseguiu identificar o suspeito pelas imagens que temos. Não é incomum que um cliente não vá diretamente ao escritório. Na verdade, o mais comum é que o agente imobiliário se encontre com o cliente direto na propriedade, ou em outro local.

— Muito prático para ele.

— Todos os funcionários com quem eu conversei se lembram de ouvirem a vítima falar sobre Drew Pittering. Uma das colegas se lembra, especificamente, da vítima contando que o identificou como um potencial comprador assim que ele entrou em contato com ela. O registro do escritório lista um contato de Pittering ocorrido no dia 15 de maio, com a nota que ele estava à procura de um espaço específico no SoHo, e detalhando suas exigências para o imóvel. A lista também informa que ela se encontrou com ele em duas visitas a propriedades do bairro, e lhe ofereceu mais dois tours virtuais de outros locais. Por fim, especifica o seu compromisso com ele no loft do SoHo às nove e meia da manhã de ontem.

— Reineke e Jenkinson, vocês irão investigar o que houve nessas outras propriedades. Batam à porta dos vizinhos, mostrem o retrato falado. Continue, Peabody.

— A DDE recolheu todos os eletrônicos da casa dela e do seu espaço de trabalho, bem como os encontrados na cena do crime. Acompanhada por um terapeuta de luto, já notifiquei os pais da vítima. — Ela soltou um suspiro. — Ahn... Quando foi questionada, Jaynie Robins, a mãe, não se lembrou de imediato de Irene Schultz ou do caso em que participou. Concordou em vir hoje à

Central para conversar com a tenente e declarou que iria olhar em seu arquivo de casos e anotações para tentar se localizar nos fatos do passado. A verdade é que ficou bastante abalada, e não tenho certeza de que conseguirá recordar os detalhes desse caso antigo. Deixei o casal em companhia do terapeuta de luto, e eles virão para cá daqui a pouco.

— Ok. Bom trabalho. Feeney, algum progresso?

— Vou passar a palavra para o civil.

Quando Eve olhou para Roarke, Feeney sacudiu a cabeça.

— Civil errado. Informe a tenente, Jamie.

— McNab e eu estamos debruçados há muitas horas sobre isso, e trocamos ideias com Feeney, Roarke e alguns outros no andar de cima. Mas não conseguimos encontrar uma forma de acelerar o processo de limpeza das imagens. O nível de corrupção dos arquivos de imagem é muito alto. Então, Roarke sugeriu algo sobre tentar dividir outro clone de matriz em um segundo JPL, mesclar texels com os pixels corrompidos e incitar o ppi para desfoder o mapeamento dos bits.

— Você disse "desfoder"? — quis saber Eve. — Isso é um termo técnico?

— Ah, não exatamente, mas expressa o procedimento. Veja só, para essa aplicação em particular, as regiões de luz são constituídas por supixels que, ao infectar a tríade padrão...

— Pare com essa loucura. — Ela mal resistiu à vontade de tapar os ouvidos com as mãos. — Estou implorando!

— Bem, é *supermag* quando a gente consegue entender como a coisa funciona e por quê. Quando Roarke falou sobre o clone e a fusão, eu comecei a pensar que talvez pudéssemos tentar criar uma unidade de absorção de energia ionizante, depois fazer uma fusão para criar um novo acesso e inserir um HIP para neutralizar, extrapolar, fazer o clone e voltar a desfoder tudo a partir desse ponto.

— Você me deixou orgulhoso — elogiou Feeney, enquanto Eve apertava os olhos com os dedos.

— Alguém poderia simplesmente me informar sobre o progresso? Em nossa língua?

— Uma imagem vale mais que mil palavras. Coloque tudo no telão, Jamie — ordenou Feeney.

— Entendido! — Usando um controle remoto, Jamie exibiu uma imagem no telão.

Eve recuou um passo. No telão, Darrin Pauley fora capturado enquanto subia a escada da frente na casa da vítima. Usava um boné onde ela identificou o logotipo da Columbia, óculos escuros e um sorriso tímido. Deena, jovem, linda e radiante, estava diante da porta aberta, com a mão esticada para ele.

— Excelente — murmurou Eve.

— Absurdamente brilhante — elogiou Roarke.

— Eu não teria pensado nisso se você não tivesse colocado a bola em jogo — disse Jamie, agradecendo a Roarke com um aceno de cabeça. — Também foi você quem realmente fez a primeira conversão e...

Roarke apontou para Jamie e repetiu.

— Absurdamente brilhante.

— Bem... — Ele encolheu os ombros, mas um brilho de prazer surgiu em seu rosto. — É.

— O promotor tem de ser muito incompetente para não processar esse canalha por homicídio em primeiro grau. Só que temos de pegá-lo primeiro. Vocês podem fazer o mesmo com o sistema de segurança do SoHo?

— Agora que identificamos o vírus e descobrimos o processo? — Feeney exibiu os dentes em um sorriso largo. — Teremos todos os vídeos dos MacMasters e do loft no SoHo para você antes do final do turno.

— Bom trabalho, todos vocês. Um puta trabalho, aliás. Ele está de mochila, algo útil para guardar suas ferramentas. E está calçando os mesmos tênis que a testemunha do parque descreveu.

— Isso nos leva à pesquisa das lojas — disse Peabody. — Tenho uma boa pista sobre os tênis e o resto. Há uma loja dentro do campus, que, infelizmente, estragou o meu palpite sobre as lojas do centro da cidade. Os tênis, a camiseta, a calça de corrida, o boné, os óculos escuros, a mochila, o skate aéreo, várias outras camisetas e uma jaqueta de náilon foram comprados lá por um tal de Donald Petrie no dia 31 de março.

— Endereço?

— O endereço que apareceu fica em Ohio e, na verdade, pertence a um homem chamado Donal Petri, de sessenta e oito anos, que ficou revoltado quando recebeu a fatura do cartão com a compra de vários artigos na loja de uma faculdade em Nova York. Ele denunciou a fraude em meados de abril, após ter recebido a fatura. Tenho o nome da funcionária cujo número de identificação estava na nota fiscal. Ainda não consegui entrar em contato. Ela é aluna da universidade.

— Vamos investigar isso. Agora, quanto ao funeral de amanhã — começou Eve, e esboçou o plano.

Ao final da reunião, Eve foi avisada de que os Robins estavam sendo conduzidos à Central. Como queria privacidade, ordenou que eles fossem levados à Sala de Interrogatório A. Ela reuniu os dados do processo sobre Irene Schultz e a foto da ficha criminal.

Ela os encontrou juntos, sentados à mesa, com as mãos entrelaçadas. A melhor expressão para descrever o rosto deles era "choque extremo".

— Sr. e sra. Robins, sou a tenente Dallas. Vocês já conhecem a detetive Peabody. Agradeço-lhes por virem até aqui e quero lhes oferecer nossas sinceras condolências pela sua perda.

— Eu conversei com ela ontem de manhã. — A voz de Jaynie tremia. — Quando ela estava indo ao encontro desse... desse cliente. Disse a ela que a minha irmã chegaria hoje pela manhã com a família. Minha sobrinha, prima dela, é uma das damas de honra. Nos encontraríamos esta noite. Ela estava muito animada com o casamento, mostrou-se confiante e disse que iria fechar essa venda. Estava muito feliz.

— Ela falou com a senhora sobre esse homem?

— Na verdade, não. Disse apenas que era o cliente perfeito para a propriedade perfeita, e a venda do imóvel seria o presente de casamento perfeito. Eu vim pegar o vestido, o vestido de noiva dela. — A descrença disputou espaço com o sofrimento nos olhos de Jaynie. — Vou escondê-lo até o dia da cerimônia porque ela não quer que Tony o veja. O vestido está no closet do quarto dela.

Peabody pousou um copo de água sobre a mesa e colocou uma das mãos no ombro de Jaynie, antes de se sentar à mesa.

— Ele não se importou com ela, sra. Robins, mas eu me importo. — Eve esperou até que a mulher olhasse para ela de novo e mantivesse o foco. — Eu me importo com Karlene e, com a sua ajuda, vou encontrar o responsável e me assegurar de que ele pague pelo que fez com a sua filha.

— Ela nunca fez nada *contra ele*. — Owen Robins lançou-lhe um olhar arrasado. — Ela nunca magoou ninguém.

— Ele não se importa — repetiu Eve. — Nem com Karlene, nem com Deena MacMasters, de dezesseis anos. Ele se importa com o que vê como vingança. Ele se importa em ferir todos que ele acredita terem tirado algo dele. Irene Schultz. É só isso que importa para ele.

Eve tirou a foto da pasta e a colocou sobre a mesa.

— Preciso que a senhora tente se lembrar dela.

— Olhei em todas as minhas anotações antigas. Foi há muito tempo. Eu acreditava no trabalho, acreditava em colocar o bem-estar e os interesses das crianças acima de tudo. Mesmo assim, nunca foi fácil retirar uma criança de sua casa, mesmo se fosse o melhor para ela. Eu trabalhei nessa área durante quase dez anos. Muito tempo. Depois nos mudamos para o Brooklyn e agora eu presto aconselhamento para famílias. Tento ajudar. Sempre fiz isso.

— Compreendo.

— Eu realmente não me lembro dela, dessa mulher. Não de forma muito clara, desculpe. Havia tantos casos... Muitos! Minhas anotações, eu as trouxe. A senhora pode ficar com elas. Anotei, nesse caso, que as condições de vida da família pareciam muito boas e a criança estava bem cuidada. A remoção temporária foi determinada por causa da prisão da mãe e da suspeita de que o pai era cúmplice. Não havia amigos ou parentes, então o menino foi entregue a uma casa de acolhimento, com uma família adotiva. E foi devolvido ao pai quarenta e oito horas depois. Não entendo como ele pode ter acabado com a vida da minha filha só porque eu o mandei para um lugar seguro durante dois dias. Ele não foi prejudicado.

— A senhora se lembra de alguma coisa sobre o pai?

— Pelo que li em minhas anotações, ele ficou chateado, mas era muito educado. Parecia se relacionar bem com a criança e mostrou estar preocupado com o filho. Embalou pessoalmente os brinquedos e as roupas para a criança, e tranquilizou o menino na hora da despedida. Eu teria testemunhado isso no tribunal, se tivesse sido necessário.

Seus lábios tremeram tanto que ela teve que pressioná-los juntos para mantê-los firmes.

— É importante anotar detalhes sobre o relacionamento e o meio em que a criança vive. Tenho em minhas anotações que, pelas observações iniciais, ele parecia ser um bom pai. Como foi inocentado da suspeita de ter conhecimento de qualquer das atividades ilegais da esposa, a criança foi devolvida a ele. Não houve acompanhamento posterior e o caso foi encerrado.

— Certo. Muito obrigada.

— Isso não vai ajudar. Nada disso ajudará Karlene.

— Creio que suas anotações e impressões serão de grande ajuda, sim. Vou mandar alguém levá-los de volta para casa. Preciso lhe pedir para que a senhora não comente sobre o caso com a imprensa. Eles irão procurá-la e serão insistentes. Em nome da segurança de outros filhos ou filhas que ele possa ter como futuros alvos, devo lhe pedir para não comentar nada sobre essa conversa que tivemos. Peço isso pelo bem das crianças, sra. Robins.

— A senhora nos manterá informados sobre... A senhora nos contará?

— Vocês têm a minha palavra. — Levantando-se da cadeira, Eve foi até a porta e fez sinal para os guardas que aguardavam. — Estes policiais os levarão de volta para casa.

— Precisamos ver o Tony.

— Eles podem levá-los até lá. Eles têm ordens para levar vocês aonde precisarem ir.

Peabody os observou quando saíam.

— Foi gentil você dizer que eles ajudaram. Na verdade, não deram ajuda alguma.

— Não temos como saber o que poderá ou não ser útil.

— Isso parte o meu coração, Dallas. Em vez de ir ao casamento da filha, eles irão ao seu funeral.

— Então, precisamos ter certeza de que este será o último funeral pelo qual ele será responsável.

Capítulo Dezoito

Quando Eve encontrou Roarke novamente em sua sala na Central, franziu a testa.

— Por que você ainda está aqui?

— Eles não precisam de mim na DDE, no momento. Posso gerenciar meu trabalho externo daqui com a mesma facilidade que o faria de qualquer outro lugar, com o benefício de estar ao lado da minha esposa.

— Vou voltar ao trabalho de campo. Preciso passar pelo necrotério, depois tentar rastrear a estudante que vendeu o equipamento eletrônico para o suspeito.

— Não tenho nada mais interessante para fazer.

Ela considerou a ideia de levá-lo. Poderia deixar Peabody redigindo e arquivando os relatórios, depois iria pressionar o laboratório e rodar programas de probabilidades para tentar descobrir que alvo poderia ser o próximo.

— Tudo bem então. Você vai ficar comigo.

— Meu lugar favorito.

Depois de despejar o trabalho chato sobre Peabody, Eve foi direto para o necrotério.

— Você não precisa entrar. Não espero nenhuma surpresa aqui, nem revelações ou novidades. Essa visita é só um procedimento padrão.

— De qualquer maneira. — Ele seguiu pelo túnel branco com ela. — Eu me lembro quando trouxemos Nixie até aqui — disse ele, referindo-se à menina cuja família havia sido chacinada em uma invasão doméstica. — Foi brutal. Mas suponho que sempre seja assim. Ela está muito bem com Elizabeth e Richard... e o jovem Kevin. Estão formando uma família. Acho que ela será capaz de superar isso porque você resolveu o caso e ofereceu a ela um futuro.

— Nixie é forte. Ficará bem. — Eve parou do lado de fora das portas da suíte de Morris. — Sabe de uma coisa? O cara responsável pelo que está aí dentro? Ele não precisou rastejar sobre o sangue da própria mãe, como Nixie; não viu a família toda ser assassinada em suas próprias camas. Ele não tem nem a metade da coragem de Nixie. Ele é fraco. Vou resolver esse caso e dar a ele um tremendo futuro também.

Pronto, pensou Roarke, ali estava a Eve que ele admirava. Ela podia sentir a culpa e a dor... talvez precisasse disso... mas ela sempre conseguia retomar foco.

Morris vestia um terno todo preto e uma camisa vermelho--escura. A música se espalhava suavemente pelo ar enquanto ele fechava o corte em Y no tórax de Karlene, com movimentos firmes.

— Você já terminou com ela?

— Comecei a trabalhar assim que ela chegou. Olá, Roarke.

— Olá, Morris. Como você está?

— Melhor do que antes. Eu só esperava rever vocês dois no casamento, e em circunstâncias muito mais felizes. Pedi prioridade para este exame toxicológico — contou a Eve. — Encontrei a mesma combinação que vimos na outra vítima, mas isso poderia me passar despercebido se eu não estivesse procurando pelos elementos específicos. Ela foi drogada aproximadamente seis horas e meia antes de morrer, e recebeu uma quantidade menor que a nossa primeira jovem.

— Ele percebeu que não precisava da vítima apagada por tantas horas — concluiu Eve. — E não teve muito tempo para trabalhar com ela. Ou não fez questão de gastar tanto tempo.

— Mesmo assim, apesar do uso de cordas com elástico, em vez de algemas, seu método permanece o mesmo. Ele a amarrou pelos tornozelos e pulsos. As contenções dos tornozelos foram removidas e recolocadas. Encontrei violações múltiplas, vaginais e anais, e alguns socos quase casuais, considerando a violência dos estupros. Ele a estrangulou e sufocou esporadicamente. Seguiu quase um manual de estrangulamento. Mas ela lutou, como deixou evidenciado nos arranhões, lacerações e contusões em seus pulsos e tornozelos.

— Ele varia o método de maneiras discretas, para se adequar às circunstâncias, mas se mantém fiel ao plano geral.

— Há outra variação aqui — disse Morris. — Ela estava grávida.

— Merda. — Essa informação foi como um soco no estômago de Eve. — Que merda!

— Estava com menos de uma semana. Provavelmente nem sequer soube.

Eve puxou o cabelo para trás com força. Nem se deu ao trabalho de repetir o palavrão.

— Os familiares dela virão aqui. Seus pais, o noivo que morava com ela. Eles iam se casar no sábado.

Morris soltou um longo suspiro.

— O destino é um filho da puta cruel.

— Destino porra nenhuma, as pessoas é que são filhas da puta. Não há necessidade de contar à família sobre a gravidez, pelo menos por enquanto. A menos que alguém pergunte.

— Não, não há necessidade. — Ele recuou. — Primeiro a virgem, agora a noiva.

— O quê? — A cabeça de Eve se ergueu e seu olhar ficou mais afiado. — Espere... O que vem depois?

— Depois de quê?

— Virgem, noiva... qual é o próximo passo? Pode ser uma espécie de progressão. Lógica, organizada. O que vem depois da noiva?

— A recém-casada — sugeriu Morris.

— Esposa. Para alguns... — Roarke olhou para Karlene com pena. — Gravidez, maternidade. Para um pessimista o divórcio vem depois, em algum momento.

— Pode ser uma maneira de ele selecionar a ordem, até mesmo a vítima específica. Você dirige, quero pesquisar isso. Obrigada, Morris.

Ela pegou o tablet quando ainda voltava pelo túnel branco.

— Seria uma sorte monumental para ele — disse Roarke. — Conseguir encontrar as vítimas adequadas para o tipo de progressão que você está propondo.

— Acho que não. As vítimas não precisam ser do sexo feminino, embora eu imagine que ele prefira isso. Pode ser alguém recém--casado de qualquer sexo. Então podemos procurar maridos, além de esposas, homens que vão ser pais e assim por diante. Ele ainda pode escolher entre filhos, netos, irmãos, pais ou familiares mais distantes.

Ela entrou no carro.

— Ordenei a Peabody que avaliasse as probabilidades de contatos indiretos. MacMasters, depois o supervisor do Conselho Tutelar, a assistente social do mesmo serviço, os policiais envolvidos. Talvez ele esteja escolhendo as vítimas pela ordem em que apareceram em cena. Ou talvez desse jeito, por sequência lógica. Mas tem de haver algum processo de seleção. Um cronograma para acompanhá-los, pesquisá-los, organizar o encontro inicial e desenvolver o relacionamento. E ainda temos a sobreposição entre os elementos. Ele entrou em contato com Karlene enquanto trabalhava com Deena. Deu início à segunda fase antes de terminar a primeira.

— Então, por esse critério, ele já deu início à fase três.

— Sim, e talvez até além. Acho que a defensora pública do caso é a vítima mais provável e já começamos a investigá-la, mas ela

Ligação Mortal

não tem ninguém que se encaixe nessa possível progressão. — Eve sacudiu a cabeça enquanto examinava os dados. — Está divorciada há seis anos, não tem filhos. Tem uma irmã casada há mais de vinte e cinco anos, não seria o caso. Tem uma sobrinha e um sobrinho, ambos solteiros.

— Você não precisa se casar para engravidar ou ter um relacionamento que resulte em gravidez.

— Bem lembrado. Poderia ser um deles para o próximo estágio; poderia ser a irmã, casada há muito tempo. Vamos mantê-los sob nossa vista, mas não creio que sejam os próximos.

— Por falar em próximo, qual é a nossa próxima parada?

— Columbia. Preciso achar a funcionária da loja de roupas. Ela mora no alojamento dos alunos e trabalha na loja do campus. Não respondeu ao *tele-link* e não retornou nenhum pedido de contato da Peabody. Quero apenas amarrar essa ponta solta.

— Então vamos direto à poderosa.

— Poderosa?

— Sim, vamos ver Peach. Ele usou o *tele-link* no painel para entrar em contato com a reitora.

Vestida com um terninho vermelho que ampliava a sua autoridade e sapatos de salto altos que a faziam parecer ainda mais alta — os tornozelos de Eve latejaram só de olhar —, Peach Lapkoff esperava na porta do prédio administrativo. Seus olhos atentos e penetrantes assumiram um tom sensual quando ela estendeu as duas mãos para saudar Roarke.

— É maravilhoso vê-lo.

Eve ergueu uma das sobrancelhas quando eles trocaram beijos nas bochechas.

— Digo o mesmo — devolveu Roarke. — Você está... brilhante.

— Vou sair em breve para tentar comover os bolsos recheados de alguns ex-alunos. É melhor cuidar do visual para cumprir meu papel. Tenente. — Ela apertou a mão de Eve. — Encontrei Fiona. Ela estava fazendo um retiro de dois dias e não são permitidos dispositivos de comunicação lá. Eu a chamei de volta porque o assunto me pareceu importante o suficiente para interrompê-la. Ela está a caminho. Eu não tinha certeza se vocês iam querer usar o meu gabinete ou outro lugar.

— Não é necessário. Não vamos demorar muito.

— Ouvi as notícias sobre o outro assassinato. Outra jovem foi violentada e assassinada.

— Ainda não podemos confirmar se os casos estão conectados.

— A imprensa não tem escrúpulos em divulgar especulações sobre um assassino em série cujo alvo são mulheres jovens. Há muitas mulheres jovens no campus. Existe uma preocupação séria por aqui.

— Eu aconselharia alunos e funcionários a tomarem precauções sensatas. Mas as afirmações e especulações da imprensa ainda não têm confirmação oficial do Departamento de Polícia de Nova York.

Peach continuou a olhar para Eve como se estivesse tentando radiografar seu cérebro.

— Fiquei preocupada quando você pediu que Fiona Wallace fosse localizada. Imagino que vocês tenham motivos para acreditar que ela está em perigo.

— De forma alguma. Trata-se de uma venda que ela fez no último mês de março, na loja do Centro Esportivo do campus. Essa venda pode ter ligação com o caso.

— Fico aliviada por saber que é isso. — O olhar de Peach se moveu para algum ponto atrás de Eve. — Aqui está ela.

— Você reconhece todos os seus alunos de vista, dra. Lapkoff?

— Por favor, me chame de Peach — pediu ela. — Não, eu não reconheço, mas olhei a ficha dela quando você me pediu que eu a localizasse. Olá, srta. Wallace.

— Dra. Lapkoff. — A jovem não tinha mais de vinte anos, pele pálida como a lua e o que parecia ser vários quilos de cabelo ruivo empilhados no topo da cabeça. Ela estava um pouco ofegante, reparou Eve, talvez por ter corrido pelo campus ou pelo medo de ser chamada à reitoria.

— Você não está em apuros. — O ar poderoso e feminino da reitora assumiu um leve tom maternal. — E não será penalizada pelo tempo que ficar afastada do retiro. Esta é a tenente Dallas, da Polícia de Nova York. Ela espera que você possa ajudá-la.

— Ajudá-la?

— Isso mesmo — confirmou a reitora. — Gostaria que eu deixasse vocês a sós, tenente?

— Não é necessário. Você trabalha na loja do Centro Esportivo?

— Sim, senhora. Sou estudante e trabalho lá para ajudar com as despesas do dia a dia. Já trabalho na loja há mais de um ano.

— Você trabalhou lá no dia 31 de março?

— Ahn... Não tenho certeza. Talvez.

— Você vendeu vários itens para este homem. — Eve exibiu o retrato falado. — Você se lembra dele?

— Não estou certa. Não consigo afirmar com certeza. Isso faz mais de dois meses e a loja é muito movimentada. Às vezes ficamos muito atarefados.

— Eu trouxe uma lista do que ele comprou. Talvez isso a ajude a se lembrar. — Eve começou a recitar a lista e viu Fiona piscar duas vezes quando chegou aos tênis. — Você lembra?

— Lembro, sim. Foi uma venda boa, realmente grande, e os tênis eram muito caros. Lembro disso porque avisei ao cliente que aquele modelo iria entrar em promoção por um dia dali a uma semana. Dez por cento de desconto, e isso é muito, considerando que eles custam trezentos e cinquenta dólares, certo? Só que ele quis levá-los naquele dia mesmo. Ele me pareceu um pouco diferente dessa imagem. Foi por isso que não o reconheci de imediato.

— Como assim?

— Seu cabelo estava muito mais comprido e ondulado. Ele tinha um cabelo *mag*. Era muito fofo. Acho que eu flertei um pouco com ele, como às vezes acontece. Perguntei se ele morava no campus e qual curso fazia. Acho que ele contou que morava fora do campus. Foi muito simpático, mas não correspondeu ao meu flerte. Imaginei que ele já estava saindo com alguém e não o pressionei. Mas fiz uma piada sobre ele ganhar na loteria, porque ele comprou metade da loja. Lembro que ele sorriu, e isso ficou marcado porque, uau, ele tinha um sorriso lindo de morrer. Ele também disse algo que achei um pouco engraçado... Ele disse que "as roupas fazem o homem". Parecia algo estranho para uma pessoa dizer quando está comprando camisetas, artigos esportivos, esse tipo de coisa. Eu coloquei tudo em uma sacola e ele foi embora.

— Tornou a vê-lo desde esse dia?

— Não, acho que não.

— Ok, Fiona. Obrigada.

— Ele fez algo ilegal?

— Precisamos conversar com ele. Se por acaso você o vir por aqui, faça-me um favor. Não se aproxime dele e entre em contato comigo. — Eve lhe entregou um cartão.

— Certo. Devo voltar para o retiro agora?

— Isso mesmo — disse Peach. — Pode voltar direto para lá.

— Sim, senhora.

— A conversa ajudou? — quis saber Peach quando Fiona saiu, apressada.

— Confirmou algumas informações, foi bom para o estabelecimento de padrões e me mostrou que ele se tornou presunçoso, em vez de cuidadoso. Às vezes a presunção vence. Sim, foi muito útil. Assim como você, reitora. Muito obrigada.

— Fico feliz por poder ajudar, e espero que a imprensa noticie, muito em breve, que você prendeu esse homem.

— Eu também.

Quando chegaram ao carro, Roarke perguntou:

— E agora, para onde vamos?

— Preciso rever a lista de nomes e dados das pessoas ligadas à prisão de Irene Schultz. Tenho de conversar com eles, todos eles, e tentar descobrir quem é o próximo alvo.

— Nem todos moram em Nova York.

— Não. — Ela entrou no carro. — Mas, pelo visto, ele tem um suprimento infinito de carteiras de identidade e cartões de crédito clonados. Talvez o próximo alvo esteja em Nova York, talvez não. Preciso interrogar todas as pessoas ligadas a possíveis alvos para tentar resolver isso.

— Só que nem todas essas ligações indiretas moram em Nova York, nem na cidade, nem no estado. É claro que você poderia usar o jato para ir de um lado para outro... ou simplesmente fazer as entrevistas via *tele-link*.

— Prefiro interações cara a cara, mas isso não seria prático, então a maior parte delas será por *tele-link*, mesmo. O problema é que as pessoas se multiplicam. Elas se casam, têm filhos. Os filhos repetem o ciclo. Ou elas têm irmãos que fazem isso. Ao longo de vinte e tantos anos você tem uma tribo de pessoas a partir de um único elemento.

— Pessoas e sua ancestral tendência de se multiplicarem. — Divertindo-se com ela, Roarke sacudiu a cabeça. — O que podemos fazer a respeito?

— O que eu gostaria de fazer é levar esse povo todo para a Central, interrogá-los um por um e depois, se necessário, agrupá-los em um único ambiente, para ver se as respostas de uma pessoa fazem surgir alguma lembrança importante em outra.

— Posso providenciar isso.

Ela olhou para ele meio de lado enquanto ele dirigia o carro para casa.

— Como assim? Você fará com que todos sejam transportados até a Central, de onde quer que estejam? Isso é impraticável, e muitos deles não toparão vir. Outro problema com as pessoas é que elas têm vida própria e podem se irritar se alguém lhes pedir para colocar suas prioridades em modo de espera para ajudar em uma investigação policial com a qual muitos acreditam nem sequer estarem envolvidos.

— Há diversos tipos de meios de transporte — anunciou ele.

— Ah, claro, os *seus* meios de transporte são todos sofisticados e espetaculares, mas...

— Eve, apesar de eu viajar a trabalho com frequência, ou trazer pessoas até mim para reuniões, muitas vezes eu conduzo meus negócios em todo o mundo, e até fora do planeta, sem sair de Nova York.

— Sim, mas você tem... — Ela teve uma lembrança repentina de entrar no escritório de Roarke sem aviso prévio quando ele conduzia uma reunião. Era uma reunião holográfica. — Isso poderia funcionar — refletiu ela. — Nós geralmente não usamos hologramas para interrogatórios porque se você está lidando com um suspeito, ou mesmo com testemunhas em alguns casos, a defesa tentará questionar qualquer prova conseguida por esse método. É complicado porque tudo pode ser manipulado. Quando a gente quer algo sólido, é preciso uma confissão ou prova irrefutável obtida frente a frente e com registro gravado. Só que nesse caso...

— Você não está em busca de uma confissão, nem interrogando suspeitos, nem mesmo pessoas que tenham interesse em uma das partes.

— Sim, poderia funcionar. Só que eu quero conversar com a promotoria para me certificar de que não há nenhuma exigência processual que eu precise cumprir. Se alguma informação que eu receber levar a uma prisão, não quero que algum advogado de defesa esperto argumente que a informação foi contaminada e blá-blá-blá. Mas acho que podemos fazer isso, sim.

— Você usou holografia com o Ricker.

— Sim, mas ele já estava cumprindo perpétua sem chance de liberdade condicional. Eles podem tentar me impedir de acusá-lo de conspiração no caso Coltraine. Mas se você ordena o assassinato de um policial de dentro de uma colônia penal fora do planeta, onde são permitidas visitas holográficas e consultas legais, fica difícil alguém discutir o método. Mesmo assim eu me precavi antes. Cleo não estava na sessão holográfica, mas teve permissão para assistir a ela. Eu não usei nenhuma evidência do hologram em si ao arrancar sua confissão e, de novo, me precavi antes. O juiz já rejeitou o recurso que a acusada protocolou, pedindo para anular tudo.

— Fico feliz em saber disso.

— Acho que podemos usar holografia, se as partes concordarem. Pouparia horas de viagem e teríamos a segunda melhor opção que não uma acareação. Só preciso ter certeza de que nossa retaguarda está bem protegida.

— Você protege a nossa retaguarda e eu configuro o sistema.

— Quanto tempo para configurá-lo?

— O programa básico, no máximo vinte minutos. Mas preciso das coordenadas das pessoas que você deseja trazer. Serão necessários alguns minutos para triangular o sinal de cada hologram.

— Vale a pena repetir o que eu sempre digo: é cômodo ter você por perto. — Ela pegou o *tele-link* e ligou para a promotora Cher Reo.

Havia, como Eve imaginava, alguns obstáculos legais. Mesmo assim ela iria economizar um tempo considerável. Ainda se consultava com Reo quando entrou em casa e pensou que estar envolvida com questões legais era uma vantagem, pois lhe deu oportunidade de ignorar Summerset por completo.

Depois de conseguir sinal verde, Eve começou a fazer contatos e acordos. Já estava com meio caminho andado quando Roarke a chamou com um bipe do comunicador.

— O programa já está configurado no salão holográfico. Preciso das suas coordenadas.

— Vou levá-las até você. Peabody poderá fazer o resto dos contatos. Cinco minutos.

Ela repassou tudo para a parceira e reuniu o que precisava. Pegou o elevador e entrou em uma versão maior e mais sofisticada do escritório de sua casa.

— Humm...

— A aparência ajuda. Um desses dias você poderia pensar em trocar sua mesa por uma estação de trabalho como esta aqui.

Ela fez uma careta ao olhar para a superfície escura e lustrosa do console em forma de U, com o centro de dados e comunicações embutido e um elegante painel de controle.

— Gosto da minha mesa.

— Sim, eu sei. — Ele a beijou de leve e apontou para uma mesa na parte de trás da sala. — Coma um sanduíche.

— Temos sanduíches?

— Sim. Pode se instalar atrás da mesa, se quiser. Como eu conheço você, imagino que prefira ficar de pé a maior parte do tempo. A pessoa com quem você vai conversar poderá ser colocada em qualquer cadeira ou no sofá. Esta unidade aqui e o telão já estão totalmente operacionais, se você precisar deles.

Sofisticado, pensou ela. Muito sofisticado.

— Temos de gravar as conversas.

— Tudo será gravado.

Quando ele apontou mais uma vez para a mesa, ela pegou um sanduíche.

— Vamos colocar Peabody na conversa.

Ele assentiu e usou o próprio *tele-link*.

— Peabody falando... — O rosto de Peabody se iluminou todo ao ver Roarke. — Oh, ei. Oi!

— Oi. A tenente gostaria que você se juntasse a nós.

— Ok. Uau. Eu nunca participei de uma sessão holográfica antes.

— Eu serei gentil — prometeu ele, e isso a fez rir. — Pronto. Já peguei seu sinal. Iniciando.

Pequenos pontos de luz giraram no ar e então o redemoinho luminoso se transformou em Peabody.

— Oh. Puxa, essa parte foi fácil. E eu não me senti esquisita. — Ela olhou ao redor e piscou várias vezes. — É esquisito, mas eu não me senti esquisita. O que é aquilo ali?

— O quê? Ah, é uma espécie de sanduíche.

— É um panini! E parece estar bem gostoso.

— Há muitos. Sirva-se à vontade.

— Obrigada. — Peabody se virou para a mesa e estendeu o braço, mas a mão passou direto pelo sanduíche e pela bandeja.
— Isso foi maldade! Não posso me servir porque não estou aí de verdade. Mas estou. Não entendo nada de ciência holográfica. Toda vez que McNab tenta me explicar o meu cérebro entra em sono profundo.

— Melhor deixar a ciência para os nerds e fazer o nosso trabalho policial. Termine os contatos e consiga as autorizações. Vou me conectar com a defensora pública novamente e vamos trazê-la virtualmente para cá.

Aquilo era esquisito, admitiu Eve, mas também simples e eficiente. Em poucos minutos, a ex-defensora pública estava sentada diante dela, no escritório holográfico.

— Agradeço sua disponibilidade, sra. Drobski.

— Não precisa agradecer. Quero resolver este problema o mais rápido possível. Isso é perturbador.

— Tenho certeza que sim. Mas a sua segurança e a segurança da sua família são a nossa prioridade.

— Você tem provas viáveis de que eu ou a minha família somos possíveis alvos? Há evidências que caracterizem esse perigo vindo de um réu que eu representei há mais de vinte anos?

— Você está pensando como advogada. Eu estou pensando como policial. Em qual dos dois você confiaria a sua vida e a vida dos seus familiares?

A mulher se remexeu na cadeira, exibindo desconforto e irritação.

— Estou aqui, não estou?

— Você recebeu um retrato falado do suspeito. Tem certeza de que nunca viu esse homem antes? No telão apareceu Darrin Pauley.

Drobski estudou a imagem.

— Nunca o vi, até onde me lembro.

— Você tem um irmão.

— Sim, Lyle. Como eu já lhe disse, ele é consultor financeiro. Falei com ele, mostrei a ele o retrato falado, e também a sua esposa e a seu filho. Estou tão preocupada que mostrei a imagem até mesmo para os meus pais, e eles moram no Arizona. Nenhum deles reconheceu esse homem.

— De quem você é mais próxima?
— Como assim?
— Na sua família. De quem você é mais próxima?
— Isso é muito difícil... meu pai, eu acho. Ele foi a razão de eu ter me tornado advogada. Posso lhe garantir, tenente, que ele não é ingênuo nem crédulo em qualquer pessoa a ponto de permitir que ele ou a minha mãe sejam colocados em risco. Os alvos do assassino são mulheres, não é?

— Não descartamos a mudança de orientação para um alvo masculino. Quem mais está aí?
— Eu não tenho mais nenhum familiar.
— De quem mais você é próxima? Família nem sempre tem laços de sangue.
— Oh meu Deus! — Pela primeira vez, Drobski pareceu abalada. — Lincoln, Lincoln Matters. Estamos envolvidos há mais de um ano, e também a minha sócia, Elysse Wagman. Somos muito ligadas desde os tempos de faculdade. Ela... ela é como uma irmã.
— Peabody.
— Já estou pesquisando, tenente.
— Você acha que ele pode ir atrás de Lincoln ou Elysse? Precisamos avisá-los...
— Estamos cuidando disso nesse exato momento — avisou Peabody. — A Elysse é casada ou mora com alguém?
— Não. Na verdade, ela acabou de sair de um divórcio complicado. Tem uma filha, que é minha afilhada... Renny. Ela só tem onze anos.
— Vamos cuidar de todos eles. — Eve viu com o canto dos olhos quando Peabody assentiu de forma tranquilizadora. — Os policiais já estão a caminho da residência, e também irão procurar Lincoln. Quando terminarmos, vou entrar em contato com os dois para explicar tudo.

— Vocês realmente acham que eles podem estar...

— Não vou me arriscar — interrompeu Eve. — Quero que você me conte tudo que se lembra sobre o caso de Irene Schultz.

— Eu me lembro muito bem. Eu trabalhava como advogada de defesa há pouco tempo e ainda era uma idealista. Era ingênua. Achei que por ela ser ré primária e ter um filho pequeno eu lhe conseguiria um bom acordo. Percebi que poderia convencer a promotoria a cancelar a acusação sobre as drogas e a oferta de sexo sem licença, talvez diminuísse a pena dela para um ano e reabilitação compulsória. Talvez conseguisse metade do tempo logo em seguida. No entanto, antes mesmo de combinarmos uma estratégia, fui informada de que eles queriam o marido dela também, e, assim, talvez conseguisse apenas seis meses de prisão, ou uma clínica de reabilitação sem cumprir pena alguma, caso ela aceitasse entregá-lo.

— Mas ela não fez isso.

— Ela não quis fazer. Insistiu, mesmo para mim, que ele não tinha nada a ver com o que ela tinha feito, e não sabia de nada. Expliquei minha estratégia e tentei convencê-la, mas ela não cedeu. Tentei apelar para a sua condição de mãe. Eu realmente queria ajudá-la. Ela não poderia cuidar de seu filhinho se estivesse na prisão. Mas ela se mostrou irredutível. Pior: a promotora chegou na manhã seguinte para negociar e ela se entregou imediatamente. Eu conseguiria diminuir a pena para um ano, mas ela não me deixou fazer isso. Eu me senti um fracasso como advogada.

— Você falou com o marido?

— Sim. Ele estava furioso. Ficou indignado quando eu lhe contei que ela iria cumprir dezoito meses de prisão. Afirmou que ela não deveria ficar mais de um ano presa. Concordei com isso, mas ele me culpou. Quando eu expliquei que as ações dela me impediram de negociar, ele se acalmou um pouco, até me pediu desculpas. Quando entramos no tribunal, ele trouxe o bebê. Era um bebê muito lindo.

Seu olhar voltou para o telão.

— Por Deus, eu o peguei no colo. Segurei aquele bebê enquanto Irene e seu marido conversaram, por um minuto. Eu o segurei no colo! Fiquei arrasada quando ele chorou e chamou pela mãe. Por não ter conseguido fazer mais. A gente supera isso depois de um tempo, depois de mergulhar em outros trabalhos, em outros casos. E, então, temos de abandonar o trabalho porque deixamos de nos sentir mal quando não conseguimos fazer mais.

Quando Eve sentiu que tinha arrancado dela tudo o que podia, trouxe Elysse Wagman para o salão holográfico, mas manteve Drobski conectada a pedido de ambas.

A mulher absorveu as informações que Eve lhe deu, ouviu tudo sem se abalar.

— Vou enviar minha filha para o Colorado, para ela ficar com a minha mãe. Esta noite mesmo.

— Lissy, você deveria ir também. Você deveria...

— Sra. Wagman. — Eve interrompeu a sugestão preocupada de Drobski. — Entendo a preocupação com a segurança da sua filha. Os policiais irão ajudá-las no que for possível para transportar sua filha. Não posso ordenar que você permaneça onde está, mas gostaria de lhe pedir que fique onde está. Se você for um alvo, qualquer mudança na sua rotina poderá alertar o assassino. Nós podemos e vamos protegê-la.

— Durante quanto tempo?

— Enquanto for necessário. Você poderia dar outra olhada na imagem que está no telão? Um olhar mais atento, se possível.

— Eu não tenho certeza...

— Ele poderia estar com cabelos mais compridos ou mais curtos. Poderia parecer um pouco mais velho.

— Cabelos mais compridos — murmurou ela. — Pode ser... Por Deus, pode ser, sim. Cabelos mais compridos e barba. Dom Patrelli.

Bingo, Eve pensou. Quando se virou para pedir a Peabody que investigasse esse nome, sua parceira já pesquisava no tablet.

— Como você o conheceu?

— Faço trabalho voluntário para uma clínica de assistência jurídica no Lower East Side. Cerca de três semanas atrás, quando eu saía do trabalho, ele chegou correndo, muito ofegante. Perguntou se eu era Elysse Wagman. Disse que era jornalista e que estava preparando uma matéria sobre mulheres que trabalham na área jurídica, com ênfase em casos domésticos. É a minha especialidade. Disse que tinha se atrasado, que tentara chegar lá antes que a clínica fechasse, e me perguntou se poderia caminhar um pouco comigo e me fazer algumas perguntas. Eu não vi mal nisso. Ele era encantador, me pareceu sincero e muito interessado no trabalho que realizamos lá.

— Ele lhe informou o nome e lhe mostrou credenciais?

— Sim. Foi tudo muito rápido e ele parecia confuso e hesitante. Mas estávamos na rua. Ele simplesmente caminhou comigo por alguns quarteirões, fez o tipo certo de perguntas. Tinha feito pesquisas bem completas sobre o que fazemos na clínica. Fiquei impressionada e satisfeita. Nosso trabalho precisa de mais divulgação. Ele me pagou uma xícara de café em uma carrocinha de lanches e perguntou se poderia entrar em contato comigo, caso precisasse de mais algum dado.

— E ele fez um novo contato?

— Na semana seguinte ele estava me esperando na porta da clínica novamente, quando eu saí, com um café. Como eu tinha tempo, nós caminhamos até o parque, nos sentamos em um banco, tomamos café e ele me fez mais algumas perguntas. Ele pareceu... flertar comigo um pouco, mas nada exagerado ou ofensivo. Fiquei lisonjeada. Ele tem vinte anos a menos e eu acho que... sou uma idiota.

— Não. Ele é muito bom no que faz.

— Nós apenas conversamos, isso é tudo, e ele acabou me contando que é fã dos filmes de Zapoto.

— Meu Deus! — murmurou Drobski.

— Pois é. Sou uma superfã e conversamos sobre isso, debatendo sobre os filmes que ele fez. Havia um pequeno festival de cinema em Tribeca naquele fim de semana.

— Você saiu com ele.

Elysse umedeceu os lábios e ajeitou o cabelo atrás da orelha.

Ela estava nervosa, avaliou Eve, mas também envergonhada.

— Eu o encontrei lá no sábado à noite. Depois tomamos alguns drinques e jantamos juntos. Por Deus, eu cheguei a dizer a ele que não poderia lhe pedir que voltasse comigo para casa por causa da minha filha, o que era uma maneira óbvia de dizer que poderíamos ir à casa *dele*. Mas ele explicou que a mãe do colega com quem ele divide o apartamento estava de visita e ficaria estranho. Depois ele me beijou e me colocou dentro de um táxi. Ele me beijou! — repetiu ela, pressionando a mão sobre os lábios.

Em seguida continuou:

— Voltamos a sair na semana seguinte. Fizemos apenas um lanche, comemos cachorro-quente de soja no cais. Ele me fez sentir jovem, sexy e ansiosa — confessou ela — porque me disse que era melhor esperarmos um pouco mais. Eu tinha comentado sobre o divórcio e sobre a minha filha. Contei tudo sobre a minha filhinha. Ele queria que eu pensasse melhor porque queria que eu tivesse certeza.

— Quando você marcou de encontrá-lo de novo?

— Na sexta-feira da semana que vem. Neste fim de semana ele vai trabalhar.

Não se eu conseguir evitar, pensou Eve.

Capítulo Dezenove

— Ela não é a próxima da lista dele — garantiu Eve. — Ele está brincando com ela, envolvendo-a. Ela é divorciada... isso é mais ousado. Ele a cativou facilmente. Mudou o visual, a imagem: jovem, mas não muito; gosta de flertar, mas não muito; interessa-se pelas mesmas coisas que ela, está bem informado.

— Ela não contou a ninguém sobre ele porque a coisa ainda está muito no início — ajudou Peabody. — E se sente um pouco tola quando se imagina tendo um caso com alguém vinte anos mais novo.

— Ele não tem *tele-link* em casa, foi o que disse a ela... anda meio duro e ainda não conseguiu comprar um aparelho novo. Ele não quer que ela entre em contato com ele, por enquanto. Precisa mantê-la ansiosa e insegura. Ele tem o poder. Só que ela não é a próxima vítima.

— Mas outra pessoa por aí é... — A preocupação invadiu o rosto de Peabody quando ela estudou as fotos dos possíveis alvos que Eve havia exibido no telão de trás. — E provavelmente será neste fim de semana.

— Ele não vai pegar mais ninguém — garantiu Eve. — Vamos ver a supervisora do Conselho Tutelar, e depois a promotora.

Ela tomava litros de café entre uma conversa e outra. Então liberou Peabody por vinte minutos para ir pegar um sanduíche.

Ela começou a entender os passos, os estágios, a história de vinte anos atrás, e achou que já compreendia bem cada componente, seus papéis e suas escolhas.

— Ela cumpriu pena por causa dele — concluiu Roarke. — Ele a enrolou ou a convenceu a se entregar durante a ligação que ela fez depois da prisão. "Nós não podemos ir presos juntos, amor, quem cuidará do menino?"

— Talvez — concordou Eve —, mas ele já tinha sido preso uma vez. Suas impressões digitais estão na ficha policial. Eles o prenderiam por roubo de identidade se ela admitisse que ele estava envolvido, e ele certamente pegaria muito mais que dezoito meses pela segunda acusação. Ele certamente usou esse argumento... "Você vai cumprir só um ano, amor, e eu estarei à sua espera. Se eles me prenderem vou pegar de cinco a sete anos."

— Exatamente. Ele tinha mais a perder do que ela.

— E ele queria uma confissão rápida e limpa, para facilitar o trabalho da polícia e da promotoria. Sem barulho, sem confusão, sem chamar muita atenção para ele.

— E tem mais... se os dois fossem presos, não haveria como explicar suas outras identidades. Ele pode ter reforçado esse ponto. Tudo viria abaixo e eles seriam expostos. Havia muito mais em jogo do que dezoito meses. Além do mais, *ela* fora flagrada, certo? Ela fora descuidada. Por que eles deveriam perder tudo quando ela poderia simplesmente segurar as pontas por algum tempo?

— Essa é a minha aposta — concordou Eve. — Ele já tinha cumprido pena uma vez e não iria voltar tão cedo. Em pouco tempo, com algumas negociações e uma confissão, ela poderia pegar só um ano, parte do qual, talvez quase todo, em prisão domiciliar ou numa clínica de reabilitação obrigatória. Só que essas negociações iriam tornar tudo mais arriscado para ele.

Quanto mais rápido ela fosse presa, mais depressa ele escaparia do sufoco. Mas há algo além disso, na minha opinião.

Enfiando as mãos nos bolsos, ela vagou pelo escritório que lhe era tão familiar — uma ilusão, mas muito familiar. E se lembrou do seu passado.

— Eu tenho vagas lembranças da minha mãe. Tudo é nebuloso, poucos flashes. Mas eu sei... eu já sentia na época que ela odiava o fato de eu existir. Mas ela me teve e ficou comigo por tempo suficiente para que eu guardasse algumas imagens no subconsciente e alguns eventos específicos.

— Como aconteceu com Darrin Pauley?

— Tudo que ele lembra ou foi ensinado a lembrar é uma versão diferente. Sei que eu não representava uma criança para nenhum dos meus pais. Eu era uma mercadoria. Uma renda em potencial. Mas será que eles inventaram isso ao mesmo tempo ou um tentou convencer o outro? Essa é uma pergunta para a qual eu nunca terei resposta, mas não é importante.

Ela não permitiria que fosse importante.

— Mas neste caso, talvez seja — completou.

— Por que ela decidiu, ou ambos decidiram, ter um filho? — continuou Roarke.

— Ela é a operadora, o cérebro, a pessoa que decide. Ele é o manipulador que gosta do êxito, e ela lhe ensinou o que sabia. O sexo, as drogas, o dinheiro fácil e a falta de finesse. Tudo rápido e lucrativo, como você disse. Ela precisou usar de delicadeza para envolver Pauley durante um ano. Quanto ao garoto? Ele era excesso de bagagem, ela devia ter se livrado dele. Mas não o fez. Isso quer dizer que ela queria o garoto... ou queria Pauley... talvez ambos. O garoto não era uma mercadoria. Talvez um disfarce, mas aí já é forçar a barra.

— Seria mais fácil ela se mover, se misturar, e aplicar seus golpes sem uma criança para cuidar — concordou Roarke.

— Quando Pauley saiu, eles poderiam ter deixado o filho com Vinnie. Mas simplesmente desapareceram.

— Levando os dois, tanto a mulher que Vinnie amava quanto a criança que ele julgava ser sua? Isso é crueldade.

— Mas se encaixa ao padrão. Ela era uma mulher livre e saudável, eles tinham uma boa grana, que roubaram de Vinnie, e em alguns anos ela passou a usar drogas e se oferecer para sexo. Isso me faz pensar que era ele quem comandava o espetáculo.

— Dinheiro fácil — concordou Roarke —, com ela fazendo o trabalho.

— Pauley era a fraqueza dela. Ela se prostituiu por ele e confessou tudo por ele. Em algum momento, ele começou a comandar o show, procurando dinheiro fácil, mais sucesso e ainda mais dinheiro. Quando ela completou sua pena e eles se mudaram para Chicago, ele já estava à frente de tudo por completo.

Ela respirou fundo.

— Foi isso que aconteceu com os meus pais, é assim que eu me lembro. O jeito que me sinto quando me lembro deles juntos e tenho lampejos dos eventos. Ela era uma prostituta viciada, e ele comandava o show. Mas talvez eu esteja projetando.

— Acho que não.

Ela sacudiu a cabeça.

— Isso vai ficar para mais tarde, talvez seja útil. Temos de lidar com o aqui e o agora. Vamos trazer Peabody de volta, para conversarmos com a juíza.

Antes disso, porém, ele foi até onde Eve estava e tomou o rosto dela em suas mãos.

— Não importa o que você se lembre ou sinta, precisa entender que, independentemente de tudo que seus pais fizeram, eles deram ao mundo uma coisa que valeu as suas vidas miseráveis: você. O que quer que tenham sido, não conseguiram destruir isso. Não conseguiram impedir que você se tornasse quem é.

* * *

A juíza Serenity Mimoto, uma mulher muito elegante e de porte miúdo, estudou o retrato falado de Darrin Pauley no telão.
— Ele se parece com o pai.
— A senhora se lembra do pai dele?
Mimoto lançou os olhos intensos em direção a Eve. Sua tonalidade azul forte contrastava com a pele lisa, cor de avelã.
— Eu me atualizei sobre o assunto e todos os envolvidos assim que alguém da sua equipe me contatou mais cedo. Estou bem familiarizada com os detalhes do caso. A acusada, por meio do advogado dela, chegou a um acordo com o promotor. Ela se declarou culpada de todas as acusações e o promotor recomendou uma sentença de dezoito meses. Tendo em conta a natureza não violenta dos crimes, a falta de antecedentes criminais, a cooperação e o pedido da ré, ordenei que assim fosse feito. Ela foi levada para a área de segurança mínima na penitenciária de Rikers.
Mimoto acenou com a cabeça para o telão novamente.
— Eu me lembro dele, o bebê que estava nos braços do pai e chorava pela mãe. Permiti a ambos um momento de despedida. Ela abraçou o menino depressa, muito brevemente, depois o entregou à advogada de defesa e abraçou o homem. Na hora eu pensei que ela não tinha como consolar o filho, e precisava obter conforto do marido.
— A senhora nunca mais os viu, o pai ou o filho, desde aquele dia no tribunal?
— Não, acredito que não voltei a me encontrar com eles. Se o caso desse jovem vier para a minha jurisdição quando você o prender eu serei obrigada a me recusar a julgá-lo, devido a essa conversa que estamos tendo e à minha ligação anterior com o réu. Então eu devo lhe perguntar, tenente: você já tem provas suficientes para efetuar uma prisão?
— Acredito que sim, e teremos mais.
Mimoto inclinou a cabeça.
— E espera que eu possa lhe fornecer mais elementos para isso.

— Sim, espero, principalmente para impedi-lo de machucar alguém que seja próximo à senhora. Foi a senhora que pronunciou a sentença que colocou a mãe dele na prisão. Seis meses depois do fim da pena, ela, o filho e o parceiro assumiram nomes diferentes. Retomaram a aplicação de golpes e as atividades ilegais que tinham resultado na prisão e encarceramento dela, e ela acabou sendo estuprada e assassinada de forma quase idêntica à das minhas duas vítimas atuais.

— E você acha que esse homem foi o responsável por ambos esses assassinatos porque, de alguma forma, ele acredita que a morte da mãe foi consequência de sua prisão e cumprimento de pena?

Eve admirou a atitude calma de Mimoto e sua rápida compreensão.

— Exato, e acredito que ele tenha sido doutrinado a fazer essa conexão ao longo de toda a sua vida.

Mimoto ergueu uma sobrancelha negra e bem desenhada.

— Essa hipótese eu deixo para os psiquiatras e advogados confirmarem. Ele não virá atrás de mim. Isso é uma pena, porque não seria a primeira vez que eu fui ameaçada ou servi de alvo ao longo dos meus vinte e seis anos de tribunal. Mas pode vir atrás de alguém da minha família. Eu tenho uma família muito grande, tenente.

— Sei disso, Meritíssima. Quatro irmãos, todos casados, três filhos, também todos casados. Oito netos.

— E mais um bebê a caminho.

— Sim, senhora. E sua neta mais velha também é casada.

— Exato, e eu me tornei bisavó ontem.

— É mesmo? — Aquela informação ainda não estava em seu registro de dados, observou Eve. Como era possível alguém acompanhar tamanha multiplicação? — Meus parabéns!

— É um menino. Spiro Clayton nasceu com três quilos e seiscentos gramas.

— Ahn... Que bom! — supôs Eve. — Seu marido também tem quatro irmãos e assim por diante. Sem falar nos seus pais e nos seus quatro avós.

— Acrescente a isso várias tias, tios, primos, sobrinhas, sobrinhos, uma prole considerável. Pode-se dizer que somos uma legião.
Exatamente, Eve pensou. Por onde começar?
— Encontrei um padrão, Meritíssima. Uma forma pela qual ele escolhe seus alvos. Pela... amplitude de sua família, não duvido que exista um membro que se enquadre nos critérios dele. No entanto, eu já estabeleci contato com três outros alvos em potencial, e com isso consegui limitar o padrão dos restantes a dois requisitos. Estou procurando por uma pessoa por quem a senhora tenha grande consideração. Pode ser da família ou alguém que a senhora trata como se fosse da família; alguém que se casou há pouco ou que sofreu a morte de um cônjuge recentemente.
— Um começo e um fim.
— A probabilidade de que estes sejam os dois parâmetros restantes é extremamente alta. Devo acrescentar que é possível que ele ainda não tenha feito contato com a viúva ou viúvo. Enquanto isso, pelo padrão estabelecido, a próxima vítima é uma pessoa recém-casada... e ela poderá ser alvo dele em questão de dias, talvez neste fim de semana.
Pela primeira vez o rosto enigmático da juíza esboçou certa agitação.
— Tão próximo assim? Tenente, felizmente as pessoas da minha família possuem uma admirável longevidade. Já tivemos perdas, é claro. Uma tia muito querida fez sua passagem um ano atrás.
— Vou coletar as informações, mas acredito que o alvo será do sexo feminino. Tanto as duas vítimas anteriores como os três possíveis alvos que já identificamos são mulheres.
— Ah... um primo faleceu alguns meses atrás. Sua esposa...
— Ela pressionou a têmpora com o dedo. — Terei de verificar o contato. Ela mora em Praga. Minha mãe deve ter todas as informações. Ela é a nossa base de dados familiares.
— Será alguém muito próximo da senhora. Ele não quer simplesmente feri-la, meritíssima, e sim deixá-la destroçada.

— Nenhum dos meus filhos ou netos se casaram recentemente. Dois dos meus netos estão noivos. Tenho uma sobrinha que se casou no verão passado, outra vai se casar no próximo outono. E... — Ela parou, balançando a cabeça. — Dê-me uma hora para pensar no assunto, tenente. Vou entrar em contato com a minha mãe e ela certamente saberá informar. Na verdade, ela tem uma lista atualizada com os contatos de todos os parentes, que foi usada para enviar os convites para a sua renovação dos votos.

— Renovação?

— Sim, isso mesmo. Meus pais decidiram renovar seus votos de casamento no Dia dos Namorados. Ela decidiu que depois de setenta anos eles merecem uma cerimônia para reforçar o compromisso, uma festa imensa e uma segunda lua de mel.

— Uma segunda lua de mel? Como se fossem recém-casados?

— Pois é. Eles estão com oitenta e nove e noventa e três anos, respectivamente... — O rosto de Mimoto ficou pálido de horror. — Meu Deus. Minha mãe? O alvo dele é a minha mãe?

— É possível, sim. Quero localizá-la, para protegê-la. Aguarde um instante, Meritíssima. Peabody!

— Estou pesquisando o número dela neste instante.

— Coloque-a no viva voz quando completar a ligação, para o caso de ela querer confirmar tudo com a filha. Depois envie dois policiais à paisana para a casa dela, a fim de garantir sua segurança. Nós já a localizamos — assegurou Eve, olhando para Mimoto. — Ela ficará protegida.

Em poucos minutos a imagem holográfica de Charity Mimoto apareceu ao lado da filha. Para alguém que não devia sair da frente da TV aos noventa anos, pensou Eve, aquela senhora parecia muito bem.

Era alta, enquanto a filha era baixa; tinha ossos protuberantes, enquanto a juíza exibia uma compleição mais delicada, e o tom da pele da mãe era um pouco mais escuro. Os olhos, porém, inteligentes e azuis, eram absolutamente idênticos.

Charity olhou para o telão à sua frente.

— Ora, mas aquele ali é o Denny. Ele raspou a barba e está com o cabelo desalinhado, mas com certeza é o Denny.

— A senhora sabe o nome dele completo, sra. Mimoto?

— Claro que sei. Eu o chamo de Denny, mas o nome completo é Dennis Plimpton. É um jovem adorável a quem eu tenho dado lições de piano. Dou aulas de piano para ganhar algum dinheirinho extra. Ele está aprendendo piano em segredo para fazer uma surpresa a sua mãe. Isso não é lindo?

— Oh meu Deus! — reagiu a juíza. — A polícia já chegou aí? Mamãe, nem você nem o papai devem atender a porta, a menos que seja a polícia. E peça para que eles mostrem o distintivo.

— Seri, sua avó não criou uma idiota. — Com serenidade admirável, Charity cruzou suas longas pernas e se colocou mais confortável. — O que esse menino aprontou, tenente Dallas? Porque é difícil acreditar que ele tenha feito algo grave a ponto de causar toda essa comoção. Não há no mundo alguém mais doce ou mais bem-educado.

— Ele é o principal suspeito de dois homicídios.

— Assassinatos? Esse jovem? — Ela começou a rir, mas logo estreitou os olhos e fitou Eve longamente. — Espere um minuto. Eu conheço você. Claro que conheço! Estou confusa com toda essa afobação de vocês, e estava tão empolgada, assistindo aos episódios antigos de *Star Trek*, que não reparei no seu rosto. Vi seu rosto no noticiário e isso aconteceu hoje mesmo, ainda há pouco. Falando sobre aquela garotinha e a outra jovem. Você acha que esse menino cometeu aquela barbaridade?

Eve pensou em recitar a ladainha oficial sobre a investigação, mas decidiu ser direta e objetiva.

— Eu sei que foi ele. Há quanto tempo a senhora está dando lições de piano para ele?

Charity ergueu as duas mãos como se recusasse a acreditar no que ouvia.

— Espere um minuto, um minutinho só... Sempre julguei muito bem o caráter das pessoas. Passei isso para você, não foi, Serenity?

Nunca vi nenhum tipo de maldade nesse menino. Só que olho para você agora, tenente, e consigo começar a acreditar. Eu já lhe dei cinco lições até agora, sempre nas tardes de quarta-feira, embora ele tenha trocado uma das aulas para quinta-feira à noite, faz duas semanas.

— Papai joga golfe quarta-feira à tarde. Você esteve sozinha com esse monstro, mamãe.

— Por que ele mudou o dia dessa aula, especificamente? — quis saber Eve.

— Ele me explicou que foi chamado para um trabalho extra. Ele é programador de computadores e houve uma falha em algum lugar que ele teve de consertar. Estava chovendo naquele dia — acrescentou. — Meu Deke não joga golfe quando chove e ficou em casa o dia todo. E uma vez por mês, sempre em uma quinta-feira, ele vai jogar pôquer com alguns dos rapazes. Ele não estava em casa na noite de quinta-feira, quando Denny veio à aula.

Seus olhos azuis e suaves se afiaram.

— Isso foi inteligente da parte dele, não foi? Ele é tão esperto que já sabia de tudo isso e tinha certeza de que eu era a única pessoa que o tinha visto. Ora, mas ele é um safado, sem vergonha, não é?

— Sim, senhora, ele é. Ele já esteve na sua casa em um fim de semana?

— Não, mas pediu para trocar a aula desta semana para a tarde de sexta-feira.

— Tenente... — interrompeu a juíza. — Meu pai, meu marido, meus irmãos, os netos, todos vão sair da cidade para acampar neste fim de semana. Vão viajar nesta sexta-feira. Minha mãe iria ficar em casa sozinha até domingo. Ele deve saber disso.

— Claro que sabe, pois não fui eu mesma que contei? — Charity deu um tapa na própria coxa. — Devo ter comentado há algumas semanas sobre o quanto eu iria ficar feliz por ter a casa toda só para mim por alguns dias. A idiota aqui contou tudo para ele, com detalhes. Ele perguntou onde todos iriam acampar e por quanto tempo ficariam ausentes. Estava bem tranquilo, eu me lembro agora; contou-me que nunca havia acampado e não tinha certeza se gostaria dessa atividade. Na quarta-feira passada ele voltou a tocar no assunto. Percebo agora que foi só para confirmar se os planos ainda estavam de pé.

Ela fez uma careta de repugnância.

— Ele está planejando vir aqui para me matar. Vou dar um chute tão grande no traseiro desse canalha que ele vai parar longe.

— Aposto que a senhora conseguiria fazer isso — elogiou Eve. — Mas terá de deixar essa parte comigo.

Charity inspirou longamente e lançou a Eve um olhar de aprovação.

— Sim, você parece ser capaz de lidar com isso. O que deseja que façamos?

Demorou algum tempo para planejar tudo, tranquilizá-las, pegar o último nome da sua lista, encontrar o alvo, conversar novamente e tranquilizar os envolvidos.

Ao fim, uma Peabody cansada suspirou.

— Nós vamos pegá-lo amanhã, no funeral. Vamos pegá-lo e o resto será apenas precaução e medidas de segurança. Porque afinal de contas... bem... é claro que queremos pegá-lo, mas o casamento de Louise...

— Não. Nem continue! — Igualmente esgotada, Eve passou as mãos pelo rosto. — Reunião amanhã de manhã, conforme já estava marcado. Traremos o resto da equipe para atualizá-los. Eu redijo os relatórios. Pode ir contar tudo para McNab e Jamie, já que vai fazer isso de qualquer modo. Depois vá dormir. Quero você com a bateria recarregada amanhã de manhã.

— Então eu vou fazer isso. Porque precisamos agarrá-lo amanhã. Em nome da lei, da justiça e do amor verdadeiro.

— Roarke... Por favor.

Ele sorriu.

— Boa noite, Peabody — disse ele, e desligou o holograma.

— Tudo está bem e a paz reina em toda a terra — declarou Eve. — Por um minuto. Preciso da gravação de tudo para poder...

— Aqui está uma cópia em disco — ofereceu ele. — Outra cópia já está sendo enviada para o seu computador. Agora, venha comigo.

— Antes eu preciso ir...

— Sim, eu sei que você precisa. — Ele a pegou pela mão e a puxou até o elevador. — Se houvesse tempo suficiente, ou se eu achasse que conseguiria intimidar você, eu a obrigaria a tomar um banho quente e curtir uma sessão de relaxamento, mas em vez de discutir pelos próximos minutos...

Ele a puxou para dentro do quarto.

— Eu também não tenho tempo para isso.

— Por Deus! Sexo, sexo, sexo, é só nisso que você pensa? — Ele a levou até a sala de estar da suíte.

Havia luz de velas, duas taças de vinho e...

— Aquilo ali é bolo?

— Exatamente.

— Vou ganhar bolo?

Ele a puxou para trás antes de ela ter chance de avançar.

— Depende. — Ele pegou uma embalagem no bolso e observou seu ar de surpresa e alegria se transformar em uma careta de irritação.

— Eu não preciso de um analgésico.

— Precisa sim, se quiser comer bolo. Sei que você está com uma tremenda dor de cabeça por excesso de trabalho, estresse e por pensar demais. Está visível. Tome o analgésico, como uma boa menina, e você ganha o bolo.

— É melhor que o bolo esteja realmente fantástico. — Ela tomou o analgésico e correu para pegar um prato. A primeira mordida fez com que ela fechasse os olhos de prazer. — Tudo bem, está bom. Delicioso. Concordo que vale a pena. Vamos tirar dez minutos.

— Nada mais justo. — Ele a obrigou a se sentar.

— Encontramos todos os alvos em potencial. — Ela fechou os olhos novamente, não de prazer, mas de alívio. — Todos os cinco.

— Salvamos todos.
— Não, nem todos.
— Há cinco mulheres e suas famílias que discordam de você.
— Se pudermos agarrá-lo amanhã. — Ela ficou calada por alguns segundos e deu outra mordida no bolo. — E a mãe daquela juíza, hein? Ela é uma figura!
— Sim, de fato é.
— Faça as contas. Setenta anos depois do casamento, ela já tem noventa anos. Tinha vinte quando se casou e começou a produzir filhos. Sete décadas depois ainda está aqui. É isso que Pauley quer destruir. Não apenas a pessoa, mas as conexões dela. Quer estrangular todos eles com seus próprios laços familiares.

Um gole de vinho lhe desceu suavemente pela garganta.

— Se não o pegarmos amanhã, no funeral, ela vai nos ajudar. Vai ser forte. Eu não quero prejudicar o casamento — completou, falando mais rápido. — Não quero bagunçar isso, mas se...
— Vamos dar um passo de cada vez.

Ela soltou um suspiro.

— Isso mesmo. Um passo de cada vez.

Logo cedo, pela manhã, Eve já estava na sala de conferência determinando posições e estratégias para a sua equipe. Usando um controle remoto, destacou áreas específicas da planta do prédio no telão.

— O prédio de dez andares possui instalações para velórios nos três primeiros pisos. Os escritórios e centros de aconselhamento para famílias ficam no quarto e no quinto andares. As lojas e espaços de vendas no varejo de produtos associados ficam no sexto e sétimo. Do oitavo ao décimo há instalações hoteleiras que são oferecidas às famílias e outros atendentes das homenagens e funerais realizados no prédio.

— Um shopping temático — comentou Baxter.

— Isso mesmo. — Algo muito bizarro, na opinião de Eve. — Além disso, as instalações para a preparação dos cadáveres no porão cobrem quase quatrocentos metros quadrados, e há duas entradas externas. Também há conjuntos de elevadores, com um total de doze cabines; e passarelas aéreas entre os pisos do hotel e as lojas. As escadas estão aqui, aqui, aqui e aqui. — destacou ela. — Servem a todos os andares.

— Muitas entradas, muitas saídas — observou Feeney.

— Além dessas temos portas principais aqui, de frente para o lado sul, entradas adicionais no lado oeste e no leste, e duas saídas para o norte. Tanto o tamanho quanto a posição do prédio aumentam a complexidade da operação. O memorial de Deena MacMasters será realizado no segundo andar, no canto sudoeste, em um salão que inclui um grande terraço aberto de frente para o parque, assim como todos os salões do lado oeste. Três outros memoriais e dois velórios estão marcados para a mesma hora do memorial dos MacMasters. Vinte dos vinte e dois quartos do hotel estão ocupados. Todos os escritórios, capelas, centros de aconselhamento e lojas de varejo estarão abertos.

— O lugar vai estar apinhado de gente — apontou McNab. — Isso representa uma vantagem para ele.

— Não conseguimos convencer os proprietários do complexo, nem os gerentes, a cooperar conosco, e não tenho autoridade para obrigá-los a fazer isso. Manteremos o foco nas entradas e saídas, e vamos nos concentrar nas áreas onde a cerimônia será realizada. Essas áreas são, basicamente, o salão onde o evento terá lugar e duas salas menores, todos com acesso ao terraço e ao corredor.

Ela trocou a imagem para expor as áreas do memorial em si, com pontos já destacados e numerados.

— Nós cobrimos as saídas, como estão mostradas aqui, com policiais à paisana circulando de ponto a ponto. Se e quando ele for avistado, elas serão fechadas e ele ficará encurralado. Os que estiverem posicionados nas saídas devem permanecer em seus postos quando outros policiais à paisana entrarem no prédio. Eu o quero preso de forma rápida e limpa.

— Tenente. — Um dos guardas do esquadrão de MacMasters ergueu a mão. — O lugar ficará lotado, mas o salão do memorial vai estar cheio de policiais. Não seria uma vantagem divulgar a foto do suspeito para todos os policiais presentes?

— Mostrar a foto para todos os policiais nos dará mais olhos, mas nenhum controle ou foco. Quero essa operação bem amarrada; não quero que o suspeito desconfie de algo só porque um policial lhe lançou um olhar mais duro. Ele armou golpes durante toda a sua vida e saberá o que procurar. Não vou permitir que haja comportamentos suspeitos que ele possa detectar. Feeney, sua vez!

— Teremos uma equipe eletrônica monitorando todas as câmeras de segurança. O prédio possui câmeras em cada entrada, em todos os elevadores, nas lojas e nas áreas comuns. Se ele for avistado daremos o alerta na mesma hora.

— E quando isso acontecer todos deverão permanecer em seus postos — continuou Eve. — Queremos atraí-lo, não assustá-lo. Muito bem, agora... há alguma dúvida sobre o plano geral? — Ela esperou e escaneou a sala com os olhos. — Tudo bem, vamos às tarefas específicas.

Depois de dispensar a equipe, Eve continuou a estudar o telão, em busca de falhas.

— Muitas entradas e saídas — murmurou, ecoando Feeney.

— Teremos todos os espaços vigiados — garantiu Peabody, que também estudava o telão. — Foi bem pensado o que ele disse sobre a quantidade de policiais que circularão por lá em algum momento, durante as duas horas. Se divulgássemos o retrato falado por todo o departamento, ele seria um coelho entrando na cova dos lobos.

— Mas as chances de haver vazamento de informações seriam muito grandes, policiais de cabeça quente e erros. Além do mais os coelhos pulam alto.

— É verdade.

— Se vamos usar esse tipo de analogia, divulgar a imagem dele para todo o departamento seria como a história do cachorro com dois responsáveis, que acaba morrendo de fome.

— Acho que a expressão é: cachorro de dois donos morre de fome.

— Quem é o responsável pelo cachorro?

— Todos, talvez.

— Deixar muitos responsáveis pela alimentação do cachorro pode fazer com que a tarefa não seja cumprida. Quero uma equipe pequena e unida — continuou, enquanto Peabody ainda refletia sobre cachorros. — Quando ele entrar, nós o localizamos e fechamos o cerco. Ele não tem motivos para se preocupar. Acha que estamos andando em círculos.

— Sim, os jornalistas estão batendo pesado nos policiais. Mesmo sabendo que isso é para o bem do plano, dói ouvir.

— Aguente firme — ordenou Eve. — Ele pode entrar numa boa, aproximar-se de MacMasters, analisá-lo e ver em seus olhos o resultado do trabalho. Então sua missão de hoje estará concluída. Ele é um cara multitarefa. Acha que a terceira vítima de sua lista, a mãe da juíza, já está garantida na sexta-feira ou no sábado. O memorial de Robins será na segunda-feira e ele estará livre para se concentrar na próxima vítima.

Ela desligou o computador, o telão e recolheu os discos.

— Vamos até o prédio do funeral agora. Quero inspecionar o lugar de cima a baixo antes que a equipe se reúna.

Não pela primeira vez, Eve desejou que os MacMasters tivessem escolhido um local menor e menos complexo para organizar a cerimônia fúnebre da filha. Ela ficou parada no grande saguão de entrada, quase tonta com o cheiro dos lírios, e estudou as possíveis e numerosas rotas de fuga.

Para cima, para baixo, para dentro, para fora, pelos lados. O lugar tinha mais buracos que uma colmeia e os funcionários eram um enxame de abelhas silenciosas que caminhavam vestindo ternos pretos. Ela cruzou o chão de mármore escuro e foi até o primeiro conjunto de elevadores.

— Com licença. Posso ajudá-la em alguma coisa?

Eve olhou para o rosto sóbrio da mulher que se aproximou dela.

— Estou avaliando alguns detalhes de segurança para a família MacMasters. — Eve exibiu seu distintivo.

— Claro. — A mulher consultou um tablet. — O memorial dos MacMasters será realizado na suíte duzentos. Ela fica no segundo andar. A senhora gostaria que eu a acompanhasse até lá?

— Não... Acho que conseguiremos encontrar o segundo andar.

— Claro. — O sarcasmo passou aparentemente despercebido pela funcionária de gestos suaves. Seus olhos e sua voz continuaram a irradiar uma simpatia estranhamente eficiente. — Nicholas Cates está gerenciando esse evento. Vou notificá-lo da sua chegada, tenente. Existe mais alguma coisa em que eu possa ajudá-la?

— Não.

Eve entrou no elevador e apertou o botão do segundo andar.

— Ela é estranha — decidiu Peabody. — Sei que deveria ser reconfortante ou transmitir tranquilidade, mas só consegue ser assustadora com aquela voz do tipo "sussurros no cemitério". Esse lugar todo é assustador. É como se fosse um hotel de luxo para a morte.

Considerando a descrição, Eve sorriu de leve.

— Eu estava pensando que se parece mais com uma espécie de spa exclusivo para a morte. Eles fazem as unhas dos cadáveres no porão.

— Que nojo!

— Não diga "que nojo". É coisa de gente fresca.

— Lugares como este me provocam ânsias de vômito, ainda mais agora que estou imaginando um monte de manicures tagarelas batendo papo alegremente enquanto pintam as unhas dos cadáveres.

— Talvez Trina devesse trabalhar aqui.

Elas entraram em um corredor largo, com outros exageros de mármore, e vasos de flores mais elaborados. Enquanto caminhavam, Eve lançou um rápido olhar em direção as portas abertas e notou que funcionários respeitosamente vestidos de preto já faziam os últimos preparativos para os serviços.

Mais flores, observou. Os telões nas paredes estavam sendo ligados para testes dos vídeos e das fotos que as famílias dos mortos tinham escolhido.

— Tenente Dallas. — Um homem de cabelos dourados e rosto angelical veio quase correndo em sua direção. Era a versão masculina da voz "sussurros no cemitério" que Peabody tinha inventado. — Sou Nicholas Cates. Minha supervisora me mandou esperar pelas senhoras. Por favor, desculpem a minha falha: eu não estava lá embaixo para cumprimentá-las. O que posso fazer para ajudá-las?

— Pode cancelar todos os outros serviços e velórios desta manhã e manter longe deste andar todas as pessoas que não tenham ligação direta com o funeral da família MacMasters.

Ele sorriu, mas exibiu uma expressão de pesar.

— Receio que isso não será possível.

— Foi o que me disseram.

— Apesar de querermos cooperar com tudo o que estiver ao nosso alcance, há outras pessoas, os falecidos e seus entes queridos que deverão ser levados em conta.

— Certo. Você já verificou o sistema de segurança interna? Todos os membros da equipe já estão no prédio?

— Claro. Todos já se apresentaram. Também já acomodamos os técnicos das suas equipes eletrônicas, tenente. Eles poderão utilizar os meus escritórios ao longo de todo o dia de hoje.

Ela passou por ele e entrou na sala principal da suíte. Como no caso das outras salas, os preparativos já tinham começado. Ela ignorou as flores, as fotos do rosto jovem e sorridente da falecida nos telões das paredes, o pôster dela colocado sobre o cavalete, o caixão laqueado de branco e coberto de flores cor-de-rosa e roxas conservadas em gelo.

Verificou os terraços, os salões, as escadas, os banheiros e a pequena sala de meditação no outro lado do corredor.

Todas as saídas seriam cobertas por sensores eletrônicos ativados pelo calor do corpo. Ela e Peabody completaram a vistoria de todos os membros da equipe e executaram buscas secundárias em todos os funcionários que estavam de serviço naquele dia. Ela teria policiais à paisana, incluindo ela mesma, misturando-se aos enlutados. E todos estariam conectados.

Todos os policiais sob o seu comando haviam sido informados e treinados sobre os procedimentos da operação.

Não havia nada mais a fazer, decidiu, exceto agir.

Capítulo Vinte

Trinta minutos antes da cerimônia, com a equipe toda no local, Eve notou que MacMasters e um pequeno grupo saíam do elevador. Ela se moveu para o lado quando Cates os levou até a suíte onde iria ocorrer o velório privado.

Mas Carol MacMasters se desvencilhou do braço do marido, que a amparava, virou-se e olhou para Eve.

— Por que você está aqui? — quis saber ela. — Por que não está fazendo o seu *trabalho*? Acha que queremos você aqui, pensa que queremos as suas condolências? Minha bebê está morta e o monstro que a matou continua à solta. Em que isso é bom para nós? Será que você é realmente competente?

— Carol, acalme-se. Pare com isso!

— Não vou parar. Eu *nunca* vou parar. Para você é apenas mais um crime, não é? Apenas um caso. Você é boa no que faz? Está em todos os noticiários que até agora você não encontrou pista alguma. Não tem nada... *nada*! Você é boa mesmo?

Quando ela começou a chorar, o homem mais velho ao lado dela a puxou para junto dele.

— Venha comigo, Carol, venha agora. Você deve se sentar, precisa vir comigo.

Quando ele a conduziu, os outros os acompanharam e MacMasters os seguiu com o olhar e uma expressão de impotência.

— Peço desculpas, tenente.

— Não há necessidade.

— Ela não quis tomar um calmante. Recusou-se a tomar qualquer coisa que pudesse ajudá-la a superar. Eu não sabia que ela estava assistindo aos noticiários até ser tarde demais para detê-la, e ela ficou... chateada demais para compreender. Em parte, isso foi culpa minha. Ao tentar confortá-la eu lhe garanti que você o prenderia antes do funeral. E sei que as coisas não são assim. Torci para que isso acontecesse, mas... — Ele sacudiu a cabeça e se virou para o salão do velório.

Um momento depois, Cates fechou as portas duplas. O choro desesperado de Carol ecoou por trás delas como socos.

— Ela está errada, Dallas — disse Peabody. — E foi injusta.

— Errada, talvez. Injusta já é uma coisa diferente.

—- Mas...

— Concentre-se no motivo de estarmos aqui. — Ela se afastou da porta e do som de choro. — Feency? Está de olho?

— De olho — respondeu ele, pelo fone de ouvido. — Peabody está certa e você está errada. Isso é o que eu acho. Seu marido está chegando. Whitney e sua esposa também, além do secretário de Segurança Tibble e alguns figurões da Divisão de Drogas Ilegais. A cada momento chegam entregas pela porta norte. Flores, mensagens e o que suponho serem pôsteres das pessoas falecidas. Entraram também alguns cadáveres, que seguiram direto para o porão.

— Entendido. Mantenha-me atualizada. — Ela esperou até o elevador abrir. — Secretário Tibble, comandante, sra. Whitney. Os MacMasters estão na suíte para o velório fechado.

— Vamos esperar. — Com os olhos sombrios e uma expressão dura, Tibble assentiu com a cabeça. — Alguma novidade para reportar, tenente?

— Não neste momento, senhor.

— Espero que sua estratégia justifique a surra que estamos levando da imprensa. — Ele olhou para as portas fechadas. — Torço para que também resulte em um desfecho aceitável para o capitão e sua esposa.

— Nós vamos prendê-lo se ele aparecer, senhor secretário, e acredito que ele virá até aqui. Mesmo assim, já temos planos alternativos prontos para apreendê-lo amanhã, caso...

— Não quero saber de planos alternativos, tenente. Seu suspeito deverá estar sob custódia esta tarde, senão o retrato falado será divulgado para o público.

Ele se virou e foi até a janela no final do corredor.

— Seu plano para fazer parecer que a investigação estava num beco sem saída funcionou melhor do que poderíamos prever — explicou Whitney. — Estamos sofrendo muita pressão, tenente.

— Entendido, senhor.

Whitney e sua esposa se afastaram para falar com outras pessoas que chegavam.

— Isso não é...

Eve interrompeu o sussurro de Peabody com um olhar duro.

— Não me diga que é injusto. Sou a investigadora primária, devo aguentar todas as pancadas. Verifique o resto da equipe. Vamos começar logo a ocupar os espaços disponíveis. Eu não esperava que você conseguisse chegar a tempo — disse a Roarke.

— Ajustei alguns compromissos na minha agenda. — Ele olhou para o comandante e para o secretário de Segurança, que era a autoridade máxima presente. — Estou feliz por ter vindo, pode ser que eu faça algo útil que a ajude a terminar com isso.

— Ele vai aparecer. O programa de probabilidades diz isso, Mira confirma, meu instinto também. Ele vai mostrar a cara, vamos reconhecê-lo e agarrá-lo. Então, enquanto a polícia estiver agradecendo a bela rodada de aplausos dos deuses da imprensa, estarei com ele na sala de interrogatório. E depois...

Ela parou de falar e respirou fundo algumas vezes.

— Ok, reconheço, estou levemente puta.

Roarke roçou a mão pelo braço dela.

— Isso fica bem em você.

— Não há espaço para elogios. Não pode haver espaço algum. Achamos um conjunto de digitais no programa do musical, mas não há correspondência em nenhum banco de dados. Nós o pegamos, tiramos as impressões digitais dele, que vão bater com as que temos, mas isso não nos ajudará a condená-lo. — Ela enfiou as mãos nos bolsos da jaqueta preta. — Nadine e sua espetacular equipe de pesquisa não conseguiram nada de interessante nos clientes do sistema de segurança.

— Tenho algumas ideias com relação a isso, ainda estou trabalhando nelas — avisou Roarke.

— O tempo está correndo. Precisamos pegá-lo hoje. — Ela viu Cates vindo falar com Whitney e sua esposa, para em seguida guiá-los, junto com Tibble, até o salão fechado.

— Sinal verde! — anunciou ela.

Eve esperava muita gente. Muitos policiais iriam comparecer para prestar condolências, e também vizinhos, amigos da escola de Deena e suas famílias. Mas havia uma multidão muito maior do que imaginara.

Ela viu Jo Jennings e sua família, a vizinha com quem tinha conversado na manhã do assassinato de Deena. Viu policiais que reconheceu, e muitos outros que não sabia quem eram, embora tenha percebido que eram da polícia. Havia jovens, velhos, gente de todas as idades. Dezenas de adolescentes se misturavam entre os policiais de farda e muitos outros à paisana.

Duas pessoas caíram em prantos e tiveram de ser conduzidas para fora, enquanto imagens de Deena eram exibidas no telão do grande espaço. Eve trocou olhares com Nadine, que se manteve do outro lado da sala e não se aproximou.

Ela circulou pelo ambiente várias vezes analisando rostos e compleições físicas de diferentes ângulos.

— Mais um grupo se aproxima pela entrada principal — avisou Feeney em seu ouvido. — Oito ou nove, homens e mulheres, idades entre dezesseis e dezoito anos. Espere um pouco, atenção!... um diferente está entrando no meio deles. Sexo masculino, boné, óculos escuros, cabelo escuro, compleição física do suspeito. Acho que... Não, não é ele.

Whitney surgiu ao lado dela.

— Os alunos da escola de Deena receberam permissão para participar da cerimônia. — Ele respondeu ao olhar de frustração de Eve com um parecido. — Jonah não sabia que Carol tinha autorizado que eles viessem.

— Ele não entrou no prédio por nenhuma das portas. Nós o teríamos visto. Mas só se passou uma hora.

Ela viu Mira entrar, atravessar a multidão e se dirigir aos pais enlutados.

Muitos policiais, pensou Eve, muitos adolescentes. Ela acompanhou com os olhos os funcionários da funerária, que distribuíam pequenos copos d'água, xícaras de café ou chá, ou entravam no recinto com mais flores.

O ar no salão estava pesado, o lugar se transformou em um jardim de dor.

As pessoas se espalhavam pelo terraço, enchiam os dois salões, e suas vozes diminuíam e aumentavam em ondas variáveis. O tempo todo ela ouvia os relatos dos membros da equipe pelo fone.

Resolveu ir até o terraço pegar um pouco de ar, e, especialmente, analisar as pessoas que estavam lá.

Quando alcançou a porta, o som de um súbito tumulto a fez girar o corpo. Gritos e berros explodiram e o mar de sons e pessoas virou um mar de pânico. Ela forçou a passagem e avançou, pedindo atualização do status enquanto pegava o comunicador no bolso. Na sua frente, pessoas caíam no chão em uma avalanche de corpos em meio à histeria. Um empurrão forte a atingiu por trás e a lançou para a frente com violência, fazendo-a bater com as mãos e os joelhos no chão. O comunicador voou dos seus dedos devido ao impacto e foi esmagado pelos pés em debandada, o que a fez xingar em voz alta.

Ela levou uma cotovelada no olho e um soco no nariz enquanto caía de barriga no chão, e alguém pisou na base de suas costas quando ela lutava para se colocar de pé novamente, em meio à onda de pessoas que se acotovelavam buscando as saídas.

Entre os vãos em meio à turba, Eve reparou que dois policiais pressionavam o rosto de um homem contra o chão. O boné que ele usava voou longe e seus cabelos castanhos muito despenteados tombaram para a frente e lhe cobriram o rosto.

Limpando o sangue do rosto, Eve forçou a passagem para chegar à linha de frente da ação.

E foi então que o viu, de pé, na primeira linha do caos, olhando através do tumulto e do pânico para o caixão branco lustroso coberto de flores cor-de-rosa e roxas. Ela notou que o homem que tinha colocado Deena MacMasters naquele frio caixão branco sorriu de satisfação ao olhar para o homem que amparava a esposa.

Em segundos, a muralha de pessoas se fechou novamente, bloqueando tanto a visão de Eve quanto os seus movimentos.

— Entrada da suíte no segundo andar, porta principal. Confirmado o reconhecimento. — Uma mulher caiu em cima dela, mas Eve simplesmente a empurrou de lado e engatinhou para frente com dificuldade. — Suspeito veste um terno preto, camisa branca e um crachá de funcionário. Que merda! Merda, venham todos para cá.

Apenas o som de estática estalou em seu fone. À frente dela, a porta se encheu de pessoas que tentavam escapar, formando uma barricada humana que a impediu de ir em frente.

Ela empurrou, arrastou algumas pessoas para o lado e forçou a passagem enquanto, atrás dela, ouviu a voz poderosa de Whitney exigindo ordem. Tarde demais, pensou, era tarde demais. Quando ela alcançou o corredor e procurou à direita e à esquerda, viu Trueheart ajudando uma mulher idosa a se acomodar em uma cadeira.

Ela o alcançou e o agarrou pela gola.

— O suspeito está vestindo um terno preto, camisa branca, gravata preta e crachá da funerária. Cabelo curto, castanho-claro. Envie essa descrição pelo seu comunicador agora, agora mesmo! Quero que este prédio seja bloqueado. Ninguém entra nem sai.

— Sim, senhora.

Ela correu para a escada, quase despencou pelos degraus ao descer de dois em dois e saiu no saguão.

— Oh, seu nariz está sangrando — avisou alguém. — A senhora quer que...

— Você viu se um homem de vinte e poucos anos, cabelo curto castanho-claro, terno e crachá de funcionário passou por aqui?

A mulher que a tinha cumprimentado na chegada olhou para o sangue no rosto de Eve.

— Ahn... saiu sim, mas é um dos nossos funcionários.

— Para onde ele foi?

— Não sei, acabou de sair. Parecia estar com pressa.

Eve correu para a rua e olhou para todos os lados. Reparou que os dois policiais que colocara na porta principal perseguiam alguém. Xingando baixinho, correu pela calçada em disparada enquanto pegava o *tele-link* e ligava para a emergência.

— Aqui é a tenente Eve Dallas, estou perseguindo a pé um suspeito de assassinato que segue para o norte, já está na esquina da Quinta Avenida com a Rua 58. É um homem branco de vinte e três anos, magro, cabelo castanho alourado, vestindo terno preto, camisa branca e gravata preta.

Ela não conseguia vê-lo por causa do mar de pedestres que inundavam a calçada. Ela se esquivou das pessoas, desviou de várias outras, correu o primeiro quarteirão inteiro e depois o segundo.

Apesar de ganhar terreno sobre os dois policiais, ela percebeu que aquela busca seria infrutífera. Quando os alcançou na rua transversal, nem precisou do relatório deles. Estava claro em seus rostos.

— Nós o perdemos, tenente. Ele já estava um quarteirão à nossa frente quando recebemos o alerta, e se moveu muito depressa. Nós praticamente não o vimos. Ele simplesmente desapareceu na multidão.

— Como foi que ele conseguiu passar? — ela reclamou. — Como foi que ele conseguiu sair do prédio debaixo do nariz de vocês dois?

— Tenente, estávamos atentos para quem chegava. E nos mantivemos conectados aos caras da DDE o tempo todo, que estavam nos avisando da chegada de possíveis suspeitos. Esse cara saiu com um pequeno grupo de funcionários. Tínhamos acabado de receber um alerta sobre o tumulto lá em cima, e soubemos que tínhamos agarrado o suspeito. Houve um atraso entre esse momento e a notificação de que o suspeito fingiu ser funcionário e tinha escapado. Saímos em perseguição dele assim que fomos avisados. Ainda tivemos a sorte de vê-lo antes de...

Ela cortou o papo erguendo a mão.

— Vamos discutir essa cagada na Central de Polícia. Relatem o que aconteceu à unidade de vocês e aguardem ordens.

Ela voltou furiosa, com o rosto latejando, e simplesmente sacudiu a cabeça quando viu Roarke vindo rapidamente na sua direção.

— Nós o perdemos. Merda!

Roarke tirou um lenço do bolso e o entregou a ela.

— Seu nariz está sangrando.

— Fui golpeada duas vezes, talvez até mais no meio daquele tumulto. Meu comunicador voou longe e foi pisoteado. E ele simplesmente saiu pela porta da frente, debaixo do nariz de dois policiais. O desgraçado fez exatamente o que veio fazer e teve o benefício extra de nos observar agindo como idiotas. Que merda aconteceu?

— Eu não sei. — Ele a segurou pelo cotovelo e a levou por entre a multidão da Quinta Avenida. — Eu vi você cair, mas quando consegui passar pela manada em pânico você tinha sumido. Só vim para cá depois que Trueheart me avisou que você tinha saído em perseguição do suspeito.

— Grande vantagem, a minha! Ele já estava longe antes mesmo de eu chegar à calçada.

Quando ela se aproximou do prédio e foi na direção das pessoas que se aglomeravam na calçada, Peabody desceu a escada principal.

— Ele escapou — anunciou Eve.

— Merda! — Peabody xingou baixinho e depois fez uma careta de horror ao reparar no rosto de Eve. — E eu achei que tinha levado uma porrada — disse ela, tocando de leve no ferimento de Eve. — A sua situação foi muito pior.

— Vamos limpar essa bagunça. O que você sabe sobre o que aconteceu? — exigiu Eve, enquanto voltavam.

— O que eu ouvi foi que um policial apressadinho derrubou um garoto, e outro policial o ajudou a segurar o jovem contra o chão, porque ele ainda tentava se levantar. O pânico se instalou. Mantivemos todo mundo em uma das salas privadas no andar de cima. Baxter está segurando todos lá. Whitney está com o casal MacMasters e mandou que o avisassem assim que você voltasse ao prédio. Tivemos de chamar os paramédicos porque algumas pessoas ficaram feridas. Temos uma confusão gigantesca nas mãos, Dallas.

— Organize o que puder nos arredores e informe Whitney de que vou falar com os oficiais e os civis envolvidos. Meu comunicador já era.

— Que tal eu falar com a pessoa que comanda esse lugar? — sugeriu Roarke. — Posso tentar facilitar as coisas.

— Mal não vai fazer. Mas quero *conversar* com essa pessoa cara a cara, mais tarde. Filho da puta! — Eve flexionou os ombros e foi para o segundo andar.

O aroma de lírios e rosas era mais forte agora, provavelmente porque muitas das flores tinham sido pisoteadas. Ela desviou de muitos estilhaços de vidro e poças de água, e seguiu até onde Trueheart estava, guardando uma porta.

— Soubemos sobre o suspeito, tenente. Sinto muito. Ahn... Baxter manteve os dois policiais envolvidos e o rapaz aqui dentro. Chamamos os paramédicos para darem uma olhada no garoto. Ele está com alguns machucados.

— Perfeito. Simplesmente perfeito!

Ela entrou e fechou a porta com cuidado.

Um rapaz com cerca de dezoito anos estava sentado em uma poltrona branca, enquanto uma paramédica de cabelo grisalho analisava as suas pupilas.

— Eu estou bem — disse o jovem. — Só fiquei sem ar quando fui derrubado. Estou bem.

— Quando eu sou chamada para examinar alguém, eu examino.

A paramédica passou um aparelho parecido com uma varinha ao longo do ferimento no maxilar do rapaz.

Eve lançou um olhar fulminante para os dois policiais largados sobre um sofá no mesmo tom de branco neve e em seguida se virou para Baxter, que revirou os olhos.

Isso mesmo, pensou Eve, *apele para esse poder superior porque nós vamos precisar disso.*

— Sou a tenente Dallas — apresentou-se ao jovem.

— Ah, sim, olá! Meu nome é Zach. Já posso ir embora daqui? Preciso procurar a Kelly. Eu vim com ela. Ela era colega da garota que morreu. Resolvi acompanhá-la, porque ela estava apavorada só de pensar que ia ver a menina morta.

— Qual o nome completo da Kelly?

— Kelly Nims. Ficou tudo muito tumultuado lá dentro, e eu não sei se ela ficou bem.

— Detetive Baxter, mande alguém encontrar a srta. Nims.

— Sim, senhora, imediatamente.

— Obrigado. Vou me sentir muito melhor depois de ter certeza de que está bem. Nós somos muito próximos e, como eu disse, ela já estava apavorada antes.

Ele tinha uma semelhança superficial com Pauley, observou Eve. A compleição básica, a cor da pele, os cabelos abundantes em desalinho. E notou o boné que estava no seu colo.

— Zach, eu gostaria de me desculpar pelas ocorrências lastimáveis, e por qualquer incômodo que você tenha experimentado. Também quero lhe assegurar que vou investigar o que aconteceu de forma detalhada e serei implacável.

— Eu estava ali em pé; de repente senti como se tivesse sido atropelado por um maxiônibus, me vi mastigando o tapete e todo mundo em volta começou a gritar e a correr. Acho que alguém pisou em mim. Aqueles caras me algemaram e eu ouvi a Kelly aos berros. Só que eu estava sem ar, sabe como é? Não podia fazer nada para acalmá-la. Foi tudo estranho, mas... — ele sorriu de leve — também foi emocionante. Eles recitaram coisas sobre os meus direitos e tudo o mais. Vou precisar chamar um advogado?

Eve rezava para que ele não fizesse isso. Qualquer advogado que valesse uma única hora de consulta o aceitaria como cliente na mesma hora e processaria o Departamento de Polícia de forma muito dura.

— Você não está em apuros, de forma alguma, Zach. Foi tudo um engano muito lamentável. Mais uma vez, espero que você aceite as minhas desculpas pessoais.

— Tudo bem. Não houve nada de tão grave.

Baxter tornou a entrar.

— A Kelly está bem, Zach. Está esperando por você ali fora.

— Beleza. Quer dizer que já posso ir?

— Ele está bem? — perguntou Eve à paramédica.

— Levou alguns golpes na confusão, só isso. — A paramédica se virou para Eve com um olhar penetrante. — A senhora está muito pior do que ele, tenente.

— Zach, se você informar ao detetive Baxter o seu nome completo e informações de contato — avisou Eve —, o policial que está na porta poderá levar você até onde Kelly está. Se tiver alguma dúvida ou qualquer problema, pode entrar em contato comigo na Central de Polícia.

— Ótimo! — Ele colocou o boné de volta e se levantou. — Tudo foi totalmente surreal.

— Para dizer o mínimo! Baxter, me empreste a sua filmadora. A minha foi destruída. — Ela pegou o aparelho e o prendeu na lapela.

— Quer que eu dê uma olhada nesse rosto? — perguntou a paramédica.

— Agora não.

— Tudo bem. — Ela pegou uma compressa gelada no estojo e a entregou à tenente. — Coloque isso sobre o olho durante alguns minutos, pelo menos.

Eve esperou até Zach e a paramédica saírem antes de se virar para os dois policiais.

— Ligar filmadora! Aqui é a tenente Eve Dallas em entrevista com dois imbecis esquentadinhos que conseguiram sabotar por completo uma operação precisamente organizada e conseguiram, com isso, que um suspeito de homicídio escapasse das nossas mãos.

— Tenente...

— Não fale nada até eu ordenar! — De forma deliberada, ela se virou lentamente para o que tinha permanecido em silêncio. — Quero seu nome, patente, delegacia e divisão!

— Policial Glen Harrison, da centésima vigésima quinta DP, lotado na Divisão de Drogas Ilegais, sob o comando do capitão MacMasters.

— Você, também quero os seus dados.

— Policial Kyle Cunningham, da centésima vigésima quinta DP, lotado na Divisão de Drogas Ilegais, sob o comando do capitão MacMasters.

— E vocês dois, seus palhaços, decidiram assumir minhas funções na operação de hoje?

— Viemos prestar nossos respeitos e oferecer apoio ao capitão e à sua esposa. Todo mundo sabe que a investigação está paralisada e sem rumo.

— Ah, é? — disse Eve, com um tom de voz agradável, e Harrison fechou os olhos ao ouvir o comentário de seu companheiro.

— É o que dizem por aí — afirmou Cunningham.

— Quer dizer que você decidiu dar um belo impulso ao nosso trabalho e, para isso, atacou um civil, interrompeu um serviço funerário e provocou uma onda de pânico generalizada, certo? Durante o tumulto que se seguiu o verdadeiro suspeito conseguiu escapar dos que realmente estão trabalhando na investigação.

— O garoto se parecia com o suspeito.

Os olhos de Eve se transformaram em fendas estreitas.

— E como sabe disso, policial Cunningham? Como foi que você conseguiu a descrição do suspeito?

— Essas coisas se espalham.

— Então, por um lado, vocês descobriram pela TV que a investigação estava paralisada e, por outro lado, ouviram dizer que tínhamos a descrição de um suspeito. Decidiram juntar as duas coisas e foder com a minha operação. O homem que matou duas pessoas continua à solta graças às suas ações. A investigação foi comprometida, o Departamento de Polícia está vulnerável a um possível processo civil, movido não só por um jovem que vocês jogaram no chão, mas também por esta funerária e qualquer outro indivíduo que tenha se machucado, ou simplesmente decida pedir indenização por problemas emocionais. Seus imbecis!

— Olha, eu não preciso ouvir insultos. — Cunningham se encrespou. — Eu vi o retrato falado e o garoto se parecia com o suspeito, até se vestia como ele. Resolvi agir, fiz mais do que a Divisão de Homicídios tem feito desde que a menina do capitão foi estuprada e assassinada no domingo.

Eve deu um passo à frente.

— Sente esse traseiro gordo senão *eu vou* nocautear você!

— Quero ver você tentar.

— Cunningham, por favor, pelo amor de Deus. — Ainda no sofá, Harrison passou a mão pelo rosto.

— Policial Cunningham, você acaba de conseguir uma suspensão de trinta dias por insubordinação. A determinação adicional do seu status será decidida posteriormente. Agora você vai sentar quando eu lhe disser para sentar, senão vai enfrentar sessenta dias de detenção.

— O capitão é o meu oficial superior — reclamou ele, mas se sentou.

— E eu sou sua oficial superior de muitas outras maneiras. Mas sim, o capitão é o seu superior direto, mas suas ações destruíram uma operação que poderia ter... não, *certamente teria conseguido* que o homem que estuprou e assassinou Deena MacMasters já estivesse sob custódia neste exato momento. Quem lhe mostrou o retrato falado?

Cunningham ergueu o queixo.

— Não digo mais nada até conseguir um representante pessoal.

— A escolha é sua. — Ela olhou para Harrison. — E você?

— Eu não vi o retrato falado, tenente. Ouvi falar sobre isso, mas não vi. Cunningham derrubou o garoto, gritou que tinha encontrado o canalha e precisava de auxílio. Eu o ajudei.

— Façam um relatório sobre os seus atos e liguem para os seus representantes. E saiam da minha frente!

Quando eles saíram Baxter se aproximou de Eve, pegou a compressa gelada e a torceu de leve, para ativá-la.

— Use isso. Seu olho está ficando preto.

Ela torceu a compressa na mão com mais força, imaginando por um momento feliz que aquela coisa gelatinosa era o pescoço de Cunningham.

— Jesus Cristo, Baxter.

— Estamos ferrados, muito ferrados mesmo. Eu bem que daria umas porradas em Cunningham, mas é perda de tempo. O que vale é que eu tive uma visão decente de como tudo aconteceu, e foi muito rápido. Harrison relatou os fatos como eles aconteceram. Ele correu para ajudar o outro policial. Não vejo como poderá ser castigado por isso.

— Isso não depende de mim.

— Eu também tinha acabado de avistar o maldito. Pauley. Mal o identifiquei, o salão entrou em erupção como se alguém tivesse gritado "bomba!". Não consegui chegar até ele, fui empurrado para trás e esmagado num canto. Trueheart carregou uma velhinha para fora. Ela tinha sido nocauteada. Nós o tivemos ao alcance das mãos, Dallas. Poderíamos estar com ele sob custódia.

— Isso agora não significa porra nenhuma. — Ela passou a mão pelo cabelo. — Está na hora de levar o meu esporro, que vai ser maior do que aquele que acabei de dar em Cunningham.

— Isso não está certo. Nem um pouco.

— Minha operação... meu esporro.

Peabody estava esperando na porta quando Eve saiu.

— O comandante está na sala de meditação, que fica neste andar. Podemos ir lá agora.

— Já vou. Informe à equipe que vamos nos reunir na sala de conferência daqui a uma hora.

— Eu avisarei à equipe, mas vamos entrar juntas. Você é minha oficial superior, mas somos parceiras. Também estou nessa.

— Não há razão para nós duas levarmos um esporro por causa disso.

— Há razão sim, para mim.

— Tudo bem. Quem vai levar o esporro é você.

— Vou encarar essa. Trueheart! Informe à equipe que vamos reavaliar a situação daqui a uma hora na Central, sala de conferência. É emocionante ser superior de alguém — disse Peabody, enquanto caminhavam. — Pelo menos nesse momento eu estou acima dele.

— Whitney não vai rebaixar você a policial comum. Um de nós vazou o esboço, e aposto toda a minha grana que foi um dos guardas. Então, depois de apanharmos e levarmos nossos esporros, vamos dar esporros e porradas em mais alguém. De qualquer forma essa operação já acabou. Deu perda total.

Ela parou na porta da sala de meditação.

— Última chance.

— Vou entrar com você. — Foi a própria Peabody quem abriu a porta.

Jonah e Carol MacMasters estavam sentados juntos em um pequeno sofá. Da sua poltrona, Anna Whitney se inclinou para a frente e servia chá de um bule delicado em xícaras finas. À janela, Whitney se virou.

— Conversaremos em outro lugar — disse ele, mas antes de ter a chance de se afastar da janela, Carol se levantou do sofá com um pulo.

— Como pôde permitir que isso acontecesse, tenente? Como pôde? Durante o funeral de Deena?!

— Carol, pare. Pare com isso! — MacMasters se levantou.

— Isso é uma vergonha!

— Sim, é verdade. — Ele sacudiu a esposa pelos ombros. — E foram os meus homens que a causaram, não a tenente. Foram os *meus* homens!

— Independentemente disso, a operação era minha — disse Eve. — Também era minha responsabilidade. Não tenho justificativas, sra. MacMasters, e as minhas desculpas dificilmente seriam adequadas.

— Isso deve valer alguma coisa para mim? — Os olhos dela faiscaram com uma fúria que Eve imaginou ser mais devida à dor que à raiva. — Você assume a responsabilidade?

— Não, mas isso é tudo que eu tenho. Devia estar aqui dizendo que capturei o homem que matou a sua filha e o coloquei sob custódia, mas isso não aconteceu. Nada do que eu diga poderá valer alguma coisa para a senhora.

— Carol. — Anna pousou o bule sobre a mesa. — Você está casada com um policial há tempo demais para agir assim. É esposa de um policial há tempo o bastante para saber que tudo que pode ser feito está sendo feito, e atacar a tenente não ajudará Deena. — Ela se levantou. — Venha comigo agora. Vamos nos sentar junto à Deena enquanto tudo isso é resolvido.

Ela levou Carol para fora da sala e fechou a porta silenciosamente.

— Tenente — disse Whitney, com frieza —, relatório.

Eve relatou tudo com a mesma frieza e cuidado com os detalhes. Quando falou de Harrison e Cunningham, MacMasters colocou as mãos sobre a cabeça.

— Quem vazou o retrato falado? — exigiu Whitney.

— Vou me reunir com a equipe em uma hora, senhor. Terei essa informação daqui a uma hora e cinco minutos.

— Espero que consiga controlar melhor a sua equipe, tenente. Espero que tenha a capacidade de julgar e manter o pulso firme, a fim de evitar esse tipo de vazamento em uma operação sob seu comando.

— Sim, senhor.

— Jack. — MacMasters falou com a voz cansada. — Eles eram meus homens.

— E, conforme a tenente declarou corretamente, essa era uma operação dela, e também é dela a responsabilidade. — Whitney voltou o olhar para Eve. — Tenente, vou precisar de uma avaliação completa e relatório por escrito, ainda esta noite.

— Sim, senhor. Vou rever a formação da minha equipe segundo a nova avaliação, e lhe apresentarei uma visão geral detalhada de uma operação alternativa para prender o suspeito amanhã, com a cooperação da família Mimoto.

— Se você espera que eu convença o secretário de Segurança a não liberar o retrato falado de Darrin Pauley e algumas informações importantes sobre ele para o público, por meio da imprensa, é melhor convencer a mim antes disso.

— Se liberarmos o retrato falado ele saberá que estamos perto e sumirá de vez. — Talvez ele já tivesse desaparecido, refletiu Eve. Isso foi como uma bola de fogo dura e quente em sua barriga. — Ele é jovem — continuou, com a voz calma e firme —, e também é paciente. Pode se dar ao luxo de esperar durante um ou cinco anos antes de se voltar para outro alvo, caso desapareça de cena agora. Pode ser que escolha outro alvo. Irá modificar a sua aparência... como fez hoje, com muito cuidado. Ele irá usar as suas habilidades para fraudar identidades, vai assumir o papel de outra pessoa, ou várias delas, e se manter oculto até Deena e Karlene Robins serem esquecidas, ou até que os outros alvos já identificados não estejam mais protegidos.

— Ela está certa, Jack. — MacMasters ergueu uma das mãos e a deixou cair de volta. — Dallas tinha razão sobre ele aparecer aqui hoje. Estava certa quanto a isso. Se a minha opinião tiver algum peso aqui, quero que você e o secretário de Segurança saibam que eu concordo com a tenente.

Eve aproveitou o peso das palavras de MacMasters e desenvolveu mais argumentos.

— Comandante, se liberarmos o retrato falado para a imprensa, teremos idiotas como Cunningham inundando a linha de denúncia da polícia com dicas sobre adolescentes com vinte e poucos anos usando bonés, enquanto Pauley encerra a sua operação aqui e continua a esperar pela sua chance. Se liberarmos o esboço, ele vence. Se deixarmos essa bola rolar... Para ser franca, comandante, isso me incomoda muito, mas se permitirmos que a imprensa retrate nosso fiasco de hoje como um fracasso monumental, e controlarmos essa versão, o assassino se sentirá mais confiante e atacará a sra. Mimoto amanhã, como já planejou. Se liberarmos o retrato falado, perderemos essa chance.

— Nós o teríamos agarrado hoje, senhor. — Quando Peabody falou, Eve olhou para ela com uma combinação de surpresa e irritação. — Isso não é uma desculpa, é um fato. Teremos de interrogar os membros da equipe aqui da funerária e acessar o seu sistema de segurança, pois é óbvio que Darrin Pauley conseguiu acesso muito mais cedo e já estava no prédio antes de a cerimônia fúnebre ter início. Só que, ainda assim, nós o teríamos apanhado.

Whitney ergueu as sobrancelhas.

— Você tem certeza disso, detetive? — Eve teve quase certeza de ter ouvido Peabody engolir em seco, mas sua parceira continuou a agir com confiança.

— Sim, senhor. O detetive Baxter o reconheceu, assim como a tenente. A comunicação dela comigo foi prejudicada devido ao caos que Cunningham e Harrison criaram. Foi o mesmo caos que feriu Dallas e danificou seus comunicadores. Em vez de entrar no salão, onde poderíamos e certamente o teríamos encurralado, ele fugiu para evitar se envolver na confusão e correr o risco de ser interrogado, pois certamente iríamos interrogar vários participantes da cerimônia. Esse foi o seu momento de cautela, senhor, como está descrito em seu perfil. Ele se comportou exatamente como previsto. E amanhã se comportará como prevemos.

— E você está disposta a arriscar vidas com isso?

— Comandante...

— Não — Peabody interrompeu Eve. — Ele fez essa pergunta para mim. Eu arriscaria a minha vida pelo julgamento da tenente, sim. É mais fácil eu dizer isso porque, neste caso, a minha vida e a dela estão sob a mesma mira. Mas eu não arriscaria vidas, nem mesmo a minha, para salvar a imagem do departamento. Isso é o que faremos, caso decidam divulgar o rosto de Pauley agora. Iremos arriscar vidas para salvar a nossa imagem. Esse é o meu julgamento, senhor.

— Jack, mais uma vez... se isso importa, esse também é o meu julgamento.

Whitney se virou e olhou para MacMasters.

— Também é o meu julgamento, mas ainda tenho que convencer outras pessoas. Vou conversar, muito em breve, com os policiais Harrison e Cunningham. Eles são seus homens, Jonah, mas o fato é que a operação e os resultados são responsabilidade de Dallas.

— Sim, senhor, exatamente — concordou Eve.

— Você tem trinta horas. Posso impedir a divulgação da imagem durante trinta horas. Se o suspeito não estiver em custódia até este momento, iremos a público com o retrato falado. Descubra o responsável pelo maldito vazamento, tenente, e faça isso logo.

— Sim, senhor. Capitão, peço-lhe sinceras desculpas.

— Quero entrar para a equipe. — disse MacMasters, levantando-se. — Esse vazamento vai lhe custar pelo menos um homem. Quero assumir o lugar que ficará vago.

Havia momentos, pensou Eve, que era preciso seguir o instinto.

— Com a permissão do comandante, poderíamos usá-lo, capitão.

— A decisão é de vocês. Capitão, pedirei a Anna que acompanhe Carol e a sua família de volta para casa.

— Eu dirijo — avisou Roarke quando eles se preparavam para ir até a Central. Eve encolheu os ombros, entrou no carro e se deu ao luxo de fechar os olhos.

Tornou a abri-los quando algo pousou no seu colo. Ela abriu os olhos e viu uma barra de chocolate.

— Primeiro bolo e agora doce?

— Você precisa de algo que lhe dê energia.

— Poderia ter sido pior. — Sua cabeça doía, seu rosto latejava e seu suspeito provavelmente estava tomando uma cerveja gelada e rindo muito. — Nesse exato momento eu não sei como, mas creio que a coisa poderia ter sido pior. Poderia haver uma nuvem de gafanhotos naquele salão — decidiu, abrindo a embalagem do chocolate. — Isso teria sido pior.

— O lado bom é que eu não acredito que o Departamento de Polícia será incomodado por uma ação judicial movida pela empresa funerária.

Ela provou o primeiro pedaço e o saboreou.

— O que você fez, comprou o lugar?

— Seria uma solução interessante, mas não. Simplesmente expliquei a eles que a empresa detinha a maior parte da responsabilidade, pois foi o sistema de segurança deles que permitiu a entrada de um intruso, termo que achei mais esperto do que "suspeito".

Ela deu outra mordida e riu.

— Tem razão.

— Lembrei-os de que eles permitiram o acesso do intruso nas instalações, em um funeral organizado para uma menor assassinada e onde várias pessoas, incluindo policiais, ficaram feridas. Acredito que os responsáveis já compreenderam os desdobramentos, as possíveis consequências e a publicidade negativa de respondermos com outro processo contra eles.

— É por isso que você é o maioral dos negócios.

— Sou mesmo. E como vai o meu rosto favorito?

Ela se virou e o analisou longamente.

— Você está ótimo.

— Sei, mas apesar de eu gostar muito do que vejo no espelho, gosto ainda mais do seu rosto.

— Está doendo. — Ela se permitiu uma careta breve. — Estou satisfeita com a dor, porque ela me lembra de que eu estraguei tudo.

— Ah, que beleza, um momento de autopiedade. Pode continuar, você está entre amigos.

— Eu deveria ter adivinhado que ele iria se infiltrar na equipe de funcionários.

— Por quê? — Roarke olhou para ela e tentou não rir quando a observou franzindo a testa diante do chocolate. — Pelo que eu vejo, isso seria mais do que valeria a pena ele arriscar, ou deveria ser.

— Porque ele é cuidadoso. Ele se manteve mais oculto. Quem olha para todos aqueles ternos pretos e vê algo além de um terno preto? Dessa forma ele teve mais acesso a todos os lugares, pode escolher o momento certo, que foi justamente o de maior movimento.

— Mas ele correu o risco de ser desmascarado pelos chefes de equipe e gerentes, que conhecem as pessoas designadas para cada suíte ou funeral. Vou lhe dizer por que ele agiu assim, assumindo um risco desnecessário, se você quiser a minha opinião.

— Vou considerá-la.

— Lá ele conseguiria ver o resultado do seu trabalho bem de perto, mais um momento de autocongratulação.

Acelerando o carro, Roarke passou por um sinal amarelo.

— Ele colocou algumas flores para enfeitar o lugar e a viu de perto. Deve ter lamentado não poder tirar algumas fotos, para apreciá-las mais tarde.

— Desgraçado. Desgraçado, é exatamente isso que ele faria. — Eve passou a mão pelo cabelo e o puxou com força. — Eu deixei isso passar.

— É fácil ver as coisas e analisar as possibilidades depois que o fato está consumado. A juventude dele foi a causa de tudo, cautela misturada com impulso, e é provável que seja a sua primeira morte. Esta é a missão dele, e ele teve todo o cuidado para não colocá-la em risco. Agora já tem material para um bom álbum de recortes.

— Vamos manter isso entre nós, por enquanto. Permiti que MacMasters entrasse na equipe. Ele não precisa ouvir isso.

— Será que é bom deixá-lo participar?

— Vou descobrir.

Ela não teve pressa para chegar à sala de conferência. Queria que todos já estivessem reunidos quando entrasse. Passou pela porta, foi a passos largos até a frente da sala e esperou Roarke se sentar.

— O capitão MacMasters vai se juntar à nossa equipe a partir de agora. Quero seus relatórios e análises individuais. Antes disso, porém, quero que o indivíduo que divulgou o retrato falado do suspeito para o detetive Cunningham e, possivelmente, para outras pessoas, se identifique.

Ela não precisou ver uma mão levantada ou uma confissão, pois reparou que os olhos do policial Flang se desviaram dos dela.

— Flang, explique-se.

— Tenente, eu só estava tentando ajudar. O lugar estava cada vez mais cheio, quanto mais olhos pudéssemos ter no local...

— Eu dei ou não dei uma ordem direta sobre isso, policial, quando fiz a última apresentação antes da operação?

— Deu sim, senhora, só que...

— Tenho de supor, policial, que você se considerou mais capaz de liderar a operação de hoje do que eu, e que acredita que o seu poder de julgamento é superior ao meu.

— Não, senhora, eu só achei...

— Você achou aceitável desobedecer a uma ordem direta de uma oficial superior. Você está enganado. Apresente um relatório sobre a sua conduta, policial Flang, e saiba que você está dispensado desta equipe.

— Tenente...

— Não fale nada! — A ordem de Eve deixou todos paralisados, enquanto Flang praticamente se encolhia sob o olhar que recebeu.

— Daqui para frente, saiba que se um detalhe, um único detalhe sobre esse caso sair desta sala, vou cuidar pessoalmente para que você seja acusado de obstrução da justiça. Quero na minha mesa uma lista com todos os nomes com os quais você compartilhou essas informações sigilosas. Você tem quinze minutos para fazer isso. E repito, policial, você está dispensado.

A sala ficou em silêncio sepulcral quando Flang saiu.

— Se alguém acredita que seu julgamento é melhor que o meu, ou que cumprir minhas ordens é opcional, a porta está bem ali. — Ela esperou dois segundos e deixou o silêncio pesar mais. — Agora, vamos analisar por todos os ângulos as várias etapas desse desastre monumental. Em seguida, vamos planejar, racionalizar, refinar e reanalisar a operação de amanhã. Feeney, fale sobre a segurança.

Capítulo Vinte e Um

Já era tarde da noite quando, com todas as possíveis contingências abordadas, dissecadas e resolvidas, Eve entrou em casa ao lado de Roarke.

Summerset, como sempre, ergueu uma sobrancelha.

— Vejo que a senhora já fez o seu peeling mensal, tenente.

— Trina estará aqui amanhã. Talvez ela consiga ressuscitá-lo.

Eve franziu a testa enquanto subia a escada.

— Droga, minha resposta foi fraca. A zoação dele foi melhor. A dele foi ótima; isso é mais uma coisa para me irritar.

— Estou surpreso de que você ainda tenha energia para implicar com ele. Quero uma hora na banheira de hidromassagem.

Ela flexionou os ombros tensos e estremeceu quando o movimento fez com que novos músculos latejassem.

— É uma boa ideia. Sinto dor em todos os lugares do meu corpo.

— Ligue a água da banheira, sim? Vamos entrar nela juntos. Vou servir belas taças de vinho para nós dois.

— Nós cobrimos todas as possibilidades. — Ela entrou no banheiro para ordenar que a água ligasse, e determinou a temperatura que queria. Quando a gigantesca banheira de hidromassagem começou a encher, ela repassou mentalmente os detalhes e estágios da operação do dia seguinte. — Não consigo pensar em nada que possamos ter deixado de fora. A casa é um espaço menor, mais controlado. Não haverá civis em excesso. Se a sra. Mimoto conseguir segurar a barra por tempo suficiente para ele entrar na casa... O melhor, para a gente, será se ela deixar que ele coloque a droga na bebida dela, mas podemos agarrá-lo antes disso se ela amarelar. Já temos evidências suficientes.

Roarke reparou que o fracasso daquele dia tinha abalado a confiança dela e levantado dúvidas.

— Deixe o caso de lado por algum tempo. Vai ser ruim você pensar nisso em demasia. — Ele entrou com duas taças de vinho imensas.

— A operação de contingência sempre foi o melhor cenário. Eu queria pegá-lo e encerrar o caso hoje, mas... — Sua boca se abriu de espanto quando Roarke tirou a camisa. — Puta merda! Eu não sabia que você tinha sido atingido.

— Hummm. — Ele olhou para o espelho e viu a sinfonia de contusões ao longo de suas costas. — Meu segundo rosto favorito conseguiu escapar de todos os contatos violentos, mas boa parte do resto do meu corpo parece ter lutado e perdido dez rounds com o campeão mundial de boxe. Aquilo virou uma loucura.

— Temos sorte de ninguém ter precisado usar as instalações funerárias do prédio.

Ela despiu a própria blusa e Roarke passou o dedo de leve sobre as suas contusões.

— Ai!

— Exatamente o que eu pensei. — Depois de despir o resto da roupa, ela afundou na água quente. — Oh Deus. Obrigada, meu Jesus.

— Quando sairmos daqui vamos brincar de médico. — Ele entrou na banheira e xingou alto. — Cacete, Eve, isso está quente o suficiente para esfolar a pele.

Ela abriu um dos olhos.

— Vai se sentir melhor quando mergulhar o corpo todo. Ligar jatos! Ah, nossa!

Ele teve que rir quando deslizou na banheira ao lado dela. Talvez perder algumas camadas de pele — especialmente as camadas feridas e maltratadas — não fosse uma ideia tão ruim. De qualquer jeito, compartilhar uma banheira de hidromassagem com água quente (na verdade, quase fervendo) com sua esposa no final do dia equilibrava um pouco as coisas.

Ele pegou o vinho e tomou um longo gole.

— Talvez eu me sinta um pouco mais humano quando tiver terminado essa taça.

— Vamos lá, homem de ferro, rato de rua de Dublin. Você já foi atingido nas costelas antes.

— Estou mais velho agora, não estou? — Ele fechou os olhos, deixou a água quente bater e massagear os pontos doloridos.

— Mas não está mais mole. — Para provar isso, ela desceu a mão pelo peito dele, encontrou-o debaixo d'água e começou a acariciá-lo ali. — Não, não... nem um pouco mole.

Os lábios dele se curvaram em um sorriso.

— Estou vendo que você quer agitar mais do que a água quente.

— Acho que devo isso a você — declarou ela, mudando de posição. Ao se comprimir contra ele e tentar cavalgá-lo, viu a expressão divertida e o ar de desejo em seus olhos. — Quantas vezes você se machucou ou sangrou por minha causa desde que nos conhecemos?

— Parei de contar há muito tempo. — As mãos dele lhe acariciaram as costas quando ela se abriu para recebê-lo. — Ah, muito bom. Isso é melhor do que o vinho para me fazer esquecer os problemas.

Ela tirou o vinho das mãos dele e sorveu lentamente enquanto erguia e abaixava o corpo.

— Faço tudo isso por motivos medicinais.

— Sou um excelente paciente.

Ela levou o vinho aos lábios, se inclinou um pouco antes de colocá-lo de lado e pousar os lábios sobre os dele.

— Isso é bom — murmurou contra a boca dele. — Muito bom.

De forma lenta e fluida como a água que girava e batia, como o vapor que subia da água quente, eles se movimentaram em harmonia. Tanto por conforto quanto por prazer, ela pousou a cabeça sobre o ombro dele e se deixou balançar até ambos atingirem o orgasmo.

Depois do clímax, um cintilar longo e líquido nos olhos de Eve se transformou em um suspiro suave.

— É bom estar em casa — disse ela.

— Sempre.

— Agora que nos sentimos humanos, vamos ficar aqui e aproveitar.

Ele a envolveu em seus braços, fechou os olhos novamente e aproveitou.

O sexo e um longo mergulho suavizaram as dores. Mesmo assim ele não a deixou vestir roupa alguma antes de passar a varinha medicinal sobre os ferimentos de Eve, para ajudá-los a cicatrizar mais depressa, e depois colocou outra compressa gelada sobre o rosto dela.

— Ei, me dê essa varinha! — ordenou ela. — Suas contusões estão piores do que as minhas.

Ele lhe entregou a varinha, mas a virou para que ela pudesse ver a própria imagem refletida no espelho.

— Oh, merda! — Ela tocou no olho inchado e roxo. — Merda! Mesmo com a varinha e a compressa fria isso não vai sumir até sábado.

— Não será o seu primeiro casamento com um olho roxo. Até no nosso casamento você apareceu com um desses. Trina conseguirá esconder o pior.

— Não me lembre disso! Droga, preciso ligar para Louise, quem sabe combinar alguma coisa para amanhã?

— Summerset cuidou disso. Está tudo resolvido.

— Tem uma espécie de ensaio.

Roarke a beijou de leve.

— Resolvido.

— Ora, que inferno. Agora ele tem mais uma coisa para pegar no meu pé. Quero verificar algumas coisas com Baxter e Trueheart, só para me certificar de que está tudo em ordem na casa dos Mimoto.

— Tudo bem, se isso ajudar você a relaxar. Eu também tenho algumas coisas para verificar no meu trabalho. Depois eu quero jantar.

Eles foram para as extremidades opostas do quarto, ligados nos seus *tele-links* de bolso. Quando ele terminou, Eve estava sentada, com uma expressão estranha, olhando o vazio.

— Algum problema?

— Não, eles estão com tudo sob controle, a casa está segura. Farão turnos durante a noite, só por precaução. Baxter disse que a sra. Mimoto e o marido concordaram com isso. Está tudo mais do que ok. Eles querem seguir com o plano. Estão até empolgados.

— Você falou com eles há poucas horas.

— Pois é, e eles concordaram. São ótimos. É que eu esperava um pouco de nervosismo da parte deles, mais perguntas, talvez a necessidade de mais garantias. Em vez disso, eles foram preparar o jantar. Com ingredientes frescos, ali mesmo na cozinha. Baxter disse que eles saíram para comprar coisas diferentes e especiais para a ocasião, depois que conversaram comigo. Resolveram preparar uma grande refeição caseira para ele e Trueheart.

Um ar de interesse acendeu o rosto de Roarke.

— O que eles prepararam?

— Frango assado, um de verdade, com purê de batatas, molho e feijões verdes. Tudo orgânico, tudo verdadeiro. Deve ter-lhes custado uma grana. E prepararam torta de limão com cobertura de merengue para a sobremesa. Fizeram tudo isso para dois policiais. Baxter está apaixonado pela sra. Mimoto, diga-se de passagem. Ela vai abrir a porta de sua casa amanhã para um homem que ela sabe que quer feri-la, pretende estuprá-la, brutalizá-la e matá-la. E mesmo assim preparou uma torta para dois policiais.

— Para você é sempre uma surpresa maior ser tratada com cortesia e bondade.

— Eles prepararam o quarto de hóspedes para que aquele que não estiver de vigília possa dormir um pouco. Sim, é mais surpreendente. Ele quer acabar com tudo isso. Quer acabar com o tipo de pessoa que agiria assim e pensaria nesses detalhes. Isso não me surpreende. Estava sentada aqui me perguntando se isso é bom ou ruim.

— Isso faz de você uma boa policial, e o fato de você se fazer a pergunta faz com que você seja ainda melhor. — Ele se inclinou para beijar seu olho ferido. — Por que não vamos procurar se há algum frango assado por aqui, para comermos?

Deke e Charity Mimoto moravam em uma agradável casa em White Plains. O antigo e consolidado bairro residencial tinha resistido bem à passagem dos anos e se beneficiara com as melhorias e com a chegada de jovens ricos que gostavam de morar nos subúrbios repletos de casas. Árvores grandes, frondosas e belos jardins formavam belas paisagens onde os gramados eram sempre aparados, as calçadas eram niveladas e até a tinta dos bancos era sempre fresca.

— Estamos aqui há cinquenta e três anos — disse Charity a Eve. — Quisemos fincar raízes quando começamos a construir família, e escolhemos um bairro onde as crianças teriam gramados onde poderiam brincar. Como o meu Deke é muito jeitoso, ele reformou muitas coisas na casa ao longo dos anos. Um homem que sabe consertar um vaso sanitário com vazamento é tão bom quanto um bilionário, na minha opinião. O seu homem é útil em casa? — perguntou, apontando o dedo para a aliança de casamento de Eve.

Ela decidiu que aquela era provavelmente a primeira e a última vez que ela se perguntaria aquilo: será que Roarke alguma vez consertara uma privada na vida?

— Ao modo dele, sim.

— Deke construiu o jardim de inverno com as próprias mãos e terminou o andar de baixo, então temos uma sala de estar boa e grande. Já perdi a conta do número de vezes em que ele remodelou a cozinha, ou um dos banheiros. Nós gostamos de acompanhar as novas tendências.

— É uma casa muito bonita, sra. Mimoto. — Mas Eve estava mais interessada na planta da residência do que nas bancadas novas da cozinha.

— É um bom lugar para criar os filhos, e foi um bom lugar quando os netos chegaram, e depois os bisnetos. Nós não revelamos nada do que está acontecendo para o resto da família. Normalmente, a maioria de nós sabe tudo o que acontece com os outros, então esconder algo da família não é do nosso feitio.

— Agradeço a sua cooperação, sra. Mimoto. Nossa preocupação principal é mantê-la segura e prender esse homem. Vamos fazer as duas coisas hoje e depois não a atrapalharemos mais.

— Ah, mas vocês não estão nos atrapalhando em nada. — Charity fez um gesto com a mão, como quem abana moscas. — Nós gostamos de receber David e Troy — acrescentou, obviamente satisfeita por tratar Baxter e Trueheart pelos nomes de batismo. — Rapazes tão jovens e simpáticos. Coma um bolinho — ofereceu, segurando uma cesta forrada diante de Eve. — Eu os preparei ainda há pouco, agora de manhã.

— Eu...

— Vá em frente, não faça cerimônia. Você precisa cobrir esses ossos com alguma carne.

— Obrigada. Sra. Mimoto, eu gostaria de repassar o que a senhora terá de dizer e fazer, bem como os locais onde os policiais ficarão localizados. Sua segurança é a nossa maior prioridade.

— Sente-se aqui. Vou pegar um café e podemos conversar.

Eve comeu o bolinho, que estava realmente maravilhoso; bebeu o café, que não estava nada mau, considerando o quanto ela estava mal-acostumada com café de qualidade, e repassou cuidadosamente cada detalhe do plano.

Com aquela conversa sobre vazamentos em banheiros e bolinhos recém-preparados, Eve começou a duvidar se aquela senhora estava plenamente ciente dos riscos e da seriedade do que estava para acontecer ali. A conversa junto à mesa serviu ao duplo propósito de informar completamente a sua isca e amenizar as preocupações de Eve.

A velha senhora fez as perguntas certas e deu as respostas certas. Por mais amável e caseira que parecesse, em sua linda cozinha com um painel de cortiça repleto de desenhos infantis, ela possuía uma mente sagaz e uma coragem de aço.

— A senhora tem mais alguma pergunta? Existe alguma coisa com a qual ainda se sinta incomodada?

— Você precisa parar de se preocupar. — Charity deu um tapinha na mão de Eve. — Parece uma mulher que vive preocupada, é como a minha Serenity. Dá para perceber isso. Preocupar-se demais provoca dores de cabeça por tensão, e também má digestão.

— Sra. Mimoto, eu preciso lhe perguntar uma coisa: a senhora não está com medo?

— Por que deveria ter medo quando tenho policiais espalhados por toda a casa? — Seus olhos tranquilos e exóticos pareciam espiar do fundo do rosto muito antigo. — Você vai permitir que ele me machuque?

— Não, senhora, eu prometo que ele não vai machucá-la. Mas estamos pedindo que a senhora abra a sua porta para um assassino. Também preciso lhe dizer, mais uma vez, que podemos agarrá-lo lá fora. Já temos o suficiente para justificar uma prisão.

— Mas se vocês o pegarem *aqui dentro* isso vai ajudar a polícia a fechar o caso com mais rapidez, principalmente depois de ele tentar me drogar. Minha filha é juíza e eu tenho muitos advogados na família. Policiais também. Sei como as coisas funcionam. — Ela se inclinou para a frente. — Você sabe o que eu quero, meu bem? Quero que você agarre esse filho da puta, quero que você o pegue no flagra, sem chance de ele escapar, e quero participar desse momento.

Os lábios de Eve se abriram de leve ao ouvir o sonoro palavrão dito pela dona daquela cozinha tranquila em uma bela residência suburbana.

— É exatamente isso que faremos.
— Excelente. Que tal outro bolinho?
— Não, obrigada. — Eve se levantou da cadeira no instante em que MacMasters entrou.
— Desculpe interromper. Sra. Mimoto, o seu marido está perguntando se a senhora poderia ajudá-lo com alguma coisa lá dentro, quando tiver um tempinho.
— Provavelmente ele não consegue encontrar as suas meias da sorte. — Ela sacudiu a cabeça quando se levantou. — Há setenta anos que eu as guardo no mesmo lugar e ele nunca consegue encontrá-las. Sirvam-se de mais café. — Quando passou por MacMasters, deu-lhe uma palmadinha carinhosa no braço. — Nós vamos pegá-lo hoje e sua filhinha poderá descansar em paz.

O rosto de MacMasters se contorceu de dor e ele fitou o chão.
— Isso é importante — disse Eve, indo até onde ele estava. — Esse é o nosso trabalho. É o melhor que podemos fazer. Mas eu preciso lhe perguntar uma coisa, Jonah, e quero ouvir a verdade. Capturá-lo será o suficiente para você?

MacMasters voltou a olhar para Eve.
— Você precisa saber se pode confiar em mim, certo?
— Sim, preciso saber se posso confiar em você. Não estou na mesma posição que você, mas isso não significa que eu não entenda o conflito.

— Pensei em matá-lo, sei o quanto isso seria fácil. Você sabe que eu já pensei nisso.

— Se você me dissesse que não tinha pensado eu não acreditaria em você. — Ela não conseguia ler rosto dele, nem os seus olhos. Ele era um policial tão bom que não deixava transparecer o que lhe passava pela mente. — Prefiro achar que você teria pesado a satisfação que sentiria por um lado, em relação às consequências do outro lado. Deixar sua esposa sozinha quando ela mais precisa de você. Haveria muitas outras consequências, mas sei que o peso delas seria menor, neste momento.

— Eu quero matá-lo. Quero que ele sofra. Gostaria de poder dizer que o distintivo e o que ele representa para todos e para mim mesmo foi o que me impediu de matá-lo. Gostaria de poder dizer que saber que você me prenderia e Carol ficaria sozinha, isso me impediria de matá-lo.

— O que o impedirá?

— Quero que ele sofra. Acho que vou acordar todas as manhãs pelo resto da vida e meu primeiro pensamento será que a minha menina se foi. — Ele respirou devagar, inspirou e expirou com força. — Quero acordar todas as manhãs pelo resto da vida com o segundo pensamento de saber que ele ainda estará pagando pelo que fez. Todos os dias, a cada hora pelo resto da vida eu saberei disso. Minha mulher também saberá. Preciso estar aqui quando o sofrimento dele tiver início. Você pode confiar em mim, Dallas. E se isso não for suficiente para convencê-la...

Ele pegou a arma no coldre e a ofereceu a Eve.

— Você já me deu a sua resposta — disse ela.

Assentindo, ele enfiou a arma de volta no coldre.

Eve subiu a escada da casa enquanto os homens da família Mimoto carregavam duas vans para a sua viagem de acampamento. Ao lado de Feeney, Eve acompanhou as atividades externas da janela do escritório de Deke Mimoto, onde a DDE instalara o seu quartel-general. Fotografias e artigos esportivos entulhavam o cômodo. Uma enorme poltrona reclinável instalada de frente para um telão de entretenimento, flanqueado por prateleiras cheias com mais fotografias e inúmeros troféus.

— O velho jogou beisebol no ensino médio, continuou na faculdade e se profissionalizou. Foi contratado pelos Yankees, foram trezentos e cinquenta e dois arremessos na única temporada em que jogou.

Intrigada, Eve analisou com mais atenção as recordações expostas.

— Que posição?

— Receptor. Só que ele machucou o joelho e tudo acabou. Virou treinador de beisebol em uma escola de ensino médio. Acabou diretor da escola, depois foi administrador regional do condado e teve uma vida política intensa. Trabalhou na construção civil em quase todos os verões da sua vida. Um grande sujeito — acrescentou Feeney, com admiração óbvia. — Ele estava aqui até agora há pouco, me perguntando tudo sobre os nossos equipamentos. Espero ter metade daquela energia quando chegar à idade dele.

Ela se afastou das prateleiras e ficou de frente para ele.

— Estou fazendo a coisa certa, Feeney? Deixando MacMasters participar disso?

Ele se recostou na cadeira.

— Para você parece a coisa certa?

— Parece. Sim, parece.

— Então você tem que ir em frente.

Voltando ao telão, Eve viu os Mimoto. Charity estava de pé, com as mãos nos quadris, dando ordens enquanto seus homens carregavam as vans. Uma manhã como outra qualquer, pelo menos na aparência, pensou Eve. Mais uma manhã de verão nos subúrbios. Pessoas da família falando alto, rindo, implicando umas com as outras.

Ela reparou quando o sr. Mimoto deu um abraço entusiasmado na esposa, viu seus lábios mexerem quando ele sussurrou algo em seu ouvido.

— Ele está preocupado?

Feeney negou com a cabeça.

— Era de se supor que sim. Eu lhe fiz a mesma pergunta e já estava preparado para lhe explicar tudo, mas ele me garantiu que sua Charry sabe cuidar de si mesma. E estava orgulhoso. Quase estou inclinado a pensar que ela conseguiria derrubar esse desgraçado sem nós.

— Talvez. — Eve colocou a mão no ombro de Feeney. — Mas vamos fazer isso por ela. Lá vão eles — murmurou, quando o último dos homens entrou em uma das vans.

Charity ficou de pé acenando alegremente para a família que se afastava. Então se virou, seguiu de volta para casa, parando para se inclinar e arrancar algumas ervas daninhas de um canteiro de flores, na passagem.

Poucos minutos depois, Eve ouviu o som de piano vindo lá de baixo, pela escada.

— Muito agradável — comentou Feeney depois de algumas notas. — É bom ouvir um clássico, ainda mais tocado com estilo.

— Sim, acho que sim. — Eve foi até a janela com a tela de privacidade acionada para observar a rua sob outro ângulo. — Que música é essa? Beethoven ou algo assim?

— Ah, garota! — Feeney soltou um suspiro de tristeza. — Eu não sei onde foi que eu errei na sua formação. Você não tem cultura. Isso é Springsteen. Esse é O Chefe.

— Chefe de quem?

Feeney sacudiu a cabeça com desgosto.

— Caso perdido. Dê o fora daqui e chame o Jamie. Está quase na hora de ele chegar. Além do mais, ele ainda pode ser educado sobre música clássica.

— Tudo bem. Verifique as câmeras e os microfones mais uma vez — aconselhou ela, ao sair. — Precisamos ter certeza de que eles estarão funcionando, e instalados nos lugares onde serão necessários.

Ela fez outra vistoria pela casa, verificou o posicionamento dos seus homens, executou checagens em todos os comunicadores. Não pode haver erros, pensou. Não dessa vez.

Por fim, juntou-se a Peabody no que Charity chamava de saleta de estar, que ficava ao lado da sala maior.

— Essa música é boa — comentou Peabody.

— É, foi o que me disseram. Ele vai ligar para o *tele-link* dela antes de chegar para avisá-la e pedir que esteja pronta para abrir a porta rapidamente. É uma forma de garantir que ela vai estar sozinha, e a casa completamente vazia. É o mesmo padrão que usou com Deena. O bairro é bom, a maioria dos moradores está no trabalho. Ela já preparou algo para eles beberem e comerem. Esse é o hábito dela, o jeito como se comporta sempre. Ele sabe disso.

— Está quase na hora — avisou Peabody. — E ela continua a tocar piano!

— Ela daria uma boa policial. — Eve acompanhava tudo pela minitela que lhe dava uma visão completa da área de estar.

Tinha homens bem colocados dentro e fora da casa. Alguns deles — como ela e Peabody — estavam literalmente a dois passos de Charity Mimoto.

Não, Eve não permitiria que ele a ferisse.

Mas ela precisava dele dentro da casa. Desse modo, ele não perceberia o momento em que a porta da gaiola se fechasse. Não saberia que tinha entrado em uma armadilha.

— Nós já o vemos — avisou Jenkinson em seu ouvido. — Vai em direção ao leste, está a pé, a dois quarteirões da casa. Camisa azul-marinho, calça marrom, boné e óculos escuros. Carrega uma mochila preta nas costas e flores.

Eve pensou nas flores que ele levara para Deena.

— Entendido. Mantenham as suas posições. Todos os outros, não se mexam por enquanto. Equipes A e B, aguardem até que ele tenha passado da porta, dentro da casa, e só depois se movam para a posição secundária. E não façam barulho.

Ela esperou até receber a confirmação de cada líder das equipes e só então falou com a senhora, que continuava no piano.

— Sra. Mimoto?

— Sim, meu bem?

— Ele já está a caminho. A poucos quarteirões de distância. A senhora está bem?

— Eu estou ótima. E vocês, como estão?

Eve sacudiu a cabeça, assombrada com a serenidade inabalável da mulher.

— Estamos bem. Ele está lhe trazendo flores. Quero que a senhora faça tudo como ensaiamos, mas logo depois a senhora deve levar as flores para colocá-las na água. Peça licença e vá até a cozinha.

— É nesse momento que ele vai drogar a minha limonada, não é?

— Isso é o mais provável. Mas a senhora ficará na cozinha. Vamos protegê-la, sra. Mimoto.

— Tenho certeza que sim, e nós vamos pegá-lo. — O *tele-link* tocou no bolso dela. — Aposto que nós sabemos quem está ligando. Não se preocupe, sim? Alô?

Pela tela, Eve viu Charity sorrir para o *tele-link*. Ela inclinou o aparelho de leve, como tinham lhe instruído a fazer, e Eve conseguiu ver o rosto que estava na tela do *tele-link* em sua própria minitela.

Aí está você, seu desgraçado, pensou Eve. *Pode vir... venha... continue caminhando.*

— Olá, Denny. Eu estava pensando justamente em você!

— Oi, sra. M. Estou um pouquinho atrasado e só queria avisá-la que estou chegando, para confirmar se a aula está de pé. E também para saber se o seu marido e todos os outros já saíram bem, se deu tudo certo.

— Claro que a aula está de pé. Tenho um belo jarro de limonada e alguns bolinhos. Os meus rapazes já estão a caminho da selva! — Ela riu com descontração. — Vai ser bom ter um pouco de companhia antes de eu voltar a me recolher em minha solidão.

— Ah, a senhora não precisava se dar ao trabalho de preparar nada, sra. M, mas se esses são os seus deliciosos bolinhos eu vou até caminhar mais rápido! Chegarei aí em um minuto.

Sim, venha, pensou Eve, enquanto várias equipes transmitiam o progresso dele pela rua por meio de seu fone de ouvido. *Venha para os meus braços, seu filho da puta.*

— Bem, vou servir a limonada, então — disse Charity com alegria. — Vejo você em um minuto.

Charity desligou o *tele-link* e o colocou sobre o piano.

— Então, como eu me saí?

— Foi perfeita — elogiou Eve.

— Talvez eu tenha desperdiçado a minha verdadeira vocação — disse ela, em tom casual, enquanto se levantava para servir as bebidas. — Eu poderia ter sido uma estrela de cinema.

Eve observou quando seus olhos ficaram agressivos, e viu quando ela respirou profunda e longamente, antes de o seu rosto se tornar inofensivo e agradável novamente.

— Aqui vamos nós — murmurou Charity e se encaminhou para a porta.

— Ele já está na trilha pavimentada que vai dar na porta — avisou Feeney.

— Mantenham as posições. Devemos seguir passo a passo o que foi planejado. Nada de conversas. Aguardem o meu sinal.

Ela viu Charity abrir a porta da frente e o sorriso rápido e encantador que iluminou o rosto de Darrin Pauley.

— A senhora me parece muito bem hoje, sra. M.

— Ah, que simpático. Vamos, entre! Ora, veja só essas margaridas que você me trouxe! Elas não são lindas?

— Eu queria lhe agradecer por permitir que eu viesse para a minha aula em um dia diferente.

— Que gentileza! — Charity cheirou as flores. — Tire um minutinho para se sentar e tome uma limonada. Aposto que essa caminhada o deixou com muita sede.

— Acho que sim.

— Um jovem como você está sempre com fome. Coma um bolinho.

— Obrigado. — Ele tirou a mochila dos ombros e a colocou ao lado da cadeira antes de remover o boné e os óculos escuros.

Charity ficou onde estava, sorrindo para ele.

— Como está a sua mãe?

— Oh, ela está bem. Eu só queria que ela não trabalhasse tanto. Gostaria de poder fazer mais por ela.

— Aposto que você já está fazendo mais do que ela um dia pensou em lhe pedir — disse Charity, e Eve torceu para ser a única a perceber o gelo sutil no tom que ela usou. — Ela vai ficar muito surpresa quando você tocar para ela, não vai? Eu não conheço outro garoto da sua idade que tenha tanto trabalho só para agradar a mãe.

— Eu devo tudo a ela. Aposto que a sua família sente o mesmo pela senhora. Especialmente os seus filhos. Tem certeza de que a senhora ficará bem aqui, por conta própria? Estará sozinha até domingo, não foi o que a senhora me disse?

— Ah, sim, eu vou ficar bem, e um pouco feliz por ter o lugar todo só para mim até Deke e os rapazes voltarem, no domingo. Agora coma um bolinho enquanto eu vou colocar essas belas margaridas na água. Só vou levar um minuto.

— Ok.

Charity saiu da sala sem perder o passo nem mesmo quando lançou um olhar feroz e satisfeito na direção de Eve.

Enquanto seus passos ecoavam na cozinha, Darrin pegou um pequeno frasco do bolso e esvaziou o conteúdo no copo dela.

— Vão! Todas as posições, vão!

Arma em punho, Eve entrou apressadamente na sala alguns décimos de segundo antes de meia dúzia de policiais fazerem o mesmo.

— Olá, Darrin — cumprimentou Eve, e sorriu quando ele olhou para ela. — Coloque as mãos atrás da cabeça e se coloque de joelhos. Agora!

— O que é isso? — Ele obedeceu, mas virou a cabeça para os dois lados, com uma mistura perfeita de medo e confusão estampada no rosto. — Meu... meu nome é Denny, Denny Plimpton. Estou com a minha identidade.

— Claro, aposto que está. Darrin Pauley, também conhecido como Denny Plimpton, entre outros... Você está preso pelo assassinato de duas mulheres. — Eve agarrou seus pulsos e os prendeu com força atrás de suas costas.

Então ela se virou e fitou MacMasters direto nos olhos.

— Capitão, você gostaria de recitar os direitos e deveres deste filho da puta?

— Eu... — MacMasters pigarreou, sua garganta parecia fechada. Olhou para a arma na mão e lentamente tornou a guardá-la no coldre. — Você tem o direito de permanecer em silêncio — começou, enquanto prendia os pulsos de Darrin com as algemas.

— Você achou que estava brincando com ela, não foi, Darrin? — Eve o colocou de pé. — Enrolando uma velha senhora... Só que foi ela quem enrolou você. Brincou com você como ela brinca com o piano. Desta vez *você* foi o alvo.

A máscara de menino assustado caiu e ele sorriu. E ao sorrir, quando virou o rosto para MacMasters, a sombra do monstro surgiu, sorrateira, por trás dos seus olhos.

— Talvez vocês consigam me enquadrar por intenção de roubo, mas isso é tudo que terão.

Eve o virou com violência e o colocou de frente para ela.

— Continue tentando se convencer disso, Darrin.

— Olhe o que encontrei. — Baxter ergueu um par de algemas ajustáveis, usadas nas salas de audiências. — Há um gravador aqui também, uma lata de Seal-It e hummm... — Ele segurou outro frasco e um pequeno pacote de pílulas. — Aposto que estes aqui contêm substâncias ilegais.

— Guarde tudo em sacos de evidências. E também o conteúdo do copo da sra. Mimoto. Entregue tudo na Central e levem-no para ser fichado. Vou para lá em seguida, vou conversar com ele.

— Nós o pegamos de vez. — Ela empurrou Darrin em direção a Jenkinson, e foi até MacMasters. — Você fez o seu trabalho. Manteve a palavra. Nós o agarramos. Agora você deve ir para casa e contar a sua esposa que ele está preso. Fique com ela.

— Eu gostaria de acompanhar o interrogatório. — Seu rosto parecia feito de pedra: pálido e rígido.

— Vamos deixá-lo suar um pouco. Você terá algum tempo para passar em casa e falar com a sua esposa. Ela precisa receber essa notícia de você.

— Sim, você tem razão. — Ele estendeu a mão. — Obrigado, tenente.

— De nada, capitão.

Ele foi em direção à porta, mas parou e tornou a se virar.

— Pensei muito sobre isso, mesmo depois do que conversamos. Eu poderia ter acabado com ele. Estava na minha mira, bastava um tiro. Eu poderia ter feito isso. Agora preciso pensar sobre tudo o que aconteceu.

— Esse desgraçado fez um estrago — murmurou Eve. — Abalou as bases de um bom policial.

— Acho que, depois de algum tempo, as bases vão se provar sólidas. Ele fez o trabalho dele, como você disse — observou Peabody. — Foi muito bom você pedir para que ele recitasse os direitos do filho da puta.

— Foi, sim. Entre em contato com a juíza e assegure a ela que a mãe está em segurança e que tudo foi resolvido. Nós poderíamos entrar em contato com o pai dela, mas suponho que a juíza vai querer fazer isso por si.

Ela se virou.

— Tudo bem, meninos e meninas, bom trabalho. Vamos acabar com isso.

Na Central, Eve notificou oficialmente o seu comandante, o gabinete da procuradoria, contatou Mira para fazer um pedido que ela aceitou. E redigiu seu relatório.

Depois se sentou com as botas sobre a mesa e tomou uma xícara de café.

Peabody deu dois toques no batente da porta.

— Ele já foi fichado e fotografado. Está sentado na sala de interrogatório há mais de uma hora.

— Há-há — reagiu Eve.

— Reo e o comandante já estão aqui, MacMasters acabou de entrar e Mira está a caminho.

— Estou preparando tudo.

— Você não acha que devemos começar a trabalhar logo com ele?

— Você está nervosa?

— Não. Quero dizer, estou. Bem, é que Nadine está louca para divulgar a história em primeira mão.

— Ainda não. Por enquanto não.

— Bem... já deveríamos estar de volta na sua casa, lembra? Por causa do ensaio do casamento. Sei que eles vão usar outras pessoas para fazer o seu papel, mas se nós encerrarmos tudo por aqui talvez ainda dê tempo para...

Eve simplesmente virou a cabeça e encarou a parceira.

— Eu... ahn... Acho que devemos falar sobre como iremos trabalhar com ele — decidiu Peabody, na mesma hora. — Se o deixarmos plantado lá por muito tempo ele pode achar que deve convocar um advogado.

— Ele não vai chamar nenhum advogado. Que nome vai usar? Que endereço? Sua identidade é falsa. Além do mais, o que foi que o advogado fez de bom pela mãe dele? É nisso que ele está pensando. Os advogados que se fodam. Ele é muito inteligente para ser pego. Por outro lado, caso tenhamos sorte em enquadrá-lo, ele vai lutar como um herói, pelo menos é o que pensa.

— Bem, e como vamos trabalhar com ele? Oh, deixe-me adivinhar. — Peabody revirou os olhos. — Eu vou bancar a policial boa.

— Nada de policiais bons, hoje.

Um prazer rápido e quase infantil floresceu no rosto de Peabody.

— Eu não preciso ser boa? Posso ser má?

— Nós vamos bater nele, bater com força. Obter a confissão não vai ser a parte complicada.

— Ah, não?

— Ele vai querer confessar depois que entender que nós o pegamos de um jeito perfeito. Mas vai querer o emblema de herói. A parte complicada vai ser fazê-lo entregar o pai. — Ela tirou os pés da mesa e se levantou. — Vamos lá.

Eve entrou na sala de interrogatório, largou as pastas do caso sobre a mesa e se sentou. Peabody pegou a cadeira ao lado dela.

— Gravar! — ordenou, e leu os dados do caso, incluindo todos os codinomes que ela descobrira terem sido usados por ele.

Ela notou o repuxar rápido de um dos músculos no maxilar de Darrin, e percebeu que a extensão do que ela sabia sobre ele o pegara desprevenido.

— Legalmente eu estou coberta e autorizada a usar o nome que está na sua certidão de nascimento — avisou ela, como se estivessem batendo papo —, mas gosto de ser minuciosa, já que você usou tantos nomes diferentes, incluindo os dois que empregou quando assassinou Deena MacMasters e Karlene Robins. Então, qual é a sua escolha? Qual o nome você quer que eu use nesta entrevista? A escolha é sua.

— Foda-se.

— Só para o registro, Foda-se será o seu nome ou o sobrenome? Ah, deixa para lá. Os tribunais sempre reclamam quando eu uso palavrões durante o interrogatório de criminosos. Eu, particularmente, acho que tem tudo a ver.

— Literalmente — concordou Peabody.

— Vou ficar com Darrin. Nós pegamos você com a mão na massa, Darrin. Você é um cara esperto, então já sabe disso. Por outro lado, talvez não seja tão inteligente assim, já que foi enrolado e derrubado por uma senhora de noventa anos. Uma senhora que você pretendia drogar com uma substância ilegal para depois algemar, espancar, estuprar, sodomizar e assassinar.

— Ah, me dá um tempo! — Seu tom de zombaria parecia o de qualquer jovem arrogante. — Ela é velha. Eu nem conseguiria ficar de pau duro para comer uma velha que mais parece uma ameixa seca. Só de imaginar essa cena já sinto vontade de vomitar.

— As pílulas que encontramos na sua mochila iriam ajudar e você acabaria de pau duro, Darrin. Apesar de eu duvidar muito que você tenha um pau decente entre as pernas, deve ter só um graveto. Porque tudo para você tem a ver com a agressão, o tormento, o medo e a dor que você provoca. É assim que a coisa funciona para doentes mentais e fodidos do seu tipo... Opa, acabei usando um palavrão para descrever você.

— Como você vai provar isso? — Ele se recostou na cadeira, relaxado. Olhou em torno da sala como se estivesse entediado. — Sim, eu planejei deixá-la apagada. Ela tem muitos objetos de valor naquele lugar. Eu ia roubar tudo e pretendia ir embora logo em seguida.

— Entendo. Quer dizer que, no caso de Deena e Karlene a sua intenção de roubá-las fugiu um pouco do controle? E resultou em... — Eve abriu a pasta e jogou duas fotos do arquivo sobre a mesa.

Dessa vez os seus músculos faciais se contraíram mais e formaram um pequeno sorriso.

— Você é um doente escroto! — Peabody empurrou a cadeira para trás quando se levantou. Em seguida se inclinou sobre a mesa até quase encostar o nariz no de Darrin. — Isso me irrita, estamos aqui perdendo tempo com você só porque temos de passar por essa rotina. Nós temos testemunhas, seu babaca. Temos gravações do sistema de segurança que mostram você entrando na casa de Deena MacMasters na noite em que você a matou. Temos imagens de sua entrada no loft no dia em que você matou Karlene Robins.

— Mentira! Isso é tudo papo furado, porque eu nunca estive nem perto desses lugares.

— Mentira? Vou te mostrar a mentira. Telão! — Ela se conteve e olhou para Eve.

— Vá em frente, detetive, você já estragou a minha surpresa.

— Exibir imagem 1-A! — ordenou Peabody.

A tela se encheu com uma imagem clara de Darrin subindo os degraus da casa dos MacMasters em direção a uma Deena sorridente. A marca do horário piscava no canto inferior e a gravação continuou a mostrar o instante em que ele chegou junto dela e lhe ofereceu as flores, passando pela porta e entrando na casa.

— Ela contou para as amigas sobre você... David — acrescentou Eve, enquanto olhava para a tela. — Ela contou para todo mundo sobre o seu namorado secreto da Universidade Columbia. O cara tímido que ela conheceu um dia no parque.

— Nós temos testemunhas oculares que viram o exato momento do encontro — continuou Peabody. — Nós circulamos com a sua foto durante vários dias, procurando outras pessoas que tinham visto vocês dois juntos.

— Ela guardou todas as lembranças desses encontros. Como o programa do musical que você a levou para assistir na faculdade. Suas impressões estão nele. — Eve jogou outra pasta do arquivo sobre a mesa. — Nós conseguimos uma série de impressões digitais que combinam com as que tiramos de você no andar de baixo.

Com o rosto impassível, ele assentiu.

— Então, e daí? Vocês tiveram sorte.

— Isso, continue a se enganar. Agora, vamos discutir todos os detalhes.

Capítulo Vinte e Dois

— Sorte? — Eve se recostou na cadeira e ecoou o sorriso de deboche dele com um dos seus. — Foi sorte a DDE ter neutralizado o seu vírus? Foi sorte sabermos qual roupa você vestia na festa de réveillon, quando você roubou a carteira de identidade de Darian Powders? É sorte eu saber onde você comprou os tênis que está calçando, Darrin, e até quanto pagou por eles? E também quanto custaram a mochila e a camiseta da Columbia que você vestia quando atraiu Deena para o primeiro encontro no Central Park?

Ela sorriu abertamente e se recostou ainda mais, de um jeito que transmitia escárnio casual.

— Sei qual é o modelo de skate aéreo que você tem e sei exatamente em que lugar você o usou, com Deena, em uma tarde chuvosa em maio.

— Isso é mentira.

Ele não demonstrava ter medo, pelo menos por enquanto, pensou Eve. Mas parecia intrigado e um pouco desafiador.

— Continue achando isso, seu idiota. — Peabody quase grunhiu as palavras, e fez Eve pensar em ensinar à sua nova "policial má", que era melhor pegar leve de vez em quando.

— Eu já sabia como era a sua cara quando dei a entrevista coletiva, um dia depois de você estuprar e estrangular Karlene Robins... *Drew*. Sei o seu nome, onde você nasceu... ah, e sei também o nome que você usava quando sua mãe foi presa em Chicago.

Era isso o que ela queria, pensou Eve. A raiva transbordou dos olhos dele. Ele se recompôs rapidamente, ela teve de reconhecer. Mas Eve tinha reparado no ódio e encontrou aí o gatilho de que precisava.

— Nós simplesmente somos mais inteligentes que você, Darrin. Você teve sorte no funeral, sem dúvida. Mas... puxa, parece que a sua sorte acabou. Como aconteceu com a sua mãe naquele puteiro em Chicago.

— É melhor tomar cuidado com o que você fala — reagiu ele.

— Cuidado com o quê? Você está fodido. Tem alguma habilidade com eletrônicos, mas nada acima da média. Nem sequer conseguiu encontrar um jeito de hackear as câmeras ou bloquear o sistema de segurança. Não conseguiu invadir nada sem já estar lá dentro. Quanto ao vírus...

Ela flexionou os ombros, e alongou os braços, com ar de preguiça.

— Foi uma boa tentativa, manteve nossa equipe de eletrônica entretida por algum tempo. Mas a verdade é que um novato tem mais competência do que você. O que é compreensível, já que você aprendeu a maior parte das suas habilidades com o fracassado do seu pai.

— Bem, isso depende — interrompeu Peabody, encolhendo os ombros. — Não temos certeza se o pai dele é Vincent ou Vance Pauley. A mãe dele dava para os dois.

— Certo, é verdade. — Eve acenou com a mão, concordando, e o maxilar de Darrin pareceu trincar de ódio. — Eu me pergunto se a sua mãe sabia quem era o seu pai, já que trepava com os dois. Por outro lado... ei, poderia ter sido outro homem qualquer. Afinal ela era uma prostituta.

— Cale essa merda de boca.

— Quer calá-la para mim, Darrin? Do jeito que você calou a boca de Deena e a de Karlene? Quando segurou um travesseiro sobre os rostos delas, depois de estuprá-las? Eu me pergunto... Quando você as estuprou... Enquanto as espancava e penetrava... Você viu a sua mãe? Foi assim que você conseguiu ficar de pau duro, Darrin? Pensando na mamãe e no quanto você queria fodê-la?

Ela não piscou quando ele tentou atacá-la. Suas mãos se fecharam em punhos quando as correntes que o prendiam bateram contra as argolas chumbadas no chão.

— Quer tentar a sorte comigo? É uma merda não ser capaz de revidar, não é? Acho que agora você sabe como Deena e Karlene se sentiram. Deve estar desapontado por não ter observado a mãe da juíza Mimoto lutar, ouvir os gritos dela. Ou Elysse Wagman — completou, olhando fixamente para ele, e recitou os nomes de seus outros alvos.

— Descobrimos todas elas — disse Peabody, quase cuspindo de desprezo. — Isso mostra o quanto temos *sorte*.

— Agora você não poderá terminar a sua homenagem doentia à puta que foi a sua mãe.

Ele colocou as mãos debaixo da mesa, tentando levantá-la e atirá-la longe, mas Eve e Peabody simplesmente contrabalançaram o peso do outro lado.

— Frustrante, não é? — comentou Eve. — Estar indefeso. Ser dominado.

Seus músculos tremeram com o esforço, mas ele recuou e tornou a se sentar.

— Se você me pegou mesmo, por que estamos perdendo tempo com tudo isso?

— É por essa rotina que eles nos pagam. Portanto, se você está com pressa, por que não abre o bico e coloca tudo para fora, para que possamos registrar? — incentivou Eve. — Você sabe que está doido para fazer isso. Deve ser uma delícia contar vantagem sobre o que você conseguiu alcançar. Posso lhe dar uma pequena ajuda.

Você estava observando os seus alvos há vários meses; pesquisava as rotinas, planejava tudo. Puxa, você vem planejando isso há anos. Toda a sua vida, basicamente. Acho que escolheu Deena para começar porque ela era a mais fácil. Não passava de uma criança, uma menina tímida; ainda virgem, facilmente seduzida pela atenção que você lhe ofereceu, animada com a ideia de ter um namorado secreto. Você usou Columbia como uma conexão. Foi até lá conhecer o campus. E como o amigo de Deena, Jamie Lingstrom, frequenta a universidade, bastou uma breve pesquisa e você foi capaz de mencionar, com naturalidade, alguns nomes que ela reconheceria. Isso fez com que ela baixasse a guarda.

Ele encolheu os ombros.

— Se você acha que vamos lhe oferecer um acordo, como sua mãe conseguiu quando foi pega no flagra usando drogas e trabalhando como prostituta vinte anos atrás, pense bem.

Darrin exibiu os dentes em um sorriso cruel.

— Pode contar a MacMasters que a sua preciosa filhinha é que foi a minha prostituta. Eu já estava fodendo com ela havia várias semanas.

Eve olhou para Peabody.

— Nós realmente achamos que esse imbecil tinha alguma inteligência?

— Pior que pensamos. Ele está nos provando agora que estávamos erradas, já que sabemos, de forma conclusiva, que o único jeito de ele conseguir que o seu pau patético chegasse perto de Deena foi drogando-a, algemando-a e, só então, violando a menina.

— Diferente da sua mãe, pois tudo que um homem precisava fazer era pagar.

— Feche a porra dessa boca. Você não sabe nada!

— Então me esclareça. Por favor, explique por que as pessoas envolvidas na prisão da sua mãe em Nova York, vinte e um anos atrás, foram responsáveis pela morte dela em Chicago há dezenove anos? Ajude-me a unir esses dois eventos, Darrin.

— Foi aquele maldito policial que a arruinou. Ele armou para ela.

— MacMasters armou para ela?

— Plantou as drogas ilegais nela, chantageou-a para que ela fizesse sexo com ele, isso é quase o mesmo que estupro. Depois ele mudou a versão e disse que ela estava se prostituindo. Minha mãe era a melhor aplicadora de pequenos golpes que existia.

Eve mudou de tom e colocou um toque de admiração na voz.

— Ela tinha muita habilidade para falsificar identidades.

— Sim, ela conseguia se transformar em qualquer pessoa; sabia tomar qualquer coisa que desejasse ter. E daí? Ninguém se machucou por causa disso.

— E quanto às pessoas que ela enganou? E quanto a Vincent Pauley?

— Alvos. — Ele tornou a encolher os ombros. — Quando eles são otários o bastante para serem enganados, são enganados de verdade. Quanto a Vinnie? Ele sempre foi um babaca, sempre teve ciúmes do meu pai, sempre foi o segundo em tudo na vida. Minha mãe precisava de um lugar para ficar enquanto estava grávida de mim, e meu pai tinha ido em cana. Ela só dormiu com aquele idiota para o meu bem.

— Foi isso que ela contou?

— Ela nunca falou sobre esse assunto. O que aconteceu acabou com ela. Foi isso que tirou a vida dela antes mesmo daqueles policiais que armaram o golpe para prendê-la, junto com os Stallions, em Chicago. Antes de matá-la.

— Interessante. — Eve franziu a testa e revirou os papéis na pasta sobre a mesa. — Nada disso está nos meus arquivos. Onde foi que você conseguiu essa informação?

— Meu pai me contou tudo. Contou como os policiais destruíram a vida dela antes de matá-la, como desestruturaram a nossa família depois de a chantagearem para tentar conseguir mercadorias para eles.

— Quer dizer que... os policiais de Chicago chantagearam sua mãe para se infiltrarem nos Stallions?

— Foi MacMasters quem armou o plano. Ela estava esgotada quando saiu da cadeia e ele se aproveitou disso. Fez um acordo com aquela juíza corrupta e fez minha mãe virar informante dele, sob ameaça de mandá-la de volta para a prisão.

— Mas ela foi morta em Chicago.

— Ela tentou fugir para me afastar de tudo aquilo, mas ele a rastreou e armou tudo, junto com os policiais de Chicago.

— Ele devia estar muito obcecado por ela para se dar a todo esse trabalho.

— Foi assim que aconteceu.

— E seu pai lhe deu todas essas informações?

— Ele teve que me criar sozinho porque eles a mataram. Eles a humilharam, a trancafiaram, a estupraram. Ela era uma mulher linda, e eles a mataram.

— E ela amava você — disse Peabody, com uma pitada de empatia. — Ela se sacrificou por você.

— Ela *vivia* para mim. Tínhamos uma vida boa. Não precisávamos jogar pelas regras de outra pessoa. — Darrin fechou as mãos com força sobre a mesa. — Ela era livre e linda. Foi por isso que MacMasters a desejou, foi por isso que ele a forçou. Então ele teve que encobrir tudo. Fizeram com que aquela vadia me levasse para longe dela.

— Jaynie Robins.

— Ela estava na mão de MacMasters, como todos os outros. Eles tentaram me manter longe do meu pai, mas ele lutou para me recuperar. Tinha prometido a minha mãe que cuidaria de mim.

— E quanto à supervisora de Robins, o promotor, a juíza e todo o resto?

O rosto dele ficou frio novamente, mais uma vez sem expressão.

— Todos foram responsáveis, de um jeito ou de outro.

— Então você e seu pai resolveram bolar uma forma de vingar sua mãe e fazer com que todos aqueles que causaram o sofrimento dela pagassem por isso.

— Por que eles deveriam escapar numa boa? Por que deveriam ter suas vidas e suas famílias?

— Então foi o seu pai... Vance... quem decidiu a ordem em que as vítimas iriam ser mortas. E escolheu Deena como primeiro alvo, a primeira a ser assassinada.

— Nós decidimos isso juntos. Somos uma equipe, sempre fomos uma equipe.

— Desse jeito ele poderia fazer algumas pesquisas e observar um alvo enquanto você trabalhava em outro. Muito eficiente.

— Somos uma equipe — repetiu Darrin. — Sempre fomos uma equipe.

— Além disso, ele poderia ir até o Colorado para pesquisar sobre a assistente social enquanto você ficava aqui para trabalhar com Deena. Como foi que ele decidiu que iria matar a irmã dela no Colorado e não a mãe, por exemplo?

— Pelo amor de Deus, a irmã dela está em Nova Jersey. É uma questão de geografia básica.

— Ele fez a tocaia preliminar lá, então, certo? Até conseguir o contato.

— Não disse que somos uma equipe? Ele começaria pelo campo, faria o trabalho eletrônico, reuniria os dados, e então eu... — Seu rosto se apertou. — Não vou falar mais nada sobre o meu pai.

— Tudo bem. Proteja-o como a sua mãe fez. Você vai preso, ele escapa numa boa. O nome disso é *déjà vu*. Só que você não vai sumir apenas por um ano e meio, como aconteceu com ela. Você vai pegar duas sentenças de prisão perpétua, sem chance de liberdade condicional, com mais vinte e cinco anos adicionais pela tentativa de assassinato da sra. Mimoto.

— Isso é muito tempo — comentou Peabody —, ainda mais quando a pessoa entra na cadeia ainda jovem. Sabe de uma coisa, Dallas? Aposto que Vance já tinha preparado os álibis para si mesmo todas as vezes que o filho saía de casa para matar. Esse é o padrão dele.

— Não importa, o velho não tem colhões. Nós pegamos o peixe graúdo aqui, e o pai pode se debater e sufocar na margem do rio, sozinho.

— Se vocês acham que eu vou entregar o meu pai de bandeja, estão malucas. E vocês nunca o encontrarão.

— Não dou a mínima para o seu pai. É só de você que eu preciso, Darrin. Você é jovem, e isso me faz querer cantar e dançar de alegria. Porque sei que você estará em uma gaiola de cimento, em uma prisão de segurança máxima fora do planeta, durante mais ou menos um século. E terá muito tempo, realmente todo o tempo do mundo, para pensar e descobrir o quanto foi sacaneado.

— Você acha que me assusta? Tudo valeu a pena, nem que tenha sido para ver MacMasters parado de pé, ao lado de sua filha morta em um caixão. E foi melhor, muito melhor ainda, porque agora ele sabe o porquê de tudo. Ele vai sentir todos os dias quando acordar e inspirar o ar para os pulmões... vai sentir que matou a própria filha no dia em que matou minha mãe.

— Eu vou lhe dar um bônus, então. Faça-o sofrer ainda mais. Conte-nos, passo a passo, o que você fez com Deena.

Seus lábios se contraíram em um sorriso.

— Você tem razão. Ela foi fácil.

Isso deixou Eve doente, transformou seu estômago em uma massa de repulsa crua e agitada. Ela já tinha visto tudo antes, mentalmente. Mas agora ele registrava tudo em gravação, transmitindo todos os detalhes. Não com alegria, observou Eve. De algum modo o seu passo a passo pragmático era pior do que alguma expressão de alegria.

Ele tinha feito apenas o que era preciso. O que, Eve acreditava, ele tinha sido criado para fazer.

Quando terminou de relatar os assassinatos de Deena e de Karlene, bem como os detalhes da sua determinação e dos planos para assassinar as outras, ele se recostou na cadeira e observou Eve calmamente.

— Isso é suficiente para você?

— Sim. Você será levado de volta para uma cela. O tribunal nomeará um representante para você, caso você não escolha um advogado por conta própria.

— Eu não preciso de advogado. Não preciso de julgamento. Suas leis não significam nada para mim. Sou jovem, como você disse. De algum modo eu vou achar um jeito de sair de lá, vou encontrar um caminho para voltar. E vou terminar o que comecei.

— Claro que vai. — Eve se levantou. — Desligar gravação! Peabody, peça a alguém para levar Darrin de volta à jaula dele.

Ela esperou até Peabody sair.

— Ele armou para você, Darrin, esse homem que você adora. Ele distorceu sua mente desde quando você ainda era um bebê, para poder encobrir os próprios atos, e talvez a própria culpa. Ele armou para cima de você, como já tinha armado para a sua mãe, como já tinha armado para o irmão. Ele armou para a sua mãe aqui em Nova York, e depois repetiu a dose em Chicago. Porque ele queria dinheiro rápido. Porque ele queria que *ela* fizesse o trabalho sujo. Porque ele era, e ainda é, um covarde.

— E você é uma piranha mentirosa. — Ele reagiu quase cuspindo, com aquele sorriso cruel no lugar.

— Porque eu mentiria? Você se perguntará isso no futuro, em algum momento. Vance Pauley? Ele é apenas um manipulador.

— Você não sabe merda nenhuma!

— Sei mais do que você pode imaginar — disse ela, pensando nos primeiros oito anos de sua vida. — A razão pela qual estou lhe dizendo isso é porque em algum momento, nas longas e longas décadas que você vai passar naquela jaula de concreto, certamente vai pensar sobre isso. Vai pensar, se questionar, e talvez perceba a verdade. *Torço* para que você perceba a verdade. Porque isso vai fazer você sofrer. Seu pai matou a sua mãe.

— Você é uma mentirosa.

Ela simplesmente sacudiu a cabeça para os lados.

— Não ganho nada por contar isso a você. Já encerrei este caso e você está acabado. Terá muito tempo para pensar sobre o assunto. — Ela se virou para a porta e fez sinal com a cabeça para os dois guardas que entraram. — Levem esse merda de volta para a cela.

Eve ficou onde estava e pressionou o rosto com as mãos. Esfregou com força, como se tentasse apagar um filme cheio de lembranças horríveis.

Virou-se para MacMasters quando ele chegou à porta.

— Lamento que você tenha ouvido isso.

— Não lamente. Ela era minha filha e eu precisava saber... tudo. Precisava muito saber. Você agora vai atrás do pai.

— Isso mesmo.

Ele assentiu.

— Isso será suficiente para mim, tem que ser. Vou tirar uma licença. Minha esposa e eu precisamos de algum tempo. Ela me disse para pedir desculpas a você, em nome dela.

— Não há necessidade.

Seu rosto estava insuportavelmente triste, insuportavelmente cansado.

— Para ela isso é muito importante. Por favor, aceite.

— Então eu aceito.

Ele assentiu de novo.

— Adeus, tenente.

— Adeus, capitão.

Ela fez uma cópia da gravação e reuniu todos os arquivos. Quando entrou em sua sala, Roarke se virou da janela.

— Isso está se tornando um hábito — disse Eve. — Eu não sabia que você estava aqui.

— Cheguei há pouco. Mas foi tempo suficiente para ouvir toda a última parte. — Ele foi até ela e lhe acariciou a bochecha. — Foi difícil para você. Foi terrível ouvi-lo descrever passo a passo tudo o que fez com aquela garota e com a outra jovem.

— Haverá coisas piores. Sempre há. — Por um momento, Eve sentiu dentro de si o que tinha visto nos olhos de MacMasters. Uma tristeza profunda. Um cansaço insuportável. — Algo como o que aconteceu... uma pessoa como ele... faz com que a gente perceba que nunca há limites para a crueldade.

— Dallas? — Peabody hesitou, parada à porta. — Eu só queria me oferecer para redigir o relatório. Mira estava na sala de observação conforme você pediu, e também vai fazer um relatório sobre o que viu.

— Ótimo. Não se preocupe com a papelada, vá embora. Tenho algumas coisas para resolver. Se quiser, faça um favor para mim: vá cuidar daquele lance com Louise. O que sobrou do ensaio para a cerimônia e todo o resto.

— Nós ainda podemos ir para lá, mesmo atrasadas. Ela vai compreender.

— Sim, eu sei que vai. Só não faz sentido irmos agora. Mas vá. Se você conseguir lidar com isso, eu não precisarei me sentir tão culpada por ter me atrasado.

— Ok. Será uma boa, para espantar tudo o que eu ouvi, expulsar isso da mente e fazer algo... brilhante.

— Pois é. Vou ficar por aqui mais uma hora ou duas. — Ela expirou longamente quando ouviu os passos de Peabody ecoarem lentamente pelo corredor. — Algo brilhante. Eu não estou com vontade de ser brilhante. Computador, exibir o mapa do Lower East Side, de Manhattan.

— Por quê? — perguntou Roarke quando o computador começou a processar o pedido.

— Você não esteve lá o tempo todo. Ele entregou o pai e me deu material para processá-lo por conspiração para cometer assassinato e tentativa de homicídio. Não tenho certeza se ele chegou a perceber que tinha feito isso. Ele não me disse o lugar exato onde eles estavam. Não diretamente. Mas contou que voltou a pé para casa. Depois de matar Robins ele foi a pé para casa.

Ela massageou os nós de tensão na nuca.

— E o café. O copo para viagem. Aquelas lojas da rede Hotz Café estão por toda parte. Mas suponho que ele não caminhou de uma ponta a outra da cidade para pegar o café entre a sua casa e a cena do crime. Provavelmente há uma filial da loja perto da casa dele. E o esconderijo certamente está a uma distância a pé do loft.

Roarke se colocou atrás dela e lhe fez uma boa massagem no pescoço e nos ombros.

— Então você vai gostar dos dados que eu trouxe.

— Que dados?

— Os dados do sistema de segurança. Não, tente relaxar só por mais um minuto — ordenou ele. — Vamos dissolver alguns desses nós na sua musculatura. Eu executei várias simulações com os dados que levantei e acrescentei tudo que a equipe de pesquisa de Nadine tinha descoberto. Refinei os resultados e cheguei a cerca de uma dúzia de locais mais prováveis, os quais, imagino, você vai querer verificar.

— Isso é bom. Excelente. Estou falando dos dados — acrescentou Eve —, mas a massagem também está ótima.

— Estou apenas fazendo o meu trabalho. Agora, tem mais uma coisa um pouco melhor. — Recuando um passo, ele pegou o tablet. — Se adicionarmos os elementos geográficos aos dados que já levantei... não teremos uma dúzia de lugares, mas apenas... um.

Os olhos de Eve se acenderam, cheios de determinação.

— Ei, me dê isso aqui.

— Este trabalho também é meu. — Ele manteve o tablet fora do alcance de Eve. — Peredyne Company, que fica no West Village.

— Essa não é a casa de uma pessoa, e não tem as iniciais habituais. Apenas o P. Pode ser por isso que eu não encontrei.

— Também pode ser porque a Peredyne está registrada como uma das empresas do grupo Iris Sommer Memorial.

— Iniciais I. S. Esperto. Bem, você é mais esperto, já que descobriu. Preciso pesquisar para ter certeza de que ela não é...

— Já estou fazendo isso — informou ele. — Só que... Nenhuma dessas empresas está listada em Nova York. É uma caixa escondida dentro de outra caixa.

Ela se virou e correu até a sala de ocorrências.

— Baxter.

— Bom trabalho, Dallas. — Ele deu uma piscadela, em saudação. — Adoro sair de um caso com todas as pontas amarradas.

— Você não vai sair do caso. Sala de conferência em cinco minutos. Trueheart, venha com Baxter.

— Mas...

Ela se virou e pegou o novo comunicador no bolso enquanto andava.

— Feeney — chamou. — Encontramos a toca do desgraçado. Sala de conferência, agora.

— Quero participar — avisou Roarke.

— Você merece. — Ela refreou a vontade de agarrá-lo e beijá-lo bem na frente de um monte de policiais. Em vez disso, ela lhe ofereceu um sorriso radiante. — Você pode pegar uma lata de Pepsi para mim?

Em menos de noventa minutos, Eve já tinha a bela casa de tijolinhos no West Village fortemente vigiada. Policiais à paisana estavam sentados à uma mesa de bistrô do lado de fora de um pequeno restaurante; alguns estavam dentro de carros, outros passeavam pelas calçadas. Eve comprou um cachorro-quente com salsicha de soja em uma carrocinha de lanches cujo vendedor era Jenkinson.

— Alguns clientes estão me dando gorjetas — informou Jenkinson. — Vou ficar com elas.

— Vou fingir que não ouvi isso.

— Talvez ele tenha fugido, tenente. — Ele lhe entregou o cachorro-quente.

— Não há motivo para isso. O filho não usou o *tele-link*, ainda não ligou para ninguém. Se ele estranhar e for procurá-lo, poderemos detê-lo. Até onde Pauley sabe o seu rebento está muito ocupado estuprando uma senhora idosa.

Roarke pegou um segundo cachorro-quente e saiu caminhando com Eve.

— Eu poderia invadir o lugar com facilidade.

— Eu sei, e é o que faremos se ele não mostrar a cara dentro da próxima. Já temos um mandado. Mas como os sensores mostram que o lugar está vazio, prefiro esperar.

Ela deu uma mordida no cachorro-quente.

— Vamos esperar até ele voltar e entrar naquele espaço gradeado. Lá não há para onde fugir. Por Deus, a casa de Louise fica a um quarteirão de distância. Eu praticamente caminhei por este lugar uns dias atrás. Talvez tenha cruzado com o desgraçado na rua.

Roarke pegou a mão de Eve e entrelaçou os dedos com os dela.

— Isso faz parte do nosso disfarce — explicou, com naturalidade.

— Claro. Ele não está em casa porque foi a algum lugar onde possa ser visto, foi comprar alguma coisa e pediu um recibo com o horário marcado na nota fiscal. Só por precaução. Ele sempre teve o cuidado de proteger o próprio rabo.

Aquele era um assunto difícil para uma bela noite de verão, pensou Roarke, mas ele precisava perguntar.

— Por que moldar o filho e transformá-lo num assassino?

— Talvez não tenha sido necessário fazer isso. Na verdade eu não faço ideia. Isso é um enigma para Mira, ou alguém como ela. Preciso refletir sobre o assunto, talvez fosse algo relacionado ao passado. Essa pode ter sido a sua forma de virar o jogo, não só para se tornar um herói aos olhos de Darrin, mas para que ele próprio pudesse acreditar na versão doentia que inventou. A culpa foi de todos, e todos os demais também são culpados. É preciso puni-los.

— Os motivos são importantes para você?

— Não, eu não acho que sejam.

— Dallas?

Ela se virou e viu Charles Monroe, o noivo, sorrindo abertamente e apressando o passo em sua direção.

— Merda — murmurou ela.

— O que vocês dois estão fazendo aqui? Saí da casa de vocês há menos de uma hora. Pensei que havia grandes planos preparados pelas garotas para esta noite.

— E há mesmo. Elas devem estar se divertindo agora. — Ora, ela pensou, aquele era um bom disfarce. Amigos que se encontraram na rua por acaso. — Este aqui não é o seu quarteirão, Charles.

— Não. Saí para dar uma volta e espantar o nervosismo. Amanhã vai ser... o grande dia.

— Você não me parece nem um pouco nervoso — comentou Roarke.

Ele não parecia mesmo, Eve concordou. Talvez abobalhado de tanta alegria, igualzinho a Louise. E estava elegante, apesar da camisa e da calça em estilo casual.

— Imagino que o ensaio tenha corrido bem — disse Eve. — Desculpe por eu não ter ido e por vocês precisarem colocar alguém para ensaiar no meu lugar.

— Não houve problema, correu tudo muito bem, pelo menos até onde eu pude perceber. — Ele riu de leve. — Quero que tudo seja perfeito para ela. Depois eu me peguei verificando a previsão do tempo a cada dez minutos no caminho de casa, e mesmo depois de chegar lá. Então resolvi dar uma volta. Vocês podem voltar para casa comigo. Venham tomar um drinque e me salvar dessa obsessão climática.

— Não podemos. Estou no meio de uma operação importante, e acabei de avistar o alvo — disse ela. — Todos em posição de alerta! Deixem que ele passe pelo portão e então invadam.

— O quê?

— Não é com você, continue falando — disse a Charles. — Roarke, converse com Charles.

— Vocês já fizeram planos para a lua de mel? — perguntou Roarke, com descontração, enquanto seus olhos seguiam o homem que caminhava pela calçada com uma sacola de compras.

— Ah, já. Vamos para a Toscana.

— Não olhe para trás, Charles. Converse com Roarke.

— Nós... alugamos uma *villa*, vamos ficar algumas semanas. Depois nós...

— Foi ótimo ver você. — Eve lhe lançou um enorme sorriso e elevou a voz quando Pauley alcançou o portão do jardim. — Queríamos ter mais tempo para bater papo, mas temos que... Vamos!

Ela saiu correndo, pegou o portão que Pauley deixou para trás antes que ele se fechasse sozinho e pressionou a arma na nuca dele.

— É melhor você não se mexer.

Dez policiais armados cercaram o pátio, com armas em punho. A sacola que Pauley segurava caiu no chão e algo lá dentro se quebrou.

— O que está acontecendo? Qual é o problema?

— Mãos atrás das costas! Oh, hesite um segundo. Tente correr ou resistir. Por favor, me dê uma desculpa para atirar.

— Estou cooperando. — Ele colocou as mãos para trás das costas e Eve o algemou. — Não quero causar nenhum problema. Eu não estou entendendo.

— Então eu vou explicar. — Ela o virou para que ele pudesse encará-la. — Vance Pauley, você está preso por conspiração dupla para cometer assassinato, e também por conspiração com intenção de matar alguém. Você tem o direito de permanecer em silêncio.

— Eu não...

— Cale-se! Eu não acabei de dizer que você tem o direito de permanecer em silêncio? — Ela acabou de recitar a lista de deveres e obrigações dele e chutou os cacos de vidro no chão. — Vejo que você comprou bebidas. Acho que planejava uma pequena festa para o seu filho quando ele chegasse em casa, hoje à noite. O problema é que ele não vai voltar para casa pelo resto da vida. E ele entregou você, papai.

Ele ficou pálido, mas seus olhos escuros mostraram irritação.

— Não sei do que você está falando. Onde está o meu filho? Tenho o direito de...

— Eu já lhe informei todos os seus direitos. Tal pai, tal filho. Na hora do aperto ele tirou o dele da reta.

— Isso é mentira. Ele nunca diria nada contra mim.

Ela sorriu.

— Levem esse idiota iludido para a Central. Podem fichá-lo e colocá-lo em uma cela. Vamos conversar logo, Vance. Muito em breve.

Ela se virou para Roarke e para Charles, que estava fascinado.

— Agora você e os nerds eletrônicos podem hackear o sistema de segurança. Vamos seguir as regras, pessoal. Filmadoras ligadas, quero uma vistoria completa de cima a baixo, por dentro e por fora. Ensaquem tudo, coloquem as etiquetas e registrem cada evidência.

— Ora... — Charles sorriu para ela. — Esta foi certamente uma emocionante caminhada pelas redondezas.

— Estamos tornando as ruas do bairro mais seguras para os recém-casados. Agora eu preciso ir. Vejo vocês amanhã.

— Estarei lá. Ah, diga a Louise, quando você a vir, que eu mal posso esperar.

— Pode deixar.

Eve o interrogou sozinha. Não viu motivos para manter a equipe em estado de alerta por mais tempo. Levando uma caixa grande, entrou na sala de interrogatório.

— Ligar gravador! — ordenou.

— Há algum engano absurdo. Eu ainda não convoquei um advogado porque não quero tornar tudo mais complicado. Agora, eu exijo me encontrar com o meu filho.

— Não. Cale a boca e escute, porque isso não vai levar muito tempo. E eu tenho coisas mais importantes para fazer. Confiscamos todos os seus eletrônicos e já vimos todos os dados que você guardou sobre Deena MacMasters, Karlene Robins, Charity Mimoto, Elysse... bem, você sabe quem elas são. Você manteve excelentes registros ao longo de toda a pesquisa, e tem uma grande documentação em vídeo. Ahn... Só pelo prazer de fazer isso, vamos acrescentar acusações por roubo de identidade e mais algumas coisas. Nós também invadimos a sua oficina. Além disso, tem a questão das drogas ilegais. A coisa só piora, Vance.

— Olhe, você não entende. — Ele abriu as mãos, como um homem perfeitamente razoável. — Eu preciso ver o meu filho. Tenho que me certificar de que ele está bem. Você... Tem algo errado com ele. Receio que ele possa ter feito alguma coisa grave. Pode ser que tenha feito algo horrível. Tentei cuidar dele, mas ele já estava...

— Você acha que vai me enrolar com essa baboseira? — Ela deixou sua fúria se libertar e o ergueu da cadeira, segurando-o pela camisa. — Seu filho da puta nojento! Você o criou para ser assim e agora quer colocá-lo no fogo. Como fez com a sua mulher. Para salvar a própria pele.

Ela quase o jogou de volta na cadeira.

— Você não faz ideia do que eu gostaria de fazer com você. Portanto, não me sacaneie. Você o transformou num monstro. Deturpou a mente dele, encheu-o de ódio, repugnância e mentiras. O que faz com que pessoas como você, pais como você, tenham a coragem de fazer isso com seus filhos?

Ela se afastou e se olhou no espelho que tinha dois lados. Seu coração disparou e suas mãos queriam tremer. Ela estava perdendo o foco, pensou. Ela não podia deixar que isso acontecesse.

Ela levantou uma das mãos e colocou a palma sobre o vidro. Espelho de um lado, vidro transparente do outro. E imaginou a mão de Roarke pressionada contra a dela.

Ele a conhecia, lembrou-se. Tudo que havia para conhecer. Ele estava lá, e sempre estaria lá. Ela conseguiria lidar com aquilo. Conseguiria encarar qualquer coisa.

Ok, pensou. *Já estou bem.*
Por mais alguns instantes ela olhou para os próprios olhos.
— Ela também não o amava, pelo menos não o suficiente. Ele era... secundário para ela. Aquela mulher só pensava em você. — Mais firme, ela voltou à mesa e continuou. — Ela protegeu você e nem ao menos olhou para o filho. E quando você deixou de se entender com os Stallions, você a ofereceu. Ela não representava nada, o importante era tirar o seu traseiro da reta. Ela estava ali apenas para ser usada. Não passava disso para você: uma oportunidade de barganha.
— Não é verdade — disse ele devagar, com a voz mais pesada e os olhos brilhando. — Eu amei a mãe do meu filho.
— Você nem consegue dizer o nome dele. Nem sabe qual nome usar. Ele nunca teve um nome de verdade — acrescentou. Nem ela, refletiu Eve. Seus pais nunca tinham lhe dado um nome, assim ela continuaria a ser nada.
— Ele nos contou tudo — declarou Eve.
— Ele jamais faria isso.
— Ah, sim, faria, e como faria! — Uma espécie de fadiga surgiu, então ela a usou para simular um ar de tédio. — No seu jeito distorcido, ele transformou você em um herói. — Ela voltou a se sentar. — Ele se orgulha de você, Vance. De como você lhe ensinou tudo, de como lhe contou tudo. Como vocês procuraram os alvos em equipe. Contou que você ficou de tocaia, fez as pesquisas, compartilhou tudo com ele. Contou que foi você que planejou tudo. E ainda que eu não tivesse registro de tudo isso...

Ela começou a tirar coisas da caixa.

— Seus discos, com dados sobre as duas pessoas que ele assassinou, a mulher que tentou matar hoje, a outra que ele planejava matar na semana que vem e assim por diante. Aqui está tudo sobre suas famílias, seus hábitos, seu trabalho, seus amigos. Uma pesquisa meticulosa.

Ela pegou pilhas de fotos.

— Imagens das vítimas, incluindo as fotos que ele tirou de Deena e de Karlene, depois de acabar com elas, para poder compartilhar o triunfo com você. E tem mais, muito mais. Temos um banquete de evidências. Eu conheço uma promotora que vai derramar lágrimas de alegria.

— Posso fazer um acordo. — Ele gesticulou depressa como um político que chamava atenção para um detalhe. — Há muita coisa que você não sabe. Eu lhe darei todas as informações.

— Puxa, essa é uma oferta generosa. Mas, não, obrigada. Já tenho mais provas do que preciso e... uau, esse foi um dia longo! Suas impressões digitais estão em toda parte neste material. Em toda parte.

Ele passou a mão na boca.

— Estou arrependido. Ele me arrastou para dentro disso. É meu filho e precisava da minha ajuda. Eu o criei sozinho, era só ele e eu. E perder a mãe do jeito que aconteceu... isso nos marcou. Eu ia convencê-lo a se entregar e obter ajuda.

— Isso aconteceria hoje, depois de ele matar a mãe da juíza Mimoto, ou só depois de ele matar mais uma ou duas das mulheres?

— Eu não sei de nada sobre hoje. Sobre Mimoto. Eu... pensei que ele estivesse no trabalho. Ele é consultor da Biodent, onde trabalha como analista de sistemas. Eu achei que ele estava no trabalho.

— Por Deus, Vance. — Ela fez uma pausa e soltou uma risada seca. — Você está completamente ferrado. Marcou o ataque de hoje em sua porra de agenda como se fosse uma consulta ao dentista.

— Eu não consegui detê-lo.

— Você vai continuar jogando toda essa merda na parede para ver se parte dela cola?

— Eu nunca matei ninguém. Isso deve ter algum peso. Eu o ajudei, confesso que sim. Ok, reconheço que o ajudei a planejar tudo, mas foi só isso. Estou arrependido. Você poderia me dar uma chance. Eu nunca matei ninguém.

— Matou, sim. — A fadiga desapareceu e o ar de tédio se transformou em fúria gelada. — Se eu pudesse, eu o acusaria pelo assassinato de Illya Schooner, e também pelo fim de um filho de quatro anos que morreu e se tornou o que você queria que ele fosse. A única chance que você receberá de mim é a recomendação para ser preso em uma gaiola de concreto que fique em outro setor da penitenciária Ômega, para nunca mais entrar em contato com o seu filho. Porque ele vai entender o que aconteceu, mais cedo ou mais tarde. Hoje mesmo eu já lhe dei algumas dicas sobre tudo. E quando a ficha dele cair, ele voltará os talentos dele contra você. Então sabe qual é a chance que eu vou lhe dar, Vance? É essa: você continuar vivo.

— Quero um advogado.

— O acusado solicitou um representante. Fim do interrogatório.

— Há dinheiro — disse ele, quando Eve começou a carregar a caixa. — Eu tenho muito dinheiro escondido. Está bem seguro. Vai valer a pena se você sumir com essas provas.

— Muito dinheiro mesmo? Porque algo assim vale muito.

— Cinco milhões.

— Quer dizer então que... se eu manipular estas provas para que você saia livre você me dará cinco milhões de dólares?

— Em dinheiro.

— Obrigada. — Ela deu uma batidinha na lapela. — Acho que você não notou a minha filmadora. Vamos acrescentar ao processo uma tentativa de suborno de uma oficial da polícia.

Ele gritou para Eve quando ela saiu, despejou insultos e palavrões que foram música para os ouvidos dela.

— Leve isto até o setor de evidências. — Ela entregou a caixa para o guarda que a esperava na porta. — Depois, leve esse monte de merda. Ele quer um advogado.

Ela continuou andando. Roarke a encontrou com uma lata de Pepsi na mão.

— Deus, isso foi bom. Agora eu me sinto ótima. — Ela abriu a lata e bebeu com vontade. — Tudo ficou perfeito agora!

— Peabody ligou para verificar como iam as coisas. Eu disse a ela que você estava amarrando as últimas pontas. Devo avisar que Trina está à sua espera.

— Merda. Isso foi sacanagem sua.

Ele caminhou ao lado dela.

— Você foi ótima. Você... o dizimou!

— Você assistiu a tudo da sala de observação? Eu... eu senti você ali.

— Onde mais eu poderia estar?

Dessa vez ela pegou a mão dele e entrelaçou seus dedos nela. Palma com palma. Ele estava lá. Sempre estaria.

— Sei que isso parece estranho, mas quando eu comecei a compará-lo com o meu pai eu senti você. Pode-se dizer que eu me apoiei em você. Isso me ajudou a manter a firmeza.

Ele colocou a mão dela sobre os seus lábios.

— Vamos procurar um pouco daquela perfeição.

Epílogo

A sala cheirava a flores e tinha o som de centenas de pássaros, talvez chapins, empoleirados para passar a noite. Por que será, ela se perguntou, que as mulheres muitas vezes parecem aves barulhentas quando se reúnem para um dos seus ritos?

Ela se sentou, porque lhe disseram que sua tarefa ali era ficar sentada no ambiente que Peabody apelidara de Suíte da Noiva, enquanto Trina espalhava só Deus sabe o que em seu rosto.

— Pare de se contorcer, Dallas! — Trina, com o cabelo transformado em um labirinto intrigante de tranças e caracóis em vermelho berrante, continuava a passar gosmas diversas no rosto de Eve.

— Quando é que *você* vai parar, pelo amor de Deus?

— Quando terminar. Este produto vai ajudar a aliviar os hematomas e corrigi-los. Você podia, pelo menos, ter tentado não levar socos no rosto logo antes do casamento.

— Ah, claro, eu deveria ter tentado com mais afinco escapar do estouro da manada em desespero, já que o olho roxo não combina com o meu vestido.

— O que estou dizendo — acrescentou Trina — é que não foi tão ruim. Ainda bem que conseguimos tratar muito do desastre ontem à noite, quando você finalmente chegou aqui.

— Você quer largar do meu pé? Eu estava com dois assassinos; dois homicidas cruéis que agora estão atrás das grades.

— Vou adicionar esse feito ao seu quadro de medalhas — disse Trina, e mascou ruidosamente o seu chiclete.

Peabody, com os cabelos brilhosos e enrolados, o rosto de queixo quadrado polido e maquiado, espiou sobre o ombro de Trina.

— Quase não vai dar para notar — declarou. — Além do mais, esse produto vai deixar a pele dela iluminada.

— Espere até eu adicionar a base.

— Tem mais? — reclamou Eve. — Eu já estou com uns dez centímetros de massa corrida espalhada no rosto. Por que não posso simplesmente...

— Pare de reclamar! Por que não prova um pouco de champanhe? — sugeriu Trina. — Vou deixar o produto atuar enquanto começo a cuidar de Louise. — Lançou para Eve um sorriso de deboche. — Ela não vai me dar tanto trabalho.

— Claro. — Peabody se afastou em seu vestido azul flutuante e pés descalços.

Mavis, vestindo uma minissaia justa quase tão vermelha quanto os cabelos de Trina, calçou sandálias de altura inimaginável em formato de corações abertos.

— Você está demais, Dallas. Este é o dia mais ultra de todos os tempos. Tome, segure Bellarina por um minuto porque eu vou pegar algo frisante para a noiva.

Mavis disse isso e pousou a filha de seis meses no colo de Eve.

— Ei, Mavis, não...

Mas era tarde demais e de repente Eve tinha um bebê gorducho, macio como espuma, vestindo uma roupinha de renda cor-de-rosa. Seu cabelo cheio de cachos louros estava preso por fitas cor-de-rosa, mas quicava quando Bella se mexia. De repente ela disse "Gah!", e sorriu.

— Ok. Minha nossa... Ok. Por que você está sempre sorrindo? — quis saber Eve. — O que você sabe da vida?

Bella gritou, tomou impulso para esticar as pernas, até que se colocou em pé, revirando e balançando o corpo com um olhar maníaco nos olhos; uma fisgada gelada de pânico fez revirar o estômago de Eve.

— O que ela está fazendo? Pelo amor de Deus, alguém aí faça alguma coisa.

— Ela está só experimentando as pernas, tentando ficar em pé. — Com eficiência, Peabody arrebatou o bebê que gargalhava do colo de Eve, equilibrou-o rapidamente sobre o quadril e passou para Eve uma taça de champanhe.

Eve bebeu metade da bebida em um gole só.

A promotora Cher Reo entrou, elegante e bem vestida, em um tom pálido de lavanda.

— Tudo está maravilhoso! As flores, as velas, a...

— Tem certeza? — perguntou Louise, da cadeira, enquanto Trina se agitava e escovava. — Acho que eu deveria dar uma olhada, só para me certificar de que tudo está no lugar.

— Acredite em mim. É como um conto de fadas. Puxa, de verdade! — garantiu ela, quando Mavis surgiu com outra taça de champanhe. — Eu quis vir até aqui para informar a você sobre o status do caso, Dallas. Darrin Pauley foi contra o conselho dos advogados e renunciou ao seu direito a um julgamento. O advogado tentou alegar incapacidade mental, mas isso não vai colar. Foi o que Mira me garantiu. Ele entende a diferença entre certo e errado, é legalmente competente para tomar decisões. Simplesmente está pouco se fodendo. Estou usando as palavras de Mira. Ele não tem a menor chance. Será encarcerado e ficará lá dentro.

— Isso pede outro brinde. E Vance Pauley?

— Quer um julgamento completo. Recusou uma oferta de vinte e cinco anos de cadeia para cada caso de conspiração para assassinato. Além do tempo pela fraude e pelo suborno.

— Por que você fez uma oferta, então?

— Dallas, mais de setenta e cinco anos já vai colocá-lo na cadeia pelo resto da vida. Ele sabe disso e está tentando negociar. Mas vai perder. Os mocinhos ganharam dos bandidos. Portanto... — Ela ergueu a taça. — Oh, Nadine está a caminho. Acabou de apresentar uma matéria ao vivo sobre as prisões. Depois nós vamos... Trina, que tipo de sombra é essa? É linda!

A lei e a ordem passaram para segundo plano, derrotadas pelos tratamentos de beleza. Reo correu para assistir à bela transformação que Trina realizava na noiva.

Mulheres entravam e saíam no que parecia a Eve uma profusão de cores de verão. Ela lutou para se sentar de forma estoica enquanto ela própria estava sendo transformada. Pintada, polida, coberta de cremes e tintas. Sentiu-se aliviada quando conseguiu escapar das mãos de Trina, arrancou do colo a capa protetora, tirou o robe e se vestiu.

— Você está realmente *mag* — elogiou Peabody, passando os dedos sobre as camadas finas de tecido no vestido de Eve. Essa cor é como a luz do sol. Luz do sol no verão.

— Meu ursinho de pelúcia é um gênio — proclamou Mavis. — Agora eu vou bancar a criada de quarto e colocar suas joias.

— E que joias! — exclamou Peabody, soltando um longo assobio quando viu os brincos de diamante que Eve pôs nas orelhas.

— Isso tudo combina com o vestido. Os brincos, as pulseiras — continuou Mavis.

— Não preciso de todas essas coisas.

— Confie em Leonardo. Ele bolou todo o visual. Veja você mesma. — Mavis girou o dedo no ar para que Eve se admirasse no espelho de corpo inteiro.

— Hummm. — O vestido era mais feminino que o habitual, com várias camadas transparentes que brilhavam, mas ela teve de reconhecer que não era chamativo demais. E os diamantes, claros e cintilantes, provavelmente acrescentavam um toque de classe. — Ficou bom. Muito bom.

— Total! — corrigiu Mavis.
— Você precisa ajudar Louise a se vestir agora — avisou Peabody.
— Por quê? Ela é uma mulher feita. Provavelmente já se veste sozinha há muitos anos.
— É tradição.
Eve revirou os olhos.
— Tudo bem, tudo bem. — Caminhou até onde Louise estava, parada, abrindo o laço do robe. E ergueu as sobrancelhas ao ver o espartilho branco com babados e as ligas azuis. — Isso é que é fazer uma declaração.
— Só mais tarde. Agora o seu trabalho é conseguir que o meu vestido se encaixe perfeitamente no corpo. — Ela estremeceu de emoção. — Isso faz parte daquela perfeição.
— Bem, vamos ver. — Eve removeu o vestido do cabide. — Puxa, tem muito pano aqui. Não admira que você não consiga se vestir sozinha.
— Oh Deus. Estou colocando o meu vestido de noiva!
Eve olhou para ela com firmeza.
— Não comece a chorar! Isso vai estragar alguma coisa no seu rosto e Trina vai começar tudo de novo.
— A maquiagem é à prova d'água. — Ela virou as costas para que Eve pudesse apertar a parte de trás do vestido.
— Aqui estão os brincos da sua avó. — Peabody entregou a Louise as duas delicadas gotas de pérolas. — É preciso algo antigo.
— Novo é o vestido. O azul está nas ligas. — Louise colocou os brincos. — E o colar que Leonardo pegou da caixa de tesouros de Dallas, para ser a peça emprestada. — Ela olhou para Eve quando Peabody a ajudou a fechar a joia. — Obrigada.
— De nada. Estou quase acabando aqui. Mais um botão. Deus, deve ter dúzias de botões.
— Não, não se vire! Ainda não pode olhar! — avisou Peabody.
— Falta prender o véu, só então você vai poder ver como está.

— Prenda você, senão eu vou desarrumar o cabelo e Trina vai me esgoelar.

Eve teve de admitir que os cachos suaves e soltos tinham ficado bonitos e, bem, perfeitos, decidiu, quando Peabody enganchou o véu na pequena tiara cintilante aninhada ali.

Peabody fungou e piscou depressa, mas as lágrimas escorreram do mesmo jeito.

— Pare com isso! — ordenou Eve.

— Não consigo evitar. — Ela recuou até Mavis, as duas se abraçaram pela cintura, lado a lado, e fungaram em uníssono.

Louise respirou fundo e se virou.

— Uau, puta merda! — exclamou Eve, fascinada. — Acho que você superou a perfeição que tinha planejado.

O visual era romântico, refletiu Eve, mas quase de outro mundo, com quilômetros e quilômetros de saias de camadas brancas, texturas vaporosas, leves, flutuantes, o brilho de contas no corpete tomara que caia. O vestido era um espetáculo, sem dúvida, mas o olhar no rosto de Louise cintilava mais que tudo.

— Eu realmente pareço uma noiva — murmurou Louise.

— Tome. — Com lágrimas escorrendo, Trina ofereceu a Louise o buquê de rosas que iam do rosa-claro ao vermelho mais profundo. Em seguida entregou a Eve e a Peabody dois buquês menores. — Vamos, Mavis, é melhor descermos logo.

Mavis pegou a bebê.

— Diga tchau, Bellarina. Vocês todas estão absurdamente lindas. — Ela suspirou e saiu apressada.

— Pronta? — perguntou Eve a Louise.

— Dallas. — Ela estendeu a mão e apertou a de Eve com força. — Estou mais do que pronta!

O sol brilhou e a brisa mais suave sussurrou sob a música de flautas e violinos. Montes de flores adoçaram o ar. Peabody foi na frente pelo corredor branco, por entre os convidados, em direção à pérgola decorada com rosas brancas onde Charles estava, junto com Roarke e McNab.

Eve a seguiu. Seus olhos encontraram os de Roarke. E ali, pensou ela, bem ali estava o motivo para tudo. A razão das flores e a pompa, a ansiedade e a formalidade.

Havia amor.

Só você, ela lembrou. Ela também tinha caminhado até ele num dia de verão, dois anos antes, e tudo o que ele enxergara era apenas ela.

Ele sorriu para ela, como tinha feito quando ela caminhara por um corredor branco até uma pérgola com rosas brancas. E, como acontecera naquele dia, o coração dela deu uma cambalhota.

Às vezes, Eve refletiu enquanto se colocava em seu lugar e se virava para ele, a vida podia ser absolutamente perfeita.

Impresso no Brasil pelo
Sistema Cameron da Divisão Gráfica da
DISTRIBUIDORA RECORD DE SERVIÇOS DE IMPRENSA S.A.
Rua Argentina, 171 – Rio de Janeiro, RJ – 20921-380 – Tel.: (21)2585-2000